Su Tong

河《かわ》・岸《ぎし》

蘇童《スートン》　飯塚容［訳］

白水社
EXLIBRIS

河《かわ》・岸《ぎし》

河岸　苏童著

The Boat to Redemption by Su Tong

第一部

息子

一

すべては父と関係している。

　みんなは陸上の家屋に住んでいるが、ぼくと父は船上で暮らしていた。それは父が十三年前に選んだ道だった。父が河を選んだので、ぼくは岸を離れるしかなかったが、何も恨んではいない。向陽《シアンヤン》船団は一年じゅう金雀《チンチュエ》河を行き来している。ぼくと父の生活様式は魚に近かった。流れに任せて河を下ったり、流れに逆らって河を上ったり。波の湧き立つ細くて長い河が、ぼくたちの世界だ。規則正しく新しい水が生み出され、重苦しく新しい一秒が刻まれる。十三年間、ぼくは船が岸に着くたびに上陸し、陸地のお客さんになった。だが誰もが知っているように、父は岸から離れてもう長い。父は軽率かつ強引なやり方で、一歩ずつ陸上の世界から遠ざかった。逃亡は成功し、河に身を隠すことができたが、同時に父は変わった。十三年後、年齢のわりに老いた父の体に、ぼくは魚特有のしるしを見出した。

　最初に気づいたのは、父の目と口の変化だった。年のせいなのかどうか、父の眼球はどんどん小さくなり、周囲に厚く白い膜ができた。まるで魚の目のようだ。白昼でも闇夜でも、父は船室に閉じこもり、元気なく陸上の世界を眺めている。夜中に服を着たまま眠ってしまうと、船内は生臭いにおいに包まれた。コイの泥臭さのようでもある。死にかけたレンギョかと思うほどの異臭を発するときもあった。父の口は用途が広い。悲しそうに寝ごとを言うほか、苦しそうにため息をついたり、うれしそうに透明な泡を吹いたりする。父の寝姿を観察したことがあった。体を横にして、両腕を抱え込み、両足を交叉させている。この姿勢も、意図的に魚をまねたみたいだ。父のガリガリに痩せた背中も見た。肌はガサガサで皺だらけ、多数の斑点がある。褐色もしくは暗紅色のものは少なくて、ほとんどが銀色だった。これらのきらきらと輝く斑点は、特にぼくを悩ませた。ぼくは父の体に、いずれウロコが生えてくるのではないかと疑った。

ぼくはなぜ、父が魚に変身することを恐れるのだろう。これは妄想ではないし、呪いでもない。父の一生は尋常なものではなかった。ぼくは口下手なので、父と魚の微妙な関係を即座にはっきり説明することができない。やはりさかのぼって、革命の女烈士鄧少香《トン・シャオシアン》の話から始めよう。

金雀河畔の住人なら、みんな女烈士鄧少香の名前を知っている。その名前は広く知れ渡り、江南地区の革命の歴史に燦然と輝いている。父の運命は、まさにこの女烈士の亡霊と関係していた。ぼくの父庫文軒《クー・ウェンシュアン》はかつて鄧少香の息子だった。「かつて」という言い方に注意してもらいたい。この堅苦しい空虚な言葉が、父の一生を解読する鍵なのである。

鄧少香の輝かしい事蹟は簡潔に、花崗岩の石碑に刻まれている。石碑は往年の殉難の地油坊鎮《ヨーファンチェン》のあずまやの下に建っていた。もともと将棋の対局をする場所だったあずまやは、参拝者が絶えない。毎年、清明節になると金雀河地区の子供たちが総出で油坊鎮へやってきて、烈士の霊を慰めた。近くの者は歩いて、遠くの者は船やトラクターに乗って訪れた。波止場に着くと、道端に案内板が立っているのが見える。矢印はすべて、波止場の西南の方向にある六角形のあずまやを指していた。墓所まで三百メートル、百メートル、三十メートル。だが、案内表示など必要ない。清明節には、あずまやの軒先に「謹んで鄧少香同志の英霊を供養しよう」という大きな横断幕が掲げられていたのだから。あずまやの下の記念碑は、高さ二メートル、幅一メートル、正面に碑文がある。他の烈士の陵墓と大差なかった。子供たちは碑文を暗記しなければならない。帰ってから作文に引用する必要があるからだ。しかし、より強い印象を残すのは、記念碑の裏に彫られているレリーフだった。このレリーフには、革命の時代独特の厳しさとロマンがあふれている。若い女が風を受けて立つ、その姿は颯爽としていた。カゴを背負い、顔を横に向け、きりっとした怒りの目を東南に向けている。背中のカゴが注目の的で、大勢の尊敬の視線を集めていた。よく見ると、カゴから赤ん坊の頭、まんまるの小さな頭が出ていることに気づくはずだ。さらによく観察すると、赤ん坊の目、そして小さな頭に生えている一筋の細い髪の毛を発見できる。

どこにでも奇談は存在するが、鄧少香の奇談はまさに複雑怪奇だった。最もよく流布している説によれば、鄧少香の父親は鳳凰鎮《フォンホアンチェン》の棺桶屋だという。女の子は鄧少香だけなので、棺桶屋の看板娘と呼ばれていた。棺桶屋の看板娘である鄧少香が、どうして革命の道を歩むことになったのか？　これに関しては諸説ある。地元鳳凰鎮の人の話によると、鄧少香は幼いころから悪を憎み、進歩を求めた。他の娘たちが貧しさを嫌い富を愛するのに、鄧少香はまったく逆だった。並外れた美人で、家庭の暮らし向きもよかったが、よりによって学校の門前で果物を売る無骨な農民に恋をしたのだ。要するに、この話は宣伝されている鄧少香の経歴と基本的に一致する。鳳凰鎮を出たのは愛情のため、理想のためというわけだ。しかし、嫁ぎ先の九龍坡《チュウロンポー》一帯では、悪い噂が伝わっていた。内容は、ちょうど鳳凰鎮の話と反対である。鄧少香は農民と駆け落ちして九龍坡へ行ってすぐ後悔した。毎日果樹を相手にする生活に耐えられず、また頭の回転が遅い田舎の人たちの冷やかしと白眼視にも耐えられなかった。最初は夫とケンカし、その後は舅や姑とも対立して収拾がつかなくなり、家に火をつけ革命に身を投じたのだ。この説はあまりにも世俗的で、結末が陰気臭い。鄧少香は高望みのあげく、革命に至ったというのか？　家に火をつけて、革命に身を投じたというのか？　この含むところがありそうな説は、陰気な風が吹き過ぎるように、女烈士の輝かしい英雄像を大いに汚した。関係部署がすぐに九龍坡へ調査班を派遣し、厳格な分析を行い、これを反革命のデマだと断定。批判大会を三回開催し、鄧少香の小姑、そして地主の妻と二人の富農を吊るし上げた。あっという間に害毒は清められ、その後は九龍坡の貧農もこのようなデマを流すことがなくなった。

　実家のある鳳凰鎮の人々も、嫁ぎ先の九龍坡の人々も、鄧少香があのような大事をなしとげるとは思ってもみなかった。誰が想像できただろう？　それは戦争の時代、金雀河地区には血の雨が降っていた。金雀河のゲリラ部隊のために武器弾薬を運ぶ任務が、こんな弱々しい若い婦人の肩に担わされるなんて。ゲリラ部隊が河の両岸に神出鬼没するように、鄧少香も変幻自在でなければならない。うまい具合に、鄧少香はその才能と条件を持ち合わせていた。鳳凰鎮の棺桶屋は、うってつけの根拠地だった。鄧少香は理由をつけて実家に帰り、武器弾薬を死人が横たわる棺桶の中に隠した。自分は喪服を身につけて泣き女になりすまし、郊外の墓地まで泣きながら歩いていく。棺桶が埋葬されるのを見届ければ、任務は完了したことになる。あとはゲリラ部隊の兵士の仕事だ。だから、鄧少香があの驚くべきことをなしとげたのは、三つのお宝が揃ったからだと言われていた。棺桶、死人、そして墓地である。

　その日、油坊鎮にやってきた鄧少香の任務は軽いものだった。将棋の名人という異名を持つ地下党員に、五丁のモーゼル銃を手渡すだけでいい。それで、鄧少香は少し敵を甘く見た。事前に油坊鎮一帯の葬儀の情報を集めることも、油坊鎮の墓地がどこにあるかを聞くこともしなかった。ただ受け渡しの相手と場所を確かめただけ。こんなことは初めてだ。銃を運ぶのに棺桶を使わず、赤ん坊とカゴしか用意しなかった。本人もまさかと思っただろう。三つのお宝がなかったため、棺桶と死人と墓地の加護を失ったため、鄧少香は油坊鎮へ行ったきり、二度と戻ってこなかった。

鄧少香は五丁のモーゼル銃を赤ん坊のおむつの中に縫い込み、背中のカゴに入れ、石炭船に乗って油坊鎮の波止場に着いた。波止場であずまやの所在地を尋ねると、相手は西の方向を指さして言った。あれは男が将棋をする場所だ。女が行ってどうする？　あんた、将棋ができるのかい？　鄧少香は背中のカゴを叩いて言った。まさか。この子の父さんが名人の将棋を見物しているんですよ。

鄧少香はカゴを背負って、あずまやに入った。中国式の礼服に身を包んだ二人の見知らぬ男が将棋をしている。一人は私服に着替えた憲兵隊長、上品で、いかにも名人らしい。もう一人の色白の男は、周囲を見渡している。メガネの奥の目つきが鋭く、こちらも名人の風格がある。鄧少香には見分けがつかなかった。そこで将棋盤に向かって、暗号をつぶやいた。雨が降るよ、帰ってトウモロコシを取り込まなくちゃ。

将棋をしていた二人のうち、一人は無意識のうちに空を見上げた。もう一人は冷静に鄧少香を見つめ、コマを敵陣に進めて言った。トウモロコシは取り込んだ。王手！

暗号は一致したが、鄧少香は背中のカゴを下ろさなかった。石の机に置かれた将棋盤のでたらめなコマの並び方を見て、急に疑問が湧いたのだ。この二人は将棋ができないのではないか？　そこで鋭い質問を重ねた。どこが王手なの？

憲兵隊長は一瞬たじろいだが、わざと冷静さを装い、対局相手を見つめて尋ねた。言ってみろ。どこが王手だ？

　もう一人の男は鄧少香を横目でにらみながら、必死で何か考えていた。車で王手、馬で王手、大砲で――王手？　男は口の中でつぶやく。鄧少香に向けた視線を下げるにつれて、目つきはだんだん卑猥になる。男は突然、狂ったように笑い出した。棺桶屋のお嬢さん、おまえは賢いな。大砲でどう王手をかけると思う？　おまえに王手をかけるのさ！

　鄧少香の顔色が変わった。カゴを背負い、あずまやの外へ出ながら言った。いいわ、勝手にしなさい。私が悪かった。男の人は将棋をすればいい。女の私が口を挟むことじゃなかったわ。

　遅かった。向かいの茶店の客がどっと立ち上がり、敵意をむき出しにして押し寄せてきた。鄧少香はあずまやの石段に立ち、多くの男たちがまわりを取り囲んでいるのを見て、動けなくなった。鄧少香は言った。情けないわね。こんなに大勢の男たちが、一人の女を相手にするなんて。恥ずかしくないの？　鄧少香の冷静さに人々は驚いた。しかし鄧少香はおしゃれにこだわり、あやうくその場で命を落とすところだった。憲兵たちは鄧少香が手を上着の中に伸ばすのを見て、慌てて銃を取り出した。動くな、動くな！　結局、鄧少香が懐から出したのは薄紅色の化粧用具だった。鄧少香は蓋を開けた。蓋の部分に鏡がついている。鄧少香はその鏡を周囲の人々に見せた。まぶしい光が憲兵たちの顔をまだらに照らし出す。憲兵たちはてんでに、その光を避けようとした。照らすな、照らすな、鏡を置け！　一人が急いで駆け寄り、銃剣を鄧少香の体に当てた。鄧少香はようやく鏡を自分に向け、指に頬紅をつけて化粧を始めた。みんな意気地なしね。小さな鏡一枚で、こんなに怖気づくとは！　鄧少香はおしろいをつけながら、舌を鳴らした。本当に残念だわ。こんなにいい化粧品を買ったのに、使う機会がないなんて。これが最初で最後ね。

憲兵隊長は鄧少香がおしろいをつけることを許さず、部下に命じて化粧用具を取り上げた。鄧少香は憲兵にカゴを指さして、中にクシがあるので取ってほしいと伝えた。おしろいはダメだというのならあきらめるが、髪をとかしたいというのだ。憲兵隊長は髪をとかすことも許さず、口汚く罵った。このアマ、ふざけやがって。すぐ死ぬとわかっていて、化粧がしたいのか？　何の役に立つ？　あの世で嫁に行くつもりか？

二人の憲兵が近づき、カゴを引きずって行った。カゴの中の赤ん坊は、このとき初めて泣き出した。赤ん坊の泣き声は奇妙で、勢いが弱く規則的だった。子羊の鳴き声によく似ている。鄧少香は夢から覚めたように、カゴを追いかけながら叫んだ。待って、子供がカゴの中にいるの。待ってちょうだい。子供が怯えるでしょう。鄧少香は懸命に憲兵たちの足と腕を押しのけ、赤ん坊の小さな顔に覆いかぶさり、口づけをした。赤ん坊の泣き声がやんだ。もう一度口づけしようとしたとき、鄧少香は憲兵に髪をつかまれた。別の憲兵が鄧少香の腕をねじ上げ、あずまやの中へ押し出した。

鄧少香は恐れる様子を見せなかった。この災難を逃れることはできない。だが、具体的にどんな災難なのかはわからなかった。あずまやに入っていいの？　鄧少香は憲兵隊長に尋ねた。ここは男の人が将棋をする場所でしょう？　ここで私を見せしめにするつもり？

見せしめの場所を選ぶのか？　おまえに選ぶ権利はない。憲兵隊長は言った。おまえは賢いな。見せしめにされることがわかるんだから。我々はおまえを見せしめにする。おまえの首を見せしめにする。まずは尋問するべきよ？　尋問もなしに、いきなり銃殺するの？　どうせ脅しでしょう？　私は信じない。

尋問？　それは時間の浪費だ。棺桶屋のお嬢さん、おまえにその資格はない。憲兵隊長は陰険そうに、鄧少香の目を見つめて言った。今日、おまえは自ら死を招いた。棺桶屋の娘は切り捨て御免、これは上司の命令だ。おまえは学があるから、切り捨て御免の意味は知っているだろう？

憲兵は鄧少香の髪を強くつかみ、反抗を許さなかった。強制されて鄧少香は顔を上げた。その頬は異常なほど赤く輝いている。しばらくすると、鄧少香は頑強に顔の向きを変え、カゴの中の赤ん坊のほうを見た。ダメ、子供が怯えるでしょう！　鄧少香は突然、鋭い声で叫んだ。私を銃殺する前に、子供を送り返して。馬橋鎮《マーチャオチェン》の孤児院に送り届けてちょうだい。子供を送り返してから、私を銃殺して！

へっ、我々を下男だと思っているのか？　憲兵隊長は冷笑を浮かべた。子供を馬橋鎮に送り届ける？　おまえは条件を出すつもりか？　晴れやかに死にたいのか？　気持ちよく死にたいのか？　我々がおまえを銃殺にすると思うか？　棺桶屋の娘を銃殺にする？　それは甘いぞ！　憲兵隊長はそう言いながら、あずまやの外に目配せし、手を叩いた。誰かが物干し竿を持って走ってきた。あずまやの梁を物干し竿で突くと、埃が舞い上がり、一本の麻縄が落ちてきた。縄の先端に輪ができている。大きくも小さくもなく、ちょうど女の頭がすっぽり入る。これを見た憲兵たちは最初、驚きの声を上げた。そのあとすぐに拍手して、この独特の儀式に賛意を示した。

鄧少香は驚いて、あずまやの梁を見上げた。秋風が垂れた麻縄を揺らしている。左右に揺れる麻縄の輪は、命を奪う時計の振り子のようだった。恐怖は一瞬だけで、鄧少香はすぐに落ち着きを取り戻した。銃殺ではなく、絞殺なのか？　鄧少香は言った。縛り首なら縛り首でいいわ。どっちにしろ死ぬんだから。一つだけお願いがあります。舌を口から出す醜い死に方だけはやめてほしい。鄧少香の要求は憲兵たちを困らせた。一人の憲兵が冷酷に叫んだ。縛り首にされた死人はみんな舌を出す。舌を出さなきゃ、縛り首の意味がないだろう？　別の憲兵が物干し竿を持ち上げて見せて言った。おれが引き受けた。この物干し竿があるからな。おまえが舌を出したら、これで突いて引っ込めてやる！　人垣から笑い声が上がった。鄧少香は物干し竿を見て、それから笑った人たちを見た。鄧少香の口元にも、自嘲のほほ笑みが浮かんだ。もういいわ。あなたたちに話してもムダね。鄧少香は上を向いて、縄の下へ移動しながら言った。死ぬんだから何も気にしない。どんなに美しくても、醜くても、関係ないわ。

鄧少香の殉難後、五丁のモーゼル銃はもちろん奪われたが、赤ん坊はカゴに残された。これは一つの謎だ。どの憲兵が赤ん坊をカゴに戻したのか？　そして誰がカゴをあずまやから河畔まで運んだのか？　その人はきっと、船上で暮らす人々が捨てられた男の子を喜んで拾うと聞いて、子供の入っているカゴを波止場の石段に置いたのだろう。船は現れず、子供を拾う人も現れなかったが、水が押し寄せてきた。夜半、河は上げ潮となり、カゴをさらって行った。

河を漂うカゴが鄧少香の奇談をさらに発展させた。波に揺られ、河を下った。この真新しいカゴを追いかける人も河畔にいた。大量の水草が船を引く労働者のように、カゴを牽引して行く。水面を進んだり止まったり、身をかわすような怪しげな動きを見せる。岸辺の人に引き上げられることを警戒しているみたいだ。最終的に、漂い疲れたカゴは下流の馬橋鎮のあたりに流れ着き、封老四《フォンラオスー》という漁民の網に入った。カゴはくるくる回ったあと、動きを止めた。封老四は興味津々で不思議なカゴを引き上げ、カゴの中の男の子を見つけた。赤ん坊の顔は仙人のようで、裸の体に水草が付着している。黄色い肌は、きらきら光る水滴で覆われていた。封老四が赤ん坊を抱き上げると、勢いのよい水音が聞こえた。カゴの底を見ると、大きなコイがいる。コイは光り輝く背びれをホテイソウの山にぶつけて跳ね上がり、河に飛び込んで姿を消した。

水草を抱き、コイの背中にすわっていた赤ん坊が、ぼくの父だった。金雀河からカゴを引き上げた漁民の封老四は、新中国になってからも長生きをした。馬橋鎮の孤児院に父を紹介したのも封老四だった。何年かたつと、顔だけではこの不思議な子供を判別できなくなった。封老四は尻の蒙古斑を、この男の子を見分けるしるしとした。当時、孤児院には七人の似通った年齢の男児がいた。保育士は彼らを日なたに連れて行き、封老四が観察しやすいように、ズボンを下ろして尻を突き出せと命じた。封老四は大いに責任を感じ、男児の尻の前を行ったり来たりした。まず四つの無関係な尻を除外し、三つを残すと、じらすように手を高く上げたまま、その三つの小さな尻の青い蒙古斑を仔細に調べた。周囲の人たちはみな緊張する。保育士は感情に任せて、口々に叫ぶ。左だ、右だ！　左を叩け！　右を叩け！　ついに封老四の手が下りる。パンという音。左でもなく、右でもない。封老四は真ん中の小さい尻を叩いた。それはいちばん小さくて痩せた、黒い尻だった。封老四は言った。これだ。蒙古斑がいちばん魚の形に近いから、間違いない。この子だ！

保育士は失望の声を上げた。封老四が叩いたのが、ぼくの父の尻だった。音を聞けばわかる。これ以降、人々は知ることになった。馬橋鎮の孤児院のいちばん汚くて、いちばん嫌われている男の子小軒《シャオシュアン》が、革命の英雄鄧少香の息子なのだ。

二

ぼくの父はかつて、革命の英雄鄧少香の息子だった。

革命烈士の家族に与えられる赤い札が、ぼくの家の入口にずっと掛かっていた。我が家の名誉ある血筋と輝かしい家柄を証明するものだ。しかし、思いがけないことが起こった。ある年の夏、地区政府から秘密の任務を帯びた調査班がやってきて、秋まで活動を続け、父の運命を少しずつ書き換えたのである。この調査班は権威があり、決して任務を明らかにしない。油坊鎮の指導部も、手を貸すだけで参加はできなかった。四人の調査員が順番に父から事情聴取した。話題はすべて鄧少香の栄光に満ちた人生に関わること、そして烈士の息子である父の過去の経歴だった。父は真偽を確かめることができず、勝手に調査班の任務を推測した。幹部職員の査察あるいは抜擢、模範的人材の発掘あるいは認定、スパイまたは階級の敵の摘発など、いろいろ考えた。しかし、烈士の遺児を評定する調査とは思わなかった。

調査班は油坊鎮に駐留し、水上警備隊の巡視艇を一隻徴用した。金雀河両岸の村落を往き来していたが、行く先を明らかにするときと隠すときがあった。八月には酷暑の中、河の両岸に住む老人たちを訪問し、封老四の古い履歴を詳細に調べた。ずっと昔に死んでしまったこの人物について、老人たちは共通の記憶を残していた。彼らが調査班に語ったところによれば、封老四は若いころ河を荒らす盗賊だった。その後、足を洗い、河畔に小屋を建てて漁師となった。さらにその後、あの有名なカゴを捕獲し、鄧少香の息子の命を救ったのだ。これらの情報は調査班もよく知っていたから、何ら価値がない。そこで馬橋鎮でいちばん辺鄙な河湾村《ホーワン》に潜入し、封老四の親族を訪ねた。河湾村の老人はなぜか意識が低く、封老四の魚網を誉めそやすばかり。先祖の不名誉な過去には触れようとしない。封老四の従弟だという男だけは、子供のころに暴力を振るわれて足が不自由になったことをいまだに恨んでいて、肩を持とうとしなかった。調査班はその男の口から、唯一の重要な手がかりを得た。封老四は根っからの女好きで、色事と一生涯縁が切れなかったというのだ。若いときに盗賊になったのは女のためだ。船と銃があれば、金雀河でニンニクを売る色っぽい女のもとに通うことができた。その後、船を捨てて陸に上がったのも女のためだ。封老四は岸辺でソラマメを摘んでいた農家の娘を見初めた。その娘は畑で封老四に身を任せたあと、ソラマメが盗まれたことを嘆いた。封老四はすぐに、娘のソラマメを守る、誰にも盗ませないと誓った。その言葉に嘘はなかった。畑のわきに小屋を作って寝泊りしたので、娘のソラマメを盗みにくる者はいなくなった。しかし、その娘も来なくなった。ソラマメがさやから落ちても、農家の娘は姿を見せなかった。封老四はその後、意を決して河畔に住み、漁師となった。毎日、三つの魚網の番をして暮らした。従弟の話によれば、魚を捕まえる一方で、女も捕まえたという。男前で勇猛果敢な性格だったので、とにかく女にもてた。金雀河両岸の尻軽女たちが、魚の群れのように集まってきた。封老四が捕まえた女は、捕まえた魚よりも多い。そして女の一人が、珍しい花柳病を感染させて、封老四の下半身に決定的な損傷を与え、とうとう命を奪ってしまった。話を聞くかぎり、河湾村の従弟は尾ひれをつけて、封老四の私生活を描写したようだ。明らかに主観的な部分も見て取れる。調査班の女性調査員は聞くに堪えず、急いで話をさえぎった。そして、封老四の生涯で最大の疑問を解き明かすように求めた。なぜ封老四は精神病院で死ぬことになったのか？　いつから、頭がおかしくなったのか？　従弟はまったく意外な返答をした。頭は少しもおかしくない。あの汚い病気のせいさ。顔も手もチンポコもただれちまって。人に会えなくなった。それで油坊鎮の庫《クー》書記が隔離したんだ！　従弟は油坊鎮の方向を指さして言った。庫書記は大勢の民兵を河湾村に派遣して、封老四をトラクターに乗せた。病院に診察に行くと言って、だましたのさ。あろうことか、結局精神病院に送り込まれた！

八月の金雀河両岸に、死んだ男とぼくの父に関わるおぞましい話がひそかに伝えられた。ぼくと母はまだカヤの外、父本人もまるで気づいていなかった。ある日、宣伝課長の趙春堂《チャオ・チュンタン》が一枚の批判文書を綜合庁舎の放送室まで持ってきた。母が受け取って見ると、その紙には調査班の赤い公印が押してあった。文書の内容には疑問があった。封老四を批判するのか？　なぜ、この男を批判するのだろう？　一般大衆を批判してよいのか？　当人はずっと前に死んでいる。趙春堂は重々しく母に告げた。封老四の問題はもう明らかになった。階級内の異分子だったんだ！　母は初めてこの難しい名詞を耳にしたので、趙春堂に尋ねた。階級内の異分子って、何のこと？　趙春堂の答えは意を尽くさないものだった。調査班があとで説明するだろう。とにかく、階級内の異分子は社会の害毒だ。当人は死んでも、たたりが残っている。悪い影響があるぞ。調査班は封老四を批判すると言っている。放送だけでなく、批判大会も開く。大々的に批判するんだ！　母は組織の規則を厳格に守る人だった。それ以上の質問はせず、すぐにマイクのスイッチを入れ、感情を込めて批判文書を朗読した。この日、父は拡声器から聞こえてくる甲高い声、怪しげな批判の文章を耳にした。母の声に親しみは感じなかった。久しぶりに聞いた封老四の名前が、油坊鎮の上空にこだまし、陰気な風を招き寄せた。階級内の異分子、階級内の異分子！　父は執務室にすわっていられなくなった。漠然とした不吉な予感が、しだいに明確になってきた。父は放送室に直行し、有無を言わせず母のマイクのスイッチを切った。やめろ、やめろ。誰を批判していると思っているんだ？　母は言った。封老四よ。調査班が階級内の異分子だって言うから。あなた、知ってる？　階級内の異分子って何なの？　父は顔を青くして、母を指さしながら言った。どこまでバカなんだ。封老四が階級内の異分子だって？　これは当てこすりだ、当てこすりに違いない！　封老四の名を借りて、このおれを、庫文軒を批判しているんだ。封老四が階級内の異分子なら、おれもそうだということになる。やつらはおれを標的にしているんだ！

父は熱い鍋の上のアリだった。局面を打開するために、八月中は頻繁に外出した。県政府や地区政府の知り合いを訪ねた。調査班に対しても気持ちを伝えようとして、自宅に招待したが、拒絶されてしまった。何もかも役に立たない。父の経歴はイバラに覆われた沼地のように、複雑で疑わしいものとなった。調査班はその沼地を掘り返し、イバラを断ち切り、鉱脈を掘り当てようとした。九月に入ると、神秘的な評定作業は一段落を告げた。評定結果は機密事項で、外に漏らすことはできない。しかし、油坊鎮の人たちは多少なりとも噂を耳にした。調査班の中に大学で歴史を学んだ小夏《シャオシア》という男がいて、歴史知識を活用し、想像力をふくらませた。封老四はタヌキの変身術を使って組織をだまし、自分の私生児を女烈士の子供に仕立て上げたのではないか？　小夏の推測は大胆すぎた。他の調査員はこれを聞いて息を呑んだ。誰も軽々に反対するわけにいかず、にわかに賛同するわけにもいかなかった。調査班の主任老楊《ラオヤン》は慎重を期して、これを小夏の個人的な意見に止めるよう求めた。小夏の意見が最終的に評定報告の注記欄に残されたかどうかはわからない。しかし、その驚くべき見解はやはり、ひそかに油坊鎮に広まっていった。

大衆に向けて、蒙古斑に関する科学知識の普及が図られた。調査班は街頭の掲示板を利用して、大規模な宣伝を行った。遺伝という角度から科学的に説明することで、人々が長年信じてきた魚の形の蒙古斑に対するいわれのない崇拝をくつがえした。誰にでもわかる簡単な話だ。金雀河地区の住人はみな蒙古人種に属するので、子供時代には尻に青いあざがあった。唯心主義の立場から見れば、その形は魚に似ている。だが、唯物主義の立場から見れば、それは鬱血にすぎない。形がいくら魚に似ていても、鬱血は鬱血だ。まったく偶然の一致であり、何ら科学的意味はない。

ところが油坊鎮の住人たちは、科学的意味のないことにこだわった。その年の秋には、にわかに蒙古斑ブームが起こった。人々は熱心に親戚友人の蒙古斑を調べ、同時に他人の口から自分の蒙古斑の大きさや形に関する情報を得た。最初、そのブームは四十歳前後の中年男の間に限られていたが、しだいに蔓延し、少年から老人まで、男はほとんどみなこのブームに巻き込まれた。油坊鎮の公衆便所や街外れでさえ、こんな光景を目にすることができた。男の子がズボンを下ろし、尻を突き出して、互いの蒙古斑をまじめに見比べている。熱気あふれる公衆浴場は、蒙古斑ブームの楽園だった。みんなが素裸だから、便利この上ない。人々の視線は遠慮なく他人の尻に注がれ、その場で公正な評価が下された。蒙古斑は玉石混淆。色が濃いもの、形が大きいものに対して、人々は讃辞を惜しまない。一方、色が薄く、あるかなきかの蒙古斑は、一般に大衆から軽蔑された。蒙古斑ブームの愚かさは認めるべきだが、その熱が冷めたあとには得るところがあった。頭のうしろに目はついていないから、誰も自分の尻を見ることはできない。蒙古斑ブームのおかげで、人々は他人の目を借りて、隠された生命のしるしを確かめられた。多くの人は長年生きてきて初めて、自分の尻にも魚の形をしたあざがあることを知った。魚の形の蒙古斑にも、いろいろな種類がある。ひ弱な金魚のようなもの、野生的なコイのようなもの、さらには大きくてごついカツオのようなものもあった。蒙古斑が災いを招くこともある。誰かの尻に問題が見つかった。生まれつき真っ黒、あるいは真っ白な尻。蒙古斑は色があせたのか、もともとなかったのか。そんな場合、結果がどうなるか、想像がつくだろう。ある人は大慌てで、すぐに尻を隠し、誰にも見せないようにした。ある人は神の叱責を受けたかのように、顔が青ざめてしまった。中には五癩子《ウーライズ》のような無頼漢もいる。みんなから蒙古斑がないと言われても、決して認めようとしない。ぼくはある日、五癩子が家の前で弟の七癩子《チーライズ》を殴打しているのを見た。他人がどんなになだめても、手を止めようとしない。七癩子が身内の恥を隠そうとせず、どこへ行っても暴露してしまうからだった。うちの五癩子のお尻には、蒙古斑がないんだよ！

ぼくたち一家にとって、それは嵐の到来を予感させるときだった。ぼくは学校で同級生たちからの硬軟両様の要求を拒絶し、街では大人たちの執拗な追跡から逃れた。彼らの目的はただ一つ、ぼくの尻を見ることだ。彼らは言った。百聞は一見にしかず、と言うだろう。おまえの親父の尻を見るわけにはいかないからな。おまえの尻を調べるんだ。魚の形のあざがあるかどうか。ぼくの尻は見せ物じゃない。どうして見学させなくちゃならないんだ？　ぼくは両親の警告を覚えていた。ベルトをしっかり締めて、注意を怠らず、不意の攻撃に備えること。ぼくは無事に尻を守り通した。しかし、尻は守れても、一家の名誉は守れなかった。激しい嵐が満を持して、ぼくたち一家に襲いかかろうとしていた。

不幸なことに、ぼくの母が嵐の予報者となってしまった。ある日、油坊鎮の有線放送の拡声器から、母の冷静を装った震え声が聞こえてきた。母はくり返し、緊急速報を伝えた。共産党員、青年団員の幹部会議が綜合庁舎の会議室で開かれるというのだ。その日、学校からの帰り道、ぼくは大勢の人たちが綜合庁舎の方向に走って行くのを見た。事前に会議の内容を知っている人もいて、興奮しながら叫んでいた。結論が出た。結論が出たぞ。庫文軒は鄧少香の息子じゃなかった。庫文軒は階級内の異分子だ。ついに摘発されたぞ！

ある日、父は引きずり出された。ぼくにはわけがわからなかった。いまでもはっきり覚えている。それは九月二十七日で、ちょうど鄧少香殉難の記念日だった。父は本来、あずまやへ行って年に一度の追悼会を主宰するはずだった。ぼくは少年児童の代表として、あずまやに献花することになっていた。母は放送室で、鄧少香をしのぶ詩篇を朗読する。この日は、ぼくたち一家にとって、最も輝かしく最も忙しい一日だった。よりによってその日に、調査班は評定の結果を宣告した。ぼくの父は鄧少香の息子ではない。ぼくの母は鄧少香の嫁ではない。そして、ぼくも鄧少香の孫ではないというのだ。

母は失望落胆した。夕方、まるで地獄から抜け出すかのように、綜合庁舎の放送室から出てきた。白いマフラーをマスクの代わりにして、自分の顔をしっかり覆い隠している。自転車に乗って、賑やかな人民街を抜けた。体を揺らし、涙を流しながら。通行人は母の白いマフラーを見て、目をうるませた。母は自転車で工農《コンノン》街に入る。この通りの住人たちは大騒ぎとなった。母は鍛冶屋の朱《チュー》さんの家の前で自転車を下り、朱さんに金槌と鑿《のみ》を借りた。朱さんは母の両唇が白いマフラーの中で動いているのを見た。何かを罵っているのか、何かを祈っているのか、判然としない。朱さんは尋ねた。喬麗敏《チャオ・リーミン》、金槌と鑿を何に使うんだ？　これは男が仕事に使う道具だ。あんたが持って行ってどうする？　母は道具を持ち去ると同時に言った。どうもしないわ。家の掃除に使うのよ。

九月二十七日の夕方、ぼくは誰かが鋭利な道具で家の門を叩く音を聞いた。出てみると、母が椅子に乗って、鑿と金槌で門を叩いている。母は門に打ち付けてあった「栄誉ある烈士の家族を証明する赤い札」を取り外した。赤い札の重さを確かめ、埃《ほこり》を吹き払うと、布袋の中にしまった。母は集まってきた隣人たちの問いかけを無視して、自転車を押しながら門内に入った。門を閉ざすと、母は地べたにすわり込んだ。

母は胸を叩き続けていた。肺が爆発したのだという。これは決して誇張ではない。母の姿はまさに爆撃を受けたあとの廃墟さながらだった。顔は土気色、額と頬が黒く汚れている。門の横木から落ちてきた埃のせいだ。目のまわりは涙で濡れている。そこにまた新しい涙が、ハラハラとこぼれ落ちた。母は言った。薬箱を取ってきて。肺が爆発したから、薬を飲まなくちゃ。ぼくにはわからなかった。肺が爆発するとはどういう意味か、どんな薬を持ってくればいいのか。ぼくは尋ねた。どうして、烈士の家族の札を剝がしたの？　母は答えなかった。ぼくは重ねて尋ねた。どんな薬がいるの？　母は突然叫んだ。毒薬、私に毒薬をちょうだい！　ぼくはびっくりした。しばらくすると、母は起き上がった。白いマフラーをはずし、体を曲げて歩き回っている。ぼくは塀ぎわまで下がり、なすすべなく、邪魔にならないように立っていた。ところが、母は小さい机につまずいた。机をにらみつけ、両唇を怒りで震わせている。机には将棋盤と将棋のコマが放置されていた。父がかなり前にぼくと対戦したあと、しまうのを忘れていたのだ。一瞬、母の顔に怒りの表情がよぎった。ぼくは母が机に駆け寄り、高く持ち上げるのを見た。母はゴミを捨てるように、将棋盤と将棋のコマもろとも机を塀の外に放り投げた。将棋なんて！　今日から、うちは将棋禁止よ！　母はこのように命令したあと、窓辺に置いてあったぼくのハーモニカと卓球のラケットを見た。そして、追い討ちをかけるように突進して行き、これらを地面に払い落とした。ハーモニカもダメ、卓球もダメ。今日からは尻尾を巻いて、大人しくすることね。娯楽活動は一切許しません！

門の外から乱れた足音が聞こえた。ガチョウの鳴き声も混じっている。塀によじ登ると、隣人たちが待ち伏せしているのが見えた。彼らは無意識のうちに、ばら撒かれた将棋のコマを追いかけている。腰を曲げて「馬」を拾った人もいれば、「兵卒」を拾った人もいた。うすのろの扁金《ビエンチン》までもが、なぜかガチョウの群れを引き連れて、工農街までやってきていた。薄ら笑いを浮かべ、黒い手に「王」をつかんで、見せびらかしている。まるで城下に迫る敵軍のようだ。ぼくの家の塀は、いまにも倒れようとしていた。外の人たちは何が目的なのか、塀の下に集まって帰ろうとしない。ぼくを見上げる表情は謎めいている と同時に、愉快そうでもあった。金《チン》さんの家の嫁さんは、もともと母と仲が悪かった。ずっとぼくを見てクスクス笑っている。それから突然、怖い顔をしてぼくを叱りつけた。悪い子だね、まだ偉そうな顔をして。のんきな暮らしは、もうおしまいさ。自分が誰の孫だと思ってるんだい？　河の盗賊、封老四の孫なんだよ！　ぼくは痰を吐きかけ、相手にしなかった。ぼくは塀の上で、周囲の様子を観察し、父の姿を追い求めた。しかし、父を見つけることはできなかった。見えたのは、町全体の変貌だった。町の上空には歓楽の空気が漂っていた。油坊鎮の中心部からも、もっと遠くからも、かすかに老若男女の歓呼の声が聞こえてくる。勝利に沸く喧騒が、ぼくに異常な孤独を感じさせた。この感情は、やがて強まることになる。ぼくが油坊鎮の歓楽から取り残されたのは、これが最初だった。

ぼくの父庫文軒は鄧少香の息子ではなくなった。だとすれば、誰なのか？　誰が女烈士の息子なのか？　調査班はそれを明らかにしなかった。現在発表されたのは第一段階の調査結果だという。誰が鄧少香の息子なのか？　鄧少香の息子はどこにいるのか？　党員、団員、幹部たちも知らない。まして、一般大衆が知るはずはない。このため、塀の下に集まった住人たちは、あれこれと議論を始めた。論争は長時間にわたったが、隣人たちの意にかなう候補は見つからなかったようだ。だが、うすのろの扁金の叫び声が、強い印象を残した。扁金はずっと叫んでいた。おいら、それはおいらだ！　おいらが鄧少香の息子だよ！　おいらの尻のあざはコイの形をしてる！

塀の外の人たちは、最初どっと笑った。その後、誰かの提案で、扁金のズボンを脱がせようとした。その場で尻のあざを確かめるのだ。さあ、さあ、ズボンを下ろせ！　叫び声が響きわたった。ぼくも扁金の蒙古斑に興味があった。塀の下の人たちは扁金を追い回し、ぼくは塀の上を走り回った。残念ながら、間もなく砧《きぬた》が飛んできて、ぼくの背中に当たった。母が下に立ち、地団太を踏んでいる。母の怒りはいま、完全にぼくに向けられていた。砧の次に、母は火挟みを手にして、空中で振り回している。下りてきなさい！　どうしようもない子だね。まったく腹が立つ！

ぼくは母に逆らえず、塀から下りると、頭を抱えて屋内に逃げ込んだ。

だから、その日の夕方は、多くの人たちが観察した扁金の尻を見逃してしまった。

三

翌日から、ぼくは「空屁《すかしっぺ》」と呼ばれるようになった。

これは、よく見られる連鎖反応だ。ぼくの悔しさは、父の悔しさに起因していた。父が鄧少香の息子でなければ、ぼくも鄧少香の孫ではない。父は鄧少香の息子でなければ、何者でもない。父が何者でもなければ、ぼくにも累が及ぶ。ぼく庫東亮《クー・トンリヤン》も何者でもなくなる。ぼくはバカではないが、この世界がこんなに早く変化するものだとは知らなかった。わずか一晩で、ぼくは「空屁」になってしまった。

翌日の朝、ぼくはいつものように登校した。母は朝食を作らず、ベッドに寝たまま、ビスケットの空き箱を抱えていた。そして箱の中から、ぼくに朝食を選ばせた。ぼくは白い紙に包まれていたパンを選んだ。パンをかじりながら門を出るとき、母が屋内で叫んだ。今日は面倒を起こすんじゃないよ。いいかい。これからは尻尾を巻いて、大人しくするんだ！

朝陽《チャオヤン》薬局の前で、ぼくは五癩子の弟の七癩子に出会った。その姉もいた。彼らは板戸に寄りかかっている。店が開くのを待っているのだろう。七癩子の頭にはガーゼが巻かれている。ガーゼは名前のわからないできものの膿で汚れて、ハエがたかっていた。ハエは姉弟のまわりを飛んでいる。ぼくは母の言いつけを忘れてしまった。尻尾を巻いて大人しくするなんて、無理な注文だ。ぼくには尻尾がないのに、どうしろというのか？　そこでぼくは立ち止まり、興味深く七癩子の頭上のハエを観察して言った。七癩子、おまえの頭には便所があるのか？　どうしてハエが頭のまわりを飛んでるんだ？　彼らはぼくを相手にしない。ぼくは重ねて質問した。七癩子、おまえの家の五癩子の尻には、本当にあざがないのか？　それじゃ犬畜生だろう？　今度は七癩子の姉が黙っていなかった。ぼくに唾を吐きかけ、悪態をついた。親父が捕まったくせに、まだ偉そうな口をきいて。あんたは盗賊の孫だ。あんたこそ犬畜生だろう。あんたの一家はみんな犬畜生だ！

七癩子はケンカに興味がなく、じっとぼくのバターパンを見つめていたが、よだれを飲み込むと、突然怒りをあらわにして、姉に向かって叫んだ。見ろよ。こいつは毎日、バターパンを食ってる！　どうして毎日、食えるんだ？　七癩子の姉は口を曲げ、手で弟の頭のハエを追い払って言った。バターパンなんて、おいしくないよ。羨ましくもない。七癩子は言った。おれは羨ましいよ。食ったことがないから。食ったことがないものは羨ましいだろう？　七癩子の姉は一瞬言葉に詰まった。ぼくの手もとに視線を投げながら、ため息をついて言った。確かに羨ましい。一個六銭だから、うちでは買えないね。七癩子は抗議するように叫んだ。親父が捕まったのに、こいつはどうしてまだパンを食ってるんだ？　不公平じゃないか！　おれも食いたい。おれによこせと言ってくれ！　七癩子の姉は我慢できなくなって叫んだ。教えただろう？　貧しくても志は高く持ちなさいって。わからないの？　パンを食べなくても死にはしないでしょう？　ところが、七癩子は言った。死ぬよ！　バターパンをくれないなら、おれは金雀河に飛び込んで死んでやる！　今度は七癩子の姉が追い込まれた。足を踏み鳴らし、濃紺のズボンのポケットを叩いて、硬貨を一枚取り出した。五銭しか持ってないから、バターパンは買えないよ。その声はもう、泣きそうな感じだった。七癩子、死ぬなんて、脅かさないで。この子のパンを横取りしろとでも言うの？

横取り。この言葉が炎となって、彼らの目を輝かせた。姉と弟は目を合わせたあと、熱い視線を揃ってぼくの手元のパンに向けた。ぼくは彼らの企みを予感した。横取り！　ぼくの頭は、彼らが横取りすることを確信した。しかし、ぼくの体は信じていなかった。ぼくは路上に立ったまま、彼らが突進してくるのを呆然と見ていた。彼らは二匹の凶暴なヒョウのように、ぼくに向かってきた。ぼくは持っていたパンを高く掲げた。横取り？　本当に横取りするのか？　ぼくのパンを横取りする勇気があるのか？　ぼくの威嚇は尻すぼみで、姉弟にとって何の障害にもならなかった。二人はまったく恐れることなく、朝の路上で力を合わせ、ぼくのパンを奪った。七癩子は飛びはねながら、ぼくの手を押さえた。七癩子の姉は年ごろの娘だったが、その勇気と力はぼくの想像をはるかに超えていた。最初はかじることから始めて、その後は両手でぼくの指を一本ずつこじ開け、手のひらから半分握りつぶしたパンを奪っていった。

ぼくはパンを奪われたことが信じられず、夢を見ているのだと思った。秋の日差しが明るく通りを照らし、ぼくの手に残ったパンくずを照らしていた。足元に、汚れたガーゼが落ちている。それが唯一の戦利品、七癩子の頭のガーゼだった。ハエが数匹飛んできて、ガーゼの上を旋回している。ぼくは気持ちが悪くなり、何度も吐きそうになったが、口からは何も出てこなかった。一組の男女が自転車で通りすぎ、あやうくぶつかりそうになった。ぼくは抗議しなかったが、相手のほうが文句を言ってきた。この坊主、何をしてるんだ？　道の真ん中に突っ立って。夜が明けたのに、まだ夢を見てるのか？

夢を見てると言われて、目が覚めた。確かに、ぼくは道の真ん中に立っていた。七癩子とその姉は街角の花壇のわきに移動している。一人は立ち、一人はすわり、何事もなかったかのようだ。近づいてみると、七癩子はがつがつとパンをかじっていた。姉のほうはメンドリがヒヨコを守るような姿勢で、ぼくに警戒の目を向けながら、得意そうに言った。追いかけてきてもムダだよ。パンはもう、おなかの中だから。

ぼくはどう返事していいのかわからず、姉を避けて七癩子に向かって言った。七癩子、よくもパンを食ったな。すぐに吐き出させてやる！　ぼくは拳で七癩子の腹を突こうとしたが、その前に七癩子の姉が命がけで立ちはだかった。慌てて七癩子を促している。早く食べてしまいな。私はいいから。全部おなかに入れたら、証拠はなくなるよ。ぼくは七癩子の姉という障害をどうやって取り除けばいいか、わからなかった。切羽詰まって、頭から突進して行くと、ちょうど柔らかい下腹部に当たった。七癩子の姉は叫び声を上げ、両手で下腹を押さえ、痛そうにしゃがみ込んだ。ぼくはこれでやっつけたと思い、七癩子を捕まえようとした。ところが七癩子の姉はまた鋭い叫び声を上げ、痛さも顧みず、ぼくの服のすそを引っぱって立ち上がった。そして、ぼくにびんたを食らわせた。どういうつもり？　子供のくせに変なまねをして。二つの目は怒りに燃え、ぼくを見つめている。どこにぶつかってきたの？　変なまねをする気なら、警察に突き出してやるからね！

七癩子の姉のびんたで呆然としていたぼくは、その警告でさらに致命的な打撃を受けた。どうしていいかわからず、ぼくはその場にくずおれた。こらえられなくなって、ついに泣き出してしまった。

ぼくが泣くと、七癩子は喜んで、口をゆがめてバカ笑いした。姉は少しうろたえて、道を行く人たちの様子をうかがいながら、ぼくをなだめた。何を泣いてるの？　たかが食べかけのパンでしょう？　けちけちしないでよ。それに、パンに名前は書いてないわ。パンの材料は小麦粉、小麦粉の材料は小麦、小麦を作ったのは農民よ。うちの母さんは農民だから、このパンはうちの母さんのものでもある。あんたが食べてよくて、弟が食べちゃいけないという道理はないでしょう？

ぼくは泣きながら叫んだ。ぼくのパンだ、横取りしやがって！

七癩子の姉は目をぱちくりさせて左右をうかがいながら、どうやってぼくの怒りを静めるか、一心に考えている様子だった。その視線は街角の塀に向けられている。塀にはスローガンが石灰水で書いてあった。プロレタリア独裁万歳！　七癩子の姉の目が光った。横取りじゃない、これはプロレタリア独裁よ！　その叫び声は正当性を強く主張していた。うちの家族は革命大衆だけど、あんたの家族は盗賊、反革命、資本主義の道を歩む裏切り者、ブルジョア階級の修正主義者でしょう。だから横取りじゃない。プロレタリア独裁を行っただけよ！

七癩子の姉は言い終わると、弟を引っぱって薬屋へ向かった。ぼくは承服できず、涙を拭いながら彼らのあとを追った。通行人が増えてきて、多くの人がこの怪しい一団を横目で見ていた。ぼくは姉弟の背中を指さしながら叫んだ。あいつらが、ぼくのパンを横取りした。今日はパンを食われたけど、明日は大便を食わせてやる！

ぼくの表現はまずかった。幼さと無知のせいで、慎みが欠けていた。通行人たちはぼくの最初の言葉には反応せず、あとの言葉だけを聞いて不快そうににらみつけ、口々に議論した。この子はしつけがなってない。何という口の利き方だ？　大便だとか小便だとか、この子の口は便所より臭いぞ！

七癩子の姉は大衆の支持を受けると、すぐに立ち止まった。振り返って厳しい顔でぼくを見つめ、片腕を上げて通りのほうを指し示した。ほら、見なさい。大衆の意見を聞いたでしょう。大衆の目はごまかせない。あんたの味方がどこにいるの？　言えば言うほど興奮が募り、何も恐れるものはないという様子だった。顔には軽蔑の表情を浮かべている。さあ、かかってきなさい。チンピラのまねをしたって、誰が怖がるもんか！　庫文軒の息子が聞いてあきれる。庫文軒は階級の敵だから、いまや屁みたいなものさ。あんたは屁の息子。屁にも及ばない。空屁《すかしっぺ》だ！

空屁？

空屁！

七癩子の姉は、ぼくを空屁と罵った！　ぼくはいまでも覚えている。薬屋のまわりの人たちは、この言葉に反応した。七癩子がまず、姉の機知とユーモアを称賛し、息もできないほど大笑いした。空屁、空屁、そうだ、こいつは空屁だ！　姉弟の喜びは野次馬たちに感染した。薬屋の前、朝の人通りが多くなった人民街《レンミン》、計画出産を呼びかける掲示板の下、至るところで喜びの伝播、笑い声の伝播があった。ぼくは油坊鎮全体の空気が、はっきり聞こえる言葉で覆われているように感じた。

空屁――空屁――空屁――

ぼくは空屁だ。

面目丸つぶれだが、認めざるを得ない。ぼくは空屁だ。この一生ついて回ることになるあだ名は、七癩子の姉が発明したものだった。金雀河から遠い地域の人たちには、この言葉の意味がよくわからないかもしれない。それは数百年来、河の両岸に伝わってきた方言で、通俗的でわかりやすいようだが、じつは奥が深い。「空」と「屁」、二つの意味が重なっている。「空」よりも空虚で、「屁」よりも臭いのだ。

隔離審査

父は陸上で三か月、拘束された。

国慶節のあと、母は日用品を用意して、自転車で春風《チュンフォン》旅館まで届けに行った。父は春風旅館の屋根裏部屋で、調査班の隔離検査を受けていたのだ。屋根裏部屋と旅館の間には臨時の鉄扉が設けられ、三重に鍵がかかっていた。二つの錠前は外側、一つの錠前は内側についている。鍵は三つとも調査班が管理し、ほかの人は中に入れない。調査班の幹部、男三人と女一人はときどき街の雑貨屋と食堂に現れたが、父はその鉄扉を出ることを許されなかった。ぼくは春風旅館を通りかかったとき、何度も周囲の地形を確かめた。屋根裏部屋には窓がなく、外側にベランダがある。ベランダに父の姿を見ることはなかったが、一度だけ父のシャツとパンツが洗濯ロープに揺れていた。灰色のシャツと紺色のパンツは、弓の音にも怯える鳥のようだった。

父は問題百出だったらしい。まずは経歴、多くの経歴が証拠を欠いていた。証人として呼ぼうとした学生時代の友人、男女各一名のうち、男は行方不明、女は精神を病んでいた。父が長年にわたって働いていた白狐山《バイフーシャン》営林場は山火事にあい、証人となるべき人は焼け死んでしまった。父の入党時の紹介者となると、さらに疑わしい。誰もが知っているが、悪い意味での有名人。省内でいちばん大物の右派分子で、西北地区の労働キャンプに送られたのだが、改心の様子を見せず、突然失踪してしまったという。

調査班はぼくの家を訪れ、父の経歴が疑わしいと母に伝えた。これは母にとって、予想外のことだった。あの男は誰なんだ？　いったい誰なんだ？　調査班の人たちに何度も質問されて、母は度を失い、大声で叫んだ。私だって知らないわ！　あの人が誰なのかなんて！　しばらくすると冷静さを取り戻し、母は真顔で調査班の人たちに尋ねた。頭の病気じゃないかしら？　完全な記憶違いを引き起こしてるのよ。調査班の人たちは、この質問を受け付けなかった。病気のせいにしてはダメだ。庫文軒の問題は精神科の医者を呼んでも、解決しない。本人が十分反省する必要がある。調査班の人たちが帰ったあと、母はずっと暗闇の中にすわって、つらそうに何かを考えていた。暗闇の中で母が膝を叩いている音が聞こえた。私がバカだったのよ。だまされた、だまされた。母が自分を責める声によって、室内はますます重苦しい空気に包まれた。その後、明かりがついた。母の顔の涙はもう乾き、堅い決意が表情からうかがえた。縁を切る！　母はぼくに言った。縁を切る、縁を切るわ！

油坊鎮は、ぼくの父が経歴を偽って組織をだましたという噂でもちきりだった。ぼくの家の塀には、怒りの落書きが大量に現れた。ペテン師、裏切り者、スパイ、反革命分子、歴史的反革命。いちばん難解なのが「階級内の異分子」という言葉で、ぼくにはどうしても理解できなかった。どうすれば「階級内の異分子」になるのだろう？　母は気も狂わんばかりで、綜合庁舎の各指導者を訪ねて、心情を訴えた。気持ちは通じたようで、指導者たちはみな母を慰めてくれた。夫婦は同じベッドに寝ていても、階級的立場を異にすることができる。庫文軒に問題があるからといって、喬麗敏にも問題があるとは限らない。その当時、母は感情の起伏が大きかった。台所でホウレンソウの選り分けをしていたかと思うと、次の瞬間にはカゴいっぱいのホウレンソウをそのまま鍋に入れてしまった。選別なんか必要ない！　母は怒りもあらわに、台所で調理をした。鉄の鍋と杓子《しゃくし》が音を立てた。母は言った。虫がついていたってかまわない。おなかを壊せばいいのよ。食中毒で死んでしまえば、面倒が省けるわ！

母のこのような態度は、ぼくを不安にさせた。いったい、何を考えているのだろう？　家族が縁を切ることなんかできない。今後、ぼくにどう接するつもりなのか？　父にどう接するつもりなのか？　そして母自身は、どうするつもりなのだろう？

ぼくは母の目を盗んで、こっそり春風旅館へ行ったが、鉄扉の中には入れなかった。扉を叩き続けると、紺色の人民服を着た若者が出てきた。この男が小夏だろう。仇《かたき》に出会えば憎さは募る。ぼくは機関銃のように質問を浴びせた。調査班が聞いてあきれるよ。ほら吹き調査班か、くそったれ調査班だろう。何の証拠があって、庫文軒は鄧少香の息子じゃないと言うんだ？　それに何の証拠があって、盗賊の封老四の息子だと言うんだ？　証拠がないなら、おまえたち三人の男が封老四の息子だ。もう一人の女は、封老四の娘だ！　ぼくの怒りの言葉と一緒に、その男は霧状の唾を頭から浴びた。誰の指図で来た？

乳臭いガキのくせに、おれたちに証拠を要求するのか？　証拠の何たるかも知らんのだろう？　男は鉄扉から飛び出し、ぼくを追いかけ、旅館から締め出した。そして旅館の使用人に雷を落とした。誰が中に入れた？　隔離審査の規則が、まだわかっていないのか？　関係者以外は、立ち入り厳禁だぞ！　旅館の使用人は不満を訴えた。私たちが入れたわけじゃありません。あれは庫文軒の息子です。どこから入り込んだのやら。小夏が出てきて、ぼくのうしろ姿を確かめ、何かを悟ったかのように言った。庫文軒の息子なのか？　でたらめばかり言うのも不思議はない。親父と同じだ。どうやら、息子にも思想的な問題があるな。なかなか状況は深刻だ！

二か月の拘束を経て、父は精神面に異常が見られるようになった。ある日、調査班の女調査員が母を訪ねてきた。母の推測に道理があることを認めたあと、女調査員は父の最近の挙動が尋常ではないと言った。供述を拒み、すぐにズボンを下げて、調査班に尻の蒙古斑を見せようとする。時間も場所もおかまいなし。まったく手に負えない。調査班は父の隔離審査を打ち切り、家族に身柄を引き取らせることにした。

その日、ぼくと母は旅館の三階の廊下に立ち、あの緑色のペンキを塗った鉄扉が開くのを待っていた。ずいぶん待ってから、父が腰を曲げて出てきた。片手に旅行カバン、片手に将棋のコマを入れた箱を持っている。長いこと日を浴びていなかったため、顔が少しむくんで青白い。一見ふっくらしているようだが、実際は疲労の色が濃かった。父は熱い視線を母に向けたが、母は顔をそむけた。父の視線はすぐに怯えたように移動し、ぼくの体に向けられた。父の目つきを見た瞬間、ぼくは全身に鳥肌が立った。何とも卑しく、弱々しい。ぼくが父親で、父が息子であるかのようだ。父は大きな間違いを犯したので、ぼくの歓心を買い、許しを得ようとしているのだった。

どうすれば父を許すことになるのか、ぼくにはわからなかった。どうすれば父を罰することになるのか、わからないのと同様に。ぼくは父のあとについて階段を下りた。父は腰を曲げて階段を下りて行く。歩みは慎重、その姿は不様で、余命わずかな老人のようだった。これは二か月の屋根裏部屋での生活と関係している。腰を曲げて歩くことが癖になってしまったのだ。このような体の変化に気づいたので、ぼくは父に注意を促した。お父さん、ここはもう屋根裏部屋じゃないんだよ。父は不思議そうにぼくを見た。わかってる。おれは出てきたんだ。ぼくは言った。それなら、どうして腰を曲げて歩くの？　父は言った。腰が曲がってるか？　ぼくは言った。曲がってるよ。まるでエビみたいだ。父は驚いて頭を上げ、懸命に腰を伸ばした。この簡単な動きでさえ、父の体に損傷を与えた。父は突然、アーッと叫んで旅行カバンを投げ出し、将棋の箱も落とした。父の体は一瞬のうちに折れてしまったらしい。父は片手を腰にあてがった。きわめて苦しそうな表情が、その顔に浮かんだ。痛い、痛い、どうしてこんなに痛いんだ？　父は救いを求めるように母を見ながら、つぶやいた。ちょっと腰を伸ばしただけなのに、どうしてこんなに背中が痛いんだろう？

母は下を向いて旅行カバンを拾ったが、父の苦しみを訴える声には気づかなかったようだった。旅行カバンに何を入れたの？　カランカランと音がしてるじゃない。石鹸、湯呑み、みんな捨てればいいのに。持ち帰ってどうするの？

ぼくは進み出て父を支えた。父は母をチラッと見た。手を貸してくれるのを待っていたのだろう。しかし、母は旅行カバンを提げて廊下に立ち、顔をそむけ、一歩も動かなかった。父の体に対して、警戒と嫌悪の感情を抱いているようだ。父は落ち着きを取り戻し、ぼくを押しのけて言った。手助けはいらん。ちょっと腰を痛めただけだ。体が不自由になったわけじゃない。

ぼくは階段に散らばった将棋のコマを拾った。父の足を見ると、いまだに秋物のビニールサンダルだった。片足にナイロンの靴下、片足に白い薄絹の靴下をはいている。父はゆっくりと腰を曲げ、一歩ずつ階段を下りながら独りごとを言った。大丈夫だ。こうやって歩けば、背中も痛くない。腰を曲げて歩こう。

外に出ると空は暗く、冷たい雨が舞っていた。雨には雪も混じっている。父は旅館の軒下で、ぬかるんだ道と慌てて走り回る通行人を見て足を止めた。

父は言った。マスクを持ってきたか？

持ってこなかった。ぼくは言った。どうしてマスクをするの？　顔が寒いから？

父は寒いのではなく、人に見られたくなかったのだ。母は冷ややかに言った。マスクは役に立たないわ。マスクがあってもなくても、みんなはあなたに気づく。マスクがあってもなくても、あなたは人に合わせる顔がないのよ。

父は苦笑しながら、恐る恐る視線を母の顔に向けた。麗敏、済まなかった。この謝罪の言葉は唐突だった。父は喉に痰が詰まり、咳ばらいした。麗敏、済まなかった。父は同じ言葉をくり返すと、ホッと息をついた。しかし母は、抑えていた炎が風を受けて燃え上がったようだった。父の時ならぬ謝罪によって怒りに火がつき、全身を震わせていた。

私に謝って何になるの？　あなたは自分に迷惑をかけたのよ。あなたを育ててくれた組織に迷惑をかけたのよ！

母の目から涙があふれ出た。みんなの前で恥をかくことを恐れて、母は旅行カバンを提げて、通りに飛び出して行った。母が父の謝罪をこれほど蔑視するとは意外だった。母はぼくと父を残して、一人で行ってしまった。

油坊鎮にみぞれが降りしきる中、ぼくは父に付き添って帰宅した。ぼくたちは大通りを避け、静かな小道を選んだ。それでも、途中で下心のあるお節介な人たちに出会った。大勢の住人が厚かましく、父に挨拶するふりをして近づいてきたが、ぼくはすべて押しのけ、追い払った。見物にきた小さい子供たちはぼくに殴られ、大きい子供たちはぼくに罵られ、逃げて行った。ぼくは父親が子供を守るように、全力で父を保護して、工農街の家に向かった。

ぼくは父を連れ帰った。

隔離審査は一段落した。審査結果は喜びと悲しみが半分ずつだった。父は経歴を偽ったことを否定し、組織をだましたことを否定した。自分は鄧少香の息子であると言い張った。しかし、父の生活面の問題に対する調査は、調査班の予想よりずっと早く、きわめて順調に進んだ。父は白状した。以前から世間で噂されていたことは事実だった。父はふしだらな男女関係を持った。生活態度に問題があったのだ。問題はかなり深刻らしかった。

生活態度

生活態度の問題とは、誰もが知っているように、男女問題を意味する。男の生活態度に問題があるというのは、女と寝たということだ。寝た女の数が多ければ、それだけ問題は深刻になる。その当時、ぼくは十三歳で性知識を欠いていたが、父が権力を利用して女と寝ていることは知っていた。ただ、何人の女と寝たか、多くの女と寝て何の得があるのかはわからなかった。他人に聞くわけにもいかない。聞けないので自分で考えたが、考えると下半身が勃起してきた。それでもう考えるのをやめた。母は勃起を禁じていた。勃起は母に対する裏切りになる。それが故意であろうとなかろうと、母はぼくを厳罰に処した。ある朝、ぼくは夢を見た。よく知っている綜合庁舎の階段で、何人もの若い美女がクジャクのように羽を広げ、四階にある父の執務室に向かって行く。階段をトントンと三階まで上がったところで全員が振り返り、ぼくに笑いかけた。美しい幻覚に酔いしれ、うっとりしていたぼくは、母にスリッパで叩かれ目を覚ました。母は怒りの目で、ぼくの盛り上がったパンツをにらみ、ぼくをベッドから追い立てた。母はぼくを叩きながら叫んだ。恥知らず、いやらしい、父親が父親なら息子も息子だ。何をもっこりさせてるんだい？　父親みたいになればいい。恥知らずでいやらしい男になりなさい！

母は男の生殖器に嫌悪と怒りを感じていた。ぼくも巻き添えを食ったわけだ。母と父の決裂はベッドを別々にすることから始まった。二人は一線を画したが、すぐに別の道を歩み出したわけではない。最初、ぼくは母が父を助けようとしていると思ったが、あとになって気づいた。助けるのでもなく、恩を与えるのでもない。それは債務処理だった。母の目からすれば、父はもう土くれも同然で、救う価値もないのだ。母はあることのために時間を残した。それは何か？　懲罰である。母はこの特権を放棄せず、父に懲罰を与えた。最初の計画では、父の精神に懲罰を与えるつもりだった。しかし、予想外のことはあるもので、父の精神は突然曲がってしまった腰と同様、もはや廃墟となり、懲罰の余地は残っていなかった。そこで、父の精神に懲罰を与えるか、父の身体に懲罰を与えるかが、母の悩みとなった。

母が朝出かけるとき、父は自転車を用意して言った。気をつけてな。あまり飛ばすなよ。母は言った。汚い手で私の自転車に触らないでちょうだい。私が自転車をどう乗ろうと、あなたには関係ないでしょう。いっそトラクターに衝突して死ねたら、ケリがついてうれしいわ。父は大人しく自転車から離れて言った。放送の原稿はゆっくり読むんだぞ。間違いがないようにな。落ち目になった人間に、世間の目は厳しい。尻尾をつかまれないようにしろ。母は冷笑して言った。ありがとう。いい人ぶるつもり？私がまだ原稿を読ませてもらえると思うの？　誰が私にマイクを渡してくれるかしら？　私が放送室でどんな仕事をしてると思う？　毎日、張小紅《チャン・シャオホン》のために、新聞の切り抜きをしてるのよ！　母は同僚のために新聞の切り抜きをしていると言ったとき、精神のバランスを失った。屈辱のあまり母はヒステリーを起こし、突然、地面を指さして言った。庫文軒、みんなあなたが悪いのよ。死んでも償えない罪を犯した。ここで土下座しなさい。さあ、土下座するのよ！

父は驚いて母を見ながら言った。それは無茶だ。おまえのことを心配してやったのに、どうして土下座しろなんて言うんだ？

母は容赦なく、門の前の地面を指さしていた。土下座しなさい。あなたみたいな人は立っている資格がない。土下座がふさわしいのよ！　さあ、早くして！　あなたが土下座しないうちは、仕事に行かないわ！

父はためらっていた。心の中で、自分の罪が土下座に値するものかどうか考えていたのだろう。ぼくは部屋の中から、対峙する父と母の様子をうかがっていた。二、三分ほどで、父は驚くべき決意をした。ぼくの部屋の窓をチラッと見たあと、ズボンのすそを少し持ち上げ、ゆっくりとひざまずいた。土下座したのだ。父は門の前で土下座し、気楽なふりをして母に笑いかけた。土下座でも何でもするさ。死んでも償えない罪を犯したんだからな。

母の顔から怒りが消え、表情が変化した。満足しているのかどうかはわからない。おそらく、深い悲しみにとらわれているのだろう。母の目は判断力を失ったかのように、じっと父の膝に向けられたままだった。しばらくして、母が突然言った。どうして門の前で土下座するの？　隣近所の人たちに見学させるつもり？　門を開ければ丸見えよ。それでも笑っていられる？　あなたが平気でも、私は耐えられないわ。

父は立ち上がって言った。大衆への影響を考えるのはいいことだ。それなら、どこで土下座しようか？　父は周囲を見回し、大きいナツメの木の下に置いてある筋肉を鍛えるための力石に目をつけた。父はゆっくりと力石の上に膝をつき、頭を上げて母を見た。取り入るような、仕方ないというような表情だった。母は顔をそむけ、自転車を押して出て行こうとした。門の前で、かんぬきを何度もはずそうとして思い止まった。そして突然振り向いて、力石の上の父を見た。母の顔は涙に濡れていた。ぼくは母のすさまじい叫び声を聞いた。まったく腹が立つ！　土下座しろと言えばするの？　庫文軒、あなたに言っておくわ。男は簡単に膝を折ったりしないものよ。わかる？　あなたみたいな男は今後、みんなから軽蔑されるでしょうね。

父は力石の上で身を起こし、母を見上げた。母の言葉に反応して片方の膝は浮いていたが、もう片方は惰性で下についたまま、動く気配がない。母が出かけたあと、ようやく父はゆっくり立ち上がった。ぼくが部屋から飛び出して行くと、父はぼくに気づき、一瞬恥ずかしそうな表情を見せた。そして膝を叩きながら、何気なさそうに言った。一度だけ、この一度だけだ。ほんの冗談さ。東亮、どうして最近、力石で体を鍛えないんだ？

ぼくは返答に困り、「意味がないから」とだけ言った。

意味があるもないも、体の鍛錬じゃないか。父は腰を曲げたままナツメの木の下に立ち、決まり悪そうに何かを考えていた。しばらくすると、父は苦笑して言った。確かに、意味がない。東亮、おまえの言うとおりだ。何もかも意味がない。うちの家族は離散するんだから。おまえの母さんはいずれ、おれと縁を切るだろう。

ぼくは黙った。何を言えばいいかわからない。父が帰宅してから、ぼくの心は子供っぽい乱れた考えに揺れていた。母に同情するときもあったが、多くの場合は父が哀れでならなかった。ぼくは父のズボン下の両膝についた黒い汚れを見つめたあと、視線を慎重に上へ向けた。ズボン下の皺のよった部分に、中年男の性器の形が見て取れる。斜めに垂れ下がり、元気のない様子は、枯れ枝に掛かっている壊れた農具のようだった。ぼくは父が勃起したときの状態を知らない。何人の女と寝たのかも知らない。時間、場所、状況、それぞれどんな女だったのか？　神秘的で複雑な想像が果てしなく広がる。ぼくの怪しげな目に気づき、父は自分のズボン下を見てから、ぼくを問いただした。東亮、何を見てる？　どこを見てるんだ？

ぼくはびっくりして、慌てて顔をそむけて言った。何を見てるって？　何も見てないよ。

父は腹立たしそうに、ズボン下を引き上げて言った。嘘をつくな！　正直に言え、さっき何を考えてた？

ぼくは父の視線を避け、ブツブツと弁明した。頭の中は見えないはずだよ。どうして、ぼくの考えてることがわかるの？　ぼくは何も考えてなかった。

父は言った。口答えする気か？　よくないことを考えていたに違いない。他人はだませても、おれをだますことはできないぞ。

ぼくは追いつめられ、意を決して叫んだ。お母さんの言うとおりだ。メスと見れば飛びかかるのは犬畜生がやることさ。お父さんはどうして、女の人に手を出したの？　うちがこんな状態になった原因は、悪いのはお父さんの――その先は言えなかった。父は慌てふためき、ぼくをにらんだ。両手でぼくの喉元を押さえ、その先の言葉を呑み込ませた。怒ってはいたが、冷静さは保っている。ぼくを窒息させることを恐れたのか、父は手を緩めた。ぼくの顔に一発びんたをくれてから、父は言った。二か月見ないうちに、怠け癖がついたようだな。ろくでもないことばかり考えて、いやらしいやつだ！

ぼくはなぜ、父に「いやらしい」と言われるのか、わからなかった。母はともかく、父に「いやらしい」と言う資格はない。ぼくがいやらしいとしたら、それは父がそうだからだ。ぼくは悔しくてならなかったが、言い返すつもりはなかった。部屋に逃げ込もうとしたとき、門扉の開く音がした。鍛冶屋の息子光明《クワンミン》が鉄輪を手にして、敷居のところに立っていた。光明は叫んだ。空屁、空屁、助けに来たぞ。輪回しをしに行こう！

誰が助けてくれと頼んだ？　ぼくは光明に、不満をぶつけた。輪回しだって？　自分のチンコでも回してろ！

父は不思議そうに光明を見ていた。光明、ちょっと来い。うちの東亮を何て呼んだ？

空屁。光明はあっさりと答えた。空屁だよ。いまはみんな、そう呼んでる。

ぼくは憎むべき鍛冶屋の息子を追い返したが、小さな災いが残った。ぼくのあだ名がばれてしまったのだ。父はこのあだ名に興味を示した。おまえ、どうして空屁と呼ばれるようになった？　父は眉根を寄せて、ぼくを注視した。以前は、あだ名なんかなかったのに。どうして、こんな聞こえの悪いあだ名がついたんだ？

街で誰かに聞いてよ。ぼくは知らない。空屁なら空屁でいい。ぼくはお父さんの庫という苗字じゃなくなった。姓は「空」だ。名前も東亮じゃなくなった。名前は「屁」だ。

黙れ。早く言うんだ。このあだ名は誰がつけた？

言っても仕方ない。お父さんは役に立たないもの。突然、ぼくは悲しくなって父に訴えた。みんなお父さんのせいだ。ぼくを巻き添えにした！　お父さんはもう何の役にも立たない。ぼくも空屁だし、お父さんも空屁だ！

父は沈黙した。そして門のところまで行き、外の通りの様子をうかがったあと、門にかんぬきをかけた。いいさ、おれも空屁だ。気に病むことはない。おれが空屁だから、おまえも空屁になったんだ。父はそうつぶやいてから、急に苦笑し、悪態をついた。ちくしょう、家に帰ってまで隔離審査を受けるのか？　おれがどんな大罪を犯したというんだ？　調査班に尋問され、女房に尋問され、息子にも尋問されるとは！　父は不満を述べながら、何度かぼくと視線を合わせたが、そのたびに目をそらした。ぼくの恨みのこもった目を見たくなかったのだ。

その後、父は庭に張ってある洗濯ロープの下にしゃがんで、干してある色鮮やかな舞台衣裳を眺めていた。それは母が若いころに着たものだ。母はそれらの衣裳を大事に保管し、毎年冬になると日干しした。ロープに掛かっているのは、春景色を思わせる衣裳だった。ウイグル族の花柄の帽子、金糸で縫い取りした黒い袖なしの服、青緑色のフレアースカートがある。チベット族の半袖服、フェルトの長靴、縞模様のエプロンがある。朝鮮族の女物の白いロングスカートと赤い帯がある。さらに二足のバレエシューズが、美しく柔らかな四本のナイフのように、勇ましくロープの上に並んでいた。

父は頭を上げ、しきりにまばたきをした。父はそれらの衣裳によって、母の華やかな舞台生活を思い出しているらしい。バレエシューズをもてあそんでから、花柄の帽子を手に取り、軽く叩いて埃を払った。そして何度もため息をついたあと、突然ぼくに向かって母の芸術的才能を語り始めた。その表情は、とても暗かった。東亮、いちばん可哀想なのは母さんだ。迷惑をかけてしまった。母さんはどんな踊りも踊れるし、どんな歌も歌えるが、文化団体に移ることができなくなった。あんなに才能があるのに、惜しいなあ！　ぼくは言った。文化団体に行かれたら困るよ。誰が洗濯をするの？　誰がご飯を作るの？　父は失望して、ぼくをにらんだ。ふがいのないやつだ。食べることばかり考えてやがる。ぼくは言った。踊ったり歌ったりしなくても死にはしないけど、ご飯を食べなければ飢え死にするからね！　父は驚きの目でぼくを見た。そんな低俗な考えを誰に吹き込まれた？　おれたちは日ごろ、おまえにどんな教育をしてる？　自分が教育を語る立場にないことに気づいたのだろう。父は教育の話を急にやめて立ち上がり、歩み寄ってきた。東亮、大事な話があるんだ。しっかり心に留めておくんだぞ。父はぼくの肩を叩いて言った。いま、わが家は非常事態だ。いいか、今後も母さんの作る飯が食えるか、この家庭を維持していけるかは、おまえにかかっている。いい子にして、母さんを喜ばせるんだ。絶対に怒らせちゃいかん！

父の言いたいことはわかった。非常事態なのだ。わが家にとって母がいかに重要であるかは知っている。でも残念ながら、この任務をぼくに頼むのは間違いだろう。母を喜ばせる自信はなかった。悲しい話だが、ぼくは母を怒らせるコツしか知らない。母の楽しみが何なのか、まったく見当がつかなかった。ぼくは母を理解していない。母の心を理解していない。母は舞台上で、音楽の伴奏があるからこそ笑顔を見せる。家には舞台も音楽もないから、ぼくは母がうれしいときにどんな顔をするのかわからなかった。

まずはぼくの母、喬麗敏の芸術的才能について語ろう。

母は若いころ、油坊鎮きっての美人だった。文芸活動の花形で、油坊鎮の「王丹鳳《ワン・タンフォン》」と呼ばれていた。もう少しウエストが細くて足が長ければ、母はその映画女優よりも美しく、目立ったに違いない。切れ長の目、高い鼻、瓜実顔。歌も踊りもうまい。甘い声も、甲高い声も出せる。舞台以外では、高音によるアナウンスの才能があった。油坊鎮の人たちにとって、喬麗敏の正確で聞き取りやすい声は一種の神秘だった。中高音は人民の生活が年々豊かになることを示す。そして、絶讃を浴びるのが母の高音だった。その声は金属的で珍しく、自然と心に滲み、感動を与えた。ある公開審判の席で母がスローガンを叫ぶと、歴史的反革命分子の郁文蓀《ユイ・ウェンスン》はその場で小便を漏らしてしまった。またあるときは、母がスローガンを叫ぶ前に、農産物買い付けで不正を働いた腐敗分子の会計係姚《ヤオ》が壇上で気絶してしまった。母のスローガンを直接聞けば、これが冗談ではないことがわかるだろう。母は全生命をかけて叫んだ。だから、いつもスローガンには勢いがあり、どこまでも響き渡った。その声は華麗なる雷鳴のように、油坊鎮の上空に轟《とどろ》いた。ニワトリやアヒルは飛び上がり、犬や猫はきょとんとしていた。演壇の下の人たちはみな耳鳴りがした。耳に障害があって鼓膜が弱い人は、刺激に耐えられないので、事前に耳に綿を詰めるしかなかった。

かつて父は、母の全身に革命的ロマン主義の息吹きが感じられると言った。革命とロマン、いずれも母が追い求めた理想だった。母は少女時代を馬橋鎮で過ごした。母の美貌と文芸の才能は早くから人々に注目されたが、馬橋鎮の世界はあまりに狭く、少女喬麗敏が腕を振るう余地はなかった。嫉妬なのか偏見なのか、馬橋鎮の人々の母に対する評価は高くなかった。彼らはひそかに母を「肉屋の王丹鳳」と呼んでいた。このあだ名は、母の家柄と血統を暴露するものだった。馬橋鎮には外祖父がいたが、ぼくは会ったことがない。なぜか？　外祖父は食肉処理を家業とし、一生涯、家畜を殺してその肉を売っていた。家柄としては、ブルジョア階級でもないし、地主富農でもないが、かと言ってプロレタリア階級でもない。この曖昧な出身階級は、母に似つかわしくなかった。外祖父は飢餓の時代に、人肉マントウを売ったという。政治運動が起こると、この醜聞はすぐ大っぴらになった。母は屈辱に耐えられず、ひそかに家出の計画をじっと温め、ついに十八歳の年に実行に移した。ある日、帰宅した母は大切にしてきた貯金箱を壊し、金額を数えながら、家族に重大な宣告をした。この家庭と一線を画すというのだ。家族は尋ねた。どうやって？　母は答えた。食べるものも、着るものもいらない。家を出て自立する。家族はまた尋ねた。女の子が貯金箱のわずかなお金で、どうやって自立する？　男でもいるのか？いったい、相手は誰なんだ？　母は家族が自分の将来を低く見積もっていることに腹を立てて言った。男だとか、相手だとか、やめてちょうだい。私の理想を話しても、どうせわかってもらえないでしょう。私が相手にするのは芸術の舞台よ！　悪く思わないでね。一線を画さないと、私の将来に影響が出るの。将来のことを考えない人はいいけど、私は考えずにいられないわ！

母は馬橋鎮の肉屋を出たあと、各地を放浪した。北京の歌舞団、装甲部隊の文芸工作団、外地の越劇団、地元の京劇団などの入団試験を受けた。雑技団の試験まで受けたが、なぜか結果はいつも尻すぼみ、最終試験ではねられた。足が短いとか、家柄に問題があるとかの理由で、結局のところ正規の文芸団体は母を採用しなかった。旅費が底をつき、自信も失ったため、母は要求を下方修正し、大衆芸能の舞台を目指すことにした。一歩下がってみれば、可能性は無限に広がる。母は難なく窒素肥料工場に就職できた。その工場には金雀河地区で有名な文芸宣伝隊がある。窒素肥料工場の文芸宣伝隊で、母は当然ながら重視され、母の美しさは注目を浴びるようになった。宣伝隊員は日中、化学肥料の包装作業をし、夜の空き時間に演目の稽古をする。母は踊りでも歌でも主役だった。窒素肥料工場の門を出るとき、紺色の作業着はアンモニア水の臭いがしていたが、大きく開いた襟元から、華やかな舞台の魅力がうかがえた。当時、父はまだ営林場で思想教育を受けていた。窒素肥料工場へ化学肥料の買い付けに行ったとき、母に出会ったのだ。初めて母を見た父は、母が作業着の下に赤い絹の服を着ているのに気づいた。それは踊りの舞台衣裳だった。父は母の身なりをどう評価していいのか、その不思議な魅力をどう表現したらいいのか、わからなかった。父が二度目に母と会ったのは、友人の仲介によるデートだった。場所は工場裏の排水溝の近く。父は、しなやかな身のこなしで裏門から出てくる母を見た。相変わらず、あでやかだ。作業着の下に着ている緑色の服には見覚えがある。茶摘み踊りのときの衣裳に違いない。父は事前によく考えていた。最初のひと言で機嫌を取り、心を動かさなければならない。父は言った。喬さん、きみの体は革命的ロマン主義の息吹きに満ちているね。

　父と母の恋愛は、恋愛というより発見、相互の発見だった。父は母の美貌と才能を発見し、母は父の血統と将来を発見した。父の背丈は母より頭半分低かった。二人の結婚は釣り合わないように見えたが、それなりの理由があった。その年の九月に父の問題が明るみに出るまでは。母はどこからか聞いてきた。父が女を口説くときの決まり文句は、「誰々さん、きみの体は革命的ロマン主義の息吹きに満ちているね」なのだった。母は胸が張り裂けそうになったという。日ごろから胸の空気の共鳴を使って歌うせいで、肺が特に敏感になっているらしい。ぼくは母が病院の郝《ハオ》先生に、肺のおかしな反応について話すのを聞いた。郝先生、私は東亮の父親の姿を見ただけで、息が苦しくなるんです。肺がバリバリと音を立てます。二つの肺のうち、少なくとも一つは爆発してしまいました！

　怒りと苦しみによって、母は再度、父を発見した。牛の糞が花園を装って、生花をだましていたのだ。父と母は結局のところ、牛糞と生花の取り合わせ、不似合いなカップルだった。その年の冬、母はこの家庭に対する嫌悪の気持ちを表に出した。父は母の心がどんどん離れていくのを予感した。手立てがないので、父はぼくを派遣して、母を慰めようとした。しかし慰めに行くたび、母はぼくを拒絶した。私の前をウロウロしないで！　お茶なんかいらない。お茶が欲しいなんて言ってないでしょう？　誰の指図か、わかってるわ！　こんなことしてもムダよ。あなたたち親子には愛想をつかしてるんだから。ぼくはカッとなって、母の見ている前でお茶を流しにぶちまけた。これには母も黙っていなかった。すぐにやってきて、ぼくの耳をつかんだ。何てことをするの！　こんなにいいお茶を口もつけずに捨ててしまったのかい？　稼げもしないくせに、浪費ばかりして！

結局、ぼくは母の怒りを買うことしかできない。それはわかっている。父の期待ははずれてしまった。ぼくは自分の態度にも失望した。空屁と呼ばれるのも仕方ない。ぼくはまるで空屁だ。母のそばにいても、やはり空屁に変わりない。ぼくは母の機嫌を取ることもできず、母を引き留めることもできなかった。

母は洗い終わった秋物をきちんと畳み、衣裳箱にしまった。一方、母の珍しい舞台衣裳はトランクに入れた。そのトランクも珍しいもので、母の輝かしい芸能生活の証拠品だった。蓋の部分に赤い文字で窒素肥料工場の名前が入っていた。文芸活動の功労者への褒美のしるしなのだ。

ぼくたち一家三人の最後の家庭生活は寂しいものだった。飲食や排泄に関しても冷酷な決め事があった。母は家事を三等分し、自分とぼくの昼食と夕食を担当した。ぼくは主に床掃除とゴミ捨てをした。三つ目は仕事が多岐にわたる。朝は朝食の用意、毎日二回の便所掃除、さらに父自身のあらゆる日常生活に関わることが含まれていた。父は食べるもの、着るもの、使うもの、すべてを自分で解決しなければならなかった。母はこれらの仕事を割り当てたときに言明した。あなたたちを思えばこそ、こうするのよ。一生涯、あなたたちの家政婦じゃいられないから。家事の訓練をしておけば、自分のためになるでしょう。

やはりその年の冬、ぼくは父と母の最後の秘密を知った。母は調査班のやり方をまね、寝室を臨時の取調室にして、父に対する最後の尋問を行ったのだ。ただし、審問者が母なので、話題は限られている。予想どおり、主な内容は父の生活態度の問題に集中した。母の尋問は通常、夜の七時すぎに始まる。有線放送で『人民公社の社員はヒマワリの花』の音楽が流れると、母は寝室に入った。そして鏡台の引き出しの鍵を開け、ボールペンとノートを取り出し、室外に向かって叫んだ。庫文軒、入りなさい！　あるとき、父は便所に立てこもり、寝室へ行こうとしなかった。母はぼくに便所の扉を叩くよう命じた。早く、父さんを引きずり出して！　ぼくは従わなかった。母は自分で行き、箒の柄で便所の扉を突いた。しばらくして、父はついに出てきた。扉を開けると、腰を曲げたまま箒の柄の下をすり抜ける。「もう我慢できん」と叫んで、門の外へ出て行こうとした。母は逃げ出した父の背中に鋭い声で冷笑を浴びせた。父は門の前で立ち止まり、振り向いて母を見た。もう全部話した。告白すべきことはない。気晴らしに出かけてくる！　母は箒を父のほうに向け、厳しい声で言った。気晴らしに行くがいいわ。その目でよく見なさい。油坊鎮にまだ、あなたが気晴らしする場所があるかどうか！

母に痛いところを突かれ、父は出て行く勇気を失った。庭をひと回りすると、大人しく母のあとについて寝室に入った。寝室の扉と窓はぴったり閉ざされ、赤いカーテンが引かれている。父と母の不揃いな赤い影が、ぼんやりと灯火の下で揺れていた。暗黙の了解によって、生活態度の問題は密室で取り調べることになっている。両親は厳重な予防策を講じて、ぼくを遠ざけた。遠ざけられると、ぼくはますます盗み聞きしたい気持ちが高まった。下半身に関わる問題なので、口に出すのは難しいことばかりだ。

父は大胆なことをしておきながら、話すことは恥じらった。問い詰められると、どうにもならず、言い逃れを始める。父は言葉を濁し、大事なことには触れない形で、母の質問に対処した。母はこれを消極的な反抗と見なした。抑制がきかなくなり、寝室を公判の現場に変えてしまった。ある日、母の甲高い怒りの声が窓の外まで聞こえてきた。その余韻は、しばらく夜空に漂った。庫文軒、正直に白状しなさい。抵抗すれば厳罰を受けることになるのよ！

両親が騒いでいれば、ぼくは安心だった。むしろ静かになると、不安が募った。ある日の夜、部屋が急に静まり返った。何も聞こえない。死のような静寂が恐ろしくて、ぼくは庭のナツメの木に上り、空気窓から易々と部屋の様子をうかがった。灯火の下に父と母がいる。母はノートを手にして鏡台の近くにすわり、顔じゅうを涙で濡らしていた。父は犬のように、母の足元にひざまずき、ズボンを下ろしている。また、ズボンを下ろしているのだ。父は尻を母に向けて、魚の形をした栄光の蒙古斑を見せていた。ぼくは父の青白い、ひからびた尻が、赤い灯火の下で輝いているのを見た。母は顔をそむけて、むせぶように泣いている。父はこれ見よがしにズボンを膝の下まで下ろして、床の上に這いつくばっていた。母が顔をそむけると、その方向へ這って行った。突然、父は母の足をつかみ、大声で叫んだ。見てくれよ。以前は喜んで見ていたじゃないか。どうして、もう一度見てくれないんだ？　おれの蒙古斑を見てくれ。おれは鄧少香の息子だ。本当さ！　よく見てくれ、魚の形だろう？　おれは鄧少香の息子だ。慌てておれと縁を切ることはない。縁を切るとしても、離婚はダメだ。離婚すれば、きっと後悔するだろう！

一瞬のうちに、ぼくの目から涙が流れ出した。この涙は父のために流したものか、母のために流したものか、はっきりわからない。二人に対する同情の涙なのか、恐怖の涙なのか、また悲しみのせいなのか、驚きのせいなのかも、はっきりしなかった。ぼくはナツメの木から下りて、自分の家を見た。頭上の暗い夜空を見た。なぜか、空を見たとたん、涙が止まらなくなった。ぼくは涙を拭い、空に向かって憎しみの言葉を吐いた。離婚するなら離婚しろ。どっちにしたって「空屁」だ！

両親の離婚手続きは順調に進んだ。ある朝、ぼくが外に出てみると、誰の仕業か、門の上に吉報を知らせる赤い紙が貼ってあった。「庫文軒同志、向陽船団への転籍を熱烈に歓迎する」。向陽船団乗組員一同という署名がある。吉報が届いた日の午後、父と母は離婚した。残る問題はぼくだった。父と一緒に向陽船団に行くか、母と一緒に油坊鎮に残るか。ぼくは船に乗りたかったが、陸を離れるのが恐ろしくもあったので、父にこう言った。半年は父さんと船に乗って、半年は母さんと陸で暮らす、いいでしょう？　父は言った。おれはかまわんが、母さんに聞いてみろ。たぶん、ダメだと言うだろう。ぼくは母に尋ねた。母は怒って叫んだ。ダメよ、どちらかを選びなさい。父親と一緒にいれば、悪い影響を受けるに決まってる。あの人に教育された子供なんて、お手上げよ。

選ばないわけにはいかない。不幸な贈り物が二つ、ぼくの目の前にあった。一つは父と船、一つは母と陸。どちらか一つしか選べない。どちらか一つを選ばなければならない。ぼくは父を選んだ。いままで も、船団の人たちは当時のぼくの選択を話題にする。もしも東亮が喬麗敏を選んでいたら、どうなっていただろう。庫文軒はどうなっただろう。また、喬麗敏はどうしただろう。ぼくは聞く耳を持たなかった。仮定の話に意味はないから。仮定の話は「空屁」だ。水の流れや草の生長と同じで、選択したように見えるものも、じつは運命なのだろう。父の運命が女烈士鄧少香と結びついているように、ぼくの運命は父と結びついているのだ。

十二月のことだった。街は寒さに凍りついていたが、空気中には春節の匂い、ラードを煮詰める香りが満ちていた。油坊鎮の家々は正月を迎える準備の真っ只中だったが、ぼくの家は違った。ぼくの油坊鎮の家はなくなったのだから、どうやって正月を迎えるというのか？　ぼくたちが船に移ると、母も引っ越しをした。母がなぜあんなに急いで引っ越したのか、ぼくにはわからない。まるで墓場から抜け出すかのように慌てふためき、手伝いに来た波止場の男をせかしていた。早くして、お願いだから早くしてちょうだい。その結果、母はぼくのベッドの上に包みを忘れていった。開けてみると、中から例のノートが出てきた。母が画用紙で作った封筒に入れてあった。まるで正式に出版された書籍のようだ。表紙は革命模範劇『紅灯記』のヒロイン李鉄梅《リー・ティエメイ》のつやつやした赤い顔。裏表紙は李鉄梅の手で、赤いランタンを掲げている。母が引っ越すとき、父は便所に隠れていた。ぼくは短時間のうちに、この特殊なノートをどうするか、考えなければならなかった。そして、ぼくは大胆な決定をした。父にも渡さないし、母にも返さない。ぼくはノートを自分の布団の下に隠した。

いまだにわからない。あれは母の不注意だったのか、それとも故意にそうしたのか。離婚によって恩も恨みも捨て、父の罪の証拠品を本人の処理に任せようとしたのか？　ぼくにはわからないし、敢えて聞こうとも思わない。ぼくは誰のために、このノートを隠したのだろう。父のためか、母のためか、それともぼく自身のためか？　この口に出せない秘密が、ぼくの一生に影響を与えることになった。ぼくは母の記録を暗唱できる。父の罪状を暗唱できると言ってもいい。ぼくはノートの字をすべて覚えている。憤怒に満ちていても、母の字はつねに整っていて美しかった。正直に言って、ノートの内容はぼくの想像を超えていなかった。生活態度の問題とは、その程度のことだった。母は父の裏切りの数、時間、場所を記していた。余白に怒りのコメントを書き加えるときもあった。恥知らず、品がない、腹が立つ、など。さらに、血のような赤インクの感嘆符。いちばん驚いたのは、女性の名前の数々だった。父はこんなに多くの女性と関係を持っていたのだ。同級生の李勝利《リー・ションリー》の母親の名前もあった。趙春堂《チャオ・チュンタン》の妹の趙春美《チャオ・チュンメイ》、廃品回収所の孫《スン》おばさん、綜合庁舎の小葛《シャオゴー》おばさんと小傅《シャオフー》おばさんの名前もあった。みんな普段はすました顔をして、まじめそうなのに。なぜこの人たちの名前が並んでいるのか、ぼくにはわからなかった。

河の流れ

その年の冬、ぼくは陸上の生活に別れを告げ、父と一緒に船と河の流れに身を任せた。それが永遠の追放になるという意識はなかった。船に乗るのは簡単でも、下りるのは難しい。いま、ぼくは船団で十三年を過ごし、もう陸に戻ることはなくなった。

みんなは、ぼくが父のせいで船に拘束されているという。ときには、ぼくもこの言い方に同意した。それによって、ぼくの味気ない苦悶の生活に口実ができるからだ。でも、父にとってみれば、この口実は鋭利な刃物と同じで、冷たい光を放ち、絶えずその良心に狙いを定めていた。ときどき、ぼくは父に対する不満を抑えきれず、この刃物を向けて父を告発し、傷つけ、侮辱した。だが、より多くの場合は、父にそんな態度をとる気になれなかった。船団が航行を続ける間、ぼくはうつむいて船べりから河の水を見て、自分が千年の流水に拘束されていると感じた。岸辺の堤防、家屋、田畑を見て、自分が陸に拘束されていると感じた。岸辺の知り合いの顔と見知らぬ人の姿を見て、また船団のほかの人たちを見て、自分がその人たちに拘束されていると感じた。船団が夜間に航行しているときだけ、河の流れも世界全体も暗くなる。ぼくは船首のマストに灯りをともし、薄暗い光がぼくの影を船首に映し出すのを見た。

その小さくて弱々しい黒い影は、水に濡れてできたしみのようだった。水は広々とした河床を漂い、ぼくの命は船の上を漂っている。暗い河の流れは、ぼくに啓示を与え、命の神秘に気づかせてくれた。ぼくは自分の影によって、船に拘束されているのだ。

金雀河両岸の町や村には、至るところに女烈士鄧少香の足跡が残っている。船団に加わった最初の年、父はまだ自分の血統に楽観的で、烈士の遺児の調査にやってきた連中を怪しいとにらんでいた。父に対する敵意と偏見に満ちていて、いわゆる調査の結果はだまし討ちにすぎない。狂気じみた迫害なのだ。父の信念によれば、船団とともに河を上り下りするのは、母親鄧少香の胸の内を往復するのと同じだった。それによって、幻想的で壮大な安らぎを得ることができた。船が鳳凰鎮を過ぎると、父は高さが不揃いな木造家屋を指さして、こう言った。見たか？　あの社《やしろ》、黒い瓦に白い壁の建物だ。あれが、おまえのおばあさんが銃を隠した秘密の倉庫だぞ。ぼくは船上から鳳凰鎮を見やった。町の上空には煙霧がなびいている。ぼくが目にしたのは、化学肥料工場の煙突とセメント工場の高炉だけだった。黒い瓦に白い壁の社は、どうしても見えない。ぼくは社に興味がなかったので、鳳凰鎮の棺桶屋はどっちの方角かと聞いた。父は声を荒げた。何が棺桶屋だ。棺桶屋なんかない。おばあさんをけなす連中の言うことを真に受けるな。おばあさんは断じて棺桶屋の娘じゃなかった。銃弾を棺桶に入れて運んだのは、革命のためだ！　父は頑《かたく》なに一つの方向を指さして、社のある場所を何とか見せようとした。ほら、あの木造住宅の裏手だよ。なぜ、見えないんだ？　ぼくには、どうしても社が見えなかった。そこでこう言った。棺桶屋がないなら、社もない。ぼくには社なんて見えない！　父は激怒した。ぼくを平手打ちし、船首でひざまずき鳳凰鎮に目を向けるように命じた。おまえのおばあさんが闘った場所だぞ。どうして見ようとしないんだ？　父は言った。目が悪いせいじゃない。おまえの心の中に烈士がいないんだ。さあ、ひざまずけ。社が見えるまで、立ち上がっちゃいかん！

父は船の上で鄧少香を偲《しの》ぶようになった。毎年四月の清明節と九月二十七日に、はしけ船に横断幕を掲げた——鄧少香烈士は永遠に我々の心の中で生きている。春に一度と秋に一度、鄧少香烈士は金雀河で復活した。二つの季節の風が赤い幕を揺らし、別々の幻想を運んでくるのが、ぼくにはわかる。秋風が父の横断幕を揺らすと、船体は重さを増した。女烈士の魂が河の上で泣いているようだった。苔がびっしり生えた手を伸ばし、ぼくたちの船の碇を引っぱっている。行かないで、待ってちょうだい、ここにいて。秋風は、碇が船べりを打つ音を拡大した。それは女烈士がぼくたち親子に残した秘密の伝言だった。烈士の魂は秋風の中で、明らかに弱々しく、感傷的に見えた。ぼくは、女烈士が春に復活するときのほうが好きだった。春風はその名にふさわしく、河面を渡ってくる。穏やかで控え目で、草木のすがすがしい香りを帯びていた。鄧少香の名前が河の上でよみがえり、女烈士の魂はしばしば、このはしけ船を訪れた——夜明けに河の中から現れ、春風を浴びている姿は、しなやかで美しい。そっと船に這い上がると、船尾まで行き、明かりの下にすわるのだ。後方の船室の窓から、ぼくは何度も淡い青色の水に濡れた姿を見た。じっと動かず、やさしい表情をたたえている。そんな四月の朝、ぼくは目が覚めるとすぐに、女烈士が残した痕跡を求めて船尾へ行った。きらきら光る真珠のような水滴が残っていた。またあるときは不思議なことに、明かりの下に、水に濡れたハスの花が落ちていた。

ぼくの頭は混乱してしまった。秋のうちは、父が鄧少香の息子ではないという他人の言葉を信じていた。だが春になると、ぼくは父を信じた。ぼくが見るかぎり、やはり父は鄧少香の息子だった。

天国

向陽船団の歴史を語れる人は、いまやほとんどいない。

まずは乳白色の汽船、引き船について述べよう。汽船は運送会社の持ち物だった。燃料は重油で、舵《かじ》が二つあり、馬力が出た。七、八名の乗組員が労働者として編成され、一回の航行が一回の勤務として扱われる。勤務が終われば、家に帰ることができた。彼らの家は陸にある。じつは陸上生活者なのだ。みんな酒が好きで、特に若い船員は飲むと粗暴になった。普通に話をしていたのに、突然ケンカが始まる。乗船した翌日、ぼくは若い船員が焼酎の瓶で胸を突かれ、河に飛び込むのを見た。その船員は罵声を上げながら、河岸の病院に向かって泳いで行った。少し年配の船員はもともと穏やかで、酒を飲んだときの酔い方も比較的穏やかだった。ある鬚面《ひげづら》の男は酔っ払うと、大切なラジオを腹にのせ、甲板で大の字になって寝ていた。別の猿顔の男は甲板で水浴びをするのが好きだった。いつも素っ裸になり、体じゅうに石鹸を塗って、あちこちこすりまわしながら、はしけ船の女たちに色目を使っていた。ぼくはこれらの船員に好印象を持たなかった。

ぼくは誰にも好印象を持たなかった。向陽船団は十一艘のはしけ船から成る。十一艘のはしけ船のそれぞれに、一つの家庭があった。どの家にも怪しい過去があり、由緒がはっきりしない。金雀河両岸の人たちは、この船団に好感を抱いておらず、船の住人を一段低く見ていた。まともな家族なら、わざわざ河の上で暮らすはずがない。これは偏見だろうか？　父の出身が疑われてから、ぼくたちも怪しい過去を持つ人になってしまった。父は贖罪《しょくざい》のために、ぼくを連れて向陽船団に身を投じた。下放でもなく、左遷でもない。帰属させられたのだ。

船の住人たちは、上流の梅山《メイシャン》に原籍があると言っていた。梅山はもう、金雀河地区の地図から消えている。ダムの建設によって、梅山の一つの町と十三の村は水没したのだ。金雀河地区の地図の周辺に示された青い水域がかつての梅山で、いまは勝利《ションリー》ダムとなっている。ぼくは、彼らが梅山の出身だとは思わない。そんなはずはないだろう。彼らのなまりは様々で、独自の方言を使っている。とても単純で、不思議な言葉だ。例えば、船が馬橋鎮のほうへ行くときは、河をさかのぼることになるのだが、彼らは「下る」と言った。また一律に、食事をすることを「点じる」、便所に行くことを「断つ」と言う。陸の人たちが軽々しく口にしない性愛に関することも、タブーではなかった。彼らはそれを「叩く」と言った。男が集まると、秘密めかして「叩く」を連発する。なぜ、「叩く」と言うのだろう？　複雑で研究に値することを彼らはとりあえず、「叩く」という言葉で表現するのだ。

ぼくは彼らの風俗習慣にも、よい印象を持たなかった。船の住人たちの多くは、身なりが見苦しい。寒いときには極端に厚着をして、色とりどりの服を何でも身につけるため、いくつもの襟が首のあたりで重なっていた。夏から秋にかけては極端な薄着で、何も身につけないことさえある。男は裸足で肌脱ぎになり、遠くから見るとアフリカ人かと思うほど、色が黒かった。白い半ズボンは自家製で、材料はたいてい小麦粉の袋だった。まちが大きく、腰まわりもできるだけゆるくしてある。たくし上げ、紐で縛ってはくのだ。女は少しましだったが、気の遣い方が変わっている。既婚女性はみな丸まげを結い、頭に白いランの花、もしくはクチナシの花を挿していた。上着は千差万別、最新流行の襟の広い花柄のブラウスを着ている人もいれば、男物の白い肌着を着ている人、祖母の時代の前ボタン式のシャツを着ている人もいる。しかし下半身はすべて伝統的な身なり、幅の広い膝まである富春《フーチュン》織りのスカートに統一されていた。色は黒か紺、おしゃれな人は牡丹の花を刺繍している。授乳の便宜のため、ブラジャーは身につけない。船上の女たちの乳房は、疲れた様子で垂れ下がっていた。大きいだけで役に立たない。船の上を行き来するたびに乳房が揺れる。何かを愚痴っているようでもあり、何かをひけらかしているようでもある。ぼくは、それらの乳房にも好感を持たなかった。だから、どんなに開放的でも、興味を抱くことがなかったのだ。

船上の子供たちは通常、尻を丸出しにしていた。それは節約にもなり、目印にもなった。上陸したときに迷子になっても心配ない。陸の人が波止場まで連れてきてくれるから。船上では男子が重んじられた。男の子は頭のうしろにお下げ髪を垂らし、腕輪をはめ、南京錠の形の首飾りをつけていた。女の子には、何の装飾品もない。髪の毛は母親が適当にハサミで切ったから、長短不揃いで、雑草のようにボサボサだった。幼い少女はハンカチで作った腹掛けで陰部を隠した。成長したあとも、母親の服を着ることはなく父親の服を着るので、サイズが合わない。少女たちは寵愛を得られなくても、家庭に対する責任は果たした。一日じゅう甲板を走り回り、仕事に精を出した。母親に代わって、幼くて腕白な弟や妹たちの面倒をみた。船団唯一の美少女桜桃《インタオ》は、母親を演じることに没頭し、赤い帯で弟を背負って家々を回った。ある日、桜桃は六号船の船尾まで来ると目を大きく開き、歩哨兵のようにぼくを監視した。ぼくは言った。何しにきた？　あっちへ行け！　桜桃は言った。ここは六号船、あなたの船じゃないでしょう。指図しないで。ぼくは言った。指図するつもりはない。見るなと言ってるんだ！　桜桃は言った。見てないわ。どうして、そう思うの？　ぼくは言った。いいさ、こっちが見ないから。話しかけないでくれ。桜桃は言った。誰が話しかけた？　そっちが先だったわ。ぼくは言い負かされ、相手をにらみつけた。桜桃は恐れることなく、突然神秘的な笑みを浮かべて言った。偉そうにしないで。あんたの家のことは知ってるんだから。うちの弟のお尻を見せてあげる。弟のお尻にも、魚の形のあざがあるの！　桜桃はそう言いながら赤い帯を解き、弟の小さな尻をぼくに見せた。ほら、これを見て。まるで魚みたいでしょう！　桜桃が得意そうにそう言ったとき、赤ん坊がぐずり始めた。桜桃は叫んだ。「断《た》っちゃ」ダメ、我慢して、あとで「断って」。ぼくは赤ん坊が大便を催していると知って、慌てて顔をそむけた。桜桃の弟の尻は見なかった。ぼくは桜桃の行為に腹を立て、船尾のほうへ移動しながら、船の住人たちの言葉をまねして罵った。「叩いて」やる。魚の形がどうした。尻のあざがどうした。みんな「叩いて」やる！

船団でぼくは孤独だった。しかし、その孤独が最後の自尊心の拠り所でもあった。船団には男の子がたくさんいたが、年上は愚かだし、年下は世話が焼ける。友だちはいなかった。あんな連中とは付き合えない。彼らのほうは、好奇と友好の気持ちを示し、しばしば七号船まで会いに来た。豆を手土産にするやつ、おもちゃの汽車で気を引こうとする奴もいた。そんなもので、ぼくの心は動かない。ぼくは彼らを追い返した。

船団に来た当初の日常生活は語るのも恥ずかしい。父はぼくが学業を中断することを望まず、船上での学習を課した。ぼくが勉強に打ち込めるように、父はクッションのきいたソファーを譲ってくれた。当時の油坊鎮で、クッションのきいたソファーにすわったことのある人は少なかった。それは父が陸から船に運んできた唯一の家具であり、父の地位と権力の証でもある。ぼくは毎日この貴重なソファーにすわり、あらぬことを考えていた。手には本を持って格好をつけながら、尻の下には母が残したノートを隠していた。ぼくはこのノートに夢中になり、すべての記録をひそかに研究した。母は父の私生活における逸脱を記すとき、手心を加えている。いちばん大胆な表現は「叩く」で、数えてみると六十数回使われていた。「叩いた」相手、「叩いた」時間、場所、回数、どちらが誘ったのか？　誰かに見られたか？　父の供述は、前後で食い違っていた。最初は、誘ったのはすべて相手方、誰にも見られていないという。しかし、のちには正直に白状した。ほとんどの場合、自分から誘った。趙春堂に見られたし、タイピストの小金《シャオチン》にも見られた。母の記録には私見が混じっていた。記述が詳しいときもあれば、大雑把なときもある。場合によっては、嫌悪の気持ちから細部を記していない。代わりに、怒りの省略記号が並び、悲痛な注記が書き加えられていた。恥知らず、いやらしい、オス犬、メス犬、腹が立つ、胸が張り裂けそう！

ぼくは別に腹も立たなかった。母の字を追いながら、記録が伝える現場の真実に迫ろうと努めた。ぼくは推理と想像に没頭したが、それがもたらす結果を恐れてもいた。すべての結果が怪しい化学反応を引き起こす。文字、言葉、文章、そして想像力が、ぼくの体をすっかり虜《とりこ》にした。ノートを読み、想像をめぐらすたびに、ぼくは勃起した。下半身が燃えていた。不潔で堕落した炎が船室の中に燃え広がり、どうしようもない状態だった。ぼくはノートを閉じたが、文字の火の手は収まらない。カバーの李鉄梅の顔までもが、火に油をそそぐ。どうしたわけだろう？　李鉄梅のくりくりした目は革命の決意を表現しているのだが、桃の花のようなピンク色の頬、薄くて赤い唇、高々とした鼻、柔らかくて肉感的な耳、これらすべてをぼくは誤解して、一種の挑発だと思った。ぼくはどうなってしまったのか？　みんなは赤いランタンを掲げる李鉄梅の姿に粛然と襟を正すのに、ぼくは変なことを考えてしまう。ぼくは自分が堕落したと思った。自分を救うべく良識を働かせて、ぼくはノートをさらに古新聞で包んだ。李鉄梅の顔が隠れると、ぼくの下半身は落ち着いた。船室内の世界は狭く、ぼくの秘密はつねに暴かれる危険がある。安全のために、ぼくはノートを工具箱の中に隠した。工具箱を抱えて船尾まで行き、船倉のドアをこじ開けようとしたとき、工具箱の中から声が聞こえてきた。金槌、スパナ、ネジくぎが抗議している。李鉄梅も焦って家族に呼びかけていた。おばあちゃん、聞いてちょうだい！　遠くの河岸も騒がしくなった。赤い人影も、ぼんやり見える。母がぼくたちの船を追いかけて河沿いに走りながら、大声でぼくを叱っているのだ。早くノートを返して。返しなさい、東亮、恥知らず、いやらしい子ね。腹が立つ、東亮、胸が張り裂けそうよ！

船団の一員になった当初、ぼくは激しい河の流れと青春のやるせなさのために、気持ちが暗くなった。しかし、父は元気いっぱいだった。向陽船団には父の最後の崇拝者がまだ残っていた。父が失脚したあとも、彼らは言い方を変えるわけにいかず、相変わらず父を「庫書記」と呼んでいた。船上の女たちも、ぼくたち父子を助ける責任を感じて、口々に言うのだった。喬麗敏はひどいね。はいサヨウナラで、旦那と息子を追い出すなんて。女手なしに船で暮らすのは容易じゃないよ。女たちはとても親切で、七号船にソバやお湯を届けてくれた。徳盛《ドーション》のおかみさんは、特に世話好きだった。洗濯を始めるときには、いつも大きなたらいを抱えて、踊るように六号船の船尾までやってきて、父に声をかける。庫書記、洗濯物はありませんか？　遠慮しないで、このたらいに投げ込んでくださいね。

ぼくは出て行かず、船室から父の行動を見張っていた。父は空手のまま、出て行った。靴下すら持っていない。父は礼儀を重んじて、徳盛のおかみさんに謝意を伝えていた。ぼくは下から観察した。徳盛のおかみさんは裸足で、刺繍のあるズボンの先から黒い足の甲がのぞいている。足の爪が真っ赤なのは、ホウセンカの汁で染めているからだ。船の女たちは、みなそうしていた。誰もが足の爪に注目していると思っているらしい。果たして父はその爪に気づき、すぐに讃辞を捧げた。徳盛のおかみさん、あんたの体は革命的ロマン主義の息吹きに満ちているね。

徳盛のおかみさんはその意味がわからず、ニコニコ笑いながら言った。船で暮らす女に、ロマンなんて縁がないわ。ぼくは、それが危険な讃辞であることを知っていた。父は徳盛のおかみさんに気があるのだ。孫喜明《スン・シーミン》のおかみさんにも気がある。ぼくの推測によれば、父はスタイルがよくて顔がつやつやしている女の人に対しては、誰であれその気になった。ぼくは頭を船室の窓に押しつけ、ひどく心配していた。父が女の人に近づいたり、二人きりで話したりすると、ぼくは不安になった。すぐに「叩く」という言葉が浮かぶのだ。ぼくは自分の経験をもとに、心の中で父に警告した。気をつけて、勃起しちゃダメだよ！　ぼくはじっと父の下半身を見つめ、息を殺した。幸いなことに、徳盛のおかみさんと一緒にいても、孫喜明のおかみさんと一緒にいても、父のズボンのまちに変化はなく、恥をさらすこともなかった。ぼくはひそかに考えた。さすがに長年、役人をつとめてきただけのことはある。表の顔と裏の顔を使い分けることができるのだ。

ぼくにはできない。自分を抑えるのが難しい。ある日、父と徳盛のおかみさんが話をしていた。二人は、ぼくの視線が届かない位置に立っている。ぼくは我慢できず、頭を突き出して二人を観察した。この怪しい行動は、父に気づかれてしまった。父は竹竿でぼくの頭を叩き、怒鳴りつけた。おれは大衆と語り合っているんだ。何をコソコソ見ている？　勉強しろと言われたときは居眠りするくせに、目を皿のようにしやがって！

ぼくは頭を引っ込めた。とっさには、何の言いわけもできない。理由などなかった。不健康な青春時代、無数の不健康な要素が積み重なった結果だ。ぼくは自分がどんなに嫌な人間か、わかっていた。頭の中は空っぽでも、心配事がたくさんある。見かけ上は普通だが、あらぬことを考えている。確かに、ぼくはおかしかった。船上で、父の生活態度に問題はなかったが、ぼくの生活態度のほうは大問題だった。ぼくの顔色は悪く、気持ちはふさいでいた。あらゆる行動に元気がない。父は鋭い目で、ぼくが手淫の悪習に染まっていることを見抜いた。経験豊かな父は、対処法を知っていた。昼間は、ぼくの手をしばしば抜き打ち検査した。手のひらの匂いをかぐのだ。夜、寝るときにも、手と下半身を離すよう命じた。手を布団の中に入れることは許されない。夜中に何度も起こされるのには理由があった。ぼくの手が布団の中に入っていたのだ。また手を入れたな、早く外に出せ！　父は乱暴にぼくの手を引っぱり出し、掛け布団の襟に押しつけて言った。今度見つけたら、その手を梁に吊るしてやる。梁にぶら下がって寝るんだ！

少し不公平ではないか。ぼくは父の生活態度を問題にしたことがない。なのに、父はぼくの生活態度を厳しく管理しようとする。油坊鎮の指導者の地位を失ってから、父の興味はぼくに移った。ぼくの思想をいかに改造するか、ぼくの生活態度をいかに正すか、それが父の重要な仕事になった。父は何でも大掛かりに、威勢よくやるのが好きだった。水上学校のやり方をまねて、父はうちの船に移動式の教室を作った。小さい黒板、黒板消し、自家製の竹の教鞭、何でも揃っていた。赤い紙を四枚用意し、それぞれに団結、緊張、厳粛、活発の計八文字を書いて壁に貼った。

四つの戒めのうち、二つは守ったと言える。まず、ぼくは大いに緊張していた。毎日、父の検査があるのだから、緊張しないはずはない。次に、ぼくはつねに厳粛だった。愉快なことがないので、毎日難しい顔をしていた。世界じゅうに借金があるかのようだった。団結と活発はどうだろう？　前者には興味がなかった。後者には少し興味があった。しかし、誰もが知っているように、活発になるには条件が必要だ。卓球にしろ、輪回しにしろ、楽しむためには陸に上がらなくてはならない。船の上で、どうやって活発になれと言うのか？

ぼくは父の水上学校に興味を感じなかった。隠し事がもたらす束の間の鋭い快楽以外、ぼくは別の快楽を知らなかった。

その年、ぼくは十五歳。若い枝が大水で金雀河に押し流されたように、ぼくは波に漂い、風と水と河岸の支配に身を任せた。毎日、父の制御を受けたが、個人の秘密も含め、自分で自分を制御することはできなかった。ある朝、ぼくは父に叩き起こされた。ぼんやりと、無意識のまま、ぼくは自分のパンツに手を当てた。夢を見たのが悪かった。ぼくは李鉄梅の夢を見て、パンツの中央を突起させていた。今回の罰は、勃起の罪だけに止まらなかった。もっと大きな災いが降りかかったのだ。父はなぜか船尾の船倉を開け、ぼくの秘密を発見してしまった。あのノートを振りかざし、ぼくの横っ面を叩いた。これほど怒った父を見たことはない。髪を振り乱し、目尻に目クソをつけたまま。奇妙なことに、顔の半分は青白く、あとの半分は怒りでどす黒くなっていた。どうして、これがおまえの手元にあるんだ？　さあ、起きろ。白状するんだ、このノートを何のために隠していた？

ぼくはフラフラと立ち上がり、両手で顔をかばい、無意識のうちに弁明した。ぼくのノートじゃない。お母さんのだ。みんなお母さんが書いた。ぼくは関係ない。

母さんが書いたことは知ってる。おまえが盗んだんだ！　正直に言え、なぜ盗んだ？　なぜ、おれに渡さなかった？　なぜ隠した？　これはおれの調査資料だぞ。どういうつもりだ？

どういうつもりか、ぼくには説明できない。説明できないなら、沈黙を選ぶべきだった。しかし、ぼくは黙っていられず、責任を逃れるために、くだらないことを言った。遊ぶためさ。おもしろいから。

遊ぶ？　どうやって遊ぶんだ？　このひと言で、父は激怒してしまった。狂ったように叫び、ぼくの耳をつかんで、続けざまに問いただした。何がおもしろい？　おまえの母親がおれを尋問した調査資料だぞ。どうやって遊ぶんだ？

どうやって遊ぶか、ぼくは言えなかった。言えるはずがない。父の目には、尋常でない怒りがみなぎっている。災いが降りかかる予感がしたので、ぼくはズボンを手にして外へ逃げ出した。父は追いかけてきて、ぼくを蹴飛ばした。出て行け、この恥知らず。もう、おれの船に乗ることは許さん。消え失せろ。陸へ行け。喬麗敏のところへ行け。

船団は早朝の金雀河を航行していた。ぼくは船首まで行き、逃げ場を失った。他人の船が見えた。そこは安全な避難場所だが、行くつもりはない。夜の航行が終わり、船団の人たちはみな起床していた。すでに炊煙が上がっている船もあった。子供が船尾で尻を突き出し、用を足している。早起きの人たちは七号船に目を向け、ぼくが父に追い詰められ、船首のとも綱にしがみついているのに気づいた。八号船の徳盛が大声で言った。庫書記、東亮がどうかしましたか？　そんなに腹を立てるなんて。それ以上追い詰めたら、河に落ちてしまいますよ。

父は聞こえないふりをして、銃で敵を狙うようにスコップをぼくに突きつけて言った。出て行け、この恥知らず。子供のくせに、妙なことを企みやがって。陸へ行け。母親のところへ行け！　ぼくは振り向いて河面を見た。恐ろしかったが、口では強がりを言った。出て行くよ。船を停めてくれれば、すぐ下りる。父は言った。偉そうなことを言うな。こんな小僧のために、船が停められるか？　勝手なことを言うな。溺れる心配はないから、河に飛び込め。自分で岸まで泳いで行くんだ！　ぼくは言った。水が冷たいから、飛び込むのは嫌だ。岸に着けてくれれば、すぐに下りるよ。こんなオンボロ船に未練はない。上陸したら、二度と戻ってこないぞ。父さんは一人で暮らしな。

父は少し躊躇した。スコップを握りしめたまま、河岸を観察していた。アヒルの飼育場を過ぎたところで、父は言った。よし、アヒルの飼育場の先に河原がある。そこで下りろ！　父はスコップをぼくの足元に差し入れた。ぼくは石炭ガラのように持ち上げられ、半ば空中に浮いた状態で必死に抵抗した。六号船の王六指《ワン・リュウヂー》の娘たちが見物に集まっている。ぼくの慌てた様子を見て、ゲラゲラと笑い出した。ぼくは極度の恥ずかしさを感じた。追い出されてもかまわない。突き飛ばされてもかまわない。どうしても許せないのは、父が道具を使ったことだ。なぜよりによって、スコップを使ったのだろう？ ぼくは腹立ちのあまり、父に汚い言葉を浴びせた。庫文軒、おまえの母ちゃんを「叩いて」やる！

自業自得とはこのことだ。父の母ちゃんを「叩く」と言えば、鄧少香烈士を「叩く」ことになる。父にとって、耐えがたい侮辱だった。父の顔に残酷な光がよぎった。父はいまや完全に、ぼくを石炭の山と見なしていた。スコップを持つ手に力を込め、腰をかがめて足を踏ん張ると、父は怒りの雄たけびとともに両手を高く差し上げた。ぼくは無事に、アヒルの飼育場のある河原まで投げ飛ばされた。

文字

ぼくは初めて、父に追い出されて岸に上がった。ぼくが上陸した場所は、アヒルの飼育場だった。人影はなかったが、アヒルの群れが二列になって河原をよたよた歩きながら、ぼくを歓迎してくれた。ぼくの陸地への帰還を祝ってくれたのだ。ぼくは油坊鎮を目指した。足元の道が波打っているように感じられる。田舎の道のほうが、激流に似ていた。むしろ金雀河の水は少しも動かず、光り輝く平坦な土地に見える。河に浮かぶ船は、大地に建てられた家屋だった。変電所の近くまで行くと、前方にまたアヒルが現れた。うすのろの扁金が長い笛を担いで、勇ましく歩いてくる。ぼくを見ると興奮して、声を上げた。庫文軒の息子じゃねえか？ いいか、おまえの父ちゃんに伝えるんだ。調査班がまたやってくる。

今度は、おいらが鄧少香の息子だと宣告するだろう。おいらが本物の息子さ！

頭のおかしい相手には、それなりの対処法がある。ぼくは言った。扁金、そいつは高望みだよ。烈士の子孫にふさわしいと思ってるのか？　教えてやろう。調査班が来たら、宣告するはずだ。おまえの父ちゃんは豚、おまえの母ちゃんはアヒル、豚がアヒルを「叩いて」おまえが出来たんだ！

扁金は笛を手にして、ぼくを追いかけてきた。明らかに「叩く」の意味を知っているようで、ぼくをにらんで言った。子供のくせに、まったく口が悪いな。「叩く」だと？　やり方を知ってるのか？　おいらが「叩いて」やる。おまえを「叩いて」やる！

ぼくたちは道で追いかけっこを始めた。当然、ぼくのほうが足が速いので、あっという間に引き離してしまった。扁金との距離が開いても、ぼくは風のように走り続けた。こんなに走ったのは久しぶりだ。船に移住していなければ、走ることに快感を覚えたりはしなかっただろう。ぼくは風のように走って、油坊鎮中学の赤い校舎の前まで行った。風が止み、ぼくは疲労を感じた。あえぎながら油坊鎮中学の校舎と運動場を眺めているうちに、突然苦痛に襲われた。胃腸が苦しく、胸も苦しかった。

ぼくはこの学校を三か月で中退した。学校をやめた当初は大喜びしたが、時が移り事情が変わったいま、ぼくはこの学校に未練を感じていた。塀の外から自分が通った教室の前まで行くと、窓越しに男女の生徒たちの頭が見えた。背丈が不揃いで、起伏するコーリャン畑のようだ。ぼくのいた座席には綿入れを着た女の子がすわっていて、何かしゃべりながら鼻クソをほじっている。生徒たちは女性教師に従って、外国語の朗読をしていた。大声でわめくので、何を言っているのか聞き取れない。爪先立ちして黒板の文字を見て、ようやく英語の授業であることがわかった。階級闘争を忘れるな。その下に英文が書かれている。何度も聞いているうちに、およその読み方を覚えてしまった。ネーバーフォーゲットークラスストラグー。これが「階級闘争を忘れるな」という意味なのだろうか？　ぼくは無意識のうちに、油坊鎮の方言と照らし合わせ、改めて翻訳を試みた。おもしろい発見をして、ぼくは笑い出しそうになった。油坊鎮の方言と向陽船団の隠語を合わせると、この英文は発音は次のようにすべきだ。ナーマプーアイシーチョーヤンズチャオグオチー。つまり、大丈夫だから「叩いて」しまえ、という意味になる。

「叩いて」しまえ、「叩いて」しまえ！　この卑猥な言葉の合唱を聞いて、ぼくは興奮した。地面に落ちていたチョークの切れ端を拾い、まず塀に「階級闘争を忘れるな」と書いた。それから、自分の翻訳を書こうしたが、「アイシー」のところで手が止まった。どんな字だったか、どうしても思い出せない。そこで先に「チャオグオチー」（「叩いて」しまえ）を書いた。書けない文字があると、スローガン全体の効果が失われる。読み直して、ぼくは急に興ざめしてしまった。誰が見ても、おもしろいとは思わないだろう。それでぼくは、別のアイデアをひねり出した。機転をきかせて、「階級闘争を忘れるな」の最後を少し書き換えたのだ。階級闘争を忘れよう。おもしろいと思ったが、心配でもあった。これでは反動スローガンにならないか？　ためらっていたとき、男の子が窓から顔を出した。見覚えはなかったが、相手はぼくを知っているらしい。目を丸くして叫んだ。庫東亮、何をしてる？

この声を聞いて、ぼくはチョークを投げ捨て、逃げ出した。

ぼくはまた駆け出した。今度は大慌ての逃走だ。ぼくは、あの言葉が毛沢東語録の一節だったことを思い出した。語録書き換えは、反動スローガンと見なされる。とんでもない災難を招いてしまった。ぼくは近道をして、麻袋工場を抜け、工農街を目指した。通りに出たところで、ぼくはふと気づいた。もう工農街に家はないのだ。そこで引き返し、綜合庁舎へ行くことにした。あそこなら、よく知っている。

父の事務室は四階、母の放送室は二階にあった。綜合庁舎の玄関まで来て、ぼくは母が放送室にいないことを思い出した。かすかに記憶している。父が以前、母さんは転勤したと言っていた。しかし、転勤先が穀物加工工場だったか、穀物管理センターだったかは覚えていない。ぼくは受付の窓口付近をぶらついていた。大勢の人たちが新聞の受け取りを待っている。みんななじみの顔で、以前はぼくを可愛がってくれた。いま、彼らは驚愕の表情でぼくを見ている。ある女性幹部が言った。あんた、庫文軒と喬麗敏の息子でしょう？　何しに来たの？　お母さんはもう、放送室にいないわよ。

ある人が、母は穀物加工工場にいると言って、道順を教えてくれた。とても遠い場所で、楓楊樹郷《フォンヤンシューシアン》のほうだった。工場に着いたときには日が暮れて、精米機も運転を終了していた。空気中にはまだ、新鮮な米と菜種油の入り混じった匂いがしている。数人の女工が連れ立って出てきて、ぼくを品定めしていた。その顔に見覚えはない。ぼくは尋ねた。喬麗敏はいる？　女工たちは、意味ありげな笑みを浮かべて言った。いるわ、もちろん。あんたを待っていたのよ。

ぼくは作業場に入った。精米機の前に立っている三人は、三台の精米機と同様、静かにぼくを見つめている。一人はぼくの母、一人は油坊鎮中学の教務主任、もう一人、青い制服を着ているのは派出所の若い警官小洪《シャオホン》だった。ぼくは大きな過ちを犯したことを知っていた。来るべきではなかった。逃げ出そう。しかし、もう走ることはできなかった。

最初に近づいてきたのは母だった。怒れる獅子のように突進してきて、パン、パン、パンと三発、ぼくを平手打ちした。母はほかの二人に、三発のびんたの意味を説明した。その言葉を忘れることはできない。母は言った。三発のうち、一発目はこの子に対するびんたです。二発目は自分に対するもの、私はずっと頑張ってきたのに、どうしてこんな意気地のない子を生んでしまったのでしょう。三発目は、この子の父親に向けたもの。どういう教育をしているのやら。ご覧のとおり。数か月、父親と一緒にいただけで、この子は反動スローガンを書くようになってしまった!

波止場

ぼくは穀物加工工場の宿舎に数日泊まったあと、出て行く決心をした。出て行くしかなかった。母のせいか、それともぼく自身が悪いのか、工場の女工たちはみなぼくを嫌い、はねつけた。隣の農具修理工場の男たちも、その影響でぼくにいい顔を見せなかった。工場の痩せ犬だけがぼくを尊重し、親しみを示した。媚を売ることさえあった。毎日ぼくに付きまとい、特にズボンの股のあたりを嗅ぎまわった。ぼくは犬の好意を受け入れなかったし、ズボンの股に興味を示すことに対しては嫌悪を感じていた。どんなに冷遇されても、痩せ犬の友情に感激する気にはなれない。ぼくは犬を殴ったり蹴ったりした。犬にも自尊心があるようで、すぐに反目するようになった。ぼくの足が速くなかったら、きっと噛みつかれていただろう。

痩せ犬は母の宿舎の前まで追いかけてきて、外廊下で吠えたので、女工たちは胆をつぶした。母はぼくが刺激した犬だと知っていたから、水に濡れたモップを引きずって出てきて、勇敢にも追い払った。犬が退散すると、母は怖気づいた女工たちをなだめて回った。耳障りなことも言われたのだろう。宿舎に帰ってきた母の表情は暗かった。ぼくが平気な顔でベッドに転がり、足の指の股をほじくっているのを見て、怒りを爆発させた。モップを手にしたまま、襲いかかってきたのだ。母はモップの柄でぼくの足を突き、モップの先でぼくの腕を叩きながら、悲痛な叫び声を上げた。この悪ガキ、みんなに嫌われ、畜生にまで憎まれている。痩せ犬にも追いかけられているじゃないか。犬はクソを食う。クソを食う犬でさえ、おまえを許さないんだよ！

ぼくには自覚があったので、母に口答えしなかった。母が怒っている間、ぼくは鼻をつまみ息を殺していた。この動作は、母の注意をぼくの耳に向けることになった。何を言ってもムダだ。話は左の耳から入って右の耳に抜けてしまうのだから。何を言っても「空屁」と変わらない。ぼくは母の小言を聞きながら、黙々と晩ご飯を食べた。突然、「流浪」という言葉が頭に浮かんだ。ぼくは、すでに流浪生活を始めているのかもしれない。穀物加工工場は長く滞在する場所ではなかった。母の狭い宿舎がぼくの家ではないこともわかっている。途中駅の一つにすぎないのだ。母親とか、息子とかいうのも、「空屁」でしかない。ぼくは母を訪れた客、招かれざる客だった。母は一日三食を提供してくれた。米一粒にも母の悲しみが滲み込んでいる。青菜一枚にも母の絶望がこびりついていた。一緒にいれば、母が破滅するか、ぼくが発狂するか。あるいは、ぼくが破滅するか、母が発狂するか。これは母の結論でもあり、ぼく自身の結論でもあった。

母は陸に残ったが、陸上にぼくの家はない。ぼくは自分の行くべき道について、何度も考えた。罪を認めて母に詫びても、意味はないだろう。母はプライドが高いから、ぼくを許すはずがない。やはり、父のところのほうがましだ。自分にも罪があるので、父はぼくをとやかく言えない。ぼくは父に頭を下げ、船に戻ることにした。ある朝、ぼくは別れも告げず、穀物加工工場の女工宿舎をあとにした。

その日は、向陽船団が帰港することになっていた。濃霧が立ち込める朝、ぼくは波止場で船を待った。気持ちが落ち着かない。父の船を待っているのか、自分の家を待っているのか、判断がつかなかった。ぼくは旅行カバンを手にして、波止場に立っていた。農具工場の痩せ犬のことが頭に浮かぶ。ぼくはあの犬にも及ばない。あの犬は陸上にねぐらがあるのに、ぼくにはなかった。だから河に帰るしかない。犬よりも一段劣る。哀れな魚と同等なのだ。

朝霧は晴れなかった。波止場は雨が降ったあとのように、じっとり濡れていた。太陽がためらいがちに霧の中から顔を出したが、まだ威力を発揮していない。明るくなったのは波止場の一部分だけで、あとは闇に閉ざされていた。石炭や貨物の山、そしてクレーンの先端に霧がかかっている。まぶしいほどに明るい場所もあれば、暗くて何も見えない場所もあった。ぼくは暗がりに立って待っていた。岸壁の人影は多かったが、顔の見分けがつかない。誰かが船団事務所のほうからやってきた。急ぎ足で岸壁へ向かって行く。足元に白い光が踊っていた。きっと船団事務所の人だと思って、ぼくはその人影に呼びかけた。おーい、待ってくれ。聞きたいことがあるんだ。向陽船団は何時に着く?

口を開いたとたんに後悔した。それは綜合庁舎の秘書趙春美《チャオ・チュンメイ》だった。よりによって、趙春美だ！趙春美は油坊鎮の新しい指導者となった趙春堂の妹である。趙春美の名前は母のノートに、少なくとも十数回登場した。趙春美と父は不倫関係にあったのだ。断片的な記録の文字が、すぐ頭に浮かんだ。いずれも父が母に告白したものである。二人はやった。事務机の上で、窓枠の上で。二人はやった。詳細に記録されていたのは、綜合庁舎の掃除用具を置いてある倉庫でやったときのことだ。清掃係が急に扉を開けたので、父はとっさに箒とモップで下半身を隠した。そして肩で扉を押さえ、清掃係に命令した。今日は帰って休め。おれたち幹部が、奉仕活動で掃除するから！

ぼくは以前、綜合庁舎で趙春美に会ったことがある。印象に残ったのは、モダンさと傲慢さだった。油坊鎮では珍しい乳白色のハイヒールと、もっと珍しい赤紫色のハイヒールを持っている。これを一年じゅう交互にはいて、綜合庁舎の階段をトントンと上り下りした。役所の女たちは、母も含めてみんな、趙春美を嫌っていた。ハイヒールをはくのは女たちに威力を見せつけ、男たちの気を引くためだ。当時の趙春美の目には、思わせぶりな色っぽさが満ち満ちていた。いまは違う。ぼくに気づいたときの目つきはとても冷ややかで、警察が犯罪者を見るようだった。趙春美はぼくの顔を見つめ、それから旅行カバンを見つめた。犯罪の証拠を探し出そうとしているみたいだ。ぼくは顔をそむけようとしたが、父の奉仕活動のことを思い出すと、笑いがこみ上げてきた。しかし、趙春美が突然身震いしたので、びっくりして笑うことができなくなった。ぼくは、その不思議な表情に気づいた。恨みを超越した、もっと激しい感情が見て取れる。むくんだ顔は、冷たい光に包まれていた。

死んだわ。趙春美はかすれ声で言った。うちの小唐《シャオタン》は死んだ。庫文軒がうちの夫を殺したのよ！

なるほど趙春美の頭には、服喪を示す白い花が挿してある。はいている靴も白で、ハイヒールではない。服喪用の麻の布靴だった。靴の上面と横面に、麻紐で作った小さな花飾りがついている。頬をふくらませているので、話す言葉がはっきりしない。夫が死んだことはわかったが、なぜ父に殺されたと言うのかは理解できなかった。河を上り下りしている父が、どうやって陸上の小唐を殺すのか？　人が死んだということには興味があったから、ぼくは聞きたかった。小唐はいつ死んだのか？　自殺なのか、他殺なのか？　だが、暗く絶望的な表情が恐ろしかった。ぼくを見つめていた趙春美は突然、歯ぎしりしながら言った。庫文軒、いずれ命で償ってもらうからね！

ぼくは凶悪な目つきにたじろいだ。どんなに美しい女の顔も、復讐の欲望に燃えたときには異常に恐ろしくなるものだ。そのときの趙春美の顔がそうだった。ぼくは無意識のうちにその場を離れ、積み卸し作業用の区域へ行った。一台のクレーンの下まで来て見上げると、劉《リュウ》親方が運転席にすわっていた。上がって来いと、ぼくに目配せしている。大切な情報を伝えたいようだった。クレーンの運転席に這い上がり、劉親方の話を待ったが、結局のところ何の情報もなかった。よけいなおしゃべりばかりだ。劉親方は趙春美を指さして警告した。絶対に刺激しちゃいかんぞ。最近、あの女は頭がおかしいんだ。数日前、旦那が農薬を飲んで死んだからな。

刺激なんかしていない。向こうから攻撃してきたんだ。ぼくは言った。趙春美の旦那が農薬を飲んだなら、自殺だろう。お父さんとは関係ない！

劉親方はぼくを制して言った。関係はあるぞ。おまえの親父の責任だ。小唐の女房を寝取ったんだからな。寝取られ亭主という汚名を着せられなければ、小唐は自殺に追い込まれたりしなかっただろう。

言いがかりだ。ぼくは本能的に父を弁護し始めた。調べたわけでもないのに、勝手なことを言うな。ぼくは知っている。あの女とお父さんは何年も付き合っていて、あの男はずっと寝取られ亭主だった。どうして、いまさら農薬を飲むんだ？　お父さんが「叩いた」相手はたくさんいるのに、どうしてあの女の亭主だけ自殺したんだ？

子供にはわからんよ。寝取られ亭主と呼ばれて喜ぶ男がどこにいる？　仕方のないことだったのさ。劉親方は言った。小唐はずっと寝取られ亭主だったが、以前は知る人が少なかった。他人が知らないふりをすれば、本人も知らないふりができた。ところがいま、おまえの親父が失脚して、誰もがこのことを知ってしまった。人から人へ伝わって、後ろ指をさされるんだ。成り上がるために、女房を上司に献上したってな！

ぼくは母のノートにあった趙春美夫妻の記録を思い出し、ブツブツ言い始めた。小唐を可哀相だとは思わない。ぼくは事情を知っていた。小唐が獣医センターの所長になれたのは、父の口利きがあったからだ。

小唐は死んだんだぞ。悪く言っちゃいかん。劉親方はぼくをにらみ、死人を責めることを禁じた。小唐は陰口がもとで、命を落としたのさ。だが、世間の連中を薄情者呼ばわりするわけにもいかん。陰口をきかれたって、聞こえないふりをすることもできたんだ。小唐がシャワーを浴びに行ったとき、誰かがやつのチンポコをつかんで、硬くしてみろと言った。哀れなことに、世間知らずの小唐はケンカを始めて、相手をやっつけるどころか、自分が鼻血を出した。差し出されたガーゼや脱脂綿を断り、身なりを整えてから自分で薬局へ行った。赤チンを買うと言っていたが、結局のところ、買ったのはＤＤＴだった！　おれの女房は現場を見ている。小唐は薬屋から出てくると、歩きながらＤＤＴを飲み下した。目撃者はたくさんいる。みんなは、やつが酒を飲んでいると思った！

本来なら、なおも劉親方に食い下がるべきだった。小唐がどういう死に方をしたにしろ、チンポコをつかんだ男が殺人犯だ。どうして、ぼくの父に責任が転嫁されるのか？　口を開こうとしたとき、突然下から怒りに満ちたかすれ声が聞こえてきた。庫文軒のクソガキ、下りてきな！　ぼくはクレーンから下を眺めた。趙春美が追ってきたのだ。虎視眈々と、こちらを見上げて立っている。ぼくは慌てて、劉親方に言った。どうするつもりかな？　お父さんに、旦那の命を償わせる気だろうか？　お父さんがいなければ、ぼくの命を要求する？

劉親方は眉をひそめ、クレーンの運転席から頭を出し、下を見てから言った。命を償うことはできない。あの女も、本気でおまえの親父の命を要求しているわけじゃないだろう。思いつめているだけさ。毎日、波止場に来て、おまえの親父を探している。小唐の墓の前で、頭を下げてほしいんだ。

これは劉親方がもたらした、役に立つ唯一の情報だった。それを聞いて、ぼくはますます下にいる女が恐ろしくなった。このまま、クレーンの運転室に隠れていたい。しかし、劉親方は両者の境遇を比較して、趙春美のほうに同情しているらしい。安全のため、部外者は立ち入り禁止という口実をもうけて、ぼくを追い出した。ぼくが下りて行くと、趙春美は駆け寄ってきた。走りながら、手を外套のポケットに入れ、服喪用の白い帯を取り出している。帯を振りかざし、大声で叫んだ。庫文軒のクソガキ、逃がさないよ。親父の代わりに、この帯をつけなさい。

こんな恐怖に出くわすとは思わなかった。趙春美は異常だ。ぼくに服喪の帯をつけろという。ぼくはひと言、頭がおかしいぞと捨て台詞を吐き、さっと逃げ出して石炭の山に登った。趙春美は少し追いかけてきたが、体力が続かなくなったのか、それとも山を駆け上る力ではぼくに及ばないと悟ったのか、足を止めた。何かブツブツ言っていたが、結局白い帯を懐にしまい、ぼくを残して、船を待つため岸壁に戻った。

ぼくは趙春美が父を待っていることを知った。油坊鎮の波止場はその朝、怪しい雰囲気に包まれていた。ぼくは石炭の山の上で向陽船団を待ち、趙春美は岸壁で船団を待っていた。それぞれの思いは違ったが、帰りを待ちわびる相手は同じだった。それは庫文軒、ぼくの父。ぼくたちは同じ相手を待っていた。

ついに太陽が大胆に昇り始めた。波止場がぐらりと揺らぎ、ゆがんでいた輪郭がはっきりした。空気までが情熱的になり、革命によって生産が伸びる、好ましい状況を出現させた。遠くから船の汽笛が聞こえてくる。河面に浮かぶ向陽船団の影が、しだいに明確になった。石炭の山から眺めると、船団は漂う群島のようだ。十一艘の船がそれぞれ、規律正しく組織的に漂っている小島に見えた。船は五福鎮《ウーフーチェン》から来たのだと思う。ほかの波止場からの荷物なら、むき出しのままで名前がわかってもかまわない。しかし、五福鎮の荷物は、船積みの制度が違った。五福鎮からの帰り、向陽船団の船は緑色のシートをかぶせなければならない。シートの下の荷物は想像がついた。ほとんどが密封した大きな木箱で、木箱には宛先が書かれていない。神秘的なアラビア数字とアルファベットだけが記されている。ぼくは知っていた。これらの荷物は最終的に、もっと神秘的な山向こうの軍事基地に運ばれて行くのだ。

高いところにいたので、すぐに七号船が目に入った。船上の父も見分けがつく。ほかの船はすべて緑色のシートで覆われ、いかにも秘密の集団らしく見えた。ただ、うちの七号船だけは特別で、堂々と姿をさらけ出している。船倉には、白や黒の動物がうごめいていた。最初は何だかわからなかったが、そのうちにわかった。豚の群れなのだ。ぼくの家の船は、三、四十頭の豚を乗せて帰ってきた。父は腰を曲げて船べりに立ち、白、黒、まだらの豚を監視している。ぼくは豚にも及ばなかった。父に船から追い出されたのだから。豚の群れは、ぼくの家の船に乗った。父は豚の群れの世話をしながら、昼夜兼行で油坊鎮に帰ってきたのだ。

朝の八時になったらしい。拡声器から、ラジオ体操の音楽が流れてきた。勇壮な男の声が、叫んでいる。腕の体操、一、二、三、四、一、二、三、四。船団はラジオ体操の激しいリズムの中、波止場に着いた。鋭い汽笛の音が拡声器の甲高い声と競い合っていたが、それも束の間、十一艘の船は旅を終え、油坊鎮の陸地にぐったりと身をゆだねた。船上の人たちは忙しく立ち働き、碇を投げ入れると水しぶきが上がった。とも綱を岸壁に投げ、踏み板を甲板にかける。父は船首に立ったまま、どうしていいかわからない様子だった。すぐに徳盛が駆け寄り、王六指も駆け寄り、父が碇を下ろすのを手伝った。

岸壁のクレーンが動き出した。積み卸しの作業員はすでに麻縄と担ぎ棒を持って、岸辺に集合している。あたりは騒がしい。趙春美はクレーンの下をくぐって、あたふたと船団のほうへ向かい、弾丸のように父のもとへ突進した。服喪中だから、上船できないことはわかっている。船上の人たちは迷信深く、死者の家族が船に乗ることはタブーだった。果たして、一号船の孫喜明夫妻が追い返そうとしている。王六指の一家は全員で踏み板をふさいでいた。趙春美は上船できないと知って、作戦を変更した。岸壁に沿って七号船のほうへ走って行く。船上の人たちは、趙春美が服喪中であることに気づき、共通の敵に対して敵愾心《てきがいしん》を燃やして叫んだ。あっちへ行け！　徳盛と老銭《ラオチエン》は竿を振り回して追い払おうとした。趙春美は走りながら身をかわし、手を振り上げて叫んだ。庫文軒、あんたは人殺しだ。早く下りてきな！　全身の力を使いきったのか、趙春美はそう叫んだあと、七号船のわきにへたり込んでしまった。

ぼくは、何かが起こることを予感した。石炭の山から駆け下りると、綜合庁舎のほうから人の群れがやってくるのが見えた。彼らも波止場を目指して走っている。ぼくが岸壁に駆けつけるのと同時に、彼らも到着した。明らかに、趙春堂が指図したのだ。彼らは趙春美の両脇を支えている。趙春美は泣いていた。大声で泣きわめくのではなく、訴えるようなすすり泣きだった。私は狂ってなんかいない。どうして邪魔をするの？　人を殺すつもりはないし、火をつけるつもりもないから、安心してちょうだい。兄の顔に泥を塗ることはできないわ。趙春美は包囲されたが、ときどき力強い足や怒りに満ちた腕を突き出していた。そして人々に引きずられ、体を斜めにしたまま、滑るように岸壁を移動して行った。頭だけは依然として、船のほうに向けながら。ぼくは、その一団とすれ違った。趙春美はぼくに気づくと、体を激しく震わせ、泣き腫らした赤い目でにらんだ。そして、かすれ声で突然、狂ったように叫んだ。あんたの親父に伝えるんだ。命までは要求しない。白い帯をつけて、小唐の墓の前で頭を下げてほしいだけさ！

ぼくは旅行カバンを持って岸壁に立ち、趙春美が連れて行かれるのを見ていた。服喪の白い帯が懐から垂れ下がり、地面を這って行く。趙春美の姿が見えなくなると、恐怖心も消え、むしろ哀れみを感じるようになった。やりまくった男も、「叩き」まくった女も無事なのに、どうして小唐が死んだのか？　ぼくは懸命に、死んだ小唐の様子を思い出そうとした。かすかに頭に浮かぶのは、メガネをかけた男、色白で、穏やかで、町でいちばん礼儀正しい人だった。いつも、「すみません」を連発していた。うちに来て、父と将棋をさしたこともある。相手のコマを取るときも、王手をかけるときも、必ず「すみません」と言った。ぼくは父と彼ら夫婦の関係を思い出し、そこに欺瞞と陰謀が満ちあふれている気がした。父は昼間、趙春美と綜合庁舎の倉庫でいかがわしいことをして、夜は小唐を家に招いて将棋をさした。相手を慰めるつもりだったのか、それとも顔の上にまたがってクソをたれるつもりだったのか？　その後、ぼくはふと、母がよく使っていた言葉を思い出した。「加害者」と「被害者」。どちらが加害者で、どちらが被害者なのか？　ぼくは、このような記録が母のノートにたくさんあったのを思い出した。父が加害者で、趙春美が被害者だと断言することはできない。しかし、間違いなく小唐は被害者だった。こうしてみると、劉親方の言ったことは正しい。父はひそかに小唐を寝取られ亭主に仕立て上げ、小唐はその汚名に耐えられなくなって自殺したのだ。

ぼくは複雑な気持ちで、七号船を見た。父が現れるのを待つと同時に、それが恐ろしくもあった。荷卸しが始まる。ほかの船はもう踏み板をかけ渡していたが、うちの船には踏み板がない。父はまだ、姿を見せなかった。きっと船室にこもって、趙春美を避けているのだろう。避けようとしてもムダだ。今日は避けられても、明日は避けられない。ぼくは不満の声を上げていた。男なら出て来い。女をやることしか、能がないのか。叩け、叩け、叩いた結果がどうなっても知らないぞ！

船団の人たちはぼくが岸壁をうろついているのを見て、趙春美についての議論をひとまず棚上げし、親しみをこめて呼びかけた。東亮、帰ってきたのか？　それはよかった。親子ゲンカをしたときは、息子のほうから頭を下げる。それで、すべて解決だ。ぼくが返事をしなかったので、彼らは七号船に向かって叫んだ。庫書記、出てきてください。もう大丈夫。あの女は行っちまいました。東亮が帰ってきましたよ。

父は出てこなかった。だから、ぼくも上船しなかった。岸壁に立ち、生きた豚の群れがぼくの家の船にひしめいているのを見ていた。臭気が鼻をつく。船団はどうして、七号船に豚の運搬を任せたのだろう。父を信用しているのか、していないのか？　父への配慮なのか、嫌がらせなのか？　ぼくは鼻をつまんで、ほかの船の積荷を観察した。シートがめくられると、神秘的な積荷が姿を現す。一部は山向こうの軍事基地の機械だった。いずれも大きな木箱に封入され、荷札には開封厳禁という警告が書かれている。ほかに、植物油の原料の入ったドラム缶があり、興味をそそられた。ドラム缶には外国の文字が印刷されている。英語ではないようだが、どこの国の文字なのかはわからない。どうしたわけか、知らない外国語に出くわすと、ぼくは無意識のうちにこう読んだ。ネーバーフォーゲットークラスストラグー、階級闘争を忘れるな。連鎖反応で、読んでいるうちに考えが脇道にそれる。ナーマプーアイシーチョーヤンズチャオグオチー、大丈夫だから「叩いて」しまえ。ぼくは途中まで言って口を押さえ、心の中で自分を責めた。まだ、苦しみが足りないのか？　こんな言葉をまた口にするなんて！

七号船の荷卸しを最後にするのは、当然のことだった。家畜はいちばん扱いにくいから。荷卸しの作業員が肉類共同加工工場の職員の指導の下、太い竹竿と縄を持って乗船したとき、豚の群れは鳴き声を上げた。作業員が一頭目の豚の四足を縛り、逆さまに竹竿に吊るすと、豚は大騒ぎを始めた。大波を受けたように、うちの七号船は激しく揺れた。こんな揺れの中で、船室にいる父はたまらないだろう。偉そうに格好をつけている場合ではない。ぼくは石炭ガラを拾い、ぴったりと閉ざされている船室の窓めがけて投げた。お父さん、荷卸しが始まったよ。早く出てきて！

船室の窓が開き、父の手がチラリと見えたが、それきりだった。父は船室にこもって、何をしているのだろう。ぼくは、もう一度叫んだ。お父さん、何をしてるの？　早く出てきて。今度は動きがあり、船室から足音が聞こえたが、まだ父は出てこない。船を洗っていた徳盛がぼくに気づき、八号船の踏み板を踏んで見せて、ここから乗り移れと合図した。東亮、いつまで岸壁に突っ立ってるんだ？　親父のご招待を待つつもりか？

ぼくは首を振って言った。どっちでもいい。お父さんが乗れと言えば乗るし、乗るなと言えば陸に残る。

徳盛のおかみさんが笑い出し、徳盛を突いて言った。どうやら、ご招待が必要らしいよ。おかみさんは竿を引きずって船首まで行き、うちの船の船室を竿の先でトントンと叩いた。庫書記、出てきてください。さあ、早く。おかみさんは叩きながら叫んだ。趙春美はもういませんよ。息子さんが帰ってきたんです。考えを聞かせてほしいと言ってます。船に乗ってもいいのかどうか。

父は出てこなかったが、船室内の物音は大きくなった。何かが床に落ちたようだ。そのあと、父が窓を開ける音がはっきり聞こえた。父はゆっくりと、窓から頭を出した。顔は土気色で、外に出した片手は真っ赤だった。父の指も手の甲も、鮮血にまみれていた。父は呆然とこちらを見ながら、血まみれの手を動かした。来い、東亮、早く船に乗れ。手伝ってほしいことがある。

ぼくは最初、父が自分の指を切ったのだと思った。そこで徳盛の船に飛び乗ると、いかにも経験がありそうに言った。赤チンを持ってきて、それにガーゼも！　うちの船の船室に入ったとき、ぼくは唖然としてしまった。自分の目を信じることも、父の行為を信じることもできなかった。船内は血なまぐさい臭いに満ち、床に血が流れ、ソファーの上にハサミが落ちている。父の下半身に、どす黒い血の流れた痕があった。父は自分の陰茎を切ったのだ！　よりによって陰茎を！　父はズボンを膝まで下ろしている。陰茎全体が血まみれで、まだ完全に切り取られてはいないが、半分はいまにも落ちそうだった。父は体をふらつかせ、ぼくのほうに倒れかかった。手伝ってくれ。ハサミで、こいつを切り落とすんだ。父はうめきながら、ぼくに言った。こいつがおれをダメにした。だから消滅させてやる。

ぼくは驚き、全身を震わせた。駆けつけた徳盛のおかみさんは、しきりに金切り声を上げている。徳盛がそれを叱りつけた。ここで騒ぐな。女は出て行け。さあ、早く。徳盛がいてくれてよかった。普段、豚や羊をさばいているので、少しも恐れる様子がない。冷静にしゃがみ込んで、父の血まみれの陰茎を観察している。切り落としたわけじゃない。大丈夫だ！　徳盛はすぐに狂喜して叫んだ。庫書記は運がいい。ちょん切れてなくてよかった。早く病院へ行って、手当てしてもらおう！

ぼくは徳盛夫妻の指図に従って、毛布で父の下半身を包んだ。その後、徳盛が父を背負い、岸壁を走った。船団の人たちはみな船を下りて、岸壁に集まった。荷卸しの作業員までもが追いかけてきて、ぼくに尋ねた。どうしたんだ？　誰に刺された？　すごい血じゃないか！　徳盛のおかみさんが夫に手を貸しながら、野次馬を追い払って言った。血が珍しいかい？　映画じゃないんだ。邪魔しないで、道を開けておくれ。誰かがおかみさんに尋ねた。東亮が親父を刺したのか？　おかみさんは答えた。バカじゃないの？　親父を刺す息子がどこにいる？　今日は霧が濃かったでしょう？　霧の日には化け物が出る。庫書記は化け物に取りつかれたのさ。悪いのは趙春美だよ。あいつこそ化け物だ！

徳盛は父を背負って岸壁を走り、ぼくはあとを追って走った。波止場のコンクリートの道にはところどころ、太陽の反射で白い光が浮かんでいた。不思議な気持ちがする。ぼくたち親子は趙春美に操られて、趙春美が準備した白い帯の上を走っているのではないか。ぼくの手はずっと、痙攣《けいれん》する父の尻を支えていた。ねばねばした血の感触があるだけで、父の下半身の重さは感じられない。父の下半身は羽毛のように軽かった。この日は、確かに不気味な一日で、あらゆる父に対する呪いが現実のものとなった。男たちの呪い、女たちの呪い、親族の呪い、仇敵の呪い、すべてが効果を現した。血に染まった毛布を通して、ぼくは長年暴れてきた父の陰茎を見たような気がした。そいつはかつて意気盛んで傲慢だったが、いまはついに降参した。父は快刀で乱麻を断つように、自らの手で最大の敵を鎮圧したのだ。

油坊鎮病院の玄関に着いたとき、父は昏睡状態に陥っていた。父は気を失う前に、徳盛にこう言い残した。徳盛、おれは趙春美を恐れたわけじゃない。一瞬の痛みで長年の痛みを救ったんだ。これで完全に過ちは正された。父はさらに言った。これで保証が得られた。今後もう、おれは母親の名声を傷つける心配がなくなった。

船上の人々

一

忘れるのは容易なことだ。

その後、ぼくが油坊鎮へ行くと、一部の子供たちはぼくの名前を知らず、大人たちのまねをして、あだ名で「空屁」と呼んだ。誰が「空屁」なのか知らない子供がいる場合は、ひと言加えて「向陽船団の空屁」と呼んだ。それでもはっきりしないときは、「チンポコ半分の息子」という注釈をつけた。これは言わずに済まされないことだ。秘密でも何でもない。ぼくの父はすでに、金雀河地区で最も神秘的で最も滑稽な人物になっていた。ぼくの父は、チンポコが半分になってしまったのだ。

船上生活の三年目、ぼくは突然、道を歩くときの姿勢がおかしくなっていることに気づいた。上陸するたび、岸壁の暗紅色のしみを慎重に避けて通る。父が残した屈辱の血痕であることを恐れたのだ。落ちている白いゴミも見ないようにした。趙春美が置き忘れた白い帯かもしれなかったから。ぼくは足元を見つめながら歩くか、空を見上げながら歩くか、どちらかだった。ある日、ぼくは上陸し、昼過ぎの太陽を一身に浴びた。自分の影が石畳の道に映っている。その形はアヒルに似ていた。最初は光線の加減かと思って、歩く姿勢を変えて、横目で自分の影を観察してみた。すると影は苦しそうに揺れ動き、ガチョウのような醜い形になった。ぼくは、自分が徳盛や春生と同じく「がに股」であることに気づいた。不思議だ。ぼくは徳盛や春生とは違う。彼らは裸足で上陸するが、ぼくは革靴をはいている。彼らは船上で生まれ育っているので、歩き方が独特だった。船べりを歩くには、足をがに股にしなければならない。ぼくは十三年間、自由に陸上を歩いてきた。なのにどうして、がに股になったのだろう？　ぼくは革靴を脱いで、中敷を取り出し、砂を振るい落とした。靴の底と側面を細かく調べたが、欠陥は見つからない。ぼくは道端にすわり、自分の足を点検した。少し汚れてはいるが、両足とも異常はなかった。ぼくはますます当惑した。足に問題はない。十数年、歩いてきたのだ。どうして急に、自分の歩き方を忘れてしまったのだろう？　どうしてアヒルやガチョウのような歩き方になったのだろう？

がに股は本当にみっともない。がに股で歩く女の人は、それだけで軽蔑された。女だてらに、足を開いているということは、どういう意味か？　誰でもどうぞという意味ではないか？　男のがに股も、誤解のもとだった。陰茎や睾丸が格別大きくて重いため、足を踏ん張らなければ支えられないというわけだ。ぼくは道端にすわり、病院の外科病棟で得た医学知識を頼りに、自分のがに股と徳盛や春生の違いを分析してみた。そして、ぼくの場合は急性の症状だと断定した。決して船上生活の影響ではなく、父のせいなのだ。これは神秘的な症候群に違いない。父の陰茎再生手術が何とか成功したのち、ぼくは陰茎の半分が自分に継ぎ足されたような気になった。下着はどれも小さすぎる。ぼくの下半身は日増しに重くなった。大脳もそれに影響されてしまったらしい。がに股は大脳の命令によって生じたものだ。ぼくの大脳も父に切り取られ、症候群にかかったのかもしれない。どんな愚か者でも河と陸の区別はつくのに、ぼくの大脳はそれを混同し、両足に慎重な行動を命じた。気をつけろ。両足に力を入れて、陸地を踏みしめるんだ。陸が揺れるのに備えろ。道路が波打つのに備えろ。目に見えない流れと渦巻きに気をつけろ。ぼくは命令に従って、慎重に道を歩いた。ぼくの頭の影の中で、がに股の神秘的な指令がかすかな光を放っているようだった。それ以降、陸上の道はすべて、船の甲板と同じになった。ぼくは慎重に歩いた。それ以降、油坊鎮は目に見えない水面となった。気をつけなければならない。ぼくは格別、慎重に歩いた。

忘れるのは容易なことだ。その後、ぼくはがに股になった。健康面で父の影響は受けなかったが、ぼくの五官は父の神秘的な細菌に感染していた。不思議なことに、ぼくの立場から河の上の世界を眺めると、とんでもない結果が見えた。ぼくの世界は、半分しか残っていないのだ。陸上ではウグイスが鳴いてツバメが飛び、河が流れているのに、ぼくの身の回りにはウグイスもツバメもいない。河の流れがあるだけだ。もう河の上り下りには、うんざりしていた。汽船は狂ったように、ぼくたちのはしけ船を引っぱって進む。風の音、船のスピード、神秘的な細菌が合わさって、ぼくの耳と目を邪魔した。陸上の拡声器から流れてくる歌声は、どんなに激しくても前半が聞こえるだけで、後半は河を渡る風に吹き飛ばされてしまう。ぼくは船首から、両岸の景色を眺めた。左側の麦畑を見ていると、右側の集落を見落とし、船団がどこを通過したか、わからなくなる。両岸の景色は刻々と変わり、目が追いつかない。考えが及ぶのも、片側だけに限られる。したがって、ぼくは陸上の社会主義建設の成果に対して、中途半端な理解しかなかった。船がアヒルの飼育場を過ぎると、遠くの河原で作業員が基礎工事をしているのが見える。ぼくは、それが勝利水力発電所だとは知らなかった。アヒルの小屋を拡張するのだろうと思って、心の中でつぶやいた。このぼくだって、陸上に家はない。どうしてアヒルは大事にしてもらえるんだろう？　アヒルは河に住んでいる。わざわざ陸上に家を作る必要はない。船が鳳凰鎮を過ぎたとき、町の東の河辺にコンクリートの土台が立っているのが見えた。アヒルの飼育場の隣だけでなく、鳳凰鎮にも水力発電所を作るのか？　二つの町は張り合っているのだろう。ぼくは、コンクリートの土台が対岸にも立っていることに気づかなかった。鳳凰鎮が進めているのは水力発電所建設ではなく、架橋工事だった。

陸の人たちは一大事について語り合っていた。ぼくたちの故郷の油坊鎮はスズメから鳳凰に変身した。小さな町に、天地が引っくり返るような変化が起きようとしている。金雀河地区のモデル町村になるのだ。波止場の改修工事と道路建設のほか、油坊鎮に軍事施設を作るらしい。国家機密なので、どんな施設なのかを知る人はいなかったが、陸上でも船上でも、議論が絶えなかった。巨大な防空壕だと言う人もいれば、ミサイル基地だと言う人もいる。山向こうの軍事基地の付属施設、送油パイプラインの要衝だと言う人もいた。何度も話を聞かされ、ぼくはようやくモデル町村の意味を知った。しかし、いろいろな噂のうち、どれが信用できるのかはわからない。もし父がまだ指導者の地位にいれば、直接資料を入手することもできただろう。ところが残念ながら、盛者必衰、ぼくと父は金雀河地区でいちばん情報に疎い人間になっていた。

　ある日、ぼくは波止場に着いて、油坊鎮の空が以前より青いことに気づいた。空気も、いくぶん爽やかになった。荷卸しの波止場は整備され、石炭の山が小さくなっている。荷物の積み方も秩序正しい。荷卸しの作業員たちはみな青い制服を着て、首に白いタオルを巻いている。波止場には清潔な公衆便所もできた。濃厚な消毒薬の匂いがしている。遠くの綜合庁舎の屋上には、色とりどりの提灯が飾られ、スローガンの書かれた赤い横断幕が風に揺れていた。ぼくは便所を出て、かつて化学製品を貯蔵していた倉庫の前を通りすぎた。倉庫の壁は、しっくいが塗り直されている。扉には赤いペンキが塗られ、「油坊鎮波止場治安維持隊」という表札が掛けてあった。ぼくは、この突然できた組織に興味を持った。中をのぞくと、見慣れた顔があった。五癩子《ウーライズ》、陳禿子《チェントゥーズ》、王小改《ワンシャオガイ》。彼らはみな、赤い腕章をつけている。腕章には「油治」の二文字が印刷されていた。最初はわかりにくいが、少し考えれば納得する。油坊鎮治安維持隊の略称なのだ。「油治」のあとにカッコ付きで、アラビア数字が記されている。各人に割り当てられた番号なのだろう。ぼくは理由のない嫉妬を感じて、扉の中に首を突っ込み、大声で尋ねた。おまえら三人は「油」なのか？　油なら鍋に入れないとな。

　彼らはぼくの悪意を感じ取った。王小改と五癩子は偉そうににらみつけただけで、ぼくを相手にしなかった。陳禿子は虚栄心のせいで、説明しなければ気が済まなかったらしい。空屁は空屁だな。何もわかっちゃいない。油がどうした、鍋がどうした？　治安の治の字が目に入らないのか？　おれたちは治安部隊だぞ！　ぼくは言った。いったい、何をする治安部隊だ？　誰が作った？　陳禿子は侮辱を受けたかのように、目をむいて言った。おまえはバカか？　聞くまでもないだろう。治安部隊は治安を守る。当然、役所の許しを得て作ったんだ！　ぼくはさらに尋ねた。おまえたち三人だけで、このオンボロ倉庫を守っているのか？　それで治安部隊だって？　陳禿子が言った。とりあえず、おれたち三人だが、いずれ部隊は拡大する。事務室は狭いが、おれたちの権力は大きい！　ぼくは軽蔑して言った。こんなオンボロ波止場で、積荷も、作業員も、自由にできないくせに。権力が聞いてあきれるよ。陳禿子はさらに弁明しようとしたが、傍らの五癩子に押しのけられた。五癩子は七癩子の兄で、七癩子よりも始末が悪かった。五癩子は眉を逆立てて、手錠をかける仕草を見せながら言った。空屁、それ以上減らず口を叩くなら、とっ捕まえるぞ。目にもの見せてやる。おれたちの権力の大きさを思い知れ！

五癩子が出てきたので、ぼくは逃げ出した。別に恐れているわけではないが、五癩子を見て七癩子を思い出したからだ。彼らの姉のことも、半切れのパンのことも、ぼくのあだ名のことも思い出した。この一家を見ると、恨みと屈辱が胸にあふれ、口から泡を吹くように罵り言葉が湧いてくる。ケンカをしたら五癩子にはかなわないという自覚があったので、ぼくは目の前で罵ることはしなかった。身をひるがえし、町のほうへ向かいながら、悪態をついた。しかし、いくらも行かないうちに、背後から王小改の声が聞こえてきた。どうして行かせたんだ？　忘れてしまったのか？　行かせちゃダメだろう！　同時に、五癩子と陳禿子がぼくに呼びかけた。空屁、止まれ。戻ってこい。おまえは町に入っちゃいかん！

ぼくはわけがわからず、立ち止まった。王小改たちに取り囲まれ、ぼくは言った。どうして町に入っちゃいけないんだ？　治安部隊は治安を維持すればいい。ぼくがどこに行こうと勝手だろう。

何をむきになってる？　おまえを足止めするのが、おれたちの仕事さ。逆らうやつは、許さないぞ。王小改は腕章を付け直して、ぼくの注意を喚起した。その腕章は、陳禿子や五癩子のものよりひと回り大きい。番号は逆に小さく、「油治2号」だった。ぼくが王小改の腕章を観察しているのを見て、陳禿子が説明した。王小改は治安部隊の副隊長だ。副隊長の指示には従うしかないな。

ぼくは言った。副隊長が何だ？　隊長の指示だって聞かないぞ。ぼくは行きたいところへ行く。誰の命令で、そんな指図をするんだ？

上層部の命令さ！　王小改は厳しい声でそう言って、ぼくを押し返そうとした。ぼくが抵抗すると、五癩子と陳禿子が加勢して、三人で押してくる。ぼくは石油缶の山のところまで追い詰められた。王小改が言った。よし、ここで待つんだ。あとで船団の連中が揃ったら、一緒に上陸を許してやる。

ようやく彼らの意図がわかった。この治安部隊はまったく腹が立つ。ぼくは石油缶を蹴飛ばし、大声で叫んだ。船団は軍隊とは違う。集団行動の必要はないだろう？

何だって？　おれたちに言ってもムダだよ。王小改が言った。おれたちは上層部の考えに従っているんだ。非常時には非常時の措置を取る。今日から向陽船団の者は、集団で登録してから上陸すること。勝手に町を歩き回ってはいけない。そういう通告が出てるんだ！

王小改は上層部からの指図を受けているらしい。おそらく、非常時ということとモデル町村の建設には関係があるのだろう。ぼくは憤慨しながら、油坊鎮を眺めた。遠くの街路を多くの人が自由に歩き回っている。彼らは非常時の外に身を置いているようだ。この発見がぼくに口実を与えた。おい、バカにするなよ。ぼくは人影を指さし、王小改を問いただした。どうして船団の人間は集団行動を強制されるのに、町の連中は勝手に行動できるんだ？

王小改はぼくの視線を追って遠くの通行人に目を向け、突然陰険な笑いを浮かべて言った。それなら、教えてくれ。どうしてほかの人間は陸に住んでいるのに、おまえたちは船の上、河の上で暮らしているんだ？

ぼくは王小改に痛いところを突かれ、カッとして悪態をついた。王小改、おまえの母ちゃんを「叩いて」やる！

王小改は激怒した。腰に挿していた紅白の縞模様の棍棒を抜き、ぼくに向かって突き立てた。誰の母ちゃんを叩くと言ったんだ？　おまえの親父は叩きまくったあげく、チンポコが半分になったんだろう。少しは教訓を得たらどうだ？　この棍棒は人を殴るためにある。偉そうなことを言うなら、おまえのチンポコも半分にしてやるぞ！

ぼくが治安部隊ともみ合っていたとき、岸壁で騒ぎが起こった。向陽船団の人たちが一斉に上陸してきたのだ。陳禿子が「やつらが来た！」と叫ぶと、三人はすぐにぼくを放し、岸壁の人たちを眺めながら、倉庫のほうへ走って行った。王小改はポケットから呼び子を取り出し、吹き鳴らした。五癩子と陳禿子はその音を聞いて、ますます足を速めた。王小改は標準語を使って叫んだ。位置につけ、準備態勢を取れ！

最初、ぼくは準備態勢という意味がわからなかった。倉庫から出てきたとき、王小改は首に望遠鏡を下げ、五癩子は一人で二本の棍棒を持っていた。陳禿子は口にボールペンをくわえ、脇にバインダーを挟んでいる。彼らのおかしな装備の目的は何だろう？　その後、ぼくはハッと気づいた。彼らは用意周到に、船団の人たちを尾行し始めたのだ。望遠鏡は観察のため、バインダーは記録のため、棍棒の用途は説明するまでもなく、人を殴ることだった。ぼくは向陽船団の乱雑で賑やかな隊列のあとについて、町に入った。治安部隊の三人は、三匹の不気味な猟犬のように、ぼくを尾行してくる。振り返って見ると、王小改がこちらを指さしていた。ブツブツ言いながら、明らかに上陸した人の数を数えているのだ。陳禿子が歩きながら、バインダーに何か記録している。五癩子は凶悪な目つきをして、棍棒を空中で振り回していた。人を殴る練習をしているのだろうか。

二

最初、船団の人たちは尾行されていることを知らなかった。この乱れた隊列は波止場を抜けて行った。粗末な身なりの老若男女が、がに股歩きで進む。それぞれ様々な容器、カゴやバケツを持っている。騒がしく、喜びにあふれている一団だった。ぼくがあとに続いたために、隊列には陰気な尻尾が生えた。彼らは振り向いて、不思議そうにぼくを見た。おや、東亮、今日は機嫌がいいらしいな。おれたちについてくるなんて。嫌っていたんじゃないのか？　徳盛が言った。東亮、先に上陸したはずだろう？　どうして、まだここにいるんだ？　ぼくは親指を立てて、後方を指し示した。ぼくよりも、もっとうしろに注意しろという意味だ。船団の人たちはついに、より大きな三本の尻尾に気づいた。おや、五癩子！　陳禿子！　王小改もいる！　どうして、ついてくるんだ？　船団の人たちの心理は、いつも不安にあふれていた。王六指が最初に叫んだ。逃げろ、捕まるぞ！　船団の人たちは、すぐ四方に散った。女たちは無意識のうちに子供を抱え、積荷の山の背後に隠れた。男たちの反応は様々だった。拳を握って身がまえる人もいれば、必死で塀の前まで行ってへばりつく人もいた。小心者の春生はしゃがみ込んで、両手で頭を覆った。

船団の人たちが動揺すると、治安部隊も少し動揺した。王小改は慌てて呼び子を吹いたが、出てきたのは屁のようにかすれた音だった。そこで両手を合わせてメガホンを作り、船団の人たちに大声で呼びかけた。隊列を崩すな。もう一度、集合しろ。王六指のデマを信じちゃいかん。おれたちは捕まえたりしない。監督しているだけだ。捕まえたりしない。

船団の人たちは互いに顔を見合わせたあと、波止場のほうを振り向いた。誰が騒ぎを起こしたんだ？　治安部隊は誰を監督しているんだろう？　人々が小声で議論する中、春生のつぶやきが聞こえた。きっと東亮だ。上陸して、バカなことを書いたんだろう。反動スローガンを書いたに違いない。船団の人たちはそれを聞いて、ぼくを見つめている。その目つきに、ぼくは腹を立てた。何を見てる？　上陸してからは、小便を一回しただけだ。ほかのことは何もしていない！　彼らは視線を移し、王小改たちのほうを見た。王小改は相変わらず、両手でメガホンを作って言った。集まれ、集まれ、整列するんだ。決められた場所に行くだけなら、捕まえたりしない。孫喜明が、声を荒げて言った。捕まらないことを感謝しなくちゃならんのか？　いったい、何が起こったんだ？　おまえたちに何の権限がある？　王小改は懐から一枚の通知書を取り出して言った。何の権限があるって？　これを見ろ。役所からの通知書だ！　孫喜明が通知書を受け取ろうとしたが、王小改は渡さず、見せただけだった。孫喜明は、難しい字が読めない。どうでもいい字は読めたが、あいにく「粛正」「監督」という言葉を知らなかった。そこで、通知書をしばらく見たあと、ぼくを呼んだ。東亮、ちょっと来い。何と書いてあるか見てくれ。

ぼくは進み出て、その薄紅色の通知書を見た。そこには、王小改の言う新しい規定が書かれていた。「本日より、油坊鎮の社会秩序を粛正するため、非居住民および部外者は進んで治安部隊の監督を受けるべきこととする」

ぼくが通知書を読み上げると、船団の人たちは集まってきて聞き耳を立て、それから議論を始めた。徳盛がまず、王小改に食ってかかった。おれたちは居住民じゃないのか？　部外者なのか？　おれたちが荷物を運んでこなければ、おまえたちは何を食って、何を着るんだ？　おれたちがいなければ、おまえたちはケツを拭く紙も手に入らないんだぞ。それでも、監督を受けろと言うのか？

李徳盛、言葉を慎め。おれたちの食べるもの、着るもの、便所の紙は、党と社会主義が与えてくれるんだ。おまえたちがくれるわけじゃない！　王小改の反応は早く、理路整然と徳盛を言い負かした。そして徳盛を片隅に追いやると、孫喜明に通知書を振りかざして言った。孫喜明、おまえは船団の団長だろう？　指導者の責任を果たすんだ。早く、みんなを集合させろ。整列すれば秩序が保たれる。そうれば、おれたちも無理は言わんよ。

再び、徳盛が叫んだ。おれたちは小学生じゃない。犯人でもない。どうして整列しなくちゃならないんだ？

五癩子が棍棒を振り回しながら、徳盛に近づいた。徳盛はその棍棒に目をやると、皮肉を込めて言った。棍棒なんか、屁でもないさ。拳銃を出されたって怖くない。五癩子は冷笑した。拳銃が出ないと思うなよ。いざとなれば、おまえが治安を乱すなら、どんな武器だって使ってやる！　五癩子の言葉は人々の怒りを買った。船団の人たちは叫び出した。どういうことだ？　上陸することは犯罪か？　五癩子、おまえは銃を持ち出すと言うんだな？　こんな犬畜生は見たことがない。それでも人の子か？　船団の人たちと治安部隊は波止場で大騒ぎを始めた。女たちの金切り声も混じる。荷卸しの作業員たちも集まってきた。王小改は呼び子を取り出し、何度も吹き鳴らした。みんな、静かにしろ。これは人民内部の矛盾だ。おれたちは銃を使わないから、安心してくれ。さあ、並んで。早く整列するんだ！

徳盛が言った。拳銃を出してみろ。そうしたら、並んでやる！

王小改も負けていない。徳盛の鼻先を指して言った。李徳盛、いいか。こんな態度を続けるなら、人民内部の矛盾じゃ済まなくなるぞ。敵対矛盾だ！

陳禿子は人々の中に分け入り、子供を二人連れてきた。子供は整列を嫌がらず、大人しく前後に並んで立ち、笑顔を浮かべている。陳禿子は得意そうに、徳盛に白目をむいて見せた。李徳盛、かんしゃく持ちはおまえだけだぞ。見ろよ、子供のほうが物わかりがいい。整列するぐらい、何でもないだろう？ちょっと監督を受けたからって、それが何だ？　痔になるわけでも、ガンになるわけでもあるまいし。徳盛は言い返せなかったが、王六指が出てきて叫んだ。痔にもならないし、ガンにもならないが、ハゲになるさ。頭のてっぺんには、草も生えない！

船団の人たちは、陳禿子のハゲ頭を見て笑った。孫喜明は笑わなかった。態度表明をするべく、難しい顔をして王小改に言った。見てのとおりだ。船団の人間は、自由な水上生活に慣れている。おれの命令も、おまえたちの命令も聞かない。こうしようじゃないか。そっちの仕事に協力するから、こっちの要求も聞いてくれ。王小改も本気で孫喜明に協力しようと思ったのかもしれない。急に表情が穏やかになり、タバコを一本勧めて言った。孫団長、それはどういう意味かね？　どうやって協力するんだ？　孫喜明はタバコを受け取り、少し躊躇してから言った。別に難しいことじゃない。あんたの親父は食品市場の責任者だろう？　あとで市場へ行くから、新鮮な豚肉を融通してもらいたいんだ。おれたちは一年じゅう、新鮮な豚肉にありつけないからな！　それから、あんたの姉さんは雑貨店の主任だろう？　菜種油や黒砂糖を買いに行ったときに、配給切符なしで売ってほしいのさ。王小改はきっと、このような条件を出されると思っていなかったのだろう。目をぱちくりさせて、しばらく考えてから言った。そっちが協力してくれるなら、考えてやってもいい。

これによって、両者の対立はかなり和らいだ。船団の人たちは、口ではまだ尊厳を守れとわめいていたが、足のほうは妥協して、治安部隊の指示に従って整列した。誰も軽はずみなことはしない。新鮮な豚肉を手に入れ、菜種油を配給切符なしに購入する機会を失いたくないのだ。徳盛は並ぶ気になれなかったが、おかみさんに引っぱられて隊列に加わった。すったもんだのあげく、この不思議な一団は油坊鎮の波止場を離れた。相変わらず、三本の尻尾を引きずりながら。もともと乱れていた隊列が、いまは細長くなった。老若男女が家族を単位として、長い列に加わっている。大人はかしこまっているが、子供は好奇心いっぱいだった。大人たちはみな、自分の子供の手をしっかり握っていた。

ぼくだけが独りぼっちで、徳盛夫妻のあとに続いた。船団の人たちが小利をむさぼっていることに、ぼくは反感を覚えたが、それを批判する資格はなかった。ぼくも船団の一員だから、隊列について行くしかない。王小改は船団の人たちを町に案内した。回り道を承知で、細い道を行かずに大通りを選んだ。綜合庁舎の前の花壇まで来ると、一団は驚いて足を止めた。コンクリートの綜合庁舎が、色とりどりに飾られている。人々はこの建物の美しさと雄大さに引きつけられ、口々に感嘆の声を上げた。ビルの屋上には赤旗がはためき、飾り提灯が輝いている。無数の巨大な横断幕が、赤い滝となって三十尺の長さに掛け渡されていた。人々は顔を上げて、ぼんやりと赤い滝を見つめた。愚かな老人のどす黒い顔にも、向学心に燃える子供の無邪気な顔にも、赤い光が反射している。数人の字が読める人たちが、高らかに横断幕のスローガンを読み上げた。「全町民を動員し、重大な戦いを勝ち抜こう。東風八号計画を歓迎する！　奮闘努力によって、油坊鎮を社会主義のモデル町村にしよう！　治安管理を強化し、文化的環境を作ろう！　一人っ子政策を貫徹しよう！　すみやかに波止場建設を進めよう！　投機行為を取り締まり、資本主義の尻尾を根絶させよう！　油坊鎮党委員会の優秀組織賞受賞を祝賀する！　趙小妹《チャオ・シャオメイ》同志に敬意を示し、趙小妹同志に学ぼう！　上級組織による直接指導を歓迎する！」

多種多様な横断幕に、船団の人たちは目がくらんでしまった。これらのスローガンは、各人の政治的文化的レベルを厳しく問う内容を含んでいる。孫喜明は生半可な知識しかなかったが、虚勢を張って、どのスローガンが最も重要かを見きわめようとした。孫喜明は王小改の意見を探ろうとした。王小改、どうだ？　どのスローガンがいちばん大事だと思う？　王小改は役人風を吹かせて言った。どれも上層部の考えを示している。全部、大事だよ。これでは答えにならない。孫喜明は執拗に、今度は五癩子に尋ねた。五癩子は不機嫌そうに言った。治安維持がいちばん大事だ。おまえたちが、きちんと並ぶことさ！　陳禿子は比較的親切で、横断幕の見方を教えてくれた。どのスローガンが真ん中にあるかを見なくちゃいかん。指導部の会議を見たことがあるだろう。いちばん偉い指導者が、真ん中にすわっている。横断幕も同じだ。真ん中にあるのが、いちばん大事なのさ。

孫喜明はハッと悟って、思わず叫んだ。ああ、東風八号計画、東風八号がいちばん大事なんだ！

船団の人たちは、東風八号がどんな計画なのか、知らなかった。春生の父親は学がないので、それが船の名前だと思って春生に尋ねた。積載量はきっと、三トンはあるだろうな？　春生は顔を赤くして、たしなめた。父さん、知らないことに口を出さないで。黙っていられないの？　春生の父親は息子を平手打ちした。それなら、言ってみろ。いったい、何トンあるんだ？　陳禿子が分け入って、もめている親子を引き離した。そして秘密めかして、春生の父親の耳元でささやいた。東風八号は船じゃない。これは軍事機密だ。どんなものかは、今度の船旅から戻ったときにわかるだろう。

王小改は、船団の人たちが綜合庁舎の前に長く留まることを許さず、呼び子を吹いて前進を促した。そこで長蛇の列は、何度も振り返りつつ、油坊鎮の町中へ入って行った。人民街の公衆便所まで来ると、王六指が用を足したいと言い出した。春生も腹を押さえて同調した。王小改は二人が便所に行くことを許したが、ほかの人々にはその場を動かないように命じた。ぼくたちは立ったまま、王六指と春生を待った。ほんの数秒後、王六指の歓声が便所の中から聞こえてきた。水道があるぞ。蛇口が四つもあって、ひねれば水が出る！　その後、春生もズボンを手に持ったまま駆け出してきて、吉報を伝えた。早く、見てこいよ。近代的な便所だぞ。水洗式だ。紐を引っぱれば、大便が流れて行く！

反響は大きかった。王小改は条件反射のように便所の入口へ走り、五癩子と陳禿子は腰の棍棒をつかんだが、間に合わなかった。あっという間に、船団の人たちは先を争うように、公衆便所に突進した。王小改一人では防ぎきれず、逆に突き飛ばされて転がった。五癩子は棍棒を振り上げて人々の頭を狙ったが、手を下すことはできず、大声で罵った。ろくでもない連中め、船でなんぞ暮らすものだから、便所に水道があるだけで大騒ぎだ。よりによって、便所の見学を始めやがった。王小改はなおも便所の入口を守ろうとして、孫喜明を捕まえた。孫団長、あんたは指導者だろう。どうして、一緒になって騒ぐんだ？　孫喜明は、それどころではないとばかりに、王小改を押しのけて言った。指導者だって、用足しはしなくちゃならん。おれだけ便所へ行かずに済むか？

船団の人たちは便所の中で、四つの蛇口と水洗装置を取り囲み、歓声を上げた。治安部隊は、入口で対策を練っていた。王小改はこのとき、臨機応変の能力を発揮した。便所へ行くことを禁じるわけにはいかないし、政策上の理屈も通らない。ここは一つ、連中を誘導して、起死回生を図ろう。この機会を利用して、愚かな船上生活者に近代的な実地教育を施すのだ。五癩子と陳禿子は、船団の人たちに対する思想教育は自分たちの任務ではないと思ったが、しぶしぶ同意した。王小改は、その場で仕事の分担を決めた。五癩子は四つの蛇口を管理する。陳禿子は水洗装置を受け持つ。そして自分は、小便器と大便器を監督することとした。女便所については、人手が足りないので、放任するしかない。

その後、王小改の抑揚のある標準語が聞こえてきた。水を大切にしよう。水は貴重な資源だ。節水を心がけること！　小便は一歩前へ出て、便器の中へ。わかるか？　外に垂らしてはいけない。便器の中にすること。ここは模範的公衆便所だ。上層部の検査がある。諸君の大小便は近代的、衛生的でなければならない！　こら、どこの子供だ？　壁のタイルを叩いちゃいかん。どうして叩くんだ？　タイル一枚、いくらすると思ってる？　八銭だぞ。壊したら弁償しろ！　王六指、痰を吐くのも、便器の中だぞ。そのへんに吐いちゃダメだ。不満そうな顔をするな。いいか、この便所はすでに二回、表彰を受けているんだぞ。今度、表彰を逃したら、向陽船団が政治的責任を負うことになる。これは決して脅しじゃない！

王小改はずる賢い。アメとムチを使い分けながら、船団の人たちに対処した。特に、最後の警告は必殺技だった。船団の人は教養がなかったが、政治的責任の意味は明確に知っていた。人民街の公衆便所での大騒ぎは、ピタリと止んだ。孫喜明に率いられた長蛇の列は、未練を残しながら便所をあとにした。男たちは出入口で女たちと合流し、すぐに隊列を整えた。老若男女がそれぞれ喜びを胸に、食品市場へ向かって行った。

人民街の三叉路まで行くと、油坊鎮郵便局の緑色の建物が見えた。背の高いポストが、大きな口を開けて、堂々と玄関のわきに立っている。まるで、ぼくを待っているようだった。ポストとは、いつも約束をしていた。毎回、上陸するたび、ぼくはビニールの旅行カバンの中に父の手紙を隠し持っていた。郵便局で、その手紙を投函するのだ。今回は違った。ぼくは、船団の人たちの隊列に取り込まれている。彼らは手紙を書かないので、郵便局に用はない。ぼくだけ行くこともできなかった。父はぼくに命じた。この手紙は、封筒も人に見せてはいけない。ぼくは困った。どんな口実を作って、隊列を抜け出せばいいだろう？　ぼくは旅行カバンを開け、父の三通の手紙に手を伸ばした。三通の手紙の受取人は、一通ごとに地位が高くなり、住所も物々しくなった。県委員会の張《チャン》書記、地区委員会の劉《リュウ》書記、省委員会の江《ヂアン》書記。ぼくは目に入れても痛くないほど、父の手紙を大切にしていた。大切にせずにはおけない。父の希望はすべて、この手紙にかかっているのだから。三通の手紙は熱かった。父が熱を込めて書いたせいだろうか。例のポストは大きな口を開けて、ぼくの父の悔しさを飲み込もうとしている。しかし、ぼくは軽はずみな行動を取れなかった。父の言葉が、頭の中でこだましていた。油坊鎮は趙春堂の天下だ。十分に警戒するんだぞ。ぼくは父の手紙を握りしめ、思案に暮れていた。ふと見ると、五癩子がぼくの手と旅行カバンに注目している。その目は、ギラギラと輝いていた。空屁、カバンに何を隠している？　おれが調べてやる。ぼくは慌てて手紙を放し、カバンから醤油の瓶を取り出すと、五癩子に振りかざして見せた。検査してみろよ。この醤油瓶に爆弾が仕掛けてあるとでも言うのか？　五癩子は言った。爆弾のことなんか聞いてない。おまえは反動スローガンを書いただろう？　どうだ、カバンの中に反動スローガンを隠しているんじゃないか？　ぼくは醤油の瓶をかざしたまま、どうしていいかわからずにいた。さいわい、徳盛のおかみさんが、ぼくの味方をして五癩子を罵った。何が反動スローガンだ？　大人のくせに子供をいじめて、それで偉いと思ってるのかい？

五癩子は矛を収めた。ぼくは徳盛夫妻に付き従って、食品市場へ向かった。

王小改との約束があったから、隊列は崩れるに決まっていた。船団の人たちは市場に入ると、まず豚肉売り場に殺到した。新鮮な豚肉ほど貴重なものはない。船上の子供たちは、ベーコンやラード以外の肉を食べた経験がなかった。孫喜明が言ったことは、まんざら嘘ではない。王小改は協議のため、急いで事務室へ行った。豚肉売り場の販売員は、驚きの声を上げた。反乱を起こす気か？　売り場がつぶれちまう。新鮮な豚肉があると、誰が言った？　冷凍肉も売り切れだ。あんたらに売るものはないよ！

陳禿子が、王小改から預かった呼び子を吹き鳴らした。向陽船団に警告する。隊列を乱すな。整列するんだ。豚肉を買うのなら、並ばなくちゃいかん。市場にも上層部の検査が入るんだぞ。秩序を守り、略奪行為はやめろ。誰も話を聞こうとしない。相変わらず、人だかりができている。女たちは亭主や子供に、それぞれ任務を与えていた。徳盛のおかみさんが、市場の事務室を見ながら徳盛に言った。王小改はどうして出てこないんだろう？　私たちをだましたのかしら？　こうしてはいられない。徳盛、行列して菜種油を買ってちょうだい。配給切符を要求されても、突っぱねて。王小改にもらってくれと言うのよ。

ちょうどそのとき、王小改が父親の老王頭《ラオワントウ》を連れて出てきた。老王頭は色白で、でっぷり太っている。口にタバコをくわえ、手に豚肉の塊をぶら下げていた。どうやら、つぶしたばかりの豚らしい。すべすべして、まだ湯気を立てているようだ。これを見て、人々は大騒ぎを始めた。勘定台が押されてギーギーと音を立て、販売員も売り場の中で叫んだ。押すな、押すな、押しつぶされる！　船団の人たちも、互いに非難した。押すな、こっちが先だ！　押すな、仲間じゃないか。豚肉を見たとたんに、人情を忘れるのか！　孫喜明は割り込むわけにもいかず、人垣の外側で飛びはねながら、王小改に向かって叫んだ。おれたちの人数は多いんだ。それっぽっちの豚肉で足りるか？　もっと持ってこいよ。王小改は孫喜明の欲深さに腹を立て、目をむいて豚と父親を指さした。孫喜明、おれを怒らせるな。親切にしてやっているのに、まだ不満なのか？　この肉のために、おれは必死で親父を説得したんだぞ！

売り場がついに押しつぶされた。販売員がかんしゃくを起こしたのか、船団の人たちの強奪のせいかはわからない。きらきら光る肉切り包丁が、人々の頭上を流星のように飛んだ。船団の人たちは気づかなかったが、市場のほかの人たちは驚きの声を上げた。早く、肉を引っ込めろ。やつらに売ることはできない。売ろうとすれば命が危ないぞ。船団の連中はもう統制がきかない。王小改は声を荒げた。肉を引っ込めろ。下手に出れば、付け上がる連中だ。鎮圧しちまえ！　治安部隊の三人は棍棒を振り上げた。罵り声と救いを求める声が響き、ケンカが始まった。徳盛と五癩子がまず取っ組み合い、王六指と王小改ももみ合った。小心者の春生までもが、陳禿子に頭突きを食らわせた。女たちも加わり、孫喜明のおかみさんは女性販売員と髪をつかみ合っている。徳盛のおかみさんは、徳盛に加勢して、バケツを振り回し五癩子の尻を打っていた。

ぼくは、ドサクサまぎれに五癩子を蹴飛ばしてから逃げ出した。非難しないでほしい。この機会を逃すわけにはいかなかった。まだ大切な用事が残っていたから。

市場の外に出ると、陽光まぶしい街路を多くの人が行き来していた。市場から聞こえてくる騒がしい声を耳にして、ある人がぼくを引き留めて尋ねた。市場で何があった？　どうして、あんなに騒がしいんだ？　ケンカか？　ぼくは、その手を振りほどいて言った。市場で新鮮な豚肉を売ってるんだ。早く行って、並んだほうがいいよ。ぼくは自由な鳥のように、町を疾走した。そして郵便局へ直行し、父の三通の手紙をポストの口に投げ込んだ。不思議なことに、三通の手紙がなくなると、旅行カバンは急に軽くなった。ぼくは気持ちを落ち着かせ、周囲を観察した。誰もぼくに気づいていない。陽光が油坊鎮の通りを照らしていた。見慣れた通り、見慣れた家。見慣れた人たちが紺色、灰色、黒の服を着て、通りを行き来している。しかし、ぼくは足に違和感があった。三叉路の道が、かすかに揺れている。路上の石とコンクリートが、乱暴にぼくの足にぶつかってきた。石とコンクリートは、ささやき合っている。追い出せ、やつを追い出せ。ぼくは耳を疑った。だが、ぼくの足が証言した。石とコンクリートは密談をしていたのだ。油坊鎮は土地ぐるみで、ぼくを追い出そうとしている。これはどういうことなのだろう？　ぼくの足が、がに股になって、識別ができなくなったのか？　ぼくは十三年間、この土地を駆け回っていたのだ。それなのに、この土地はぼくの足を忘れてしまったのか？　ぼくの足を目のかたきにして、しきりに敵意に満ちた言葉をつぶやいている。出て行け、早く出て行け、自分の船に帰れ。

ぼくはまだ帰る気がなかったので、靴紐を締め直した。父の手紙を出したあと、何をすべきか。ぼくは決めかねた。行くべきところも、重要な用事も、たくさんある。ただ、どれを優先させればよいか、わからなかった。ぼくは走りながら考えた。道に催促されて、ぼくは走り続けた。さあ、もっと速く走れ。ぼくは穀物加工工場のほうへ向かった。足の判断に任せて、ぼくは母を訪ねることにした。母が懐かしい。喬麗敏は憎らしいのに、どうして懐かしく思うのだろう？　なぜだ？　わからない。ぼくの足がそう言うのだから、理由は足に尋ねるしかない。

ぼくは旅行カバンを背負い、長いこと走って、ようやく穀物加工工場に着いた。精米機の音が鳴り響く部屋は、空中に穀物の粉が浮かび、穀物のすがすがしい香りと重油の臭いが入り混じっている。白い粉が舞う中で、全身粉まみれの制服姿の女たちが働いていた。いずれも背丈は高くも低くもない。太ってもいないし、痩せてもいない。母の姿はなかった。一人の女工が、ぼくに気づいて尋ねた。誰を探してるの？　ここは音がうるさいから、大声で言いなさい。ぼくは大きな声を出せないのだ。喬麗敏を探しています。母の名前を大声で言う勇気はなかった。

ぼくは精米作業の部屋を出て、女工宿舎の窓辺へ行った。枯れたツタの葉を払いのけると、母のベッドと机が見えた。ベッドは空っぽで、むき出しの板の上に新聞紙が散らばっている。ぼくは気持ちが落ち込んだ。行ってしまったのか？　本当に、行ってしまった！　父の推測が当たっていた。父は、母には理想があると言った。きっと、この災いの多い土地を離れるだろう。母の理想とは何か？　考えたあげく、口をついて出た言葉は「空屁」だった。ぼくは怒りを込めて、母の机を観察した。机の上には、古びた琺瑯の湯呑みが置いてある。中のお茶にはカビが生えていた。この湯呑みは母の栄光のしるしである。アマチュア女性コーラス優秀賞の景品だった。ぼくは窓の外でつぶやいた。カビが生えたら、優秀賞もクソもない。ぼくは窓に顔を押しつけた。机の引き出しが半分開いて、何かがかすかに光っている。力いっぱい揺らすと窓が開いたので、ぼくは体を差し入れ、引き出しを開けた。ゴキブリが飛び出してきたのには驚いた。そのあと、ぼくは額縁を取り出した。家族の集合写真が入れてある。父と母とぼく。それぞれに人工的な彩色が施され、健康そうな赤い顔は、濃い化粧でもしたようだった。いつ撮ったものか、覚えていない。いずれにせよ、写真の父と母はまだ若く、ぼくは無邪気だった。額縁の中の家族三人は、ぴったりと寄り添っていた。

母が写真を引き出しに残したのは、どういう意味だろう？　ぼくは迷った。写真を持ち帰りたかったが、右手が持ち帰ろうとすると左手が反対する。左手は額縁を叩き割るつもりだ。結局、ぼくは左手の額縁を右手に持ち替えた。そして怒りの声とともに、それを宿舎の床に叩きつけた。ガラスが飛び散り、体に当たった。ぼくはガラスの破片に向かって言った。空屁、空屁！

ぼくがしたことは、それだけではなかった。穀物加工工場の門を出るとき、突然拡声器から『人民公社の社員はヒマワリ』の旋律が聞こえてきた。社員は——みんな——ヒマワリの花。ぼくは母がかつて家で、この歌を練習していたことを思い出した。農家のおかみさんの格好をして、スカーフをかぶり、前掛けをつけた。手にヒマワリの花を持ち、中庭で腰をひねって踊った。顔をヒマワリの花で隠し、社員は——みんな——のところで顔を出す。にっこり笑ったあと、みんな——ヒマワリの花。それは、ぼくの記憶の中で珍しい母の笑顔だった。この笑顔を思い出すと、目が熱くなり、涙が自然に流れ出した。この涙で、ぼくは思い知った。母を許すことはできない。母を罵りたかったが、聞かせる方法がなかった。どうやって母に対する恨みを晴らせばいいのか、わからない。向かい側の農具工場の痩せ犬が、走ってきてぼくを見ている。ぼくが相手にしないので、犬は加工工場の前の電柱に小便をかけてから、走り去った。その後、ぼくもその電柱に歩み寄り、レンガのかけらを拾って、電柱にスローガンを書いた。

「喬麗敏を打倒せよ！」

東風八号

ぼくはいまでも、東風八号建設工事が始まったときの盛大な様子を覚えている。何千何万の労働者が油坊鎮に集まった。彼らは、眠り続けていた油坊鎮の巨大な腹を割き、汚れた内臓を取り出した。臨時司令部の指揮の下、この町に新しく、アスファルトの腸、金属の胃、自動式の心臓が備えつけられるのだ。あとになってわかったことだが、綜合庁舎の周辺で流布していた予想は正しかった。東風八号は防空壕ではなく、金雀河地区の歴史上で最大の石油パイプライン建設計画だった。秘密の軍備計画である。

その秋は百年ぶりの洪水に見舞われた。河の上空に大きな穴が開いたように、何世紀もの間に溜まった雨水が一斉に降り注いだ。水位は絶えず上昇し、陸地は急激に陥没した。金雀河の上流で山津波が起こり、中流下流にまで影響が及んだ。沿岸の町村のほとんどが水没し、陸上交通は完全に寸断されたので、輸送はすべて水路に頼ることとなった。混乱の中でこそ、英雄の本領が発揮される。金雀河の氾濫によって、ぼくたちの船も英雄ぶりを示した。あんなに多くの船が金雀河に浮かぶのは見たことがない。

すべての船が油坊鎮を目指し、あんなに広い河が船で埋め尽くされた。帆柱が林立し、遠くから見ると、河の上に浮かぶ集落のようだった。

向陽船団は河の上で、まる二日足止めされた。最初の日は特殊な水上集落がおもしろくて、ぼくは船首に立って周囲を観察した。多くの船団は「優秀運輸船団」を示す赤い旗を掲げているのに、ぼくたちの向陽船団にはそれがない。ほかの船は荷物を運ぶだけでなく、解放軍の兵士や民兵を運んだが、向陽船団は農村からの出稼ぎ労働者の運搬だけを担当した。ぼくは、この違いを父に尋ねたことがある。父は言った。おまえに何がわかる？　おれたちの船団は政治的な身分が複雑だ。出稼ぎ労働者を運べるだけでも、十分に信用されている証拠さ。

翌日はなんと、移動宣伝隊が船に乗ってやってきた。彼らは船室の屋上に臨時の舞台を作り、アマチュアの女優たちが派手な格好で、それぞれ労働者、農民、兵士、学生、商人に扮して、雨の中で『戦闘の歌』を歌った。驚いたことに、舞台上には母の姿もあった。母はいちばん年上の女優なのに、若い女工の役を演じた。紺色の作業着を身につけ、首に白いタオルを巻いている。雨水に濡れて化粧が落ち、皺だらけの疲れた顔をさらしていた。しかし本人はまったく自覚がなく、全力で演技に没頭している。相手役が言う。運命と闘おう——母は拳を振り上げ、高らかな声で応じた。ええ、喜んで！

陸上で見つからなかった母と、ぼくは河の上で再会した。母は確かに年取って、容色も衰えていた。若い娘たちと一緒に舞台に上がるのは、身のほど知らずだ。みんなに笑われるのではないか？　思い上がりもはなはだしい。この出会いで、ぼくは不機嫌になった。船に帰ると、父は船べりに寄りかかり、遠くの移動舞台を眺めていた。

父は言った。おまえの母さんの声だ。どんなに遠くても、聞けばわかる。母さんは、どんな様子だった？

　ぼくは反問した。どんな様子って？

　父は少しためらってから言った。いろいろあるだろう。いや、精神状態はどうだった？

　ぼくは口を滑らせそうになった。最悪だったよ。しかし、そうは言わなかった。どうってことない。いつもと変わらなかった。

　あいつとは、しばらく会っていないな。父が言った。船のかげになっているから、声は聞こえても姿は見えない。

　会ってどうするの？　何の意味もないよ。お父さんは会いたくても、お母さんは会いたくないだろう。

　父はうつむいて、不満そうに言った。おまえはすぐ、何の意味もないと言う。それは虚無主義で、批判の対象だぞ。父は壁に掛かっていた麦わら帽を手に取り、突然ぼくに尋ねた。帽子をかぶって出かければ、おれだとばれないだろう？

　ぼくはその意味がわかったので言った。ばれたらどうなのさ？　一日じゅう船室にこもっているのはよくないよ。出かけたいなら出かければいい。お母さんに会いたいなら、会いに行けばいい。誰に遠慮がいるもんか。

　父は麦わら帽を置いて、手を額に当て、金雀河に多くの船が停泊している景色を眺めた。そして突然、興奮して叫んだ。心が震える、心が震える。出かけるのはやめた。おれは詩を作るぞ。題名はもう決めてある。心震える秋だ！

　確かに、心震える秋だった。何百艘もの船がまる二日、金雀河を埋め尽くした。従来、向陽船団はこれほど、ほかの船団と接近したことがない。ぼくは最初、世界中のはしけ船はみんな仲間だと思っていた。だが、そのとき、河の中央に不思議な船団を発見した。六艘のはしけ船に乗っているのは若い娘ばかり。引き船の乗組員も女だった。船首にひるがえる赤い旗には、「鉄の娘船団」と書かれている。船尾には万国旗のように、娘たちの色とりどりのシャツや下着が干してあった。この珍しい船団はどこから来たのだろう？　父は警戒の目で、ぼくの一挙一動をじっと観察している。昼間は船の右舷へ行くことを禁じ、夜は小さい黒板で船室の右側の窓を覆い、ぼくが鉄の娘を見ないようにした。徳盛のおかみさんも、徳盛が鉄の娘を眺めることを禁止した。ひと目でも見ると、おかみさんは徳盛の背中を竹竿で打つ。徳盛はカッとして、あの船を竹竿で突き飛ばせと強要した。やれるものなら、やってみろ。さあ、突くんだ。それができないなら、おれの目が何を見ても文句を言うな！　隣り合わせとなった「鉄の娘船団」のせいで、ぼくと父はまる二日、反目した。徳盛夫妻も、あやうく仲違いするところだった。さいわい三日目に、船は動き出し、ふさがっていた航路が少しずつ開通した。武装した民兵たちが、船に乗り込んできた。左肩には銃、右肩にはラッパを担っている。彼らが特別な運行規則を定めた。いかなる船も接岸してはならない。東へ航行を続けること。優秀運輸船団を優先し、その他の船団は後方へ回るべし。果たして、この規定が功を奏した。渋滞が解消し、すべての船団が動き始めた。およそ三百艘のはしけ船が洪水のように、雨と霧の中を抜けて下って行った。そしてついに、大雨降りしきる油坊鎮の波止場に到着した。

油坊鎮は姿を変えていた。しばらく見ないうちに、伝説の輝きを取り戻した。ぼくはがさつな人間で、抒情的な表現ができない。あの秋の心震える油坊鎮をどう形容すればいいのだろう？　父が精魂込めて創作した詩を引用させてほしい。来るがいい。洪水は怖くない。我々が進む道を切り開いてくれるから。この心震える秋に、赤旗をかかげ、凱歌を奏で、前進しよう。労働者の天国へ、革命の前線へ突き進もう！

　ぼくたちは何とか前線へ突進したが、向陽船団の上陸はいちばん後回しになった。波止場では、ドラ太鼓が鳴り響いている。遠くから、雨の中で待っている少年先鋒隊の姿が見えた。男の子は道の両側に立ち、腕を高く上げて独特の敬礼をしている。女の子はツバメのように船まで飛んできて、優秀船から下りてくる人たちの胸に赤い花を飾っている。歓迎式典が波止場で開催される一方、すでに油坊鎮のあちこちで作業が始まっていた。スコップや鶴嘴《つるはし》を担いだ労働者であふれている。雨の音が激しいので、工事現場から聞こえてくる掛け声は掻き消されてしまった。船の人たちは上陸時間を待ちながら、波止場の拡声器に耳を傾けた。拡声器から流れるのは、落ち着きのない男の声だった。赤旗《ホンチー》船団、上陸開始。東方紅《トンファンホン》船団、急いでください。上陸が始まっています。船の人たちは、すべて準備を整えていた。ところが、拡声器からは突然歌が聞こえてきた。高らかな歌声のあと、ザーザーという雑音がして、再び男の落ち着きのない声が響いた。〇〇さん、〇〇さん、至急現場司令部まで。重要な相談があります！

　向陽船団の人たちは船首に立ち、拡声器の呼び出しを待っていた。しかし、ぼくたちの輸送は重要度がいちばん低いらしい。豚肉、野菜、米を運搬する長城《チャンチョン》船団でさえ呼ばれたのに、ぼくたちはまだ待っていた。孫喜明は岸壁まで走って行き、レーンコートを着た責任者に文句を言った。おれたちは人を運んでるんだぞ。どうして、豚肉のほうが先なんだ？　責任者は大声で怒鳴った。いまがどういう時代だと思ってるんだ？　順番がそんなに大事か？　人間も貨物も、上陸前には手続きがいる。そんなこともわからんのか？　荷物の手続きは早いが、人間の手続きは時間がかかる。これだけの人数でやっているんだ。豚肉を先にするのは当然さ！　これで誰もが納得した。徳盛のおかみさんは、徳盛に言った。私たちだって、同じように苦労してるのよ。赤い花をつけてくれるかしら？　徳盛は言った。毛主席は

「革命は客を招いてごちそうすることではない」と言っている。花をつけたいなら、水に潜ってホテイソウでも採ってこい。

雨は小降りになった。船室で誰かが叫んでいる。息が詰まる。新鮮な空気を入れてくれ。ぼくが船室のシートをめくると、汗とタバコと小便と嘔吐物の入り混じった臭いがして、出稼ぎ労働者たちが頭を上げた。男が多く、女は少ない。大多数は青年と壮年で、いずれも荷物を背負っていた。待ちきれずに他人を押しのけ、噂に聞く労働者の天国を見ようとしている。彼らは口を大きく開け、深呼吸しながら波止場の労働現場を見た。一人の女が叫んだ。あれまあ、地べたを全部引っくり返すつもりかね。大変なことだ。この不穏当な発言は、ほかの人の叱責を受けた。仕事をサボる気でいるのか？　苦労がいやなら、油坊鎮に来るな！　船室の騒ぎは瞬時に治まった。復員軍人らしき人が名簿を持って、人数の確認と点呼を始めた。陸上の拡声器が向陽船団の名前を呼ぶと、復員軍人は甲板に下り、名簿を振りかざしながら命令を発した。三号突撃隊、こちらに立って。四号突撃隊はそちらだ。高荘《ガオヂュアン》突撃隊と李家渡《リーヂアドゥー》突撃隊はうしろに回って！

彼らはみな、労働突撃隊員だったのだ。船にあふれていた隊員たちは、すぐに散って行った。広い船室が空になった。七つか八つのおまるだけが二列に並び、あふれそうな容器から激しい臭気を発していた。誰かがおまるをひっくり返したのだろう。黄色い汚水が船底に流れ、見るだけでも胸が悪くなる。臭いを嗅げば、吐き気が襲ってきた。ぼくはゴム長靴にはきかえ、竹箒を持って、船室の掃除にかかった。そして突然、突撃隊員が残した怪しい物体を発見した。軍用レーンコートに包まれて、隅のほうに転がっている。箒で触れると動き出し、子供の小さな足が現れて、ぼくを蹴ろうとした。ぼくは驚いて飛び上がった。続いて、女の子はボサボサの頭をのぞかせ、はっきりした声で抗議した。あんた、私の足に触らないで！

レーンコートの中には、二人の人間が隠れていた。三十過ぎの女が、少女を抱いていたのだ。どうやら母と娘らしい。二人は身をすくめている。よく似た大きな目だったが、片方には生気がなく、片方はきらきら輝いていた。半ば夢見心地で、ぼくを見つめている。

ぼくは箒で船室の床を叩いた。さあ、起きろ。掃除をするから。

二人は立ち上がった。母親はとても疲れた様子で、色白の顔が病人のようだった。レーンコートの中には、いろいろな物が隠されていた。母親は急いでコートを広げ、これを風呂敷代わりにして、パンパンにふくれたショルダー・バッグ、梱包した毛布、そして洗面器や弁当箱の入った網袋をまとめて包み込んだ。それからコートのフードと袖の部分を結び合わせると、手提げ式の巨大な包みが出来上がった。少女も、しっかり準備を整えた。人形を胸に抱き、首から緑色の軍用水筒を下げ、手には小さい黒板を持っている。黒板には、チョークで稚拙な字が書いてあった。東風八号。慧仙《ホイシェン》、お母さん。

どうしたんだ？　ぼくは怒りを込めて、その女を非難した。みんなもう上陸したのに、まだ船で寝てるなんて。いったい、何者だ？

あんたなんかに、教えるもんですか。少女は威嚇するように、ぼくをにらんだ。そして母親に返答のすきを与えず、先に口を開いた。お母さん、この人は悪い人よ。相手にするのはやめましょう。

これは突撃隊の船だぞ。どうやって、まぎれ込んだ？　ぼくは言った。

まぎれ込んだわけじゃないわ。少女は挑戦的に叫んだ。飛んできたのよ。だから、見つからなかった。

母親は乱れた髪を手でとかしながら、しきりに視線を陸上に向け、子供を叱って言った。慧仙、そんな口をきいちゃいけません。礼儀正しくね！　母親自身は、とても礼儀正しかった。陸上に向けていた視線を戻し、ぼくに笑いかけた。非を詫びたつもりらしい。その女が子供を連れて上陸したときの光景をぼくははっきり覚えている。レーンコートで包んだ荷物を提げ、子供の手を引いて、船室を出て行った。少しためらうような、疲れているような素振りを見せ、歩を進めながら説明した。私も突撃隊員だったの。でも、寝過ごしてしまって。夜は眠れなくて、昼間ようやく寝ついたから、眠くて仕方なかったのよ。

母と娘は船室を出たあと、気配がなくなった。上陸したのだろうと思ったが、顔を上げると、女は娘を抱いて甲板に立って、史上例のない陸上の建設現場を眺めていた。女の独りごとが聞こえた。これが油坊鎮なの？　メチャクチャね。

尋ね人

なぜか、初めて慧仙と母親を見たときから、ぼくは二人の来歴を疑っていた。

ぼくは来歴の怪しい人に対して、生まれつき敏感なのだ。慧仙の母親がもし突撃隊員ならば、ぼくは庫東亮という名前を逆さまから呼ばれてもいい。二人はどこで上船したのだろう？　どんな手段で検問をくぐり抜けたのかもわからない。はしけ船は事前に、厳しい通告を受けていた。身元不明者、老人、病人などを油坊鎮に連れ帰ってはいけない。突撃隊員が馬橋鎮の波止場で上船手続きをしたとき、まったく子供の姿は見かけなかった。もしかしたら船が渋滞したあの二日間のうちに、あの母子は混乱にまぎれて、この七号船に乗り込んだのかもしれない。もしそうだとしても、あの復員軍人はなぜ目こぼししたのか？　船室の突撃隊員たちはなぜ、女に丸め込まれたのか？　彼らは慧仙と母親をまる二日、軍用レーンコートの中に隠すことに成功した。

母と娘はきっと働きにきたのではない。人を探すため、油坊鎮にきたのだろう。尋ね人の放送は毎日、何件もあった。見つかれば一度で終わる。何度も放送されるのは、見つからない場合だった。母と娘の尋ね人は、くり返されたに違いない。何という名前で、どんな人だったのか？　ぼくはいちいち覚えていなかった。海に落ちた針を拾うような話だから、見つからなくても不幸とは言えない。ぼくの家の災難に比べたら、他人の不幸はほとんど涙に値しないと思う。

ぼくは慧仙とその母親に強い関心を持ち、二人の経歴をあれこれ想像した。よく見ると、その女の人は目のあたりがぼくの母によく似ていた。これが想像の手がかりになって、ぼくは何となく、二人が馬橋鎮からやってきたのではないかと疑った。この親子をひそかに親戚になぞらえ、一人は会ったことのない馬橋鎮の叔母、一人はぼくの唯一の従妹だと考えた。三日間、向陽船団は岸壁で待機を命じられ、ほかの人たちは忙しかったが、ぼくは暇だった。やりたいことはみな、上陸しなければできない。上陸できなければ、やることがないのだ。ぼくは腰に手を当てて船首に立ち、高級幹部のように、波止場の工事現場を冷静に観察した。耳をそばだてて、拡声器から流れる尋ね人の放送を何度も聞いた。あの親子が喬麗敏を探すことはないだろうか？　喬麗敏が見つからないとき、喬麗敏の息子を探すことはないだろうか？　拡声器がこのぼく、庫東亮の名前を呼ぶことはないだろうか？　だが、拡声器はぼくの言うことを聞いてくれない。ぼくの名前を呼ぶことも、誰かがぼくを探すこともなかった。叔母がぼくを探すことも、従妹がぼくを探すこともなかった。ぼくの想像はまたしても「空屁」に終わった。

天の桶の底が抜けたように、雨が降り続いた。波止場には無数の簡易式テントが張られ、周辺地区からやってきた男女の出稼ぎ労働者が寝泊りしていた。彼らは時々ぼくの船に来て、薪、水桶、茶碗などを貸してくれと言った。ぼくが断っても、父が承諾してしまうので、貸してやるしかない。借りるのはいいが、返さない人もいる。最後にはぼくの茶碗一つしか残らず、父と共用で食事をしなければならなかった。ぼくが文句を言うと、父は反論した。茶碗なんて、どうでもいいだろう？　親子で共用すれば、東風八号の建設に貢献することになる。おまえは若いんだから、もっと貢献しなくちゃならんぞ。どうして毎日、偉そうに甲板に立っているんだ？　自分と関係ないと思って、高みの見物か？　そういう考えは批判すべきだ！

ぼくは父の批判を受け流すことに慣れていた。父は、ぼくが工事の賑わいを見て喜んでいると思っている。ぼくが、上陸した最も孤独な親子を気にしていることは知らなかった。ぼくの目は、あの親子を探し求めた。慧仙の母親は、あの大きな緑色の軍用レーンコートを着ていると、遠目では男女の区別もつかない。近づいてやっと、病気のような顔の女だとわかる。女はどこかへ向かって歩くのではなく、ただ波止場をうろついていた。疲れた表情をしているが、美しい顔立ちは隠せない。その目には、かすかな色気がある。ぬくもりにあふれているが、一抹の恨みも感じられる。借金取りのような、すごみがあるのだ。ぼくの母よりも感情豊かで、しかも慎み深い。岸壁までやってくるたびに、ぼくは聞いてみたくなった。馬橋鎮から来たの？　実家は肉屋さん？　苗字は喬じゃない？　しかし、恨みがましい目に浮かぶ冷たい光を見ると、無意識のうちに視線を避けてしまう。とても声をかける気にはなれなかった。あのレーンコートは雨よけだけでなく、いろいろな効能があった。まるで屋根のようなもので、移動式の家を守ってくれる。すべての荷物、そして少女――慧仙も、レーンコートの下にかくまわれていた。痩せっぽちの少女は泥水で汚れた人形を抱いている。突然、レーンコートから飛び出したかと思うと、またすぐに戻って行った。

どうやら油坊鎮に、この親子を受け入れる余地はなさそうだった。ぼくは、テント生活の仲間入りをすればいいと思った。女たちのテントは、学校の運動場に設置され、「女」という字がはっきり書いてあった。女であれば誰でも受け入れられ、無料で食事にありつくことができるはずだ。しかし、その女は子供を連れているせいか、あるいは気が小さいのか、子供の手を引いて学校の東門から入り、西門から出てきた。ぼくは母と娘が波止場をさまよっている姿を見て、人を探しているのだと断定した。誰かを探している。だが、油坊鎮には大勢の人がいる。尋ね人はいったい、そのうちの誰だろう？

最後の日、雨脚は驚くほど強くなった。女はレーンコートで子供を包み込み、波止場をさまよっていた。水辺から離れようとはしない。散歩のようでもあり、地形を観察しているようでもあった。いったい、何がしたいのだろう？　日が暮れると、雨脚は弱まった。波止場の労働者は、明かりをつけて夜間工事を始めている。母と娘の姿は、明かりと人の海に呑まれて消えた。ぼくは船首で食事を作り、後方の船室の父のもとへ運んだ。そして尋ねた。馬橋鎮の叔母さんに会ったことある？　父はいぶかしそうにぼくを見て言った。おかしなやつだな。母さんのことも口に出さないくせに、どうして叔母さんの話をするんだ？　ぼくは言った。別に何でもない。ちょっと聞いてみただけだよ。名前は何ていうの？父は眉根を寄せて、しばらく考え込んだ。喬麗華《チャオ・リーホア》だったか、喬麗萍《チャオ・リーピン》だったか、覚えていない。母さんと結婚したときに一度会ったきりだ。その後は、会おうにも会えなくなった。姉妹の縁を切ったんだからな。ぼくは残念だった。母はあらゆる人と縁を切ったのだから、誰かが母を頼ってくることはない。あの親子も、ぼくの叔母と従妹ではないのだろう。ぼくはがっかりして、この奇妙な想像をやめることにした。

事件が起きたのは翌日の朝である。波止場は雨上がりの晴天だった。向陽船団の十一艘のはしけ船は、レンガや瓦の破片を満載して下流へ出発しようとしていた。少女の鋭い泣き声が岸壁に響いた。あどけないがヒステリックなその声は、拡声器の勇壮な歌声を圧倒している。船団の人たちは、あの少女が片手で人形を抱き、片手でレーンコートを引きずりながら、岸壁を駆け回っているのを見た。あてなどなく、ただ狂ったように泣きながら走っている。その泣き声は、周囲のあらゆる人の注目を集めていた。

波止場で働く出稼ぎの女たちが、少女を追いかけながら叫んでいる。待ちなさい、お母さんはきっと帰ってくるから。近くにいた人が慧仙を覚えていて、説明した。この子はゆうべも泣きわめいていた。学校のテントに片っ端から飛び込んで、母親を探していたよ。少女の母親は失踪したのだ。最初はみんな、母親は用事ができたのだろうと思って、あまり気にしていなかった。翌朝になっても少女が独りぼっちだったので、急に慌て出した。あの軍用レーンコートを着ていた女は、確かに失踪してしまった。出稼ぎの女たちは、手に手におもちゃ、マントウ、それに造花を持って、慧仙に母性を示そうと突進して行った。しかし慧仙は、あらゆる哀れみと同情を拒絶し、必死で船を目指して駆けてくる。一人の女の手に嚙みつき、別の女の顔に唾を吐き、まるで小動物のように大人の足の間をすり抜けて行った。一号船の踏み板に足を乗せたとき、慧仙の体がふらついた。慧仙は踏みとどまり、踏み板に向かって叫んだ。揺らさないで、お母さんを探してるんだから！　慧仙は両手を広げ、平均台の上を歩くようにして船に乗り込もうとした。出稼ぎの女たちが、その背後で叫んだ。どうして船に乗るの？　お母さんは船に乗ってないわ。この船は人を運んできたけれど、貨物船よ。絶対に乗っちゃダメよ！

孫喜明の一家は、少女が船べりをよろよろ歩いているのを見た。少女は恐ろしい目つきで船室をのぞき込み、「お母さん」と叫び続けている。孫喜明はこれを見て船室から出てくると、汽船に向かって白旗を振った。汽船はすでにエンジンをかけていたが、すぐに停止した。孫喜明のおかみさんは仕事を投げ出し、走って行って慧仙を抱きとめた。どこの女の子だい？　どうして船の上を駆け回るの？　少女は新しい服に着替えていた。赤い格子縞の上着、お下げ髪も結い直して、リボンでとめている。それでも、孫喜明の息子の二福《アルフー》はひと目で慧仙だとわかった。慧仙については、母親よりも詳しい。二福は駆け寄って説明した。この子の母ちゃんがいなくなったのさ。何もかもなくしちまった。首にかけていた水筒も見当たらない。小さい黒板も持っていたはずだけど、なくなってる！

ぼくが声を聞いて一号船に駆けつけたとき、すでに多くの人たちが先に到着していた。波止場の出稼ぎの女たちと、あの女の行方について議論している人もいた。船上と陸上では、見解に違いがあった。陸上の出稼ぎ労働者たちは大多数が農村から来ているので、「女の子はごくつぶし」という考え方に立ち、少女は母親に捨てられたのだろうと推測した。中には、波止場には往き来する人が多く、善人も多いから、田舎者が娘を捨てるときは波止場を選ぶのだと言う人もいた。船上の人たちも男尊女卑だったが、この推測には賛成しなかった。水上生活が長く、溺死者を多く目にし、河に身投げする人を多く見てきたせいか、船団の人たちは失踪と聞くと不吉な連想をした。何か紛失したものがあれば、まず水面を見るのが習慣となっている。人間の場合も同じだった。ぼくは春生とその父親を見た。船の東側と西側にしゃがみ込んで、船底の隙間をのぞいている。何を見ているかは、誰もが知っていた。向陽船団の人たちは、全員が衝撃を受けた。汽船の乗組員も機関室の屋根に這い上がり、手を額に当てて、周囲の河面の捜索を始めている。ぼくが通り過ぎた五艘の船の人たちも、自発的に河の浮遊物を調べていた。この事件に対する船団の人たちの意見は一致していた。少女が母親を見つけることは不可能だろう。母親は金雀河に身を投げ、命を断ってしまったのだ。

船に乗る者にとって、人の死に関する話はタブーだった。だが向陽船団の人たちは、このように特殊な事件に初めて遭遇した。六、七歳の少女にタブーは通用しないし、道理を説いてもムダだ。少女は自分の考えを持っていて、母親と一緒に船で油坊鎮に来たのだから、ここを出るときも船に乗ると決めていた。船団の人たちは言った。お嬢ちゃん、この船は人を連れてくるだけで、運んで行くことはしないよ。お母さんが乗っているわけでもないしね。慧仙は聞かなかった。幼いのに、大人の論理の破綻を見破り、泣きながら叫んだ。嘘つき、人を連れてくる船なら、運んで行くことだってできるはずよ。

慧仙は孫喜明の家の船室の入口で地団太を踏んだ。船室内に隠れている母親をおびき出そうと思ったらしい。二福が制止した。やめろよ。船室のハッチが壊れたら弁償しろよ。孫喜明のおかみさんは息子を押しのけ、前後二つのハッチを両方開けて、慧仙に好きなだけ確認させた。お嬢ちゃん、見てごらん。どこに人がいる？　レンガばかりだろう？

慧仙は甲板に膝をつき、下を向いて真っ暗な船室をのぞき込んだ。お母さん、中にいるの？　出てきて、早く出てきて！

少女が母親を呼ぶ声は痛ましく、船の人たちは聞くに堪えず、顔を見合わせた。どうすればいいだろう？　こんなに幼い子供だから、どんな話も聞き入れないだろうし、伝えるのも難しい。徳盛のおかみさんは涙を拭い、横を向いて徳盛を見た。徳盛は言った。おれを見たってムダだぞ。おれは龍神様じゃないんだから、身投げした人間を生き返らすことはできない。徳盛のおかみさんは驚いて、徳盛の口を押さえ黙らせた。そして自分は金雀河の激流を眺めていたが、感慨を催して突然言った。今年の雨が悪いのさ。今年の水のせいだよ。どうして、こんなに水量が多いのかね？　この大水にやられちまうんだ。試してごらん。この水辺に立って大量の水を見ていると、人間がちっぽけな存在に思えて、気がふさいでしまう。ちょっと身を躍らせれば、それで楽になるんだ。

引き船が短く何度も汽笛を鳴らした。船団の人たちに、早く少女の問題を片付けろと催促しているのだ。しかし、誰もこの問題を解決できない。ほぼ全員が孫喜明の船に集まっていた。王六指は河面に浮かぶ枝葉を観察し、流れの速さを判断して言った。もう五福鎮の先まで流されてるだろうな。五福鎮の先に違いない。最初はみんな、その意味がわからなかったが、すぐに気づいた。王六指は、あの女が身投げしていれば、死体はきっと下流の五福鎮の先まで流されていると言ったのだ。誰もが口を開かず、ただ向きを変えて五福鎮のほうを悲痛な気持ちで眺めた。孫喜明のおかみさんは、片手でしっかりと娘の手を引きながら、怒りの声を上げた。世の中に、こんな残酷な母親がいるかしら？　こんなに小さな子を残して、行ってしまうなんて。陸上にはお役人、水中には龍神様がいて、始末をつけてくれる。どこへ逃げたとしても、縛り上げて、連れ戻すはずよ。思いがけず、おかみさんの怒りが娘にも感染した。娘は手を振りほどこうとして、母親の腕を叩いて叫んだ。縛ってやる、縛ってやる！

慧仙は最初、ぼくに気づいていなかった。船の女たちが競って機嫌を取ろうとしても、受け入れようとしない。多くの女たちが近づいて行き、両腕を広げて熱心に誘っても、相手にしようとしなかった。ただ、孫喜明が団長だということは察知したようで、おずおずと孫喜明の近くに身を寄せた。孫喜明としては望外の喜びで、みんなに不用意なことを口にしないように指示すると同時に、飴玉を持ってきてやれとおかみさんに言った。孫喜明のおかみさんは普段はケチだったが、慧仙には気前がよく、口の中に飴玉を入れてやった。慧仙は素直に口を開け、しばらくしゃぶっていたが、突然目を輝かせた。ぼくに気づいたのだ。慧仙はぼくを指さして、大声で叫んだ。あの子よ、あの子。お母さんは、あの子の船にいるわ！

ぼくは申し開きする暇もなく、慌てて逃げ出した。慧仙は追ってきた。なぜ追いかけてくるのかはわかったが、自分が逃げ出した理由はわからない。過剰反応を見せたために、とんでもない事態を招いてしまった。船団の船が一本の揺れる走路となり、みんなが船べりで追いかけっこを始めたのだ。止まれ、止まれと叫びながら、誰もが走り回っていた。ぼくは走りながら振り返った。あの少女が河に落ちることを心配したのだ。しかし、慧仙の平衡感覚は驚くほど優秀だった。慧仙は復讐の精霊のようにぼくを追いかけ、不慣れな船べりを飛ぶように走った。

あっという間に人の群れは、ぼくの家の船に押し寄せた。船首が狭いので、一部の人は桜桃《インタオ》の家の船尾に立っている。ぼくが船室に飛び込んだのを見て、船の人たちはレンガのかけらを甲板に投げてきた。ぼくも投げ返しながら、慧仙に言った。自分で見てみろよ。ここにはレンガと瓦のかけらしかない。どの瓦が母親だと言うんだ？　どのレンガが母親だと言うんだ？　少女は飛んでくるレンガを避けながら、地団太を踏んで言った。お母さんは瓦でもレンガでもないわ。それはあんたのお母さんでしょう？孫喜明がぼくに呼びかけた。東亮、この子とケンカするのはやめろ。いったい、どういうことなんだ？この子はおまえを知っているらしいぞ。ぼくはみんなに説明しようとして、振り返って見た。父が船室から顔を出していたのだ。憤怒と絶望のまなざしで、ぼくを見つめている。東亮、何をしでかした？こんなに大勢の連中に囲まれて。このとき、ぼくに口が三つあったとしても、悔しさを語り尽くすことはできなかっただろう。ぼくは怒りを船団の人たちにぶつけて叫んだ。大勢でうちの家の船に押しかけて、どういうつもりだ？　とっとと帰ってくれ！

ぼくは我慢の限界だった。前方の引き船も我慢の限界で、突然汽笛を鳴らした。船員たちが勝手に出航を決めたのだ。船団の十一艘のはしけ船は、冬眠していた蛇が春風に吹かれたように、河へ滑り出して行った。人々は不意をつかれ、とっさに足を踏ん張った。徳盛のおかみさんが慧仙を抱きかかえ、船首に身を伏せた。孫喜明は引き船に向かって叫んだ。待ってくれ、待ってくれ。女の子がまだ下りていないんだ！　船員たちは全員、操縦室に入ってしまったらしい。拡声器から、何か相談している声が聞こえた。一人が拡声器に息を吹きかけてから、こちらに向かって叫んだ。何を騒いでる？　静かにしろ。小娘一人のために、三十分も大騒ぎして。どうかしてるぜ。輸送に支障を与えることは生産破壊行為だ。生産破壊行為は反革命、捕まって銃殺されるぞ！

ソファー

一

慧仙は、ぼくの家の船室にすわっていた。クッションのきいた、父のソファーにすわっていた。この少女は気性が激しく、わがままだった。食いしん坊で、うちにあった食べ物をみんな平らげてしまった。それでもソファーに居すわり、誰が手を引っぱっても動こうとしない。これが慧仙の第一印象で、言うまでもなく、印象は悪かった。

ソファーの話をしよう。表地はコールテンで、青地に黄色いヒマワリの花模様。よく見ると、明らかに公的な備品だったとわかる。木製の肘掛けには、何箇所もタバコの焼け焦げがあった。裏地はズックで、「革命委員会は素晴らしい」という文字の痕跡が残っている。向陽船団の人たちは通常、椅子など持っていない。ぼくの家のソファーは、船団で最も贅沢な物品となっていた。磁石に吸い寄せられる鉄のように、子供たちの尻が集まった。このソファーの主権を守るぼくの苦労は並大抵のものではない。船団の子供たちは、ソファー目当てで七号船までやってきた。ある者は婉曲に、ある者は直接的に、ぼくに要求する。ちょっとすわらせてくれよ。ちょっとだけならいいだろう？　ぼくはきっぱり断った。ダメだ。すわりたいなら、二十銭払いな。

慧仙が七号船に来てから、ぼくのソファー管理は破綻した。この可哀相な少女に、お金を要求するわけにはいかない。慧仙は、あらゆる規則を破った。その日、慧仙は小さな顔を後方船室の窓ガラスに押し当てて、なおも母親を探そうとしていた。この船室は、すべてのはしけ船の船室の中で、最も雑然としていると同時に、最も神秘的だった。壁には女烈士鄧少香の遺影が飾られていた。新聞から切り抜いたものだ。鄧少香の顔がぼやけているので、よけい神秘的で古めかしく見えた。慧仙は窓越しに女烈士の遺影を観察し、突然言った。死んだ人だ！　その無責任な言葉に、ほかの子供たちは驚いて、ぼくの反応を注視している。ぼくは言ってやった。何を見てるんだ？　言うとおりじゃないか。烈士はみんな死んだ人だろう？　死なずに烈士になれるか？　その後、慧仙はソファーを見つけて言った。ソファーだ、ふわふわのソファーだ！　ちょうど父がソファーにすわり、膝の上に本を広げていた。父は少女に笑いかけ、挨拶を示した。大勢の子供たちが、慧仙に代わって要求した。ソファーにすわりたいんだよ。そのソファーに！　父は立ち上がり、気前よくソファーを指さした。ソファーが好きなのか？　おいで、すわっていいよ。このタイミングのいい誘いを受けて、慧仙は涙を拭い、船室へ下りて行った。慧仙の歓声が聞こえた。ソファーだ、ソファーだ、お父さんのソファーだ！

慧仙はどうしたのだろう？　うちの船のソファーが、なぜ父親のものになるのか？　幼い少女の言うことだから、責任は問えない。ぼくは慧仙をとがめようとせず、心の中で考えた。この少女の父親も、ソファーにすわっていたのだろう。役人でなければ、都会の住人に違いない。少女は小鳥が巣に飛び込むように、さっと身を躍らせて、ソファーにすわった。船団の人たちはなぜか、拍手を始めた。ひそひそ話をしながら、ぼくたち親子を観察している。父の行動は、想定内のことだったらしい。父は両手を垂れて、そばに立っている。まるで老いぼれた国王が、玉座を少女に譲っているようだ。船団の人たちが注目したのは、ぼくの態度だった。慧仙は一つの試金石になる。子供たちはぼくの公正さを、大人たちはぼくの慈悲深さと善良さを測ろうとしていた。

最初、ぼくは公正さを守り、慧仙を引きずり下ろそうとした。だが、慧仙のお下げ髪をつかみそこなった。なぜか、慈悲と善良の感情にとらわれて、自分の職務を放棄してしまったのだ。ぼくはむざむざと、慧仙がソファーに飛び込み、片足を肘掛けにのせ、慣れた様子で体を沈めるのを見ていた。小さな顔に満足と安心の表情が浮かんだ。この瞬間は、母親のことを忘れていたに違いない。慧仙は老女のような口調で言った。ああ、くたびれた。しばらくすると、戸棚のビスケットの箱に目をつけて言った。おなかがすいた。父が急いでビスケットの箱を手渡すと、慧仙はあっという間に食べ尽くし、空箱を返して言った。湿ってたから、まずかったわ。それからぼくを見て、目を閉じ、またぼくを見て、また目を閉じた。数秒間のうちに、強烈な睡魔に襲われ、慧仙は眠りに落ちた。

ぼくはそばに立って言った。足を下ろせよ。すわるならちゃんとすわれ。ソファーが汚れるじゃないか。早く足を下ろせよ。

慧仙はもう目を開かず、足で肘掛けを蹴っただけで、ぼくの要求に答えなかった。ぼくは慧仙がはいている赤い布靴に注目した。布靴には泥がついている。さらに、靴下にも注目した。片方はくるぶしのあたりで止まっているが、片方は靴の中に入ってしまっている。ぼくは近くの父を見た。父は言った。この子は疲れ果てている。ソファーで寝かせてやろう。

ぼくは反対しなかった。振り返って窓の外を見ると、二福と大勇《ダーヨン》の顔がガラスに貼りついていた。一人はあかんべえをしている。もう一人は唾を飲み込み、不満そうな表情を浮かべていた。

少女慧仙は神秘的な贈り物のように天から降ってきて、河に落ち着いた。向陽船団の七号船に落ち着いた。ぼくの家に落ち着いた。この突然の贈り物は、喜ぶべきものなのだろうか？ それは向陽船団全体に贈られた。船の人たちはこの贈り物に興味を持ったが、どのように分かち合えばよいのかがわからなかった。船団の女たちと子供たちは、贈り物の存在にわけもなく興奮し、回遊する魚のように七号船を訪れた。多くの頭が船室の窓に集まり、先を争って、珍しい小動物みたいな少女を観察した。慧仙は大の字になって、父のソファーに横たわり、ぐっすり眠っているようだ。ぼくが靴を脱がせようとすると、父はそっとしておけと合図した。そして戸棚からセーターを取ってきて、そっとかけてやった。男物のセーターはちょうど掛け布団のように、少女の体をすっぽり覆った。船室の出入口まで行くと、外の女たちのひそひそ話が聞こえた。父をほめているのだ。意外だったわ。庫書記も人をいたわることができたのね。ぼくが船室から出るのを見ると、今度はぼくをほめた。東亮も大したものね。外見は乱暴者だけど、心はやさしいのよ。子供たちだけは事情がわからず、ぼくを挑発した。男の子たちは軽蔑の目を向け、聞くに堪えないことを言おうとしたが、舌がもつれてうまく言えない。六号船の桜桃だけは、当時背丈は天秤棒の長さほどもないのに、嫉妬心がとても強かった。頭を船室に突っ込み、非難の目でぼくを見て、いきなりぼくを罵った。庫東亮、あんたは不正行為を働いてる。私たちが頼んでも、ソファーにすわらせてくれないくせに、あの子はソファーで眠ってるじゃないの。どうして、お金を取ろうとしないのよ？

ぼくは船室の出入口の守りを固め、桜桃とは口をきかなかった。父は熱い鍋の上のアリのように、ソファーの周囲をうろついている。ソファーを離れたら、行く場所がないみたいだった。ソファーの少女を見るまなざしには、焦りと苦しみ、そして名付けようのない恥じらいが浮かんでいた。父はぼくの折り畳みベッドにすわったかと思うと、また立ち上がり、落ち着かない様子だ。そして突然、ぼくに向かって手を振った。東亮、外に出るぞ。この子に船室を譲ってやろう。

二

父はついに船室を出た。出てきたときには、エンゲルスの『反デューリング論』を手にしていた。

船の人たちが父に会うのは久しぶりだった。一日じゅう日の当たらない船内で暮らしていたため、父の顔はしだいに青白くなって、船の男たちの浅黒い顔とは雲泥の差があった。父が出て行くと、彼らは条件反射で、潮が引くように後退した。父は彼らが後退した理由を知っていたから、挨拶をする顔には困惑の色が、目には恐縮の気持ちが表れている。父は王六指に向かって言った。老王《ラオワン》、いい天気だなあ。王六指は横目で、河の上の薄暗い空を見た。そうですね。でも、上流のほうは空が暗くなってきたから、雨が降るんでしょう。父は河の上流の空を見て、ますます困惑を深めた。そうだな。おれは目が悪いもんで。向こうの空は暗いから、雨が降るんだろう。父は大人たちに熱意と礼儀を示したあと、子供たちを忘れてはいけないと思い、二福の頭を叩いて言った。二福、しばらく見ないうちに、また背が伸びたじゃないか？　二福は首をすくめ、父の手から逃れて、文句を言った。伸びてないよ。肉が食えないから、背も伸びないんだ。父は気まずそうに、苫《とま》の下に立ったまま、船の人たちが声をかけてくれるのを待っていた。やはり孫喜明が、気を遣って話しかけた。庫書記、お出ましですか？　少しは外の空気を吸ってくださいい。船室にこもってばかりじゃ、体に悪いですぜ。徳盛のおかみさんの言葉も、好意的だった。庫書記、お顔を忘れてしまうところでしたよ。爆竹を鳴らしたって、出てきてもらえない。ようやく、あの船室のチビちゃんが追い出してくれたわ。

近くにいたので、ぼくは気づいていた。船団の人たちの目は遠慮がない。どんな秘密も暴いてしまう。老若男女を問わず、視線はすべて羅針盤のように、父の股間に向けられていた。好奇心、あるいは猥褻《わいせつ》な興味から、あらゆる視線が容赦なく、父の股間を探査している。ぼくは、父が裸の道化役者になって、舞台上でライトを浴びているような気がした。父はビニロン地のグレーのズボンをはいていた。内股のボタンはしっかりとめ、皺も伸ばしてあるから、何も不都合はない。船団の人たちは何も見えないことが不満で、目を皿のようにしていた。ビニロンの生地を透視して、父の半分になった陰茎の秘密を直接確かめたいらしい。どうしても見えないことが彼らの想像を刺激し、羞恥心を失わせた。王六指と春生は顔を見合わせ、互いに目配せをした。女たちの視線にはまだ恥じらいがあり、じっと見つめることはしない。父の下半身をかすめて、ほかの場所、陸上などに移ったが、またすぐに元の場所に戻った。桜桃の母親は桜桃を抱きかかえ、片手で口を押さえて笑っていた。桜桃はわけがわからず、母親の袖を引いて尋ねた。何を笑ってるの？　桜桃の母親は怖い顔を作り、娘を叩いて言った。何を言ってるの？　誰が笑っているもんですか？　笑ってないわよ。

父は青ざめた顔で、人々の矢のような視線を浴びていた。腰をかがめたが、何の意味もなかった。恥ずかしさは隠しようもない。父は慌てて手を下ろし、『反デューリング論』で股間をさえぎった。『反デューリング論』も役に立たない。本一冊で父の恥を覆い隠すことはできなかった。ぼくは憤慨した。船団の人たちの下品さに対してだけでなく、父のだらしなさに対しても腹が立った。ぼくは必死になって、父を船室の入口まで押し返した。さあ早く、船室に下りて！　ぼくは父親が息子に命令するように叫んだ。下で、本でも読んでればいい。父はぼくの意図を理解したはずだ。船室の入口まで後退し、ばつが悪そうに苫の下に立っていた。ぼくは人々を追い払った。まず大勇を押しやって言った。出て行け、うちの船から出て行け。どうして、ここに居すわろうとするんだ？　大勇を押したあと、大勇の妹も押しやった。出て行け、五号船に帰れよ。ぼくが雷を落としたので、孫喜明たちは大人しく、うちの船の甲板をあとにした。帰ろう、みんな帰ろう。船室には可哀相な女の子がいるんだ。ぐっすり眠らせてやろうぜ。桜桃の母親も娘を連れて立ち去ったが、ぼくに対して不満そうな態度を示した。恨みを晴らそうとするかのように、去りぎわに怪しげな言葉を残した。この親子ときたら、女の子を船室に隠して、私たちを追い払おうとする。何を企んでるのかね？　桜桃の母親にこんなにきついことを言われて、ぼくは反撃のしようがなかった。徳盛のおかみさんが、聞き捨てならないとばかりに叫んだ。桜桃の母さんよ、そんなことを言ったら、口が曲がるよ。気をつけな。

次々に騒ぎを起こした七号船が、ようやく静かになった。静寂の中で、神秘的な贈り物のベールが解かれる。ぼくの家の船室のソファーは、船の中の船だ。見知らぬ少女を乗せて、下流へ向かって行く。船団はすでにアヒルの飼育場を過ぎ、河幅が広がった。行き交う船は少ない。船尾の波の音が、死んだような静けさを際立たせている。船室の少女が突然、夢の中で叫んだ。お母さん、どこにいるの？　ぼくと父は、そのはっきりした寝言を聞いて仰天した。しかし慧仙はソファーの上で寝返りを打っただけで、また眠りに落ちてしまった。慧仙の片方の靴下が脱げている。わずかに揺れ動く小さな足は、ぼんやりとした白い光を放っていた。

ぼくと父は船室の入口に立って、眠っている少女を警備員のように守っていた。父は何も言わず、胸いっぱいに思いを秘めているらしい。自分を恥じているのか？　それとも、ソファーに眠る少女のことを心配しているのか？　こういう場面では、先に口をきくほうが不利だ。何を言っても間違いになる。ぼくは父が口火を切るのを待った。果たして、父は自ら沈黙を破って、ぼくに尋ねた。この子の母親は死んだのか？　ぼくは言った。たぶんね。河に飛び込んで、自殺したのさ。父はしばらく考えてから言った。自殺は逃避だ。自分は救われるだろうが、この子はずっと苦しむことになる。

船が鹿橋村《ルーチャオ》を過ぎたころ、徳盛夫妻が子供の様子を見にきた。理由はわからないが、一人はうれしそうで、一人は怪しげだった。徳盛のおかみさんが、ぼくに尋ねた。あの子は大人しくしてる？　ぼくは言った。まだ起きないんだ。死んだように眠ってるから、大人しいに決まってる。徳盛はぼくを見てから父を見て、突然奇妙な表情を浮かべると、おかみさんを突いて言った。庫書記に話があるんだろう？　邪魔者がいないうちに、早く言えよ！　おかみさんは徳盛をにらんでから言った。冗談のつもりだったのに、真に受けるなんて。口に出したら、庫書記に笑われるわ。父は意味がわからず、徳盛夫妻を見て言った。話があるなら言えばいい。船と船はつながっているんだから、隣人じゃないか。遠慮するなよ。徳盛のおかみさんは、はにかみながら船室を指さし、口を押さえて笑った。大した話じゃないんだけれど、この女の子を見るとなぜか、自分のことを思い出してね。私も小さいとき、両親に波止場で置き去りにされた。姑が拾ってくれて船で育てられ、徳盛に嫁いだというわけ。姑は何て賢いんだろう。善行を積んで、ついでに嫁まで調達したんだからね。徳盛がそばで催促した。ケツがむずむずする。早く結論を言えよ。どうして遠回りするんだ？　おかみさんは徳盛を叩いた。遠回りしないと、道理を説明できないのさ。おかみさんは父に言った。庫書記、よけいな口出しと思わないでね。この女の子は七号船、あなたたち親子と縁がある。三人とも同じ運命なの。庫書記、あなたのお母さんは革命英雄として犠牲になった。東亮はお母さんに逃げられてしまった。この女の子のお母さんは河に身を投げた。みんな可哀相。縁があるのよ！　徳盛は聞くに堪えず、おかみさんをにらんで言った。日が暮れちまうぞ。まだ遠回りするのか？　縁があるからどうなんだ？　早く言え。おかみさんは催促されて取り乱し、ついに言った。庫書記、よけいな口出しと思わないで。この船には女手がないでしょう？　それはまずいわ。もしもこの子を引き取って、大きくなるまで養えば――おかみさんは、そこで話をやめた。父が慌ててさえぎったからだ。ダメだ、ダメだ。嫁にする目的で養女にするわけにはいかん。父は徳盛夫妻に向かって手を振り、苦笑して言った。好意はわかるが、規則と制度は守らなければ。子供を拾うのは、犬や猫を拾うのとはわけが違う。面倒なことになる。登録や調査が必要だ。勝手に引き取ることはできない。この子はまだ幼いが、たとえ年ごろの娘であろうと、簡単には引き取れない！

徳盛のおかみさんの話を聞いて、ぼくは顔が真っ赤になった。どうして、こんな妙案を思いついたのだろう。おかみさんは不満そうに徳盛を見て言った。ほら、ごらん。庫書記が同意するはずはないって、言ったでしょう。恥ずかしいまねをして！　言いながら、おかみさんは残念そうに、ぼくをチラッと見た。男の人は、女の子を見る目がないんだね。この子は大きくなったら、きっと美人になるのに。おかみさんは嘆息し、また船室のほうへ首を伸ばして、少女の穏やかな寝息を聞こうとしている。しばらく聞き耳を立ててから、おかみさんは感激して言った。この子は生命力が強いねえ。親がいないのに、ほら、聞いてごらん。大きないびきをかいているよ。まるで子豚みたいだ。

徳盛夫妻は少女にトウモロコシを残し、つまらなそうに帰って行った。河の上空が急に暗くなり、ゆっくりと夜の帳が下りてきて、空いっぱいの雨雲を覆い隠した。岸辺もぼくの家の船室も真っ暗になった。少女はまだ眠っている。ぼくと父の間に、おかしな雰囲気が流れた。父は何かを釈明しようとしたが、言葉が出てこない。ぼくも何か申し開きをしたかったが、恥ずかしくてできなかった。父はランプを船室の梁に吊るし、灯心を掻きたてた。船室内がパッと明るくなり、父の不安そうな表情が見えた。父は腰をかがめて少女をのぞき込み、突然言った。ダメだ。このままじゃまずい。未然に防ぐんだ。

ぼくは父に疑いの目を向けた。何を言ってるの？　未然に防ぐって、どういうこと？

父は言った。日が暮れた。夜を明かさなくちゃならん。この子を船に置くわけにはいかない。

ぼくは父の心中を察し、身震いした。父の顔はランプの光を受けて、思慮深く見えた。なぜ、おれをじろじろ見るんだ？　父はぼくの不満そうな顔に気づいて、手を振りながら言った。おまえにはわからんことだ。いくら幼くても、この子は女だからな。おれたちの船で夜を過ごすのはまずい。引き渡そう！

誰に引き渡すの？　ぼくは尋ねた。

党組織に引き渡す。父は思わず口走ったが、すぐ向陽船団に党組織などないことに気づいて、言い直した。孫喜明の船に引き渡そう。あいつは団長だから。

男女関係のことはすべて大問題なのだ。父の決定に従うしかない。ぼくは船室に下り、靴下をはかせてから、慧仙の足を叩いて言った。起きな。移動するよ。少女は目を覚まし、ぼくを蹴飛ばして文句を言った。邪魔しないで。眠いんだから。慧仙は頭を横に向け、なおも眠ろうとする。ぼくは言った。眠っちゃダメだ。日が暮れたよ。うちには虎がいて、夜中になると出てきて人を食うぞ。少女はごろっと起き上がり、ぼくをにらみつけた。嘘つき。どこに虎がいるの？　人をだまそうとして。慧仙はなおもソファーで眠ろうとする。ぼくはトランクを担ぐように、少女の柔らかい体を持ち上げ、背中にのせた。しきりに慧仙はもがいていたが、やがて静かになった。目が覚めると、慧仙は母親を思い出し、ぼくに命令した。急いで。私を背負って、お母さんを探しに行くのよ。ぼくは言った。わかってないな。お母さんは会いたくないのさ。どこに身を隠したんだろう？　党組織の指導者なら知っている。党組織に引き渡して、お母さんを探してもらおう。

　宵闇の中、ぼくは慧仙を背負って、孫喜明の船へと向かった。はしけ船の帆柱は、みな信号灯をともしている。六号船を通過しようとしたとき、ぼくは捕まり、どこへ行くのかと尋ねられた。ぼくは言った。日が暮れたから、この子を孫喜明に預けに行くのさ。王六指の娘たちが行く手をさえぎり、わいわい言いながら、ぼくに懇願した。可愛い子ねえ、ここに置いて行って。私たちが一緒に夜を明かすから。ぼくは言った。ダメだ。この船は鳥の巣みたいに騒がしいじゃないか。こんな小娘たちに預けたら、組織に引き渡したことにならない。やはり、孫喜明のところへ連れて行く。

　一号船の孫家の人たちは夕食を終えたばかりで、孫喜明のおかみさんが薄暗いランプの下で、食器を洗っていた。おかみさんはぼくが少女を背負ってやってきたのを見て、驚きの声を上げた。おんぶしてきたの？　真っ暗な船べりを伝ってくるなんて、危ないじゃないの！　この子はあんたの家のソファーが好きなんだから、寝かせてやればいいでしょう？　ケチケチしないで。あんな立派なソファー、壊れやしないわ。

　ぼくがソファーを譲らないわけじゃない。お父さんが許さないんだ。説明のしようがなくて、ぼくは父の言葉を持ち出した。お父さんは言った。この子は女だから、うちの船で夜を明かすことはできないって！

　孫喜明のおかみさんは、腹を抱えて笑い出した。庫書記ったら、何が女よ。まだチビっ子でしょう？　桜桃の母親に、あることないこと言われて、だいぶ懲りたようだね。一度蛇に噛まれたら、井戸の釣瓶の縄まで怖くなる。用心するにも程があるよ。

ぼくは笑う気になれず、憤慨して慧仙をおかみさんの胸に押し込んだ。孫喜明の家族が集まってきた。どうやら、喜んで慧仙を受け入れるつもりらしい。子供たちは慧仙のお下げや服について、あれこれ話している。孫喜明は彼らを追い払って、ぼくに言った。預かってもいい。おまえの船には、母ちゃんがいないからな。この子の面倒は見きれないだろう。

慧仙はぼくの背中から下りたとき、依然として寝ぼけまなこで、少し泣いていた。孫喜明のおかみさんが抱き上げようとすると、慧仙は強情をはり、小さな顔に嫌悪の色を浮かべた。金の耳飾りが気になったのだ。慧仙はおかみさんの耳を見つめ、左の耳、そして右の耳をつかもうとした。おかみさんは、うれしそうに慧仙の小さい手を握って言った。耳飾りが気に入ったの？　大きくなって、お嫁さんに来てくれたら、二つともあげるわ！

ぼくは慧仙を一号船まで運んだ。孫喜明の家からの帰り道、裸足で六号船の甲板を歩くと、足の裏が涼しかった。船から船へと渡るたびに、涼しさが増した。黒い雲は夜色に包まれたが、雨はまだ落ちてこない。金雀河の彼方には、早くも半月が昇っている。河は闇に閉ざされ、両岸から賑やかなカエルの声が聞こえてきた。船団は夜の河面を進み、逆巻く奔流がぼくの足の下を過ぎて行く。首のあたりに違和感を覚えて触ってみると、少女のお下げを留めていた輪ゴムが貼りついていた。いまでも、よく覚えている。王六指の船の甲板を通るとき、ぼくは輪ゴムを弓矢の代わりにして、王六指の娘に向かって飛ばした。ぼくは不愉快だったが、別に不愉快になる必要はなかった。きわめて正常だ。異常があるのはぼくの背中だった。行って帰ってきて、ぼくの背中は空っぽになった。少女がもたらした温かさは消えていた。背中はまだ惰性で曲がったまま、目に見えない小さくて柔らかな体を支えている。ぼくの背中は下品だった。異常なほど下品だ。別れてわずか二分足らずで、ぼくの背中はもう少女を懐かしんでいた。

ぼくは背中を曲げたまま、船に戻った。苫の下で、ランプがぽつんと揺れている。父はすでに船室に下りて、ベッドを整えていた。船は物寂しく、生活の匂いがしない。ぼくは初めて、甲板の上の哀れで薄っぺらな影を見つめた。そして、自分の内心の孤独と愛情を感じた。それは夜色に包まれた河の水よりも奥深いものだった。

慧仙

一

最初、船団の人たちは慧仙を陸上に送り返すつもりだった。お金を拾ったとしても、警察に届けなければならない。まして、拾ったのは子供なのだ。船が五福鎮に着くと、船団の女たちが孫喜明を取り巻き、慧仙の手を引いて、五福鎮の役所に連れて行った。五福鎮も、当時は混乱をきわめていた。町のいたるところに被災者がいて、掘っ建て小屋の中で生活している。掘っ建て小屋が広がって、役所の事務棟を覆い隠していた。一行はようやく、かつて土地神を祭っていた廟を事務所にしている民生課を探し当てた。係員はすぐに拒絶して言った。子供を拾った場所で手続きしてくれ。こっちだって忙しいんだ。油坊鎮のことに、かまっちゃいられない。一行は仕方なく、慧仙を抱いて土地廟をあとにした。彼らは道々、愚痴を言った。届けたのが財布なら、どこで拾ったものでも受け取るくせに。人間の命は財布以下なのか？

数日後、向陽船団は帰途についた。船が油坊鎮の波止場に着く前に、孫喜明のおかみさんは船尾に行き、服の襟で顔を覆って泣き出した。春生の母親がなぜ泣いているのかと尋ねると、おかみさんは岸を指し、慧仙を指して言った。名残惜しいのよ。何日も、あの子と一緒に寝ていたから。毎晩、私に抱きついて、お母さんを呼んでいた。泣かずにいられないよ。胸が苦しくて！ 今回の少女との別れは盛大で、船団の人たちが次々に、慧仙のポケットに品物を入れた。卵、ハンカチ、瓜、いずれも親愛の情を示している。孫喜明のおかみさんは、慧仙の頭に一輪、胸にも一輪、赤い花をつけてやった。徳盛のおかみさんは、慧仙の頰と唇に紅を塗ってやった。まるで岸に上がるのではなく、晴れの舞台に立つかのようだった。

一度目の引き渡しが失敗したので、孫喜明は慎重を期した。七号船までやってきて、窓越しに父を説得し、同行を求めた。庫書記、あんたは長年、指導者をつとめてきた。政策に通じているし、話も上手だ。ぜひとも、一緒に行ってください。孫喜明は言った。おれが面倒をかけるわけじゃない。この子の素性がわからず、説明が難しいからです。一つ間違えば、ひどい目に遭わされます。陸の人たちは、おれたちの船に子供が多いことが気に入らない。おれたちを人さらい呼ばわりするんだ。

それはデマだ。父が言った。どこにでも、デマを飛ばすやつはいる。

今度は証拠をつかまれてるから、デマだと言っても通用しません。孫喜明は言った。庫書記、あんたが前に出て、はっきり事情を説明してくださいよ。子供はおれたちが抱いて行く。力仕事はおれたち、口を使うのはあんただ。状況をうまく伝えてほしい。いいでしょう？

ダメだ。もう書記じゃないからな。何を言っても、聞いてもらえない。父は、きっぱりと首を振った。

手伝いたくないわけじゃないが、孫団長、苦衷を察してくれ。おれは誓ったんだ。金輪際、岸に上がることはしないと。

わかりませんね。なぜ、そんな誓いを立てたのか？　孫喜明は不満そうにつぶやいて、無意識のうちに父の股間に目をやった。窓を隔てて、二人の視線がぶつかった。孫喜明は自分がタブーを犯したことに気づき、慌てて視線をそらし、親しげに父の顔を見た。庫書記、何を怒ってるんですか？　誰に腹を立てているんです？　自分に対してですか？　そんなに腹を立てたら、自分が苦しいでしょう？　あんたは魚だ。岸に跳び上がるときもある。あんたは船のとも綱だ。波止場に着いたら、岸壁につながれる。庫書記、あんたは生身の人間です。一生、岸に上がらずに済みますか？

父は言った。孫喜明、おれは魚じゃない。とも綱でもない。腹も立てていない。おまえは、おれを理解していない。おれはもう船の生活に慣れた。岸に上がると、めまいがするのさ。だから上陸しないんだ。

それは「岸酔い」というやつです！　すぐに孫喜明が叫んだ。庫書記、そいつは自業自得ですよ。一年じゅう船を下りようとしないせいだ。陸上生活に慣れている人は「船酔い」をする。船をねぐらにして上陸しない人は、逆に「岸酔い」するんです。

父は言った。そうなのさ。孫喜明。おれは「岸酔い」がひどくて、上陸できないんだ。

「岸酔い」は治せる。何度か上陸しているうちに、酔わなくなりますよ。孫喜明は目をくるくるさせ、腰を低くして父を説得したが通じなかった。そこで思い直し、語気を強めて言った。庫書記、あんたも船団の一員でしょう？　この女の子のことは、全体の問題だ。あんたは船団の知恵袋だから、全体の問題に関わらないわけにいきません。それぐらいの不都合は克服できる。「岸酔い」がしたら、おれが背負って連れて行きます。

父は突然、難しい顔になった。さすがに長年、指導者だっただけのことはある。原則的な問題になると、謙虚さも慎重さもかなぐり捨て、怒りに任せて窓を開け、外に向かって叫んだ。孫喜明、おまえは何様だ？　おれに指図するつもりか？　どうあろうと、おれは一生、岸に上がらない！

ぼくにとって、父の態度は意外だった。孫喜明も驚いて甲板に立ち尽くしていたが、しばらくすると決まり悪そうに、ぼくに向かって言った。おれの言葉が過ぎたようだな。おまえの父ちゃんは官職をなくしても、威厳は失いたくないらしい。長く船に乗っているが、癇癪玉を破裂させるのは初めて見た。おもしろいな。おれが何か指図したか？　どうやら、岸に上がってもらうためには、毛主席の最高指示が必要らしい。孫喜明は賢いので、それ以上父に盾突こうとしなかった。だが、とても執念深く、転んでもただでは起きなかった。ぼくに目をつけたのだ。だったら東亮、おまえが一緒に行こう。耳障りな口をきくが、文化水準は高いほうだ。役所では、いろいろ書類を書く必要があるからな。役に立つかもしれない。

ぼくは消極的な目を向けて言った。役に立つかもしれない？　陸上の人たちはみんな、ぼくを「空屁」と呼んでるんだよ。船団の人たちが信用してくれても、陸上の人たちはぼくを信用しないさ。

孫喜明は言った。信用もクソもない。おまえに話をさせるわけじゃないから。字を書いてもらうだけだ。

ぼくは躊躇し、窓を指さして孫喜明に目配せした。聞いてみてよ。行かせてくれるかどうか？

孫喜明は窓を叩いて言った。庫書記、あんたが行かないと言うなら、無理強いはしない。その代わり、東亮を連れて行ってもいいですか？

船室はしばらく静寂に包まれた。そして、父の声が聞こえた。大した教養もない東亮を信用するのか？　再び沈黙が続いたあと、父は続けた。行くも行かないも、本人しだいだ。

孫喜明は当惑して尋ねた。本人しだいというのは、行かせるってことか？　行かせないってことか？

ぼくは言った。そんなこともわからないの？　もちろん、行かせるってことさ。

その日、ぼくは上着のポケットに万年筆を挿した。インクが漏れて失敗することを恐れ、さらにボールペンを用意した。船団の人たちは岸壁に集合してから、隊列を作って油坊鎮の波止場を一周した。慧仙は徳盛に肩車されている。女たちが小さな顔に化粧を施した。慧仙は有頂天で、口に棒つきのキャンディーをくわえている。ぼくは、なぜ慧仙がこんなにご機嫌なのかを知っていた。王六指のおかみさんのせいだ。おかみさんは、ぼくたちの隊列のあとにつきたいと言った。それはまだいい。さらに慧仙の足を叩きながら、これ見よがしに歓呼の声を上げたのだ。上陸するよ！　お母さんを探しに行くよ！

大水が引いたあと、油坊鎮の大地は本来の姿を現した。至るところに廃墟と土の山があり、赤旗がひるがえり群衆がいて、仕事に励む様子は熱気にあふれていた。東風八号が大規模工事特有の迫力を示している。どうしても、この工事の全貌はつかめなかった。ぼくたちは、上陸したとたんに道に迷った。岸壁には道がなく、波止場全体が掘り返されている。遠くから見ると水田のようだが、近くで見ると映画に出てくる塹壕のようだった。地下でも地上でも、戦闘が行われている。四方八方に、各突撃隊の旗が立っていた。船団の一行は、満天の赤旗の下を少しずつ進んで行った。孫喜明が道を尋ねてくれというので、ぼくは泥を運んでいる若者をつかまえた。どこに道があるの？　若者は逆に、どの突撃隊の所属かと尋ねた。ぼくは言った。突撃隊じゃない。この町に子供を引き渡しにきたんだ。若者は船団の人たちを観察し、あからさまな軽蔑の表情を浮かべた。もうすぐ戦闘開始だっていうのに、子供を連れてきてどうする？　町に通じる道はない。町へ行きたいなら、適当に歩けばいい。歩けなくなったら、飛んで行け。地上にも地下にも人がいたが、道を尋ねることはできなかった。すぐそばに、一本の旗がひるがえっている。「ヒマワリ突撃隊」という大きな文字が、ぼくにあらぬことを考えさせた。ヒマワリというと母を思い出す。この突撃隊に参加しているのだろうか？　ぼくは高いところに上って、地下壕の中をのぞき見た。母親の姿はない。地下壕の中にはいなかった。拡声器から女の声が聞こえてきた。工事現場で倒れた出稼ぎ労働者を称えているのだ。倒れても起き上がり、土を掘って、また倒れ、それをくり返した。ぼくは岸壁に立って聞いていた。内容ではなく、女の声が聞きたかったのだ。母の声ではないだろうか？　違う。その声は母よりも若くて歯切れがいいが、母のような含蓄はなかった。母はもう放送係ではない。時代は変わった。威厳のある革命的な母の声は、見知らぬ若い娘に交替していた。治安部隊が廃墟のかげから現れた。慣れた様子で瓦礫の山を越え、慌てて駆け寄ってくる。それぞれが大声で叫んでいた。止まれ、止まれ、上陸は許さん！

王小改たちがやってくると、船団の人たちはますます混乱した。土管の山の前に集まり、呆然と治安部隊を見ていた。威厳のある治安部隊の中から、蠟梅《ろうばい》とあだ名されている女が出てきた。治安部隊に注入された新しい血液なのだろう。颯爽とした英姿、棍棒を手にして、男の同僚たちと一緒に叫んでいる。船団の諸君、何の騒ぎですか？　この非常時に。上陸は許しません！

船団の人たちはどうしていいかわからず、みんな孫喜明を見て、判断を求めた。孫喜明は膝を打って言った。こいつはたまげた。この前は整列して上陸しろと言ったくせに。今日は上陸を許さないのか？　今度はどんな通知があったんだ？　おれは信じないぞ。工事は工事、おれたちは自分の道を行く。お互い邪魔はしない。それでも、上陸を許さないと言うのか？

お互い邪魔はしないですって？　こっちから見れば邪魔なのよ！　蠟梅は言った。目があるんなら、周囲を見てごらんなさい。どこに道があるの？　波止場は重要な工事現場です。もうすぐ戦闘が始まるのよ。突撃隊以外は、出入りを許しません。

いいだろう。邪魔だというなら、指示に従おう。偉そうにしやがって。孫喜明は言い合うつもりはなく、蠟梅をひと目にらんで、王小改のほうに向き直った。あんたは隊長、おれもそうだ。おれがわざわざ人を連れてきて、戦闘の邪魔をすると思うか？　あり得ない。今日は緊急の用事があるのさ。この町の指導者に会わなくちゃならん。波止場を通らずに行けるか？　空を飛ぶわけにもいかないだろう？

王小改は冷ややかに言った。船の連中に、どんな急用があるんだ？　たとえあったとしても、戦闘より急を要するはずはない。

孫喜明は言い負かされ、徳盛のおかみさんが抱いている慧仙を見た。そして何か言おうとしたとき、徳盛が目配せをして口を挟んだ。階級闘争の新傾向について、町の指導者に報告するんだ。王小改、いいか、おれたちを上陸させないなら、その責任を負うことになるんだぞ。言い逃れはできないからな。

王小改は徳盛を相手にせず、向き直って孫喜明の表情を観察した。孫喜明は追い討ちをかけるように、意味深長な微笑を浮かべている。どうやら、徳盛の脅しはきいたようだ。王小改は徳盛の話を聞いて、半信半疑だった。船の連中に、どんな階級闘争の新傾向がある？　河で台湾のスパイの落下傘でも拾ったか？　ブツブツ言いながら、強硬だった王小改の口調は慎重になった。特別な事情に対しては、特別の配慮をする。上陸がどうしても必要なら、手続きをしてもらう。人数と姓名、上陸の開始時間と終了時間を登録するんだ。

陳禿子が脇の下から、貨物の登録簿を取り出した。表紙の「貨物」の二文字を「人員」に貼り換えてある。陳禿子は人員登録簿を開いて言った。よし、一人ずつ来い。おまえたちは豚肉を買うとき、流血の大騒ぎをしたくせに、人員登録と聞いて怖気づくのか？　さあ、孫喜明、おまえが手本を見せろ。

臨時の人員登録は孫喜明から始まって、ぼくで終わった。慧仙だけが漏れた。慧仙は徳盛のおかみさんに抱かれ、陳禿子の登録簿を見つめている。そして得意そうに、声に出して文字を読んだ。人、員、あとの三文字は読めない。眠くなって、あくびをした。あくびをした見知らぬ少女に気づいたのは、蠟梅だけだった。女の目は鋭い。男よりも、注意が行き届いている。蠟梅は近づいて慧仙を観察し、鼻をひくつかせて首のあたりの匂いを嗅いで叫んだ。待ちなさい。徳盛の家の子じゃないわね！　どうやら、船の住人ではないらしい。ひと目でわかったわ。肌が白いし、体も臭くない。お風呂に入っているからね。この子は何者なの？　素性が怪しいわ！

王小改と五癩子たちは突進して行って、慧仙をじろじろ眺め、一つの結論を出した。蠟梅の言うとおりだ。この少女は絶対に船の子ではない。彼らは目をギラギラと輝かせて孫喜明を見つめ、声を合わせて問い詰めた。この子はどこから来た？　なるほど、階級闘争の新傾向だな。子供をさらったのか？　どこの家から誘拐した？

孫喜明は言った。濡れ衣だ。おれたちが子供を誘拐する？　自分の子供も満足に養えないのに、他人の子供を船に連れてきてどうするんだ？　毎日、河の水を飲ませるか？

話をそらすな！　養えるかどうかの問題じゃない！　王小改は孫喜明の弁解をさえぎった。人員登録はおれたちの責務なんだ。どこの家の子供か、はっきり言え！

どこの家の子供かを知りたいなら、話は早い。孫喜明は頭を掻きながら言った。この子は自分から船に飛び込んできた。母親が――その、いなくなったからさ。おれたちは、この子を役所に連れて行く。

王小改は我慢できず、孫喜明をにらみつけて言った。それでも団長か？　話も要領を得ないな。母親は結局、どうしたんだ？　はっきり言え。

このとき、少女が口を挟んだ。お母さんはいなくなった。「ちっそう」したの。

「ちっそう」だって？　王小改は意味を理解できず、孫喜明に向き直って言った。言えよ。母親はどこへ行ってしまったんだ？

孫喜明は少女を見つめ、唾を飲み込んだが、相変わらず言葉が出てこない。王小改の怒りが爆発しそうだった。孫喜明は焦るなと手振りで合図して、王小改を隅のほうへ連れて行き、耳元でささやいた。治安部隊はついに、少女の来歴を知った。どうやら、彼らはこういう事案を処理したことがないらしい。三人の男と一人の女は難しい顔をして、固まって相談している。蠟梅が前に出て、先に結論を下した。可哀相でも、この子は身元不明よ。陳禿子は人員登録簿を広げ、困ったように王小改に尋ねた。身元不明の子供を登録する必要はあるかな？　王小改も考えが定まらず、登録簿を手に取り、裏表紙の登録規則を見た。しかし、該当する項目が見つからない。王小改はしばらく考えてから、最後にこう言った。子供だって人員のうちだ。登録するに決まってる！

ぼくの記憶によると、岸壁の上で治安部隊と船団の人たちは慧仙を取り囲んだ。各人が能力を尽くし、啓発、連想、創造を重ねて、やっとのことで慧仙の身上調書が出来上がった。ぼくは万年筆とボールペンを持っていたが、どちらも出番がなかった。ぼくは登録作業に参加できなかったのだ。

お嬢ちゃん、名前は？

チアン慧仙。

あいまいな声だった。子供特有のたどたどしい話し方で、聞いてもよくわからない。陳禿子も聞き取れなかった。弓に長いの「張《チャン》」か、それとも文章の「章《チャン》」か？　まさかピストルの意味の「槍《チアン》」じゃないだろう？

ピストルの「槍」はあんたでしょう。私、書けるわ。自分で書いてあげる。慧仙は地面にしゃがみ込んで、石炭がらで字を書いた。なんと苗字は「江《チアン》」だった。治安隊員は異口同音に言った。「江」か、毛主席夫人江青《チアン・チン》の「江」だな。

お嬢ちゃん、生年月日は覚えてないか？

なに月日？

生年月日がわからないか。それじゃ、いま何歳か教えてくれ。そうすれば、生まれた年がわかる。

私、七歳。去年は六歳だった。来年は八歳。

賢い子だな。そんなにいろいろ言わなくていい。今年、何歳かだけで十分だ。お父さん、お母さんの名前を知っているかな？　どんな仕事をしていた？

お父さんは、江永生《チアン・ヨンション》、お母さんは崔霞《ツイ・シア》。二人とも、「ちっそう」した。

どうして？　お父さんは、どうして失踪したんだ？

知らない。お母さんは私を連れて、お父さんを探しにきた。なのに、お母さんも「ちっそう」した。

二人とも失踪した？　お父さんも、お母さんも？　この子の家庭にはきっと問題があったんだ。治安部隊の人たちは、互いに目配せをした。王小改は登録簿を指さして、陳禿子に言った。記録するんだ。父親は失踪、母親も失踪、全部記録するんだ。この子の話は一つ残らず、すべて記録するんだ。

子供は記録の意味を知らない。船団の人たちは腹立たしかった。孫喜明が王小改に向かって叫んだ。おまえたち治安部隊ときたら、権力を笠に着て。幼い女の子の過去を暴いてどうする？　徳盛のおかみさんが進み出て、慧仙を引き戻した。もういい。登録はもういいよ。この人たちは血も涙もない。行きましょう。町の指導者のところへ。

船団の人たちの抗議は、役に立たなかった。王小改と五癩子は棍棒を手にして、冷ややかに人々を見ている。王小改は孫喜明に尋ねた。それでも団長か？　人員登録の何たるかも知らないで。名前だけでいいと思うか？　家族の階級、住所、政治的立場が記入されていなければ、登録とは言えないぞ。蠟梅も加勢した。あなたたちは意識が低いのよ。あの女の子にも及ばないわ。ちゃんと私たちの仕事に協力してるじゃない。あなたたちは、騒ぐことしか知らないんだから！

慧仙は困っていた。船団の人たちの味方をしたいので、何度も徳盛のおかみさんの胸にもぐり込もうとしたが、そのつど蠟梅に抱き寄せられた。蠟梅は自分の赤い腕章を指して言った。お嬢ちゃん、これが何だかわかる？　私たちの言うことをきいていれば、間違いないわよ。慧仙は身動きができず、陳禿子を催促した。質問があるなら、早くしてよ。私は町へ、お母さんを探しに行くんだから。

陳禿子は咳ばらいして、教え諭すような口調で言った。お嬢ちゃん、質問にははっきり答えなくちゃいけないよ。そうすれば、登録も早く済むんだから。次の質問は住所だ。家の住所は？　わからないのか？　どこに住んでいた？

鉄道のそばに住んでいた。二階建てで、私の家は二階だった。桃の木があって、実がたくさん成った。

それは住所じゃない。住所というのは、町や県の名前だ。区や通り、人民公社や生産大隊の名前は？

そんなのはない。家の前は石畳の道で、角に電信柱があった。お母さんは毎日、電信柱のところへ行った。

毎日、電信柱のところへ？　陳禿子は目を光らせ、舌を鳴らして言った。おじさんに話してごらん。

電信柱に何があった？　そこへ行って何をするんだ？　待ち合わせか？　誰を待っていた？

徳盛が耐えられなくなり、突進して行って陳禿子の登録簿を叩き落とした。誰を待っていたって？アメリカのスパイ、台湾の諜報員、クソったれを待っていたのさ。治安部隊が聞いてあきれるぜ。暇に任せて、こんな小さな子供を階級の敵に仕立てるつもりか？　上陸したら、天地を引っくり返すと思うのか？　たった七歳の少女だぞ！

徳盛の先導に応じて、船団の人たちの怒りが湧き起こった。みんな、口々に下品な罵り言葉を叫んでいる。徳盛のおかみさんは慧仙を自分の胸に抱き寄せて、大声でわめいた。バカにするな！　登録なんかさせない。何を聞かれても、答えるもんか！　孫喜明は何も言わず、王六指と徳盛に指示を与えて三人で壁を作り、徳盛のおかみさんと慧仙を守った。治安部隊がやってきたが、三人の防御線を崩すことはできなかった。五癩子は棍棒で王六指の顔を殴って叫んだ。この船乗り野郎、今日は肝っ玉を太くして、造反を始めやがったな！

ぼくは遠く離れた場所に立っていた。これまで船団の人たちが誰かとケンカしても、ぼくは口を挟んだことがない。でも今度は、ぼくも当事者になった。なぜか徳盛のおかみさんが、慧仙をぼくに押しつけてきたのだ。慧仙は当惑のあまり絶叫し、ぼくに手を差し伸べている。救いを求める小さな手を見て、ぼくの血は沸き立った。ぼくは慧仙の手を引いて、人垣から飛び出した。さあ、走るぞ！

走ることは得意だった。波止場に道はなかったが、ぼくはとっさに知恵を働かせた。瞬時に逃げ延びる道を発見したのだ。それは岸壁のゴミの山から続いて行く、曲がりくねった道だった。プレハブ建材の堆積所を越えて、石炭の山へと通じている。波止場の周囲の地形はよく知っていたので、ぼくの逃走経路は完璧だった。ぼくは慧仙を連れて、西側の石炭の山を越えることにした。石炭の山を越えれば、綿花の倉庫がある。そこまで行けば活路が開けるだろう。

慧仙の手を引いて走り出したとき、ぼくは気づいた。波止場の工事現場で働いていた突撃隊員がみな手を止めて、岸壁のほうを眺めている。振り返って見ると、岸壁では乱闘が始まっていた。女の人も孫喜明たちの人垣に加わり、賑やかさと悲惨さが増している。五癩子が率先して棍棒を振り上げ、陳禿子もそれをまねて、船団の人たちを追い回していた。治安部隊と船団の人たちが入り乱れ、殴り合っている。徳盛のおかみさんや孫喜明のおかみさんも、勇敢に戦闘に参加していた。誰かが陳禿子の急所をつかんだ。陳禿子は股間を押さえて、ピョンピョンと飛びはね、悲痛な叫び声を上げている。王小改が慌てて呼び子を鳴らした。暴動だ、暴動だ。王小改は呼び子を鳴らしながら、ずっと叫んでいた。反革命の暴動だ。早く趙書記に報告しろ！

ぼくと慧仙はすでに石炭の山の前まで来ていた。少女は背後の光景に驚いて、ぼくに尋ねた。どうして、ケンカが始まったの？　ぼくは言った。バカだなあ。おまえのせいだぞ。慧仙はそれでもわからない。私はケンカしろなんて言ってないわ。ケンカはいけないことよ。規律を乱すから。ぼくは、説明している暇がなかった。慧仙の手を引いて、石炭の山を上ろうとした。しかし慧仙は強情で、どうしても上ろうとしない。しきりに抗議した。どうして上らなくちゃならないの？　真っ黒い石炭で、新しい服が汚れてしまうわ。大事なときに、慧仙は分別がない。ぼくは気が焦り、強引に慧仙を背中に担いで、山のてっぺんまで上った。慧仙はぼくの背中で、最初は叩いたり蹴飛ばしたりしていたが、すぐに新しい刺激を感じ取ったらしい。鋭く叫んだかと思うと、今度はゲラゲラと笑い出した。ぼくを馬に見立てているのだ。慧仙は小さな手で、ぼくの尻を強く叩いて叫んだ。どう、どう、どう！

ぼくは慧仙を背負って、綿花倉庫にたどり着いた。うしろの石炭の山から、かけらが崩れ落ちるカサカサという音が響いた。船団の人たちが、まるで革命部隊のように歓呼の声を上げながら、意気揚々と駆け下りてくる。山の向こう側から、かすかに懺悔の叫び声が聞こえた。覚えていなさい。いずれカタをつけてやる。どこへ逃げても、この罪からは逃れられないよ！

二

綜合庁舎は波止場の最北端にあった。近くに見えるが、立ち入り禁止の場所が多く、至るところに「行き止まり、迂回せよ」の立て札があった。ぼくたちは綿花倉庫を離れ、工事現場の付近を行ったり来たりして、ようやく灰色の四階建てのビルにたどり着いた。船団の人たちは顔を見合わせ、互いに冗談を言った。誰もが顔に黒い煤をつけ、ズボンのすそは泥だらけだった。見たところ、災害を逃れてきた難民のようだ。

庁舎の前の花壇は陽光に照らされている。花壇には偉大な指導者の石像があって、まぶしい輝きを放っていた。偉大な指導者は軍帽をかぶり、オーバーを着て、ほほ笑みを浮かべ向陽船団の人々に手を上げている。大声で騒ぎながら、子供を連れてきた一団は急に静かになった。神秘的で厳粛な力が、彼らの興奮を鎮めたのだろう。庁舎の石段が足元にあるのに、船団の人々は怖気づいて、足を踏み出すのをためらった。みんなが進もうとしない中、徳盛が一人石段に足をかけたが、おかみさんに引き戻された。おかみさんは言った。慌てちゃダメだよ。ここは食品市場とは違う。勝手に入っていいと思ってるのかい？　どうやって入るか、入ってからどうするか、何を言うか、事前によく相談しておかなくてはね。王六指が爪先立ちして、庁舎の窓を眺めて言った。王小改たちは、中にいるに違いない。先手を打って、自分に都合のいい報告をしているはずだ。みんなが孫喜明を見た。孫喜明は黙ったまま、タバコに火をつけて、スパスパと吸ってから言った。こっちにもケガ人がいる。勝手に報告するがいいさ。子供一人のことで、大騒ぎにはならんだろう。そして慧仙を見てから、ぼくを見て、タバコで庁舎を指しながら言った。東亮、おまえはこのビルで育ったから、事情をよく知っている。先に入って様子を探ってくれ。子供の引渡しは慎重にしなくちゃならん。幹部を見つけて、おれたちが子供を拾ったことをよく説明するんだ。子供を誰に引き渡したらいいか、よく聞いてきてくれ。

ぼくは迷うことなく、この任務を引き受けた。受付の足の悪い顧《クー》さんに見つかると面倒なので、孫喜明たちには慧仙と一緒に表門のところで待つように言って、ぼくは一階の便所の窓から忍び込んだ。このビルの事務室なら、すべて熟知している。ぼくは一階から四階に駆け上がって、すぐに気づいた。まずい日に来てしまった。あいにく今日は幹部の勤労奉仕の日だ。綜合庁舎はもぬけの殻で、婦女連合会、計画出産事務室、民生課、あらゆる事務室の扉に鍵がかかっている。すぐに階下の人たちに知らせなければ。しかし、四階に上がったとたんに魔が差して、ぼくは重い任務を忘れてしまった。幼年時代に戻ったように、ぼくは廊下を走り出した。趙春堂の事務室の前まで行き、丸い取っ手を左に回した。見慣れた取っ手をいつものように左に回したのに、扉は開かない。ここはもともと父の事務室だった。すりガラスの入った扉は、いちばんなじみ深い。かつては扉に、父の筆跡で「関係者以外、立ち入り禁止」の貼り紙がしてあった。いまはプラスチックの札が、扉の上に打ちつけられている。同じ「関係者以外、立ち入り禁止」だが、整った文字は印刷だった。なぜか、ぼくは扉を押していた。何度押しても、扉は開かない。金属的で鋭い鍵の音がした。その耳障りな音を聞いて、ぼくは気持ちが焦った。四階の階段のところまで行くと、下から船団の人たちの言い争う声が伝わってきた。下りて行かなければならない。だが、何かに取りつかれたように、ぼくは立ち尽くしていた。自分が何をしたいのかはわからないが、四階から立ち去りがたかった。当初、ぼくの頭には単純な考えが浮かんでいた。廊下に小便をして、偉そうな幹部たちの鼻を明かしてやろうか？　だが、思い直した。ぼくはもう子供じゃない。そんな幼稚なまねはしないほうがいい。顔を上げると、階段の上がり口に大きな黒板があった。幹部が工事現場へ行くことを告げる緊急通知が記されている。そのチョークの字を見て、ぼくは直感した。やはり、書くのがいい。そのほうが意味がある。ぼくはチョークを手に取った。何を書けばいいだろう？　焦れば焦るほど、頭の中は空っぽになった。ぼくは体じゅうに汗をかき、突然かつて誰かが父を批判したスローガンを思い出した。庫文軒は階級内の異分子だ——あれは、どういう意味だったのだろう？　階級内の異分子というのがどんな罪なのか、皆目見当がつかない。しかし、ぼくは断定した。その批判は鋭くて、意味深いものに違いない。そこで、急いで四階の廊下に、こう書いた。「趙春堂は階級内の異分子だ！」

スローガンを書くときは緊張した。ぼくはチョークを投げ捨てると、二階の階段口まで下りて、そこで気持ちを落ち着かせた。いまさらながら恐ろしい。階下はもう大騒ぎになっていた。男女二人の民兵が銃を手にして、受付の中から船団の人たちを監視している。受付の顧さんのほうが外に出て、両手を振り回し、足を引きずりながら、人々を押し返そうとしていた。口では、あれこれ文句を並べている。おまえたち、船乗り野郎は意識が低い。この非常時に、子供のことで面倒を起こして。東風八号の戦闘が始まるんだぞ。事務室で新聞を読んでいる場合じゃない。子供を引き取る余裕などあるもんか。これ以上騒ぐなら、おれはもう知らん。民兵に対処してもらう。

ぼくが下りて行くと、孫喜明が駆け寄ってきた。おい、東亮、この庁舎に幹部はいないぞ。いままで、上で何をしていたんだ？　ぼくは弁明のしようがなく、船団の人たちに手を振って言った。幹部はみんな工事現場だ。急いで行こう。子供は工事現場で引き渡せばいい。

子供を拾うのは簡単でも、手放すのは難しいという。これほど難しいとは思わなかった。慧仙は孫喜明のおかみさんに抱かれ、船団の人たちに守られて、綜合庁舎の石段を下りた。みんな、とても残念そうな表情だった。一行は花壇を通り過ぎた。偉大な指導者の石像の前で、慧仙が叫んだ。毛主席が手を振ってる。前進しなさいって！　孫喜明は慧仙の頭をなでて、ため息をついた。おまえは意識が高いなあ。おれたちはみんな、前進しなくちゃならん。ただ、おまえは難しいぞ。どこへ向かって前進するんだ？　徳盛のおかみさんが、少女を抱くのを交替しようとしたが、孫喜明のおかみさんは同意しなかった。大丈夫、疲れてないわ。少しでも長く、抱いていてやりたいのよ。この言葉は、船団の人たちを感動させた。人々は歩きながら、慧仙を振り返って見た。女たちは慧仙のお下げに触り、小さな足に触った。王六指のおかみさんは、また調子に乗って、高らかに叫んだ。工事現場へ行こう、幹部を探そう、お母さんを探しに行こう。

波止場の工事現場は、まさに人の海だった。ぼくには経験がある。人を探すときには、まず旗印を見なければならない。ぼくは「人民公僕突撃隊」という旗を見つけて、孫喜明たちを塹壕まで案内した。見下ろすと、果たして趙春堂の大きな体があった。趙春堂はヘルメットをかぶり、ゴム長靴をはき、幹部を指揮して穴を掘っていた。

孫喜明と数人の女たちが目配せを交わしたあと、徳盛のおかみさんが腰をかがめ、機先を制する勢いで言った。趙書記、やっと見つけたわ。船団で子供を預かっていました。引き渡しにきましたよ！

塹壕の中の幹部たちは、こちらを見上げた者も、作業を続ける者も、返事をしようとしない。

孫喜明は徳盛のおかみさんの声が小さかったことを責め、女たちに大声を出すように指示した。今度は、徳盛のおかみさんが孫喜明のおかみさんと王六指のおかみさんを誘って、三人で交互に叫んだ。趙書記、子供を引き渡しにきました。

事務局の幹部張四旺《チャン・スーワン》がまず、これに反応した。何を騒いでいるんだ？　おまえたちが子供を拾ったことは知っている。大騒ぎするようなことか？　治安部隊がもう、趙書記に報告済みだ。別の幹部が塹壕の中で、憤慨して言った。わが国は人口が多い。子供の一人や二人、どうってことない。この大事なときに、子供一人のことで趙書記に面倒をかけるな。向陽船団の連中は無法者だ。あの子供のために、陳禿子は下半身に痛手を受けたんだぞ。

船団の人たちは口々にその幹部に反論し、陳禿子の下半身への攻撃を否定した。王六指は塹壕のへりに立ち、自分の顔を指して言った。幹部の皆さん、治安部隊の一方的な話を信じないで、この顔を見てください。マントウみたいにふくれているでしょう？　誰が殴ったか？　五癩子です！　子供を引き渡すのは、悪いことですか？　治安部隊はどうして人を殴るんですか？

趙春堂は何も言わず、視線を上げることさえしなかった。しかし、ぼくは趙春堂の二つの動作に気づいた。最初は手を振ったこと。これは幹部たちに、船団の連中を追い払えと命じたものだ。幹部たちは追い払おうとしたが、船団の人たちが応じるはずはない。徳盛が塹壕のへりに立って言った。追い払おうとしてもムダだ。おまえたちがまず、上がってこい。この子を引き取ってくれれば、すぐに帰る。趙春堂の二つ目の動作は、腹立たしそうにスコップを地面に突き刺すことだった。張四旺が慌てて駆け寄り、二人は互いに耳打ちしていた。張四旺がしきりにうなずいたあと、突然叫んだ。孫喜明、下りてこい。話がある。

孫喜明は子供を連れて下りて行こうとした。すると、近くにいた女が子供を奪って言った。一人で行けばいいでしょう。子供は残しておいて。

女たちは静かにしろ。口を挟むんじゃない。張四旺は塹壕の中から顔を上げて叫んだ。子供と一緒に下りてこい。趙書記が会ってみるから。

孫喜明はまた慧仙の手を取ったが、今度は慧仙が動こうとしなかった。お母さんは下にいないでしょう。慧仙は小さい口を尖らせた。下りて行ってどうするの？　孫喜明は言った。下りて幹部に会うんだ。相手は大物だからな。お母さんを探すのを手伝ってくれる。慧仙は頭を突き出して塹壕の中を見たあと、大げさに驚いて言った。泥だらけよ。服が汚れちゃう。王六指が近寄ってきて、小声で説得した。下にいるのは、みんな幹部だ。金もあれば権力もある。服が汚れたって平気さ。新しいのを買ってもらえばいい。

慧仙は孫喜明の肩に担がれ、ゆらゆらと下りて行った。孫喜明の肩の上から観察すると、塹壕の中の人は将軍の風格があった。突然、慧仙は婦女連合会の幹部冷秋雲《ロン・チウユン》の花柄の服に目を留めた。ねえ、おばさんが着ているのは、お母さんの服じゃない？　おばさんは、お母さんに会ったの？

みんなが冷秋雲の花柄の服を見た。その服は青地に金色のヒマワリがプリントされ、丸襟で、琵琶の形をしたボタンがついている。明らかに、少女の母親も同様の服を着ていたのだ。幹部たちはスコップを引きずりながら、孫喜明のところに集まってきて、肩の上に乗っている少女を興味深そうに見た。孫喜明、その子を下ろして、もっとよく見せてくれよ。孫喜明が慧仙を下ろすと、数人の女性幹部がまわりを取り囲んだ。慧仙の顔をじっくり観察している。そして口を揃えて、この少女は本当にきれいだと言った。特に冷秋雲は過去の経緯を度外視して、慧仙の手を引いて放さず、しきりに讃嘆した。何て器量がいいんでしょう。賢そうだし。こんな娘がいたら、夢の中でも笑っていられるわ。

趙春堂のスコップは、まだ土の中に突き立ててあった。スコップにのせられた趙春堂の片足が揺れている。まるで経験豊富な郵便局員が不審な小包を観察するように、慧仙を見つめているのだ。少し眉根を寄せているが、表情は落ち着き払っている。趙春堂は少女に質問をした。毛主席の語録を暗唱できるか？　本気かどうかわからない趙春堂の様子を見て、みんなはその意図を計りかねた。冷秋雲が慧仙のお下げをつかみ、軽く引っぱって言った。うちの書記が聞いてるのよ。毛主席の語録を暗唱できるの？慧仙はまばたきをして、少し考えてから答えた。できる！　闘争闘争を忘れるな！　みんなは大笑いしたあとで訂正した。闘争闘争じゃなくて、階級闘争だ。階級闘争の意味を知っているのか？　慧仙は幹部たちに煩わされることを嫌い、さっと駆け出して趙春堂のほうへ向かった。爪先立ちして、趙春堂の胸ポケットの万年筆をつかもうとしている。お父さんのポケットにも、万年筆が三本あったわ！　慧仙は叫びながら、片手で趙春堂の万年筆を引き抜こうとした。孫喜明は慌てて駆け寄り、慧仙を引き止めた。書記さんの万年筆に触っちゃいけない。さあ、早く。書記さんに挨拶するんだ。

趙春堂は万年筆を一本抜いて、慧仙の手に渡して言った。おまえにやろう。しっかり勉強するんだぞ。孫喜明は言った。ほれ、見ろ。趙書記が万年筆をくれた。おまえのことが好きなんだ。塹壕の上にいた船団の人たちは、慧仙のために喜び、趙春堂が決定を下すのを待った。ところが、趙春堂は再びスコップを手にした。船団の人たちは耳打ちを交わしながら、孫喜明がハエのように塹壕の中をぐるぐる歩き回るのを見ていた。徳盛が上から叫んだ。趙書記、万年筆をやってもムダですよ。必要なのは、弁当箱や小型ベッドです。

この言葉は、趙春堂を催促するものだった。塹壕の上と下で、人々は静かに趙春堂の決定を待っていた。ところが趙春堂は我関せずで、ひたすら仕事を続けている。スコップに足の力を込めて、土を大きく掘り起こし、徳盛の足元に放り投げた。徳盛は飛びのいて、大声で叫んだ。趙書記、どうして土をわざと投げるんですか？　趙書記、胸の内を聞かせてください。さあ、早く。この子をどこへ連れて行けばいいでしょう？　趙春堂は徳盛をまったく相手にせず。孫喜明に向かって手招きした。孫喜明が進み出ると、趙春堂は頭ごなしに叱りつけた。おまえたち向陽船団には、革命的人道主義の精神というものがないのか？　こんなに可愛らしい子供をなぜ、慌てて政府に引き渡そうとする？　いまの情勢を考えもしないで。ここでは東風八号の戦闘が始まるんだぞ。子供を連れてくるとは、どういうつもりだ？この子を引き渡すことは許さん。おまえたち向陽船団の「預かり」とする。

船団の人たちには「預かり」の意味がわからなかった。この決定は曖昧すぎる。孫喜明が救援を求めるように上を見ると、みんなはぼくを見て言った。東亮、「預かり」の意味がわかるか？　ぼくはしばらく考えてから答えた。「預かり」というのは、待つことじゃないかな。今日は引き取れないので、いずれまた相談しようということさ。徳盛は頭の回転が速いので、すぐに反応した。預かるとか何とか言って、つまりはボールを蹴り返したってことじゃないか。この子をおれたちのほうへ。徳盛のおかみさんも同調した。ボールを蹴るようなまねはしちゃいけない。東亮のお父さんも言ってたじゃないか。子供を拾って育てるのは、犬や猫の場合とは違う。容易なことじゃない。食糧も、戸籍も必要だ。まだ手続きがたくさんある！

孫喜明は船団の人たちの意見を集約し、趙春堂の前へ進み出て言った。趙書記、東風八号が子供より大事なのはわかります。わが船団は指導部の苦難を分かち合うため、子供を引き受けることにしましょう。ただし、このままではまずい。船に連れ帰れば、戸籍のない子供になってしまう。本人が可哀相だし、おれたちも人さらいの嫌疑をかけられる。趙書記、手だてを考えてください。証明書を発行するとか。

趙春堂は青ざめた顔で、張四旺に目配せをした。張四旺は持っていたスコップを投げ出し、孫喜明の胸ぐらをつかんだ。孫喜明、おまえが一生かかっても入党できない理由がわかるか？　頭の悪いやつだ。おまえが率いている船団を見ろ。みんな落伍した大衆だ。意識が低く、教養がなく、行儀も悪い！　揃いも揃って、ボンクラばかりじゃないか。趙書記の考えは、はっきりしている。「預かり」ということだ！「預かり」の意味もわからんのか？　この上、何を要求するつもりだ？　趙書記を見ろ。忙しくて、どうしようもない状態なんだぞ。おまえたちは子供をどうにかしろと言うし、上からは東風八号をどうにかしろと言われるし。どっちが大事か、言ってみろ！

孫喜明は返答に詰まった。慧仙は大きな目を見張り、塹壕の中の大人たちの表情を観察しながら、孫喜明の袖を引いて尋ねた。いったい、何をもめているの？　私は品物じゃないんだから、預けたりできないわ。幹部たちも船団の人たちも、少女の質問に難渋した。徳盛のおかみさんが上で、おずおずと言った。預かりというのは応急措置でしょう？　あとで不都合が出るかもしれない。大勢の幹部の皆さんがこの場にいるんだから、子供の落ち着き先を決めるわけにいかないの？　スコップ一杯の土くれよりは、子供のほうが大事でしょう？　張四旺が徳盛のおかみさんをにらみつけた。おかみさん、発言に気をつけたほうがいいぞ。いまは非常時だからな。東風八号はすべてに優先する。スコップ一杯でも、革命の土くれは子供よりも大切だ！

船団の人たちは、張四旺にどう反論すればいいか、わからなかった。みんな言葉を失い、孫喜明が慧仙を連れて上がってくるのを呆然と見ていた。孫喜明のおかみさんは慧仙を胸に抱き寄せた。船団の人たちは納得がいかず、塹壕の周囲に並んで立ち、幹部たちに圧力をかけている。幹部たちも耳打ちを交わしていた。張四旺は趙春堂の耳元で何かささやきながら、船団の人たちに手を振って指示を与えた。早く帰れ、とっとと失せるんだ！　船団の人たちは立ち去ろうとしない。幹部たちが意見を述べ合うのを盗み聞きしながら、視線は趙春堂に集めていた。趙春堂は万年筆で便箋に何か書いている。やがて張四旺がその書きつけを手にして、塹壕のへりまで走ってきた。そして書きつけをひらひらさせて、孫喜明に呼びかけた。これを持って、食糧センターの姚《ヤオ》所長のところへ行き、米三キロを受け取れ。食糧が欠乏している時期だが、この三キロの米は子供の食い扶持として支給する。食い終わったら、また申請に来い。おまえたちに言っておく。絶対に子供の食糧を横取りするなよ！

孫喜明は書きつけを受け取ったあと、しばらく呆然としていた。顔は真っ赤だった。三キロの米？趙書記、あんたはおれたちを乞食と思っているのか？　孫喜明は足を踏み鳴らし、土くれを拾って書きつけの上にのせた。おれたちが三キロの米を欲しがると思うか？　見損なっちゃ困るぜ！　孫喜明は怒りで首まで赤くして、塹壕の中の幹部に宣告した。まったく腹が立つ。もう二度と、この子供のために頼みごとはしない。そんなことをしたら、おれは人でなしだ。この子の面倒はおれたちが見る！　三キロの米は、ニワトリかアヒルの餌にすればいい。欲しくもないさ。我々向陽船団の十一艘の船は、子供の一人ぐらい養える！

くじ引き

向陽船団が慧仙を育てたのは確かだが、十数年にわたる温かい養育のきっかけは、腹立ちまぎれに切った啖呵《たんか》だった。多くの人を上陸させ、何度もムダ足を踏み、紆余曲折を経た。言葉を尽くしてもダメ、拳を振るってもダメ、ぼくの文章力も発揮する場がなかった。みんなが力を合わせたが、それでも少女を引き渡すことはできなかった。最後は徳盛が慧仙を肩車して、一行は失意の帰還を果たした。ぼくは人々の表情を観察してみた。多くは失望と喜びが相半ばしている。孫喜明のおかみさんは幹部たちを罵りながら、慧仙の小さな手を取って頬ずりした。追い返されてよかったよ。おまえを手放すのは忍びないからね。いい子だ。幹部たちは、おまえを「預かり」にしてくれた。期限はいつまでともわからない。おまえはもう、この船の住人だよ。

船首で毛糸を洗っていた王六指の二人の娘が、徳盛に肩車された慧仙を最初に見つけた。二人はたらいを投げ出し、それぞれの船に触れ回った。引き渡さないで戻ってきた。慧仙が帰ってきたよ！　船団の人たちはみな外に出て、口々に詳細を尋ねた。上陸した人たちは、覚えたての新しい言葉を使って言った。女の子はこの船の「預かり」になったのさ！

今度の帰還は、これまでと違う。船団の人たちの慧仙に対する態度も微妙に変化した。向陽船団の「預かり」となった以上、養育と監督の義務が生じる。この義務を何人で、誰が引き受けるか。まだ相談がまとまらなかった。しかし、みんなが少女を取り囲んだときの様子は、もはや哀れな小動物を見るのとは違っていた。親切さに抑制が働いている。各自が心の中で、ソロバンをはじいていた。

慧仙自身も変わっていた。二度上陸し、二度とも船に戻ったので、陸地に拒絶されたこと、陸上の人たちに嫌われていること、はしけ船に身を寄せるしかないことを悟ったのだろう。少女は天性の賢さを発揮して、船団と船団の人たちになじもうとした。一夜のうちに、わがままな態度がかなり改善された。町から戻った日の午後、慧仙は色鮮やかな絹糸を手にしていた。一号船の船尾から目を光らせて、綾取りの相手を探した。そして桜桃に目をつけ、桜桃の家の船までやってきて、自分から声をかけた。お姉ちゃん、おいでよ。綾取りを教えてあげるから。

桜桃は思いがけない誘いに喜び、最初はもじもじしていたが、すぐに手を挙げて応えた。二人の少女は船の上で綾取りを始めた。桜桃の兄の大勇が出てきて、二人の手の間を移動する絹糸をぼんやり眺めている。大勇が隙をうかがって、片手を差し出そうとした。桜桃は叫んだ。あっちへ行って。これは女の子の遊びよ。手を出さないで。大勇が厚かましく居すわったので、桜桃は母親に告げ口した。桜桃の母親は出てきて大勇を追い払うと、自分はあとに残った。慧仙の顔を観察しているうちに、あらぬ考えにとらわれ、息子の縁談を持ち出した。うちの大勇はあんたが好きなの。この船で暮らさない？　小さいお嫁さんになってよ。

慧仙は桜桃の母親と大勇を交互に見て、首を振った。私を好きな人は多いわ。そのたびにお嫁さんになっていたら、体がいくつあっても足りない。

みんなのお嫁さんにならなくてもいいのよ。一夫一婦制だもの。いちばん好いてくれる人のお嫁さんになりなさい。桜桃の母親は笑いながら言った。大勇はあんたのことがいちばん好き。いまのうちに縁談を決めておきましょう。うちのお嫁さんになるといいわよ。船も上等だし、暮らし向きも悪くない。いずれ船も家産も、あんたのものになる。

慧仙は桜桃の家の船を眺め渡してから言った。この家にはソファーもないじゃない。どこがいいのよ？　私は誰のお嫁さんにもならない。私は陸の人間だから。お母さんが見つかったら、一緒に家に帰るわ。

いつの間にかまた近くに来ていた大勇が口を挟んだ。家に帰るって？　おまえのお母さんの家は金雀河の底だぞ。身投げ人の幽霊に捕まったら、おまえも助からない。大勇は慧仙の足に目をやりながら脅かした。足に気をつけろ。身投げ人の幽霊は、まず足を引っぱるからな。お母さんに足をつかまれたら、おしまいだ。おまえも体じゅうに苔の生えた幽霊になる。

桜桃の母親は息子を止めようとしたが、もう遅かった。慧仙は綾取りの手を止め、恐ろしい目つきで大勇をにらんだ。明らかに、大勇の言う意味がわかったのだ。桜桃の母親は息子が災いを招いたことを知って言った。気にしないで。うちの大勇はでたらめを言ったのよ。イヌ年だから口が悪くて。母親は大勇を船の反対側に押しやろうとしたが、すでに遅かった。慧仙は絹糸を振り回し、激怒して大勇を追いかけた。誰が幽霊なの？　あんたのほうでしょう？　苔が生えてるのは、あんたの体よ！　慧仙は叫びながら、絹糸で大勇を痛打した。甲高い叫び声は、子供のものとは思えない。しだいに鋭さを増し、凶暴でヒステリックになった。さらに意外だったのは、慧仙が船団の人たちの罵り言葉を知っていたことだ。言い出したら、手がつけられない。叩いてやる、おまえを叩いてやる。おまえの母ちゃん、おまえの一家を叩いてやる！

船団の人たちはみな、桜桃の家の騒ぎに驚いた。孫喜明のおかみさんが駆けつけてきて慧仙を保護し、有無を言わさず桜桃の母親をこき下ろした。あんたっていう人には情けがないのかい？　子供がわからずやだと思ったら、大人までわからずやだ。この子をいじめるなんて、バチが当たるよ。

桜桃の母親が言った。調べもしないで口を出すんじゃないよ。いじめてなんかいないさ。慧仙が大勇に手を出したんだ。うちの大勇は一度もやり返していない。この子はすれっからしだからね。聞かなかったのかい？　うちの家族を幽霊だと言った。小娘のくせに、うちの家族を「叩く」と言ったんだよ！

孫喜明のおかみさんは、桜桃一家を白い目で見ながら、言葉を選んでいた。しかし、うまい言葉が見つからず、憤然として手を振って言った。もういいわ。六号船のあんたたちには話が通じない。おかみさんはこの特別な言い方で最大の軽蔑を示すと、慧仙の手を引いて一号船のほうへ向かった。そして歩きながら、慧仙に言い聞かせた。やたらに出歩くなと言ったのに。どうして言いつけを守らないの？　良い人と悪い人がいるように、はしけ船にも良い船と悪い船があるのよ。見かけが立派な船が、じつは悪い船だったりする。気をつけなくちゃ。

桜桃の母親は我慢がならず、うしろから追いかけてきた。はっきり言ってみな。どれが良い船で、どれが悪い船なのか。子供相手に、くだらない陰口を吹き込んで。何日か泊めてやったら、もう母親気取りかい？　何様のつもりだ？　ワキガも臭いし、字も読めないくせに、子供の母親になれると思うの？

孫喜明のおかみさんは、振り返って言った。このワキガはあんたに嗅がせるためにある。臭いで息の根を止めてやるわ。私が字を知らないと言うけれど、あんたは知ってるの？　私が母親になれないなら、あんたは家政婦にもなれないよ。あんたら夫婦の素性を知らないと思ってるのかい？　あんたらは船団に加わる資格もないんだ。人民公社の牛を塩漬けにして食ってしまったんだからね！　政府が大目に見てくれなかったら、あんたらは——孫喜明のおかみさんが最後まで言わないうちに、箒が飛んできて、ふくらはぎに当たった。おかみさんが大げさに叫んで振り返ると、箒を投げたのは桜桃だった。桜桃は腰に手をあてがい、母親に代わって鬱憤をぶちまけた。ついでに怒りは慧仙にも及んだ。あんたたちは二人とも狐のお化けよ。老いぼれ狐と子狐、ちょうどお似合いだわ。

桜桃の母親は王六指の船まで追ってきたところで息が切れ、顔が青ざめ、両手で胸を押さえていた。ハーハーと息をつきながら、やっとの思いで、前方に唾を吐きかけた。待ちなさい。まだ話がついてないよ。ワキガ比べでは勝てないけど、言い争いなら負けやしない！　よくもうちの恥をさらしてくれたね。でも、あんたの家の不祥事のほうが大きいだろう。孫喜明はあんたの妹と寝て、子供をおろすはめになった。誰もが知っている話さ。あんたの親父は悪徳地主で、人民政府に銃殺された！　何だい、偉そうに。旦那が団長に成り上がったら、自分は指導員のつもりかい？　言っておくけど、この船団の十一艘の船は、みんな叩けば埃が出る。うちだけが軽蔑されるいわれはないよ。今度でたらめを言ったら、その汚い口を引き裂いてやる！

これはどういうことなのだろう。女の人の口ゲンカは日常茶飯事だが、ここまでキナ臭いのは珍しい。この話題は以前なら、船団の人たちが暗黙の了解としているタブーだった。向陽船団の各家庭はみな、すねに疵《きず》を持っている。うしろ暗い歴史があるのだ。どんな口論になっても、相手の疵には触れない。これが平等というもの、一つの決まりになっていた。なぜか慧仙が来たとたん、この決まりが守られなくなった。女の人たちは、どうしてしまったのだろう？　慧仙の体に、何か神秘的な力があるのか？　その小さな手が、船団の最大の秘密を暴いてしまったらしい。船団の人たちの慈愛と憐れみ、各個人の企み、互いの恨み、すべてが噴き出したのだ。

二人の女の争いは、父の耳にも入った。父は船室の中から、ぼくに尋ねた。誰がケンカしてるんだ？　口汚く罵り合って。ぼくは答えた。桜桃のお母さんと二福のお母さんだよ。二人とも、慧仙のお母さんになりたいって。父は船室で言った。それはいい。慧仙は可哀相だから、母親が多いに越したことはない。ぼくは言った。お母さんが多いとケンカになる。第一、あの二人はどちらも慧仙のお母さんにふさわしくないよ。父はしばらく沈黙したあと、突然尋ねた。東亮、誰なら慧仙の母親になる資格があると思う？　ぼくはじっと考えてから答えた。徳盛のおかみさんだな。いいお母さんになるよ。父が理由を尋ねたので、ぼくは言った。賢いし、衛生的だから。船団の女の人の中で、あのおかみさんだけが毎日歯を磨いている。ぼくは父がなぜこの問題にこだわるのか、わからなかった。父はぼくの挙げた理由を聞いて、不気味に笑った。賢くて衛生的？　おれは理由を知ってるぞ。うちの船の隣だからだろう。おまえの目的は、徳盛の家が慧仙を引き取ることじゃない。自分の妹が欲しいんだ！

父はぼくの心の秘密を見抜いていた。ぼくはとても緊張して、何も言わずに船尾へ行き、食事の用意をした。

徳盛夫妻も、船首でケンカを聞いていた。妻は孫喜明のおかみさんの味方をしたが、夫はケンカ両成敗という態度だった。二人ともじゃじゃ馬だからな、言い争ってもラチが明かない。まともな話はしないで、よけいなことばかり持ち出してる。どちらも子供の母親になる資格はない。あんな親と一緒にいたら、子供もじゃじゃ馬になっちまう。ぼくは徳盛に言った。あんたの家で引き取ったらどう？　いちばん条件がいいんだから。夫婦は顔を見合わせ、おかみさんが言った。条件がよくても仕方ないわ。何度も要求したけど、孫喜明は承知しないのよ。徳盛が口を挟んだ。承知しないわけじゃないだろう。子供はいま、正式に船団の預かりとなったんだから、育て方について、みんなで相談しなくちゃならないぞ。これを民主集中制というんだ。まず民主、それから集中。どうやら、この子をどの船に預けるかは、くじ引きになりそうだな。

夕方近くに、二福が各船を叫んで回った。代表一名ずつ、一号船に集まってください。くじ引きをします。子供の引き受け先を決めます。

やはり、くじ引きになった。父は二福の声を聞いて、ぼくに尋ねた。二福は何を叫んでいるんだ？

ぼくは答えた。くじ引きさ。あの女の子のことを決めるんだ。父は言った。そんなバカな。相手は人間だぞ。賞品でもないのに、くじ引きだなんて。ぼくは探りを入れた。うちは参加しないの？　父はしばらく迷ってから言った。行くことは行く。集団生活をしている以上、拒否はできない。でも、うちの状況は連中も知っているだろう。七号船がくじを引き当てても、引き取れない。おまえ、形だけ参加してこい。

あっという間に、みんな孫喜明の船に集まった。多くの人たちは明らかに緊張し、落ち着かない。緊張の原因はそれぞれ違う。孫喜明や徳盛は、くじ運が悪くて引き当てられないことを恐れていた。王六指は逆に、くじ運がいいことを恐れ、事前に予防線を張っていた。うちは子供が多くて、食糧が足りない。もし引き当てたら、この子の食い扶持はみんなで出してもらおう。この利己的な発言に対して、孫喜明のおかみさんは皮肉を浴びせた。王六指、心配はいらないよ。あんたの家に負担はかけないから。誰がくじを引き当てても、この子は集団で育てるんだ。

孫喜明はボール紙の靴の箱を用意し、蓋に穴を開けて、周囲をしっかり赤い布で覆った。箱を船首に置いて、孫喜明がまず手本を示す。真剣な顔で手を突っ込んだが、取り出したのは白紙だった。二福が叫んだ。父ちゃん、役に立たないなあ！　孫喜明は残念そうに息子と妻を見て言った。おまえたちに引かせようとしたのに、嫌だと言うから。女や子供のほうが、くじ運は強いんだ。引かせればよかった。

一号船から六号船まで、いずれも引いたのは白紙だった。ぼくの番だ。みんながぼくを見て、孫喜明に意見した。七号船も引くのか？　万一、東亮が引き当てたら、どうするんだ？　親父と息子の二人だけじゃ、この子は育てられないだろう。ぼくは彼らの態度に嫌悪を覚えて言った。あんたたちは腹の中の回虫じゃないか。どうして、七号船では育てられないなんて言うんだ？　絶対に、くじを引くぞ。孫喜明が仲裁に出てきて言った。東亮、おまえは善人と悪人の区別もつかないのか？　みんなは、おまえたち親子のためを思っているんだぞ。ぼくがくじを引き当てたらどうすると尋ねると、孫喜明は返答に困り、靴の箱を見つめながら言った。そううまくはいかないはずさ。形だけ参加してこいと言われたんだろう？　それでいいじゃないか。

ぼくは袖をまくって、靴の箱に手を差し入れた。結果は知ってのとおり。一枚の紙切れがやさしくぼくの手に貼りついてきたのだ。ぼくは色のついた紙を引き当てた。すぐに、驚きの声が上がった。紙切れを開いてみると、稚拙な絵が描いてある。黒々とした目の少女。羊の角のようなお下げに、大きなリボンを結んでいる。くねくねした字で、慧仙と署名してあった。

ぼくはくじを引き当てた。

この結果に、ぼくは興奮していた。紙切れを掲げ、孫喜明に見せびらかした。さあ、どうする？　みんな、ばつの悪そうな顔をしていた。沈黙のあと、徳盛がまず声を上げた。どうもしない。東亮、その紙をもとに戻せ。おれたちは、くじ引きを続ける。ぼくはどうしても、紙を戻す気になれなかった。船団の人たちは疑いの目でぼくを見て言った。東亮、本気じゃないんだろう？　くじが当たったからって、子供を本当に連れ帰るつもりか？　ぼくは一瞬、返答に困り、なぜか顔が熱くなった。紙切れを掲げたまま、退く気にもなれず、また進み出る勇気もなかった。男たちの怪しい笑い声が聞こえる。女たちも、様々な意見を述べ始めた。東亮は形だけの参加だから、数に入らないわ。ほかの誰もが対象になるけど、七号船だけは例外よ。東亮がいくら頑張っても、私たちは許さない。

船団の人たちは、一号船で大騒ぎを始めた。孫喜明が耳に手を当てて言った。騒ぐな、頭が変になりそうだ。孫喜明は済まなそうにぼくを見て、紙切れを奪い取ろうとした。ぼくはその手を払いのけた。孫喜明はよろめいて、恥ずかしそうな表情のまま、口では悪態をついた。東亮、これは十元札じゃないんだぞ。放したらどうだ？　重大な問題だからな。すべての大衆は、おまえがくじを引くことに反対している。しかも、おまえの船には女手がない。あの子が、おまえの船を望むと思うか？

選択権は少女に委ねられた。ぼくは、はっきり覚えている。そのとき、慧仙は王六指の娘と綾取りをしていた。みんなから注目されても、慧仙は手を止めず、細い指を器用に動かしている。絹糸は複雑で美しい図形を作り出していた。孫喜明のおかみさんが進み出て、慧仙に口づけして言った。お嬢ちゃん、東亮に言ってやりな。くじは無効だ、七号船に行く気はないって。

私はいいわよ。慧仙が突然、意思表示をした。その口ぶりは大人びていて、年齢と釣り合わない。目は絹糸に向けたままだが、口から出た言葉は青天の霹靂《へきれき》のように、船団の人たちを驚かせた。みんな、呆然としている。ぼくとしても、想定外のことだった。

孫喜明のおかみさんが最初に我に返り、飛び出して行って、慧仙を抱きかかえた。何てことを言うの。いいことなんかないわ。大事な問題なのよ！　徳盛のおかみさんも、焦って慧仙のそばに来ると、人差し指を鼻先に立て、寄り目をして見せた。結論を早まっちゃいけないよ。私も徳盛も、あんたと遊んであげるからね。桜桃の母親は一歩離れて、他人の不幸を喜ぶような笑い声を上げた。これは復讐の好機だ。桜桃の母親は挑戦するように、孫喜明のおかみさんを見て言った。どれが良い船で、どれが悪い船か、いまわかっただろう？　あんたは子供に好かれると思ってたの？　自分のところは良い船だと思ってたんでしょう？　ところが嫌われちまった。あんたのところも悪い船さ！

一号船で言い争う人の声が大きくなった。ぼくは紙切れを掲げて、人々とにらみ合いながら、心の中で叫んだ。お願いだから口論はやめてくれ。ぼくはこの子を連れて行く。妹が欲しいんだ！　これを口にするのはたやすいことだったが、ぼくは決して言おうとしなかった。船団の人たちは、ぼくが躊躇していることに気づいた。孫喜明のおかみさんがまず、ぼくを挑発した。東亮、くじを手放さないのなら、その子を連れて行きな。女の子が成長するには、食べるものと着るものが要る。お風呂にも入る。あんたたち親子で、どうやって面倒をみるのかねえ？　孫喜明は言葉巧みに忠告し、ぼくの弱みを指摘した。東亮、おまえが妹を欲しがる気持ちはわかる。でも、子供を育てるには女手が要るだろう？　妹の前にまず、母親が必要だ。おまえの船に母親がいるか？　姉さんさえいないじゃないか。よく考えてみろ。どうして子供を七号船に預けられる？　春生が言った。東亮、冷静になるんだ。おまえは将棋をするだろう？　勝負は待ったなし。負けても他人を恨まない。王六指は意味ありげな表情で、わざと親しそうに、ぼくの肩を叩いた。東亮、あの子をいま船に連れて行くのは早過ぎないか？　たった七歳だろう？　十年後に連れて行くと言うなら、おれは賛成するぜ。

誰かが、これに反応して笑った。ぼくは腹を立て、王六指の手を振り払い、紙切れを振りかざして言った。自分たちで決めたことじゃないか。くじを引き当てた人が子供を引き取るって。ぼくは、あの子を連れて行く。

慧仙はぼくの正面に立ち、素早く手をうしろに隠した。小さい顔には、傲慢そうな笑みが浮かんでいる。少女の視線には、ぼくに対する激励が込められているようだ。その激励の視線は控え目で、探りを入れる意味合いもあるらしい。その後、慧仙は足を一歩動かし、ぼくに近づいた。足が気持ちを代弁している。慧仙は連れて行ってもらいたいのだ。七号船へ行き、ぼくの妹になりたいのだ。

ぼくは勇気がわいて、慧仙に命令した。七号船に行こう。ソファーがあるぞ！　慧仙はうなずき、暗黙の了解で、ぼくと一緒に腰をかがめ甲板を走り出した。慧仙が先を行き、ぼくがあとに続く。こうすれば、おかみさんたちに引き止められることもない。慧仙は慣れた様子で、一号船の甲板から飛び出した。カゴから逃げ出した小鳥のように。船団の人たちはみな、呆気に取られている。孫喜明のおかみさんが必死で追いかけてきて叫んだ。いい子だから、行かないで。絶対に、七号船へ行っちゃダメ。ぼくは、おかみさんの行く手をふさいだ。押されても引かれても動かない。おかみさんは孫喜明に向かって叫んだ。あんた、どうしたの？　早く来て、手を貸してちょうだい。孫喜明は冷静で、おかみさんに皮肉を言った。元気があるなら、子供と追いかけっこすればいい。おれは知らんよ。頭を使って考えてみろ。子供二人に物事が決められるか？　七号船の主は庫書記だ。あの子が七号船に引き取られることはあり得ない。放っておけばいいさ。

不幸なことに、結果は徳盛の言ったとおりになった。慧仙は六号船の船尾まで行ったところで、七号船へは進めなくなった。声を聞いた父が船室から出て、珍しく船首に立っていた。腰を曲げ、少女に精いっぱいの慈愛に満ちた顔を作っている。だが、その笑顔は泣き顔よりも悲惨だった。慧仙は父の笑顔に怯えて、動きが止まっていた。

いいかね、大人の言うことをよく聞きなさい。この船に来ちゃいかん。うちの船には虎がいるんだ。

嘘よ。船に虎がいるはずない。

ほかの船にはいないが、うちの船にはいる。夜になると出てきて、子供を食ってしまうぞ。

父は子供に冗談を言うのが不得意だった。作り話の効果を上げるため、父は虎が襲いかかる格好をした。両目を見開き、鼻を鳴らして、虎のうなり声をまねている。両手を交互に使って、少女の頭を何度も引っ掻いた。父の動作は不様でおかしかった。慧仙は悲鳴を上げて六号船の船尾まで後退したが、マストにしがみつき、勇敢に反撃した。この老いぼれ、虎のまねなんかして、嫌な人ね。慧仙は憎々しげに父の顔を観察した。虎でも、ライオンでも、象でも怖くない。嘘だとわかってるから。私に来てほしくないんでしょう？　引き受けたくないのね。ほかの人たちは歓迎してくれる。別に、あんたの家に行きたいわけじゃない。そう言うと向きを変え、悠然と引き返して行った。ぼくの前を通ったとき、慧仙は怒りをぶちまけ、地団太を踏んで言った。あんたも嫌な人ね。くじを引き当てるなんて。あんたの船は悪い船、あんたの家になんか行きたくないわ。

ぼくは慧仙の行く手をはばんだ。慧仙はぼくを動かせないと知ると、姿勢を低くして股の間をすり抜け、孫喜明のおかみさんの胸に飛び込んだ。追いかけてきた船団の人たちは、安堵して歓声を上げた。一方、父は怒りの目をぼくに向けている。それを見て、ぼくはどうしていいかわからなくなった。振り向くと、慧仙はすでに孫喜明のおかみさんの胸から徳盛のおかみさんの胸に移動している。多くの星が月を取り囲むように、人々は慧仙をかばいながら、一号船へ戻った。慧仙の泣き声は聞こえない。かすかに聞こえるのは、船団の人たちが慧仙をなだめる声だった。七号船には虎がいる。本当に虎がいる。行かないほうがいいよ。

ぼくと父は、船を挟んで対立していた。ぼくと父の怒りも対立していた。虎、虎、ぼくたちの船には虎がいる。ぼくは父の背後に身を伏せている、まだら模様の大きな虎の姿を見た。この幻影を見て、ぼくは恥じ入った。羞恥心が重くのしかかり、窒息しそうだった。ぼくは、うなだれて船に戻った。恨しさで、胸がふさがれている。ところが父は、王六指とよく似た言い方で、ぼくの過ちを責めた。東亮、おまえは何を考えてる？　企みがあるんだろう！　自分の年を考えろ、あの子の年も考えろ。いま引き取るのは、早すぎる。

ぼくは、かつてないほど父に憎しみを抱いた。過度の憎しみのせいで、ぼくは言葉を選ばずに言った。企みがあるのはそっちだ！　チンポコ半分のくせに。船室で大人しくしていればいいじゃないか。どうして出てきた？　しかも、恥さらしなことをして！

言い終わると、ぼくは苫の下に逃げ込んだ。両手で頭を抱え、竹竿などで攻撃されるのに備えた。しかし、背後では何の気配もない。慎重に振り向くと、父は船首のとも綱の上にすわり、全身を震わせている。野次馬はすでに引き上げていた。金雀河の残照は血のように赤い。父は真っ赤な夕日を浴びながら、一人でとも綱の上にすわり、雷に打たれたように身を震わせていた。

ぼくは最悪の言葉で父を侮辱してしまったので、気がとがめたし、心配だった。父は元気を取り戻したら、どんな方法でぼくを懲らしめるだろう？　ぼくは自分の過ちを知っている。確かに企みがあった。しかし、父にも過ちがあるのではないか？　企みもあるのではないか？　父の企みはもっと凶悪だと思う。ぼくは船尾へ行き、河に向かって放尿した。そのあと、くじ引きの紙を広げて、慧仙の稚拙な自画像を眺めた。ぼくは紙を何度も折り畳んで細長い矢の形にすると、息を吹きかけて遠くへ投げた。紙の矢は河の上を飛んで行き、音もなく水面に落ちたあと、一瞬にして波に呑み込まれた。金雀河の夕日は血のように赤い。ぼくは胸いっぱいの悲憤のはけ口を求めて、暗紅色の河面に向かって叫んだ。

空屁！

母親

向陽船団に来てすぐ、慧仙は孫喜明夫妻と義理の親子関係を結んだ。食べるもの着るものに不自由はない。大福や二福より良いものを着て、大福や二福より良いものを食べていた。十一艘の船の人たちはみな、一号船に注目した。孫家の人たちは至れり尽くせりだ。家族全員が慧仙を宝物のように扱っている。負担であると同時に、名誉でもあるから。少女は最大限の寵愛を受けていたが、うるんだ大きな目は半分がきらきら光り、半分が暗い影に覆われていた。多少の幸福に恵まれても、解消できない大きな憂いがあるのだ。少女が波止場にそそぐまなざしを見れば、誰にでもわかる。慧仙はずっと母親を待っているのだった。

金雀河を航行しているときも、油坊鎮、五福鎮、鳳凰鎮、馬橋鎮に停泊しているときも、陸上には大勢の人々がひしめいていた。ただ、慧仙の母親の姿だけがないのだ。船が接岸すると、ときどき見知らぬ女が上船してくる。中古の衣服や炊事道具、カボチャやニンニクの押し売りだった。若い農婦がやってきたこともある。トウモロコシでいっぱいのカゴを背負い、徳盛の船を訪れた。鄧少香烈士が銃を運んだという伝説に啓発されて、やはりカゴに仕掛けを施していた。トウモロコシの下に、女の赤ん坊を隠していたのだ。トウモロコシを売ったあと、女がカゴを揺らすと、赤ん坊の頭が出てきた。女は徳盛夫妻に言った。女の子をもらおうとして失敗したんだって？　ここに一人いるよ。うちは女はいらないから。三十元でどうだい？　徳盛夫妻は驚いて、すぐに女を追い出した。おかみさんは顔を覆って赤ん坊を見ないようにして、女を罵った。こんな薄情な女は見たことがないよ。母親の資格はない。トウモロコシを売るときは値段にこだわるくせに、わが子を売るときはあっさりしたもんだ！

世間には様々な母親がいるが、どんな母親も慧仙にはふさわしくない。慧仙は永遠に母親にめぐり合えないのだ。船団の人たちはそれを知っていたが、誰も言おうとしなかった。子供は口が軽いので、毎日警告を受けた。母親のことを話題にしてはいけない、秘密を漏らしてはいけない。特に孫喜明の一家は、慧仙を慎重に扱った。食事も口に運んでやる。孫喜明夫妻の慧仙に対する寵愛は度を超して、自分の子供の心を傷つけた。二福はある日、涙を拭きながら、ぼくの船にやってきて、根拠のない話を大声で告げた。ぼくはお母さんの子じゃなかった。兄さんもそうだ。母さんの子は慧仙だった。腋の下から生れてきたんだって!

慧仙に母親を忘れさせるためには、母親が娘に残した痕跡をすべて消さなければならない。孫喜明のおかみさんには名案がないので、慧仙の日常生活を受け持つことが恐ろしくてならなかった。あの軍用レーンコートをどこに隠すかも、頭痛の種だった。慧仙は賢い子だが、悪い癖があり、あの軍用コートを掛けないと眠れない。それには理由があるはずだ。少女はコートに残る母親の匂いが忘れられないのだろう。孫喜明のおかみさんは悩んだ。緑色の軍用コートを片づけて、布団を掛けてやろうとするたびに、慧仙は大騒ぎをした。おかみさんが美しい牡丹の花柄の毛布を買ってやると、慧仙は毛布も惜しいので、毛布とコートを一緒に掛けることを要求した。おかみさんは悲鳴を上げた。ああ、嫌だ。皇后様にお仕えするより難しい。あんたがコートにこだわれば、私が悪口を言われるんだよ。旧社会の子供だってボロの布団を掛けていたのに、祖国の花にコートを着せているのかってね! コートと毛布を一緒に掛けたら、新しい毛布が臭くなるのはいいとしても、私があんたを窒息死させるつもりだと思われてしまう。

慧仙のわがままと如才なさは、孫喜明一家にとって脅威でもある。向陽船団の不文律にも問題が生じた。大人も子供も慧仙といるときは、ケンカを売られても言い返さない、やり返さないことになっていた。大人も子供も慧仙に嘘をつき、母親がまだ生きていて、いつか慧仙を迎えにくるかのように振舞った。慧仙は自分に退路があると思って、気に入らないことがあると奥の手を使い、孫喜明夫妻に向かって叫んだ。私のことが嫌いならいいわ。船を下りる。お母さんを探すから、陸へ連れて行って!

船団の人たちは誓いを立てた。二度と慧仙を趙春堂のところへ連れて行かない。同時に、母親を探すため、慧仙を陸に連れて行くことも約束した。これは永遠に終わらない任務で、断るわけにいかない。上陸のたび、孫喜明は古新聞を七号船に持ってきて、父に尋ね人の貼り紙を書いてくれと頼んだ。慧仙を連れて街道に貼り紙をして回るのだ。孫喜明夫妻が交代で慧仙を抱き、大福が糊を入れた桶を提げ、二福が古新聞の束を抱えていた。すべて貼り終わると、関係部署を訪ねて回った。行かずに済ませることはできない。慧仙が催促するのだ。役所に寄らずに帰るつもり？　お母さんが事務所で待ってるかもしれないのよ。

偽りの芝居を演じるのは、とても疲れる。だが、途中でやめるわけにもいかない。慧仙が一人で母親を探しに行って、何か起こったら大変だ。なぜか孫喜明はぼくに目をつけ、七号船に慧仙を連れてきて言った。東亮兄ちゃんに付き添いを頼もう。教養があって、字も知っているからな。どの役所が何を扱っているかについても、いちばん詳しい。おれたちじゃ見つけられない母ちゃんを見つけてくれるかもしれない。孫喜明は自分の言葉で顔を赤くして、ぼくに目配せした。この話を真に受けるなという合図だ。

船団の人たちはひそかに、ぼくを情け知らずと罵った。冷酷で、手に負えないと言うのだ。だが、彼らにぼくの気持ちはわからない。ぼくは慧仙の役に立ちたかった。だが、みすみすバカなまねはしたくない。孫喜明は上陸して幽霊を見つけてこいと言う。これは荒唐無稽な話で、ぼくの自尊心が傷ついた。文句を言おうとしたとき、慧仙が自ら手を伸ばし、ぼくの腕をつかんだ。柔らかい、薄紅色の小さな手。爪はホウセンカの汁で赤く染まっていた。ぼくの腕に、美しい花が咲いたようだ。慧仙の黒々とした目が、ぼくを見つめている。助けを求めているわけではない。そのまなざしには、恩を着せるような傲慢さが含まれていた。行きましょう。遠慮しないで。慧仙は大人の口調をまねて、礼儀正しく言った。

ゆっくり探せばいいわ。すぐに見つからなくても、責めたりしない。

ぼくは小さな花のような手を拒否できず、少女を連れて油坊鎮に上陸した。このどうしようもない旅は一つの試練だった。ぼくは頭の中でつねに善意の嘘を考えながら、少女の面倒を見なければならなかった。相手はぼくより幼く、粗暴で、わがままで、哀れだった。だからこそ、面倒を見なければならない。船から岸に上がるとき、ぼくはいろいろな悩みを抱えていた。まず何とかして、少女の手を避けたかった。慧仙は誰かに手を引かれることに慣れているので、ぼくと手をつなごうとする。だが、考えてみてほしい。少女と手をつないで上陸するなんて、できるはずがない。最初はぼくが前を歩き、ついてくるように慧仙に言った。その後、父に教えられた人助けの極意を思い出した。安全第一。波止場は荷物も人も多い。慧仙が迷子になることを恐れ、ぼくがあとからついて行くことにした。左に曲がれ、まっすぐ行け、しばらく休め。ぼくは軍事教練のときの掛け声を使って、少女に歩き方の指示を与えた。慧仙は最初、右と左の区別もつかなかったが、さすがに賢いので、そのうちに理解した。そして、すっかり気に入った。曲がり角にさしかかると「休め」の姿勢を取り、振り向いてぼくに尋ねた。左に曲がる？　右に曲がる？

油坊鎮の空は晴れ渡っていた。ぼくたちの頭上には、「祝東風八号計画竣工」という鮮やかな赤い横断幕がひるがえっている。波止場の西側の掲示板には、多くの色とりどりのポスターが貼ってある。そのうちの一枚は、向陽船団と密接な関係があった。

吉報
東風八号計画の竣工を祝い、向陽船団の諸君に波止場を開放する。本日午前七時半より午後七時半まで、油坊鎮の各地域への出入りを自由とする。

　ぼくは気分がよかった。油坊鎮も喜んでいるように見える。東風八号の秘密のベールは取り払われ、掘り返されていた地面は元通りになった。山積みになっていた各種のパイプ類は地中深く埋められた。様々な秘密や伝説も、一緒に埋められた。油坊鎮の波止場は風貌を一新し、見慣れた小さな町はすっかり繁栄に包まれて、威風堂々とした雰囲気を漂わせている。波止場の中心には円形の鉄塔が立ち、まるで青黒い鋼鉄の巨人が空を守護しているようだ。塔の周囲は緑色の鉄柵で囲まれている。ペンキを塗ったばかりで、空気中にはコールタールとペンキの入り混じった臭いが漂っていた。その塔の用途が、ぼくにはわからなかった。石油貯蔵用なのか、それとも軍事用なのか？　いずれにせよ、東風八号の核心であることは間違いない。塔の重要性はまず、警備の厳しさに現れる。民兵はもう学校の運動場での銃剣の訓練をやめ、治安部隊も船団の人たちの監視は二の次で、いずれも鉄塔の護衛に当たっていた。王小改と五癩子は厳めしい顔で、それぞれ鉄塔の左右の入口を守っている。任務に忠実な一対の獅子の像みたいだ。その背後に、左右対になったスローガンが掲げられている。「警戒を強め」「祖国を守ろう」

　ぼくは慧仙を連れて、町へ向かった。繁華街のあちこちに、まだ尋ね人の貼り紙が残っている。周囲の環境と、明らかに不釣り合いだった。「幼い江慧仙が母親を探しています。心当たりの方は、向陽船団までお知らせください」――それは父の筆跡だった。広告紙に書いてあるものもあれば、新聞紙に書いてあるものもある。具体的にどこに貼ったかは、慧仙のほうがよく覚えていた。慧仙はぼくに指図した。早く来て、ここに一枚あるわ！　あそこにも一枚ある、早く行ってみよう！　慧仙があちこち飛び回るのを、ぼくは必死で追いかけた。まるで下手くそなコマ回しみたいに。綜合庁舎のガラス張りの掲示板の前で、慧仙は突然大声を上げた。あら、ここに貼ったのがなくなってる。きっと、お母さんが剥がして行ったのよ！　確かにガラスの上に糊のあとが残っている。前回、ここに貼ったのは間違いだったと言おうとしたとき、受付の顧さんが飛んできて、慧仙に言った。子供はあっちへ行け。ここは役所だぞ。お役人が仕事をしているんだから、静かにしろ。騒いではいかん。慧仙は言った。私の貼り紙をお母さんが持ち去ったの。毎日ここにいるなら、お母さんを見たでしょう？　顧さんは言った。おまえの貼り紙は母親が持ち去ったわけじゃない。おれが剥がしたんだ。掲示板のガラスに、やたらに貼り紙をするな。中の掲示が見えなくなるじゃないか。宣伝効果が失われる。慧仙はガラスについている鍵をつかんで言った。鍵がついていて、開けられないんだもの。開けてくれる？　顧さんは言った。開けるわけにはいかん。これは宣伝用の掲示板だからな。社会主義建設を宣伝するんだ。おまえの母親の失踪を宣伝することはできないぞ。慧仙は言った。それじゃ、どうすればいいの？　顧さんはしばらく考えて、感慨深そうな表情を浮かべた。わしの話を聞きなさい。もう母親を探すことはやめるんだ。わしは五歳で母親を亡くした。それでも、こうして生きてるじゃないか？　わしは五十まで生きてきた。母親がいなくても、恐れることはない。党が面倒を見てくれる！

ぼくはそばに立ち、顧さんの干からびた顔を注視していた。ぼくの表情に気づいて、顧さんは突然ぼくに向かって叫んだ。そうじゃないか？　どうして白い目で見るんだ？　おまえの行状を知らないと思ってるのか？　この前、四階で落書きしただろう？　おまえは趙書記を攻撃した。趙書記を攻撃すれば、党の指導者を攻撃したことになるんだぞ。わかるか？　おまえの母親の顔を立ててやったが、そうでなければ、とっくに司法の手に引き渡していたところだ。

綜合庁舎に長居するのはまずい。尋ね人の貼り紙も、確かに場所を間違えた。ぼくは顧さんと言い争うことをせず、慧仙に命令を下した。転進する。前へ進め！　慧仙は「転進」の意味がわからず、前へ進みながら何度も振り向いた。ぼくは言った。もっと早く。何を見ているんだ？　貼り紙はまだたくさんある。そんなにゆっくり歩いていたら、間に合わないぞ。慧仙は口をとがらせ、歩みを速めて言った。ああ、腹が立つ。あのおじいさんはどうして、あんなに意地悪なの？　ぼくが足の悪い顧さんの身の上話を始めようとしたとき、慧仙は考えを飛躍させ、突然やっかいな問題を持ち出した。あのおじいさん、あんたにもお母さんがいるって、言ってたわね。信じられないな。東亮兄さん、本当にお母さんがいるの？　ぼくは怒って、質問を返した。お母さんがいないはずないだろう。石の隙間から生れたとでも言うのかい？　慧仙はニコニコ笑って言った。石の隙間から生れたのは孫悟空でしょう。あんたは孫悟空なの？　ぼくはたまらず、悪態をついた。バカ言え、おまえこそ石の隙間から生れたくせに！　ぼくが激怒したのを見て、慧仙は失言に気づいた。口惜しそうに、ぼくを見つめている。あんたが石の隙間から生れたなんて、言ってないわ。自分が悪いんでしょう。お母さんがいなくなったのに、どうして探さないの？

どうやら、慧仙は子供のくせに、なかなか執念深い。ぼくの態度が少しでも荒っぽいと、命令をなかなか実行しない。前進を命じると休むし、急げと言えば歩みを緩める。かくして、ぼくたちは互いに反目しながら、人民街の入口までやってきた。雑貨屋の前の貼り紙を確認する。このあたりが油坊鎮の中心だ。往来する人が多いので、尋ね人の貼り紙の効果も大きい。不心得者が半分引きちぎった貼り紙に、通行人が情報を書き残していた。多くは尋ね人と無関係の意見表明だった。革命委員会はすばらしい。李彩霞《リー・ツァイシア》はあばずれだ。劉少奇を打倒せよ。劉少奇のあとに、五癩子の名前も書き添えてあった。これらの落書きは、別に珍しくない。怪しいのは、下のほうに描かれた赤い魚の絵である。まるで本物そっくりだ。慧仙は不思議そうに、その魚を見つめていた。東亮兄さん、これはどういう意味？　どうして魚が描いてあるの？　ぼくは当たり障りのない返答をした。子供のいたずらだろう。意味はないさ。慧仙は言った。嘘よ。きっと意味がある。お母さんは魚になったということね！

慧仙の聡明さは、ぼくの予想を超えていた。この分析を聞いて、ぼくは絵を書いた人に意図があったのではないか、と疑った。少なくとも何かを暗示しているのではないか。慧仙の母親と河の水の関係を暗示しているのだ。事実は覆い隠せない。ぼくは危険が迫っていることを薄々感じていた。船団の人たちが隠している真相が明かされてしまうかもしれない。ぼくは貼り紙に描かれた赤い魚を見つめているうちに、ふと思いついた。文字や図形をうまく修正する才能を発揮して、この危険を乗り越えよう。ぼくは旅行カバンからボールペンを取り出し、塀に張りついて魚の図形を修正した。少し手を加えただけで、魚は難なくヒマワリに変わった。

ヒマワリ？　慧仙はぼくの背後で叫んだ。そのヒマワリはどういう意味？

ぼくは出任せを言った。ヒマワリは幸せの象徴じゃないか。

思いがけず慧仙が重ねて、幸せとは何かと尋ねたので、ぼくは返答に困った。何が幸せか？　幸せとは何か？　ぼくは小学校の先生ではないし、国語辞典でもない。幸せという言葉をどう説明すればいいのかわからないので、ぼくは適当に言い逃れをした。幸せとは待つことさ。じっと待つ。お母さんが見つかるまで待つ。そうすれば幸せになれる。ぼくが言い終わると、慧仙の目は一瞬輝き、また暗くなった。ぼくは慧仙のぼんやりした視線を避け、残酷な入れ知恵をしたことをひそかに後悔した。お母さんを待つとか、幸せだとか、みんな嘘ではないか。母親と幸福に関する知識なんて、ぼくとは無縁のものだ。まして慧仙には当てはまらない。ぼくはタブーを犯してしまった。向陽船団の不文律を破ってしまったのだ。

雑貨屋の周囲が突然、騒がしくなった。自転車で通りかかった人がブレーキをかけて停まり、また多くの人が通りの向かい側に立ち、ぼくと慧仙を指さして陰口をきいている。ぼくは本能的に、慧仙の手を引いた。振り返ると、ぼくの母、喬麗敏が雑貨屋の石段の上に立っているではないか。その日の出来事はまったく不思議だった。ぼくが慧仙と一緒に慧仙の母親を探していたときに、母親のことや幸福のことを語っていたときに、ぼくは自分の母親と街角で出会ったのだった。

しばらく会わないうちに、母の顔はやつれていたが、身なりはむしろ若返っていた。軍帽をかぶり、肩までのお下げを結い、赤いマフラーを巻いて、黒いラシャのコートを着ている。遠くから見ると、父の言うところの革命的ロマン主義の息吹きが感じられた。だが近くに寄ると、容姿の衰えが目立つ。まるで喬麗敏の抜け殻だった。仕事も容貌も同時に失ったアマチュアの女優で、化粧クリームの濃厚な匂いを帯びていた。

ぼくは慧仙に言った。早く逃げろ、早く！

慧仙は一歩踏み出したところで立ち止まり、大きく目を見開いて尋ねた。どうして逃げるの？

ぼくはとっさに理由が見つからず、出任せを言った。虎が来た。

慧仙は呆然とあたりを見回し、地団太を踏んで言った。腹が立つ。また嘘をついて！　ここにいるのは人間だけ。虎はいないわ。

慧仙が命令を聞かないのなら、ぼくは責任を負いかねる。あたりの情勢をうかがったあと、ぼくは慧仙を残して、人民街の公衆便所へと逃げた。ぼくの不甲斐なさを責めることはできない。ぼくは慌てていて、どうしていいかわからなかったのだ。母が行方知れずになったときも、ぼくは慌てて、あちこち探し回った。いま、母が現れて身近にいるというときも、だらしないぼくを母が心配そうに見つめていたときも、ぼくは慌てて逃げ出した。母を見たとたんに逃げ出した。母が追ってこられない場所へと逃げた。男便所、そこは想像する限り最も理想的な隠れ場所だった。

母は暗がりの中、ぼくたちを追跡していたらしい。手に新聞紙を持ち、腕にナイロンの袋を提げていた。その格好はまるで、女スパイのようだ。ぼくたちをいつから追いかけていたのかはわからない。ぼくが走り出すと、母も行動を起こした。新聞紙をナイロンの袋に押し込み、両膝を曲げて雑貨屋の石段から飛び下りた。走ることには慣れていないので、通りと舞台を取り違え、いつものように腰をくねらせ腕を振った。手に提げたナイロンの袋は、赤い炎のようだった。ぼくは走りながら、振り返って様子をうかがった。母が背後から追いかけてくる。その姿は赤い布を振って踊っているようで、滑稽でもあり、痛ましくもあった。母は慧仙の前を通り過ぎるとき、立ち止まり、赤い布も動きを止めた。母は身をかがめ、慧仙の小さい顔を指にのせ、仔細に観察してから何か言った。器量がいいとほめたのか、何か質問したのか、ぼくには聞き取れなかった。もはや、慧仙を気にしている余裕はない。ぼくは風を切って疾走し、人民街の公衆便所に飛び込んだ。

最初は小便所のほうに立っていた。だが、不都合が生じた。もっと高かったはずの小便所の白いタイルの壁が、いまは急に低くなって、ぼくの頭が出てしまう。この壁はどうしたんだろうと考えていると、手洗い場の蛇口からザーザー水が出る音が聞こえた。のぞいて見ると、七癩子が手を洗っていた。七癩子は片手でズボンを持ち上げ、片手で蛇口をひねって、楽しそうにつぶやいている。水を節約しよう、水は命の源だ！　数年会わないうちに、七癩子は急に大きくなった。ズボンは三度も布を足して、丈を長くしてあった。うしろから見ると、まるで大人だ。そこで、ぼくは初めて気づいた。タイルの塀は変わっていない。ぼくの背が伸びたのだ。七癩子はぼくを見つけて、仇敵に出会ったような表情になった。空屁、何を慌ててる？　便所に反動スローガンを書こうとしているのか？　ぼくは相手にせず、手洗い場へ行って手を洗った。七癩子は近づいてきて、人差し指でぼくのズボンのポケットを突いた。チョークを持ってるだろう？　手を洗いにきたわけじゃない。クソをしにきたわけでもない。おまえはいやらしい絵を描きにきたんだ。ぼくは言った。おまえの父ちゃんのチンポコを描いてやる。母ちゃんのあそこの絵も描いてやる。すぐに見せてやるぞ。七癩子はぼくを指さして言った。偉そうな口をきくな。この壁の落書きは、みんなおまえの仕業に違いない。ここで待ってろ。治安部隊を呼んできて、懲らしめてやるから。七癩子は一歩外へ出たが、気が済まず、戻ってきた。そして挑戦的に笑いながら言った。おまえはクソをするときも、ズボンを脱がないんだろう。脱いだら、観察してやる。おまえの父ちゃんはチンポコが半分しかないけど、おまえのチンポコはどうなんだ？　ぼくは七癩子の横っ面を張り倒し、腕をつかんだ。七癩子も怯《ひる》むことなく、ぼくの腹を頭突きしてきた。ぼくたちは格闘技の選手のように、便所の中で取っ組み合いを始めた。ぼくの力が多少上回っていた。ぼくは七癩子を便所の入口の石段まで押しやって言った。七癩子、今日はこれで許してやる。とっとと失せろ。今度逆らったら、便壺に落としてやる。

ぼくが便所の中で七癩子と闘っているとき、外から母の声が聞こえてきた。ケンカはダメよ。東亮、誰とケンカしてるの？　誰が東亮とケンカしているの？　やめないなら、派出所に連絡するわよ。

母はもう追いついてきた。壁の向こうから聞こえてくる警告の声は、だんだん厳しくなる。七癩子が逃げ出して行って、母に報告した。おいらはケンカしてない。空屁が一人でケンカしてるんだ。母の反応は早かった。坊や、言ってることがおかしいわ。東亮一人で、どうやってケンカができる？　七癩子は一瞬呆然としたあと、ゲラゲラ笑い出した。あんたの息子は空屁だよ。一人でケンカもできるし、屁もできるさ。

母がぼくを呼ぶ声が聞こえてきた。東亮、だらしないと思わないの？　小さい子にまでバカにされて。最近また悪いことをしたんでしょう？　そうでなければ、どうして母さんを避けるの？　悪いことをすると便所に隠れる。これは庫文軒の悪い影響ね。あんたは父さんと同じ、逃げて、逃げて、逃げることしかできない。

ぼくは小便がしたいんだ。黙っててくれ。ぼくは外に向かって叫んだ。何か言われると、小便が出なくなる！

しかし母は、黙ろうとしなかった。私が何か言うと出なくなる？　そんなバカな！　これも父さんのまねでしょう。主観的な原因を無視して、客観的な原因のせいにする！　言い聞かせたはずよ。父さんと暮らすなら、原則を守らなくちゃ。父さんの長所は学ぶべきよ。努力を惜しまない精神力、文才があるし、字も上手。でも、人柄は絶対にまねしちゃダメ。あの人はペテン師よ。組織を欺き、私を欺いた。あの生活態度は戒めにしなくてはね。どんなことがあっても、まねしてはいけない。どうして、私の言うことを少しも聞き入れないの？

ぼくは言った。母さんの話は聞きたくない。自分で新聞を見たり、放送を聴いたりしたほうがましだ。母は言った。そういう皮肉を言われたって平気。大きな嵐を経験して、強くなったから。どんな態度を取ろうと、あんたは私がおなかを痛めた子供だ。あんたのことを心配せずに、誰の心配をすればいいの？　あんたを教育しないで、誰を教育すればいいの？　まだ先があると思っていたけれど、思いがけず私の転勤が順調に決まったから。今日言っておかなかったら、次の機会はいつになるかわからないのよ。

突然、母の喉から嗚咽の声が漏れ、母がやってきた目的も明らかになった。ぼくも静かになり、外も静かになった。便所の外のセンダンの木の実が、ぼくの足元に落ちてきた。それを足で転がしているうちに、ぼくの心の中の不安は恐怖に変わった。お母さん、どこへ行くの？　何度も口に出しそうになったが、思いとどまった。ぼくは息を殺し、外の様子をうかがった。母は黙っている。慧仙が叫んだ。東亮兄ちゃん、早く出てきて。出ておいでよ。

腹がピーピーなんだ。出ていけない！　ぼくは出任せを言って、母が行き先を告げるのを待った。だが、母は沈黙を続けている。中年の男が便所に入ってきて、そそくさと小便を済ませ、ぼくに尋ねた。外にいるのは、母ちゃんと妹だろう？　何て家族だ。息子は便所の中で遊んでいるし、母親は便所の外で泣いているし。

確かに、母のすすり泣きが聞こえる。母が泣くのは珍しい。母は涙を軽蔑していた。ぼくは幼いうちから、涙は軟弱さのしるしだと教育された。ぼくの母、喬麗敏が便所の外で泣いているなんて、信じられない。泣き声はだんだん大きくなり、だんだん伸びやかになった。体裁など気にしていないらしい。母が泣いたことで、ぼくは心が乱れた。便所の中で、どうしたらいいかわからなくなった。爪先立ちして便所の窓から外をのぞくと、母と慧仙の姿が見えた。母はしゃがみ込み、慧仙はビスケットを食べながら、けなげにも母の涙を拭いてやっている。

中年男はおせっかいで、ズボンを上げても立ち去ろうとせず、目を外に向けて言った。やさしそうな母ちゃんじゃないか。妹も可愛いし。いったい、どうした？　家族の問題は家に帰って解決すればいいのに、なぜ便所の中と外で騒いでるんだ？　男なら早く出て行け。一緒に家に帰れよ。

家に帰る？　どこの家に？　ぼくは冷笑して言った。誰が家族だって？　三人とも赤の他人さ。何の関係もない！

中年男は、ぼくが腹立ちまぎれに言ったのだと思い、不満そうな顔で出て行った。そして外に出ると、大声で母に意見した。ああいう強情な子供は、女親の手に負えない。父親に懲らしめてもらいなさい。プロレタリア独裁を忘れるな！

母は何も返答しなかった。しばらくすると、母の泣き声がやんだ。ついに、悲しみに打ち勝ったのだ。母は咳ばらいをして、また便所に向かって叫び始めた。東亮、お母さんを恨んでいることは知ってるわ。出てこないなら、それでもいい。新しい職場を覚えておいて。西山《シーシャン》の炭鉱で働くことになった。やはり文芸宣伝の仕事よ。宣伝隊の演技指導をするの。西山の炭鉱と言ったとき、急に母はかすれ声になった。まるで老婦人の声みたいだった。西山の炭鉱はとても遠い。交通も不便だから、行ってしまえば、おまえの世話をすることはできなくなる。これからは、自分のことは自分でするのよ。

ぼくは心が沈んだが、口では強がりを言った。行けよ。遠ければ遠いほどいい。世話なんか、してもらいたくない。

わかった。もう、世話なんかしない。母は言った。ずっと便所にすわってればいいでしょう。痔になっても知らない。自業自得よ。

ぼくは人民街の公衆便所で、母が西山の炭鉱へ行くという情報を得た。これだけでも奇妙な話だが、もっと奇妙なことが起こった。母の遠ざかる足音を聞いたとたん、ぼくは下腹に痛みを感じ、本当に下痢をした。突然の下痢だった。ぼくはしゃがんだまま、漂う臭気を嗅いだ。嫌な音が尻の穴から響いた。まるで時期はずれの爆竹のようだ。ぼくはつらかった。言いようのないつらさだった。ぼくはうめきながら叫んだ。行け、行け、どっちにしろ空屁だ。みんな空屁だ！

その後、慧仙が外で大泣きする声が聞こえた。甲高い声には、怒りが込められている。東亮兄ちゃん、早く出てきて。出てこないなら、どこかへ行っちゃうから。私がいなくなったら、孫喜明たちは、あんたを許さないわよ！

便所から出て行くと、母の姿はもうなかった。慧仙は母の赤いナイロン袋を持って、通りの向こう側で待っていた。ぼくが出てきたのを見て、文句を言おうとしたが、とっさに適当な言葉が見つからず、赤いナイロン袋を振って見せた。わからずやね。お母さんの贈り物があるのに逃げ回り、口ゲンカまでして！　慧仙は袋から布靴を取り出して言った。これよ。さらに、動物ビスケットの箱を取り出し、振って見せた。これは動物ビスケット。虎とライオンはあげるけど、ウサギとキリンは私のものよ。あんたのお母さんが、そう言ったんだから。

河の声

河の水は話ができる。この秘密をぼくが他人に伝えると、みんな寝言だと受けとめた。船に乗って間もないころ、ぼくは世界を探究しようという少年らしい熱情を抱いていた。河に浮かぶ漂流物の中では、ブリキの缶がいちばんおもしろい。河面に浮かぶブリキの缶を見つけると、何とかして引き上げた。缶はただ集めるだけでなく、ほかのものを掬《すく》うのにも使った。缶に二つ穴を開け、針金を通す。船べりにくくり付け、缶は水中に沈めた。船とともに進む網を仕掛けたようなものだ。航行を終え、船が波止場に入ると、ぼくは漁民が網を引き上げるように、缶を回収した。残念ながら、一度も喜ばしい獲物はなかった。

あるときはタニシ、あるときはニンジンの切れ端が入っていた。最悪だったのは、使用済みのコンドームが入っていたときだ。何の収穫もなかったが、缶を揺り動かすと、河の水の声が聞こえることがあった。その声は、ぼくの口癖に似ている。よく聞くと、ぼくの口癖よりも淡々として、絶望的だった。

空屁、空屁、空屁。

ぼくは缶を両手で持ち、冷たい河の水を疑った。河の水は、適当にあいづちを打っているのか？　こんなに大きくて深い河が、どうして「空屁」のひと言で、ぼくをごまかそうとするのだろう？　それが河の声だとは信じられない。ぼくは別の声を聞きたかった。そこで十数個の缶を整理し、三つから五つを一組にして、左舷と右舷のあちこちに置いた。缶は航行の途中、河の声を拾う。いっぱいになった声が漏れてきた。水の中から、つぶやきがずっと聞こえている。左舷へ行ってみると、缶の中の水がささやいていた。おいで、おいで、入っておいで。これは河の水の新しい声だ。しかし、入ってこいというのは、どういう意味だろう？　誰に入ってこいというのか？　ぼくが缶の中に入るということか？　それが河の声だとは信じられない。右舷へ行くと、五つの缶が水中で一緒になって、低くて威厳のある河の声を発していた。おいで、おいで、下りておいで！

下りておいで――この声は厳粛で冷淡だった。ぼくはこの声を信用した。おいで、下りておいで。このあと長い間、ぼくはそれが河の深いところから発せられる真実の声だと思っていた。

父はぼくをもう成人と見なしていたので、こういう子供じみたまねを嫌った。ぼくが缶を隠しても、父は次々に見つけ出し、憤慨しながら河に投げ込んだ。東亮、いくつになった？　おれは十六で革命に参加したんだぞ。おまえときたら、缶で遊んでいる！　父は言った。船の生活は寂しい。寂しかったら勉強しろ。勉強が嫌いなら、働くんだ。することがなければ、甲板を洗いに行け。

ぼくが船首で甲板を洗っていると、慧仙が王六指の船で桜桃と縄跳びをしているのが見えた。王六指の娘が張り切って数を数え、審判をつとめている。突然、桜桃が叫んだ。不公平よ。どうして、えこひいきするの？　私が百まで跳んでも、九十五だって言う。慧仙は九十五しか跳んでないのに、百だって言う。王六指の娘は何とかごまかそうとしたが、逆に反撃を食らった。あんたたち、頭がおかしいんじゃないの？　慧仙の肩ばかり持って。あの子のためにも、よくないわ。桜桃は母親の受け売りでそう言うと、ふくれっ面をして立ち去った。桜桃に見捨てられた慧仙は、ぼくの七号船のほうを見た。これは毎度のことだった。慧仙と桜桃は、ケンカと仲直りをくり返している。ケンカしたときは、次善の選択で、ぼくの七号船に遊びにきた。

慧仙は七号船に来ても、ぼくを相手にするとは限らない。縄跳びの縄を肩にかけ、主人のように船べりを歩き、うしろの船室へ向かう。船室をのぞき込み、例のソファーを見た。慧仙はソファーにすわるのが好きだったが、そこには父がすわっていた。慧仙は舌を出し、失望して歩き回った。一度船の反対側まで行き、また戻ってきた。

ぼくたちの船に関する噂を大人たちに吹き込まれたせいか、慧仙はわが家の問題に口出しするようになった。いきなり、深刻な質問をする。あんたの家には、烈士がいるの？

誰がそんな話をした？　烈士の意味がわかるのか？　ぼくは言った。うちの家族はみんな生きている。どうして烈士になれるんだ？

誰かに聞いたわけじゃない。耳があるから、聞こえちゃうのよ。慧仙は得意そうに言って、うしろの船室を指さした。鄧香香《トン・シアンシアン》——あの写真の人は、烈士じゃないの？

鄧香香じゃなくて、鄧少香だ。ぼくは言った。鄧少香は烈士だけど、ぼくは違う。

慧仙は言った。バカね。あんたのおばあちゃんでしょう？　おばあちゃんが烈士なら、あんたも烈士よ。光栄なことだわ。

ぼくは烈士の家族で、烈士ではない。ぼくは言った。おばあちゃんは光栄だけど、ぼくは光栄じゃない。

慧仙は目をぱちくりさせた。やはり、烈士と烈士の家族の区別がつかないのだ。わかったふりをするのをやめ、慧仙はぼくに縄を振って見せて言った。甲板を洗うのはつまらないでしょう。縄跳びの競争をしようよ。

ぼくは女の子じゃないから、と断った。これまで、縄跳びはしたことがない。

慧仙は慎重にぼくの顔色をうかがい、縄跳びに誘うことをあきらめた。そして、目を輝かせながら、突然尋ねた。あんたのお母さん、最近贈り物をくれた？

いや、お母さんの贈り物なんか、欲しくない。

慧仙は失望の目をぼくに向け、口をへの字にして言った。お母さんだから、あんたを心配して、贈り物をくれるのよ。動物ビスケットはおいしいわ。キリンもおいしいし、ゾウもおいしい。

ぼくは慧仙が食いしん坊であることを知って言った。食べ物が送られてきたら、全部おまえにやるよ。

慧仙は気持ちを言い当てられて、パッと顔を赤らめ、縄をもてあそびながら言った。そういう意味じゃない。あんたのお母さんで、私のお母さんじゃないんだから。私と団結する気なら、半分くればいいわ。

お母さんの話題はタブーだ。ぼくは自分の母親のことも、慧仙の母親のことも語らないようにした。

試しに河の水の謎について話そうと思って、ぼくは尋ねた。船に乗ってもう長いけど、河の声を聞いたことがあるかい？

慧仙は言った。また、だますつもりね。河の水に口はない。どうやって話をするの？

ぼくは言った。話をしないのは、おまえが口を与えないからだよ。口を与えれば、すぐに話を始める。

慧仙はびっくりして、ぼくを見つめた。あんた、頭がおかしいんじゃない？　河の水は河の水。人間じゃないんだから。どうやって、河の水に口ができるの？

ぼくは河面を見ながら、水の口を捜した。紡績工場から木製の糸巻が流れてきた。ぼくたちの船団に向かって、ゆっくり漂ってくる。両端に穴が開き、真ん中が太くなっていた。なかなか理想的な口ではないか。見えるか？　こいつは河の口になるぞ。ぼくは網で糸巻を掬い上げた。そして真顔で、慧仙に言った。ほら、見て。河の水の声を聞かせてやろう。

ぼくは糸巻をきれいに磨いた。そして糸巻を持って右舷へ行き、甲板に腹這いになった。慧仙もついてきて、ぼくに尋ねた。どういうこと？　なぜ、こっちへ移動したの？　あっちの水は話をしないの？ぼくは説明した。河の水が何を話すかは、日差しと関係がある。こっちの水は日陰だから、思い切って話をするはずだ。あっちは明るいし、うるさいから、河の水は口をきこうとしない。話したとしても、嘘ばかりさ。慧仙は半信半疑で、ぼくを見つめた。ぼくのまねをして糸巻を耳に当て、甲板に腹這いになって河の声を聞こうとした。しばらくして、慧仙は言った。嘘つき。水の流れる音だけで、話は聞こえないわ。起き上がろうとする慧仙を押しとどめて、ぼくは言った。聞いてごらん。気を散らしちゃダメだ。息を殺して、辛抱強く、焦らずに。そうすれば聞こえる。慧仙は静かに耳をすませてから、突然叫んだ。聞こえた。聞こえた。ぼくは言った。よし、何が聞こえた？　慧仙は顔を上げ、戸惑いと恥じらいを見せて言った。言ってることは同じでしょう？　食べろ、食べろ、それから、食べない、食べない。

慧仙は相変わらず、食べることしか頭にない。神聖な河の声が汚されてしまった。ぼくは食いしん坊の女の子に、すっかり失望した。食べることしか知らないのか！　ぼくは慧仙の糸巻を奪い取り、縄を返してやった。もう、聞かなくていい。縄跳びでもしに行けよ。縄跳びと食べることしか知らないんだから！

慧仙は口をとがらせ、恨めしそうにぼくを見た。だったら、あんたは何て聞いた？　どうして教えてくれないの？

ぼくは言った。教えない。おまえは聞く耳もないし、頭もないからな。教えても理解できないさ。

慧仙は腹を立て、縄でぼくの体を何度も叩いてから走り出した。そして、走りながら叫んだ。私には聞く耳も頭もない？　庫東亮、あんたこそペテン師よ。七号船はペテン師の船だわ。孫のおかみさんが、あんたの船には行くなって言ってた。もう二度と、このオンボロ船には来ないからね。

河の祭り

この年の秋、金雀河は穏やかだった。河床が狭くなり、両岸に沼地が広がって、葦や野草が生い茂った。ときどき、シラサギが飛来してくる。野犬が沼地をうろつき、河を行き来する船に向かって激しく吠えた。陸上の風景は、繁栄の中に一抹の寂しさを感じさせた。金雀河畔には人家が密集し、大小の村落が点在している。以前、ぼくは沿岸の村の名前をすべて覚えたが、洪水のあと、上流の花各荘《ホアゴーチュアン》は消失してしまった。七軒あった染め物屋は移転した。船上からはもう二度と、花各荘の藍色に染めた布が風に揺れるのを見ることはできない。下流の仙女橋《シエンニュイチャオ》は水没した。長い歳月に埋もれてしまった老人のように、二度と頭をもたげることはない。しかし、李村《リーツン》のあたりは違う。鉄塔と高圧電線を目で追うと、新しい集落が急激に河畔に広がっているのが見えた。大規模な簡易住宅がいくつも、驚異的なスピードで建設されている。赤レンガの壁に、白いセメントの瓦。遠くから見ると、キノコがにょきにょきと伸びているようだ。そこが東風八号新村だという。東風八号の建設に関わり、田舎に帰ろうとしない人たちを受け入れている。

多事の秋だった。秋になると、ぼくは下腹から股にかけて疥癬《かいせん》ができて、痒くてたまらなかった。毎日、ぼりぼり掻いていたが、この下品な仕草が父の目にとまった。父は抗菌剤の瓶を探し出してきて、ぼくのズボンを無理やり脱がせた。疥癬が白日の下にさらされた。ぼくの生殖器も父の目にさらされた。あのときの父の驚きの目つきは、忘れられない。ぼくの疥癬を見たわけではなかった。父は、ぼくが入浴を嫌い、足も洗わず、不衛生にしていたことを責めた。疥癬は自業自得だ。父の驚きは、ぼくの発育をとげた生殖器に由来していた。あのろくでもない「鉄かぶと」だ。そいつは赤くて、つやつやしていた。しかし、不吉で邪悪な光に包まれている。父の驚きの声を聞いて、ぼくは穴があったら入りたい気持ちだった。父は抗菌剤の瓶を持っていたが、手が震えるので、液体が揺れ動いた。父の目も、揺れる液体と同様に粗暴で陰鬱だった。しばらくにらみ合ったあと、父は厳しい声で問いただした。おまえのイチモツはどうした？　東亮、夜中にどんな悪さをしてるんだ？　ぼくは慌てて下半身を隠して言った。何もしてない。自然にこうなったんだ。父は言った。嘘をつけ！　苗を植えなければ木は育たない。これは、おまえが下品なことをした結果だ！　ぼくは自分の潔白を証明するすべがなかった。恥ずかしいやら、腹が立つやら。そこで仕方なく、攻勢に転じる戦術をとった。お父さん、何を怒鳴ってるの？　ずっと船室に閉じこもっているから、知らないんだろう。風呂屋へ行けばわかる。みんな、こうだよ。六癩子《リュウライズ》も、春生も、徳盛も。別に大騒ぎすることじゃない。父は激怒した。まだ、屁理屈をこねる気か？　おまえに何がわかる？　他人と比べるつもりか？　六癩子はやくざ者だし、春生は年上だし、徳盛は結婚している。おまえはいくつだ？　他人はいいが、おまえはダメだ！　警告しておく。これ以上堕落したら、いずれ犯罪者になるぞ！

父は怒りに任せて、抗菌剤の瓶を河に投げ入れた。ぼくは極度の羞恥心を抱きながら、前方の船室にこもった。内心、後悔していた。父には言えないこともある。告白すれば、父のほうに理があり、ぼくに対する拘束はますます厳しくなる。その日の夜、ぼくは父が枕元に来た夢を見た。父は鋭いハサミを持っていた。ハサミには血がついている。二枚の刃が月光の下で寒々とした光を放っていた。ぼくは夢の中で、そのハサミを父と奪い合った。ハサミを奪い取ったところで、夢は覚めた。何と恐ろしいことだろう。なぜか、ぼくは夢の教訓を活かしたいと思った。夜中に起き出して、衣裳箱やタンスを引っくり返し、パンツを三枚はいた。

多事の秋だから、悩み事は連続して起こった。大きな悩み事が生れると、小さな悩み事は消えてしまう。九月二十七日、鄧少香烈士の命日が近づいた。父は忙しくなり、ぼくも忙しくなった。父は船に記念の横断幕を掲げ、鎮魂祭のためのロウソクと紙の花を用意した。買い出しは、ぼくの任務だった。ぼくは町へ行って、色紙と酒を買った。色紙は紙の花を作るのに使う、酒は二つの用途があった。半分は父の命令で、ぼくがあずまやの烈士の碑の前に撒いた。残る半分は船に持ち帰り、父に飲ませるのだ。父は普段、一滴も酒を飲まないが、九月二十七日だけは例外だった。鄧少香烈士の霊を慰めるために飲んだ。ぼくも特別に、少しだけ飲むことができた。

ぼくはまず油坊鎮の文房具屋へ色紙を買いに行った。女店員は棚から色紙の束を下ろすと同時に、突然よけいな気を回した。あんた、学校の人でもないし、綜合庁舎の人でもないでしょう？　色紙を買ってどうするの？　ぼくは言った。色紙は自由に買えるはずだぞ。つべこべ言わずに、売ればいいんだ。店員は疑いの目で、ぼくを見つめた。反動スローガンを書くんじゃないの？　だったら売れないわ。怒ってもムダよ。あんたのことは知っている。庫文軒の息子でしょう？　ぼくは言った。庫文軒の息子なら、色紙を売らないのか？　店員はぼくを横目で見て、鼻を鳴らした。あんたの父さんは、この店にまだツケがあるのよ。町の指導者だったころ、たくさん紙を持って行った。白紙、便箋、色紙、それに習字用の高級な画仙紙。ただで持って行って、一銭も払っていない！　ぼくは言った。それは自分たちの責任じゃないか。どうして、代金を要求しなかった？　店員は言った。簡単に言うわね。あのころは皇帝陛下だったのよ。綜合庁舎のツケだって言われれば、認めるしかなかった。あんたの母さんも同じ。買い物をしても、お金を払おうとしなかった。カバン、ペン、筆入れ、ノート、みんな公費でと言ってツケにした！　あれもツケ、これもツケ。ところがいま、庫文軒が失脚したら、趙春堂はそのツケを認めない。この文房具屋は大損害。毎年、赤字続きよ！

その女店員が両親のみみっちいツケを持ち出したので、ぼくは理性を失い、勘定台を叩いた。関わりのない話はやめてくれ。買いたいと言ってるのに売らないなら、もらって行くさ。店員は言った。何ですって！　父親のツケは息子が払うものよ。借金がありながら、そういう態度に出るの？　誰が恐れるもんですか。何も怖くないわ。絶対に売ってやらない！　店員はぼくが売り場に近づくのを見て、出入り口をバタンと閉め、鋭い声で警告した。まさか銃を使うつもりじゃないでしょうね？　すぐ近くに派出所があるのよ。私が叫べば、すぐに人が飛んでくるわ！

ちょうどこのとき、外で物音がして、大小のダンボールを積んだ三輪車が入口に停まった。大きなダンボールを抱えて、男が入ってきた。ダンボールの背後に、大柄な男の頭が見えている。文房具屋の主任の老尹《ラオイン》が帰ってきた。救世主の到来だ。老尹は以前よく、我が家にきて父と将棋を指していた。毎回、ぼくに土産を持ってきてくれた。老尹は知らんぷりすることなく、ぼくに声をかけた。東亮、何を買いにきた？　どうして怖い顔をしてるんだ？　ナイフを買って、人を殺そうっていうのか？

女店員が進み出て言った。人を殺そうとしてるんです。私が父親のツケの話をしたら、こんな顔になって。このふてくされた顔を見てちょうだい。知らない人は、私のほうが多額の借金をしていると思うわ。

老尹は言った。この子の悪口ばかり言うな。おまえにも不都合な点があったんだろう。子供だってお客さんだ。お客さんには春風のような応対をしなければならん。おまえの態度は春風と程遠いぞ。霜が降ったみたいだ。老尹のとりなしで、女店員は態度を改めたが、やはり疑念を帯びた口調で言った。この子は色紙をたくさん買って帰って、どんなことに使うと思います？　老尹は壁の日めくりに目を向け、手を振ってみせた。怪しむことはない。親父のために買うんだろう。明日は鄧少香烈士の命日だから、庫文軒は紙の花を作るのさ。

油坊鎮にはまだ、父を尊重する人がいるのだ。ぼくは老尹に感激した。老尹は色紙を色別に並べて、ぼくに選ばせてくれた。ぼくは言った。色の組み合わせは難しいから、代わりに選んでよ。老尹は下を向いて、配色を考えながらつぶやいた。おまえの親父のことは、どうもよくわからんよ。自分がここまで落ちぶれても、毎年九月二十七日を忘れない。一年じゅう船で暮らして、二本の足が土を踏むことはないのに、どうやって鄧少香烈士を祭るんだ？　ぼくは言った。土地はなくても水がある。父さんは船の上で祭る。河の祭りだって。老尹は興味深そうに尋ねた。河の祭り？　それはどんな供養の仕方だ？　ぼくは言った。特別なことはしない。父さんは鳳凰鎮のほうに向かって三度お辞儀をして、最後に紙の花を鳳凰鎮の波止場に撒くんだ。老尹は顔を上げ、怪訝そうにぼくを見た。親父さんは鳳凰鎮に向かってお辞儀するのか？　船にいるから何も知らないんだな。ぼくはわけがわからず、老尹を見つめて言った。鳳凰鎮でなかったら、どこに向かってお辞儀するの？　老尹は、ぼくをチラッと見た。態度が冷たくなったみたいだ。冷ややかさの中に、小ざかしさも感じられた。おまえの親父のことは、どうもよくわからない。毎日、学習を続けているのになあ。普通はどんどん進歩するのに、親父さんはどんどん後退する！　帰ったら伝えてくれ。古い考えは捨てることだ。この目で、内部資料を見たんだよ。鄧少香烈士の生い立ちに関して、新しい発見があった。鄧少香烈士は鳳凰鎮の人ではない。このあたりの人ではないんだ。鳳凰鎮に逃げてきた孤児だったのさ。三歳のときに棺桶屋の養女になった。東亮、養女という意味はわかるだろう？

ぼくは勘定台のわきで、呆然と老尹を見ていた。しばらくして正気に戻り、ぼくは言った。孤児だった。養女だった。それで結局、どこの人なの？

本籍地はわからない。内部資料にも書いてなかった！　老尹は大きな声で答えた。鄧少香はどこの人であるにしろ、鳳凰鎮の出身ではない。帰ったら、親父さんに伝えるんだ。今年は鳳凰鎮に向かってお辞儀しなくていい。笑われてしまうから。

ぼくはうなずいて老尹に言った。わかった。鄧少香も素性がわからないんだね。それじゃ、お父さんはどちらを向いてお辞儀をすればいいんだろう？

おまえは物の言い方を知らんな。鄧少香は烈士だぞ。素性がわからないなんて言っちゃダメだ。老尹は言った。帰ったら親父さんに伝えろ。もう鄧少香烈士を祭る必要はない。お辞儀をする必要もない。どの方向に対しても、そうだ。歴史は謎なのさ。わかるか？　鄧少香烈士は謎だ。おまえの親父も謎じゃないか。おれの話がわからなければそれまでだ。親父さんは教養があるから、おれの言う意味がわかるだろう！

文房具屋を出たとき、別の心配事が生れていた。ぼくは色紙を脇に挟み、油坊鎮の町を元気なく歩いた。老尹のもたらした情報によって、ぼくは困惑していた。鄧少香烈士の生い立ちは、なぜ季節のように変化するのか？　鄧少香、ぼくの栄光の祖母、神聖な祖母はどうしたのだろう？　瑞雲のように頭の上を漂っていたが、風に吹かれて遠くへ行ってしまった。ぼくは孤児だった鄧少香の少女時代を想像した。ぼんやりと見えてきたのは、顔が薄汚れた少女、ボロをまとい、頭はボサボサだ。はるか昔の油坊鎮の波止場を裸足で走っている。お母さんと叫びながら。少女の薄汚れた顔を見きわめることはできない。美しいのか、醜いのか？　孤児のイメージは、別の孤児のイメージにつながる。ぼくの頭に浮かんだのは、慧仙の小さな顔だった。昔の孤児のイメージも、はっきりした。その少女は鳳凰鎮の棺桶屋の棺桶の中に横たわっている。涙の痕はまだ乾かないが、目はくるくる動き、好奇心いっぱいで棺桶の外の世界を観察していた。ぼくに向かって手招きしている。おいで、おいで、早く入って！　棺桶の中の少女が誰なのか、ぼくにはわからない。ぼくたちの船団の孤児慧仙なのか？　それとも、あの伝説の孤児鄧少香なのか？

ぼくは顔を上げて、遠くのあずまやの上空を見た。町の人たちは、ぼくが空を見上げて歩いているのを見て、興味津々でぼくを見つめた。誰かがぼくの体を押して言った。空屁、その歩き方は何だ？　頭がおかしくなったのか？　いったい、何を見ているんだ？　ぼくは、歴史を見ていると言った。あずまやの上空は霞んでいて、何も見えない。歴史を見きわめることもできなかった。上を向いたまま雑貨屋にさしかかったとき、人垣がぼくの行く手をさえぎった。また誰かが、ぼくの体を荒っぽく押した。空屁、おまえは夢遊病者か？　歩き方も忘れたのか？　人にぶつかるぞ！　空の上に歴史はない。地上の人々の賑やかな声が、ぼくを現実に引き戻した。見ると、雑貨屋の石段に多くの女と子供が立っている。手にカゴを提げ、砂糖を買うために並んでいるのだ。雑貨屋の入口には、喜ばしい通知が貼ってあった。国慶節の特別配給で砂糖が入荷、配給券一枚につき砂糖百五十グラムを提供。

ぼくはさらに酒を一本買うことを思い出した。雑貨屋の石段の列に割り込もうとしたが、すぐにはじき出されてしまう。砂糖を買うのではない、酒を買うのだと宣言しても、ムダだった。何を買うにしろ、並ばなければダメだという。一人の女がぼくを肘で突き、割り込みを阻止しながら、さげすむように言った。あんたたち船団の人は、礼儀を知らない。列に並べと言われただけで、命を奪われるような騒ぎだ。行列するくらい、何てことないでしょう？　肉をよこせとも、お金をよこせとも言ってないんだよ。そう言いながら、女は他人の同意を求めた。ねえ、私は船団の人に濡れ衣を着せてないでしょう？言ってることは間違ってないわよね？　みんながうなずいて、賛同の意を示した。憎しみの視線が、一斉にぼくの顔に集まり、ぼくは理屈を言い出せなくなった。相手は老人と女と子供だ。彼らは砂糖を買い、ぼくは酒を買う。本来は矛盾しないことが、あいにくぶつかってしまった。ぼくは彼らと一緒に並ぶ気になれず、また割り込むことも許されず、仕方なく憤然と石段を下りた。

ぼくは傍らに立ち、雑貨屋の行列を見ていた。心中、穏やかではいられない。突然、向かい側の街角に、慧仙の尋ね人の貼り紙があることを思い出した。行ってみると、貼り紙は風雨にさらされたせいか、それとも清掃員に剝がされたのか、わずかな残骸しか残っていなかった。塀には新たに石灰が塗られて、貼り紙の残骸も覆われている。角の部分だけが突起して、ぼくの哀悼を受け入れてくれた。国慶節が近づいたので、町じゅうを清掃し、塀に石灰を塗っている。きれいにして祝日を迎えようというわけだ。母を探す尋ね人の貼り紙は、天寿をまっとうした。父の筆跡も、慧仙の名前も、見ることはできない。悔しくて、ぼくは爪で塀を削った。削っているうちに、ささやかな奇跡が起こった。去年描いたヒマワリの花が、ぼくの指の下によみがえったのだ。

　ヒマワリの花は、ぼくにこの上ない喜びをもたらした。ぼくは街角で、雑貨屋の入口の行列がしだいに消えるのを根気よく待った。ぼくが酒の瓶を抱えて雑貨屋を出たとき、雑貨屋の会計係の陳四眼《チエン・スーイエン》が背後で叫んだ。その酒は強いから、帰ったら親父さんに飲み過ぎるなと伝えてくれ。わしがそう言っていたとな。酒で憂さを晴らそうとしても、ますます憂いは募るばかりだ！

　言外の意味があったのか、学識をひけらかそうとしたのか、いずれにせよぼくは聞こえないふりをした。陳四眼は以前、やはり父とよく将棋をさしていた。父に辛勝させるのがうまかったから、親交を結んでいたと言える。だが、いくら親交を結んでいても、結局は「空屁」だ。ぼくは陳四眼の忠告が善意によるものだとは信じられなかった。偉そうな口をきくことで、売り場の女の同僚から尊敬を得ようとしたのかもしれない。他人が父に寄せる気遣いも、信じることができなかった。息子であるぼく以外、油坊鎮の誰が庫文軒を心配するだろうか？

　父の言いつけどおり、ぼくは酒の瓶を抱えてあずまやへ行った。そこは大変騒がしく、ガチョウが鳴きながら走り回り、多くの人が集まって、烈士の碑も覆い隠されている。近づいてみて、初めてわかった。人々はうすのろの扁金を見物しているのだ。ガチョウは主人を守っている。扁金は酒に酔い、烈士の碑の前で暴れていた。烈士の碑の鄧少香のレリーフに向かって、お母ちゃんと叫び続けている。お母ちゃん、趙春堂に言ってくれよ。おいらのガチョウのために、小屋を作ってほしいって。お母ちゃん、雑貨屋の小王《シャオワン》に言ってくれよ。おいらの嫁さんになってほしいって。お母ちゃん、おいらに五元、めぐんでくれよ。酒を買いたいんだ。あいつら、バカにしやがって。五銭足りなくても酒を売ってくれない。

周囲の人が止めようとしても、言うことをきかない。扁金に殴りかかる者もいた。いくらうすのろでも、抜け駆けはいかんぞ。鄧少香の息子になれば、いい暮らしができると思っているんだろう？　おれたちだって、息子になりたいさ。どうして、おまえが息子だと言えるんだ？　扁金は言った。どうしてかって？　おいらの尻に魚の模様があるからさ！　誰かが警告した。気をつけろよ。鄧少香の息子になりすますのは犯罪だ。これ以上暴れたら、派出所からお迎えが来るぞ。扁金は言った。おいらは鄧少香の息子だ。派出所なんか怖くない。烈士の遺族だから、向こうがおいらを怖がるさ！　また誰かが口を挟んだ。証拠を見せろよ。尻を出すんだ。おまえの蒙古斑が魚の形かどうか、拝ませてもらおう。

ぼくが人垣にもぐり込んだとき、ちょうど扁金はズボンを下ろし、気前よく尻を披露した。あずまやに、ワッと歓声が上がった。老若男女が目を凝らして、扁金の尻を観察している。魚、魚だ、正真正銘の魚だ！　誰かが叫んだ。本当に鄧少香の息子なのかもしれんぞ！　その叫び声は扁金を刺激した。扁金は積極的に人々の要求に応え、尻を突き出したまま、烈士の碑を一周した。人々はますます喜んで、爆笑した。誰かが、その尻を蹴飛ばした。早くズボンをはけよ。鄧少香がおまえの母親なら、敵に殺される前に、おまえを恥じて死んでるさ。

あずまやは波止場に近いので、派出所のお迎えの代わりに、治安部隊の五癩子と陳禿子がやってきた。これによって、扁金の酒は半分醒めた。慌ててズボンをはき、人垣から抜け出し、ガチョウを連れて河辺へ逃げて行った。そして走りながら、人々に向かって叫んだ。調査班がもうすぐ本当のことを発表する。誰が鄧少香の息子か、楽しみに待つんだな。おいらをバカにしたやつは、気をつけたほうがいいぞ！

大騒ぎが収まると、ぼくに注目が集まった。猟師に銃口を向けられている野ウサギの心境だった。人々はぼくが抱えている酒の瓶を見ながら、互いに目配せと耳打ちを交わしている。声を押し殺してはいたが、陳四眼の現状に対する典型的な辛口の評価が聞こえてきた。頭の弱いのが逃げて行ったと思ったら、今度はペテン師がやってきた。今日は鄧少香烈士も、気の休まる暇がないな！

本来なら、陳四眼の毒舌は許すべきでない。だが不思議なことに、ペテン師という言葉がなぜか、ぼくに動揺を与えた。ぼくはあずまやから逃げ出そうとした。しかし、扁金は逃げられたがぼくは逃げられず、申し開きをしなければならなくなった。ぼくは、父から重大な任務を託されている。この酒によって、人々に伝えるのだ。庫文軒は鄧少香の息子である。庫東亮は鄧少香の孫である。庫家は栄誉ある烈士の遺族だ。ぼくは酒の瓶を抱えて烈士の碑の前へ行き、瓶を開封しようとした。そのとき、五癩子が飢えた虎のように突進してきて、瓶の蓋を踏みつけた。空屁、何をするんだ？

ぼくは言った。烈士に酒を振舞うのさ。供養のためだ。いいだろう？

ダメだ。五癩子は横暴な態度を見せた。早く瓶を抱えて出て行け。

ぼくは五癩子を無視して、瓶の蓋を開封しようとした。ところが、今度は陳禿子に腕をつかまれた。陳禿子はあずまやの柱に掲げられた告示を指さして言った。空屁、あれを見ろ。目があるんだろう？気づかなかったのか？　新しい規定ができた。烈士の供養に名を借りて、ここで迷信活動を行うことを禁じる。あらゆる封建的迷信活動は、すべて禁止だ！

近くへ行って告示を見ると、確かに「鄧少香烈士の供養に関する新規定」とある。新規定は、古い習慣を改め、油坊鎮の住人によるあずまやでの礼拝行為を禁じていた。紙銭を焼いたり、線香を上げたりすることは禁止。子供を亡くした親がここへ来て魂を呼ぶこと、葬儀を行う人がここへ来て食器を割ること、結婚式を行う人がここへ来て爆竹を鳴らすこと、嫁ぎ先でいじめられた女がここへ来て烈士の英霊に苦しみを訴えることは許されない。ぼくにとって、新しい規定は何の不都合もなかった。しかし、どこを探しても、酒を撒いて慰霊することを禁じる項目はない。ぼくは言った。この規定は、封建的な迷信を禁じるものだろう。酒を撒くなとは、どこにも書いてない。

陳禿子は言った。空屁、何を勉強してきた。教養がないな。酒を撒くのが封建的迷信だということもわからんのか？

五癩子は、陳禿子の話が気に入らなかったらしい。陳禿子を押しのけ、近づいてきて、ぼくの顔を観察した。そして突然、軽蔑の笑みを浮かべて言った。庫文軒のせがれのくせに、ここへ来て烈士の供養をする資格があると思ってるのか？　酒を撒きたいのなら、この瓶を抱えて河を渡れ。楓楊樹郷へ行って、盗賊だった封老四の墓参りをすればいい！

五癩子の言葉は、ぼくをカンカンに怒らせた。ぼくは五癩子に飛びかかり、取っ組み合いを始めた。あずまやの中から外へと転がり回った。残念なことに、年齢からしても体力からしても、双方の差は大きい。五癩子はケンカでかなう相手ではなかった。ぼくは辱めを受け、その場で罪人として捕えられた。五癩子はぼくを地面に押しつけ、ニンニク臭い鼻息をぼくの首に吹きかけた。チンポコの毛もまだ生えないくせに、おれと力比べしようというのか？　五癩子は狡猾そうに、ぼくを組み敷いたままでいた。どうにも反抗のしようがない。ぼくは足をバタバタさせるだけだった。バーンという音が響いた。ぼくは酒の瓶を蹴飛ばしてしまった。封印されていた瓶の蓋が割れて、酒があふれ出た。地面に伏したまま、ぼくは年代物の酒の芳香を嗅いだ。流れ出した酒が顔を濡らした。ぼくは最初、泣いたつもりがなかった。口元に塩辛さ、甘さ、そして苦さを感じただけだった。五癩子はぼくが抵抗をあきらめたことを知り、手を緩めた。それでも、ぼくは腹這いのままでいた。地面を転げ回った。とても奇妙な格好だ。地面に押しつけられているときよりも、さらに奇妙だった。転げ回っているうちに、涙があふれてきた。ぼくの顔は、だんだん割れた酒の瓶に近づいた。半分残った酒が、目の前で揺れている。ぼくの顔も酒の中で揺れて、しだいに輪郭が曖昧になった。いちばん奇妙なのは、ぼくの顔だった。死を間近に控えた旅人が故郷の懐に抱かれるように、ぼくの顔も最後には酒の瓶に吸い込まれていく。

その後、ぼくは許されないことをした。みんなが見ている前で、地面に腹這いになって、涙を流しながら酒を舐めた。その後、涙は止まった。ぼくは酒の瓶を抱えて立ち上がり、あずまやの外にすわって飲み続けた。鄧少香烈士の命日の前夜、ぼくは色紙の束を尻に敷いて、あずまやの外にすわって酒を飲んだ。たった一人で、半分残っていた酒を飲み干してしまった。

孫喜明や徳盛たちが知らせを聞いてあずまやに駆けつけたとき、ぼくの頭はまだはっきりしていた。彼らに引きずられて、ぼくは波止場に向かって歩き出した。徳盛に頼んで、割れた酒の瓶は父のために持ち帰ることにした。どうやって船に戻ったかは覚えていない。記憶にあるのは、父がスリッパでぼくの顔を殴り、ひしゃくで河の水を掬ってぼくの頭にかけたことだけだ。父は何度も怒鳴ったが、ぼくには言っていることが聞き取れなかった。どう弁解したかも覚えていない。ぼくは頭がはっきりしているときでも、弁解が苦手だった。まして酔いつぶれているのだ。ぼくは、空屁、空屁と言うことしかできなかった。それ以外のどんな言葉で、自己弁護すればいいのかがわからない。

酒に酔うと死んだ豚のように眠るというが、ぼくは夢ばかり見た。深夜、終わりのない悪夢にうなされて、ぼくは目を覚ました。突然、河の水が凝固し、激しく隆起してきた。一瞬にして河の上に高い山が現れ、ぼくの行く手を幾重にも阻《はば》んでいる。引き船がゴーゴーと道を切り開いて進み、はしけ船は水上の山を迂回した。ぼくたちの船は船団から離れ、金雀河の真ん中でくるくる回っている。船尾から奇妙な水音が聞こえてきた。水の中から伸びている手が、船尾の碇をつかんでいる。大きくもなく、小さくもない手。不揃いな五本の指。手の甲の半分は青白く美しかったが、あとの半分は見るのも恐ろしい。黒緑色の苔がびっしり生えていた。一瞬、暗い河の水が反転した。薄暗かった水面が輝いている。華麗な水の花が咲いたところに、女の美しい顔が浮かび上がった。丸顔で大きな目、鼻は高くない。旧時代の女学生特有のおかっぱ頭で、黒髪に腐った水草がからみついている。髪は水に濡れて、きらきら輝いていた。その後、女の肩が見えると同時に、女が背負っているカゴも姿を現した。カゴの中の水は銀色で、水草が浮かんでいる。水草が揺れると、その下に赤ん坊の頭がかすかにのぞいた。

ぼくは幸運にも、鄧少香烈士の英霊と赤ん坊を見ることができた。女烈士は河の底から上がってきて、すべてを洞察する目でぼくを凝視している。その目はぼくに告げていた。彼女は、ぼくのしたことをすべて見ている。ぼくの言ったことをすべて聞いている。彼女は歴史なのだ。ぼくは夢の中で震えながら、審判を待っていた。歴史があらゆる秘密を漏らすのを待っていた。だが、女烈士は沈黙を守った。自分を語ることも、自分の子孫を語ることもしなかった。ぼくは彼女が教育してくれるのを待ったが、彼女はぼくを許すことも、批判することもしなかった。ただ厳《おごそ》かに苔の生えた手を上げ、カゴを叩いて言った。おいで、おいで、一緒に下りておいで！

ぼくは下りて行かなかった。彼女のカゴに飛び込むことができるだろうか？　そこで、ぼくは目を覚ました。船室のランプがまだともっている。父はソファーで眠っていた。すでに夜中を過ぎている。父の年老いた顔にはまだ半分、怒りの痕跡が残っていた。もう半分の顔はランプに照らされ、荘厳な印象を与える。顔の皺の一つ一つが、明日を待っているのだ。老人特有のしみも、明日を待っている。明日は鄧少香烈士の命日、父にとって船上で唯一の祝日だった。父は灯心を掻き立てて、多くの紙の花を作った。父が作る花は大きくて、とても美しい。それが一輪ずつ、父の膝の上、床の上に落ちていた。

父をそっとしておきたかったので、ぼくは紙の花を拾って船室を出た。月光の下、船尾まで来ると、碇は依然として船べりに垂れていた。冷たい金属質の光を放ちながら、碇は船べりに軽くぶつかり、穏やかな音を発している。ぼくが目覚めると、河は眠った。金雀河は夜色に包まれていた。月明かりに照らされた水面に波が立ち、風が吹いていることがわかる。それは銀色のウロコを並べた小道のようで、河面に見え隠れしている。岸辺には、しだれ柳の影が逆さまに映っていた。ときどき、ねぐらを間違えた鳥がバサバサと飛び立ち、遠くの田野へ消えて行く。群生するホテイソウが、河口付近から船と一緒に漂流を続けている。それはまるで、夜間航行する船団を追いかける水上の草原のようだった。おそらく、田舎の沼から流れ出したものだろう。ホテイソウが船にぶつかる音は、郷愁に満ちていた。ぼくは河の寝姿を見て、河のいびきを聞いた。女烈士鄧少香の英霊だけは、もう姿を消していた。船尾の神秘的な水の痕のほかには、何も残っていない。

ぼくは悪夢を見たが、それはよい夢でもあった。

夢から醒めると、ぼくは本当に成長していた。

第二部

少女

ぼくは慧仙が早く大人になることを願っていた。それは、最大の心の秘密だった。

一方ではまた、慧仙の発育が早すぎることを恐れていた。それは、二番目の心の秘密だった。

青春時代のぼくのひねくれた性格は、この二つの秘密の矛盾に関係していた。多くの人が日記を書くが、それは主として自分の生活の記録だ。でも、ぼくは違った。みんながぼくを「空屁」と呼ぶ。「空屁」の生活は記録に値しない。紙を浪費し、インクを浪費し、時間を浪費するだけだ。ぼくは己を知っている。だから、ぼくの日記は慧仙の生活のみを記録した。使ったノートは父と同じ、母とも同じものだ。クラフト紙の表紙がついた事務用ノートで、雑貨屋や文房具屋で売っている。一冊四銭、丈夫なので、字を小さめに書き、簡潔な表現を心がければ、長期間にわたって使える。

最初、ぼくの記録は慎重で、身上調書のように事実に基づくことを原則とした。主に記録したのは慧仙の身長体重、覚えた文字の数、歌の種類だった。そのうち大胆になり、生活面のことも付け加えた。慧仙が誰とケンカしたかも、知り得たかぎり記録した。誰の家で鶏肉ソバを食べたか、味はどうだったか、スープは濃厚だったかなど、慧仙が評価を下せば必ず記録した。誰の家で新しい上着や新しい靴を作ったか、似合っていたか、サイズはぴったりだったかも記録した。その後は、誰かが慧仙をほめたりけなしたりしたことも、耳にしたかぎり、すべて記録した。最終的には、自分の意見まで書き記した。多くのメチャクチャな感想を述べ、暗号のような文章や単語を作り出した。他人には理解できず、自分だけがわかる。例えば、慧仙をヒマワリ、自分をホテイソウ、父を板きれと表記した。陸上の人たちは基本的に山賊甲、乙などと記し、船団の人たちはニワトリ、アヒル、ウシ、ヒツジなど動物で代用した。これは父に盗み見されることを防止するための措置だった。ノートに文字や絵をかくときは、いつも父の関心と疑いの視線を感じていた。父は言った。いったい、何をかいているんだ？　どうしておれに見せようとしない？　日記を書くのは本来いいことだが、おまえがでたらめを書けば災いを招く。油坊鎮小学校の朱《チュー》先生を覚えているか？　党に対する不満、社会に対する不満を日記にぶちまけて、結局捕まってしまった。ぼくは言った。お父さん、安心してよ。ぼくは党にも社会にも満足しているから。ただ、自分に不満なんだ。みんなが「空屁」と呼ぶのを聞いたでしょう？　お父さんは、ぼくの日記を「空屁」だと思ってくれればいい。

だが、それは嘘だった。ぼくは「空屁」でかまわないが、ノートは「空屁」ではない。ぼくにとって最大の秘密であり、孤独をまぎらわす最高の道具でもあった。ノートをめくれば、傲慢な少女に近づくことができた。文字で呼びかければ、慧仙は暗闇を抜けて船室にやってきて、そばにすわってくれる。ぼくは、その髪から立ち昇る太陽の匂いと、少女の体に特有のすがすがしい香りを嗅ぐことができた。ぼくは甘くて苦しい矛盾を抱え、それを解決できずにいた。頭の中では依然として慧仙を可憐な少女と思っているのに、ぼくの体はそれを裏切って——頭のてっぺんから足の先まで、一人の少女に言い表しようのない愛情を捧げていたのだ。面倒なことは下半身からやってくる。下から上へ、ぼくの体内には抑制しようのない情欲が蓄積されていた。この情欲がぼくを苦しめる。ノートをめくるたびに心配が募った。多くの場合、ぼくは慧仙の成長を拒んだ。――だが、慧仙は成長していた。丸々としたマントウのような膝小僧も、赤いシャツを突き上げる乳房も、トパーズのように輝く腕の下にのぞく黒い腋毛も、成長していた。慧仙の表情の変化は、ぼくにとって無意識の誘惑だった。そのまなざしが気になって、たとえ慧仙が石ころを見ていたとしても、ぼくは嫉妬を覚えた。夜はしきりに夢を見た。夢は安全だが、勃起は危険だった。勃起は夢よりも頻繁に、ときを選ばずにやってきた。これ以上面倒なことはない。ぼくはこの面倒を解決できなかった。ぼくの頭と下半身が、残酷な闘いを繰り広げた。勃起に打ち勝つこともあったが、残念ながら多くの場合は力不足で、わがままな生殖器が理知的な頭脳を征服した。

ぼくの印象の中で、夏は最も危険な季節だった。慧仙が青春期を迎えてから、金雀河一帯の気候までが、少女の思いに合わせて変化した。スカートをはくのにふさわしく、気温が毎年上昇し、夏が毎年長くなった。危険な夏は、ますます危険度を増した。船団が波止場に停泊すると、強烈な日差しにさらされて、鉄製のはしけ船はやけどしそうなほど熱くなる。船の男たちと少年たちは裸になり、河に飛び込んだ。だが、ぼくと父だけは水に入らなかった。暑さに強かったわけではない。裸体を共通のタブーとしていたのだ。ぼくが船首に立って見ていたのは、河に入った裸の男たちではなく、岸に上がった少女たちだった。少女たちは列を作り、一号船の踏み板を渡って行った。それぞれがカゴとたらいを持っている。波止場の石段で、洗濯をするのだ。船団の娘たちは緑の葉、慧仙だけが色鮮やかなヒマワリだった。ぼくは慧仙がたらいを腰にあてがって、一人で石段の隅へ行くのを見た。どうして、隅へ行くのだろう？　慧仙は桶の水をたらいに注いだ。偽装のためのシャツはたらいの底に沈んでしまい、花柄の下着が浮かんできた。たらいの水は真っ赤になった。ぼくはハッと気づいた。なぜ、水が赤いのか？　当然、知っている。少年時代にもう、『医学ハンドブック』を盗み読みしていたから、少女の生理についての知識はあった。慧仙は初潮を迎えたのだ。これは一大事件だった。当然、記録しておかなければならない。しかし、ノートを取りに船室に入ったとたん、あやうく父とぶつかりそうになった。父は船室の入口で、ぼくを監視していたのだ。

ぼくが慧仙を監視し、父がぼくを監視する。これが夏の生活の基本的構図だった。朝から晩まで、父の視線は亡霊のように、ぼくを追い回した。後方の船室から前方の船室まで、苫の下から船首まで。まるで経験豊かな猟犬のように、ぬかりなくぼくの情欲の匂いを嗅ぎつけた。ぼくの生理的反応はますます強まり、表情は硬くなった。隠せば隠すほど父の視線は鋭くなり、情け容赦がなくなった。父は言った。東亮、何をコソコソ見てる？ ぼくは言った。別に何も。春生たちがズボンを脱いで、水に入っているよ。父は冷笑した。春生たちが？ ズボンを脱いでいるのはおまえだろう！ 父はじろじろとぼくの下半身を見て、突然荒々しい声で叫んだ。おまえが何を見ていたか、知ってるぞ。東亮、せいぜい気をつけるんだな！

父の視線から逃れることはできない。はしけ船の世界がこんなにも堅苦しかったので、ぼくは本能的に、勢いよく流れる河の水に救いを求めた。父は、慧仙を見ることを許してくれない。そこで、ぼくは船尾へ行って河の水を眺めた。船から見た河の水は明暗相半ばして、水草が神秘的に揺れ、河面には濁った泡が浮かんでいる。ぼくは河の水の声を聞いた。河の水の声は、夏になると情熱的で奔放、しかも善意に満ちている。おいで、おいで、早くおいで。ぼくは河の水の命令に従って、白い袖なしシャツを脱ぎ捨て、ざぶんと河に飛び込んだ。

いちばん目につかない場所を選び、ぼくは七号船と八号船の間まで泳いで行った。長時間そこにいられるように、船尾の碇にしがみついた。碇はひんやりして、水中の部分がびっしり苔に覆われている。女烈士の霊魂がしばしば訪れているようだから、この碇に苔が生えても不思議はない。ぼくは水中に身を隠し、周囲を見回した。安全であることが何よりうれしい——こちらからは河岸が見えるが、河岸からはこちらが見えない。ぼくは河岸の人が見えるが、河岸の人はぼくが見えない。苛立った父の足音が聞こえた。東亮、東亮、どこに隠れたんだ？　早く出てこい。ぼくは黙っていた。報復の快感で心を満たしながら。二艘の船のかげに隠れ、河の水に守られながら、ぼくは心置きなく勃起し、そのあと下半身から湧き起こった衝動を支障なく鎮めた。ぼくの体は水の中に、薄暗闇の中に沈んでいる。水の中の魚は、ぼくの愚かな行為を見たかもしれない。だが、魚は口をきかないから安心だった。春生たちも河の中にいたので、おそらくぼくに気づき、船の間に浮かぶ頭と肩を見ただろう。しかし、見られても心配はいらない。あの連中は鈍感だから、ぼくが水の下で何をしていたか、まったく想像できなかったはずだ。

河岸は賑やかだった。少女たちは石段に並んで、規則正しく洗濯を続けている。たくさんの緑の葉が、一輪の黄色いヒマワリを引き立てていた。ぼくは緑の葉に目もくれず、ヒマワリだけを見た。慧仙は砧を手にして、洗濯物を打っている。ぼくはその音を口まねした。トン、トン、トン！　慧仙は顔をそむけ、四方に飛び散る水滴を避けている。ぼくは慧仙に代わって、水滴に抗議した。嫌だ、嫌だ、やめろ、やめろ！

こうして何の気兼ねもなく慧仙を観察するのは初めてのことだった。ぼくがどんなにうれしかったか、容易に想像できるだろう。慧仙はすでに、おしゃれに気をつかう年ごろになっていた。胸元に白い蘭の花をつけ、緑色のスカートをはいている。水に濡れることを恐れて、スカートのすそは膝のあたりまでまくり上げられていた。二つの白い膝小僧は、新鮮なマントウのようだ――いや、マントウではない。そんな当たり前の食品で慧仙を形容することはできない。ならば、甘い香りの果物だろうか？　膝小僧に似ている果物とは？　真剣に考えていたとき、頭上で光がチラついた。二艘の船に挟まれた狭い空間に、父の顔半分と両目が現れたのだ。ぼくはびっくりして、気持ちが沈んでしまった。父の怒声が響き渡った。そこに隠れていたのか！　水の中で何をしていた？　さあ、早く上がってこい！

ぼくは慌てて水中に潜った。河の水が耳に当たる。そのボコボコという音は、空虚ではっきりせず、同情しながらも助力できないことを詫びているようだった。河の底から新しい命令があることを期待したが、何も聞こえなかった。じっと息をこらえ、自分が魚だと思って、ほかの場所へ泳いで行こうとした。しかし、残念ながらぼくは魚ではないし、泳ぎもうまくない。すぐに息が苦しくなり、我慢の限界に達した。ぼくは仕方なく水面に顔を出し、河の水の構造に不満を述べた。チョモランマの頂上にだって空気はあるのに、どうして水中にはないのだろう？　ようやく完璧な天国を見つけたと思ったけれど、あいにくそこは魚しか受け入れてくれない。ぼくは締め出されたのだ。

こんなに暑いんだから、水に入って涼んでもいいじゃないか？　ぼくは頭上の父に、大声で抗議した。ほかの人たちだって、みんな水の中にいるよ。どうして、ぼくはダメなの？

ほかの人たちは暑気払いのためだ。おまえは水の中で何をした？　知らないと思ってるのか？　おまえのケツを見れば、屁がしたいのか、クソがしたいのか、一目瞭然だ。

ぼくは何もしてない！　お父さん、どうして毎日ぼくを見張ってるの？　犯罪者じゃないんだから、自由を与えてくれてもいいはずだ。

このまま放っておけば、おまえはいずれ犯罪者になるだろう。父は冷ややかに言った。自由なんて、よくも口に出せるな。おまえが自由を手に入れたら、何をするかはわかってる。おまえに自由を語る資格などない！

　ぼくは依然として父の捕虜だった。水中から船に這い上がると急に、とても疲れていること、とても汚れていることを自覚した。ぼくは船べりにすわったまま、動かずにいた。自分が陸に上がった河童のように思えてくる。じめじめして、陰気な気配に満ちているのだ。体は五色に輝き、手のひらと腕が赤錆のような斑点に、太股が一面の暗緑色の苔に覆われている。髪の毛には野菜くずと金色のわらの切れ端がこびりついていた。白いパンツはもっと怪しい。水に濡れて、ぼくの恥ずかしい部分の形が強調されているだけでなく、腰のあたりにはタニシが貼りついていた。ぼくはタニシを引き剝がし、河に投げ込んだ。振り向くと、父が船べりに立っていた。眉根を寄せて、憎々しげにぼくをにらんでいる。桶を投げてよこし、乱暴にぼくを押しやった。舳《へ》先《さき》へ行って、よく洗ってこい。汚れたままで船室に入るなよ！

　本当は、自分でも自分が嫌だった。ぼくはやましさを感じつつ、まじめに体を洗いながら、こっそり河岸を見た。少女たちはすでに、洗い終わった服を欄干に干していた。色とりどりの木綿、ポリエステル、人絹の服が、日差しを浴びて輝いている。少女たちは洗濯物の番をしながら、石蹴り遊びをしていた。河岸から、少女たちの鳥のさえずりのような声が聞こえてくる。石鹸を手にして船首でぼくを監視していた父は、嘆き悲しんだ。ああ、情けない。いくら洗ってもムダだ。体はきれいになっても、おまえの頭は汚れたままだ。

　父の監視が厳しいので、ぼくは慧仙を見るわけにいかず、欄干のほうに顔を向けた。慧仙が大好きな花柄のシャツが、真っ先に目に入った。小さな金色のヒマワリが、薄紅色の桃や緑色の柳の中に咲いているようで、とても美しかった。

赤いランタン

一

慧仙とヒマワリを結びつけたのはぼくだけで、油坊鎮の人たちはみな慧仙を「小鉄梅《シャオティエメイ》」と呼んでいた。

まずは「石蹴り」遊びのことから話を始めよう。向陽船団の少女たちは、石蹴りに熱中していた。航行中は船上で遊んだし、船が接岸すれば波止場で遊んだ。ある日、おそらくは桜桃の発案で、船団の少女たちは油坊鎮の波止場で石蹴り大会を開いた。審判もいれば、選手もいる。彼女たちは石灰で地面に書いた枠の中で、大声を上げて競争した。賞金はせいぜい五銭とか十銭にすぎない。たとえ百元だとしても、しょせんは遊びだった。ただ慧仙だけは、石蹴りで人生の幸運をつかんだ。昼に上陸したときの慧仙はまだ寄る辺のない孤児だったが、午後に波止場から帰ってきたときには、もはや孫喜明の一号船に引き止めることが不可能になっていた。陸上の世界が慧仙に、輝かしい前途を用意していたのだ。

少女たちは地区文芸宣伝隊の宋《ソン》先生に出会った。宋先生は国慶節のパレードのために、多くの町を回っていた。革命模範劇『紅灯記』のヒロイン李鉄梅《リー・ティエメイ》に扮する女優を探していたのだ。指導部の要求は厳しかった。李鉄梅役はまず、純朴で健康的でなければならない。年齢は高すぎても低すぎても困る。容姿だけでなく雰囲気もそれらしいこと、精神的にも身体的にも健全であることが必要だった。李鉄梅に扮する女優はパレードのとき、車の上で何時間も赤いランタンを高く掲げるので、都会育ちの美少女では任に堪えない。そこで宋先生は、地方へ人選の旅に出たのだ。金雀河沿いを進み、河を渡って楓楊樹郷へ行くつもりだったが、油坊鎮の波止場で天の恩恵にめぐり合った。石蹴りをしている船団の少女たちを見て、立ち去ることができなくなったのだ。

宋先生は波止場で、想像するかぎり最も純朴で最も健康的な少女を見つけた。船団の少女は肌が浅黒く、足が太くて、がに股だった。がに股は舞台やパレードのとき、しっかり立てるからいい。船団の少女はみな意志の強そうな輝く瞳を持ち、声が大きくて、体も丈夫だったから、大規模な文芸活動に適していた。もちろん、宋先生は容貌にも神経をとがらせた。春生の妹春花《チュンホア》のような猿顔には見向きもしない。最初、宋先生は慧仙と桜桃の二人に興味を持った。二人の少女に交互に目をやり、どちらとも決めかねていた。しかし、見知らぬ男に対する二人の態度がまるで違った。宋先生は旅行カバンから赤い紙で作ったランタンを取り出し、まず桜桃に持たせようとした。桜桃は美しいが、度量が狭い。見知らぬ都会の男に出会って、無意識のうちに警戒を強め、自分を守ろうとしていた。もじもじして、なかなかランタンを持とうとしない。それだけでなく、質問を返した。あなた、いったい誰なの？　これを持たせてどうするの？　おかしいでしょう、昼間にランタンを持つなんて。慧仙の態度は違っていた。宋先生がかもし出す文化的な雰囲気に好感を抱き、悠然と相手の身なりを観察している。慧仙は宋先生の薄茶色のコートのベルトをそっと引っぱり、春花に耳打ちした。見て、このコート。これを着ている人は俳優じゃないわ。きっと団長さんよ。天性の聡明さで、宋先生の身分を見抜いたのだろうか。慧仙は隙を見て衣服を整え、乱れた髪を唾でなでつけると、型どおりにランタンを持って、宋先生に笑いかけた。どうですか？　李鉄梅のポーズをとるんでしょう？　突然、宋先生は目を輝かせて言った。賢い、きみは賢いなあ！　ポーズも大変いい。まるで小さな李鉄梅、「小鉄梅」だ。

桜桃が後悔しても、あとの祭りだった。真新しい「カモメ」ブランドのカメラが、宋先生の身分のあかしだ。宋先生はそのカメラで慧仙の写真を何枚も撮った。慧仙は赤いランタンを掲げたまま、何度もポーズを変えた。宋先生は絶讃した。いいね。目つきも、身のこなしもいい。雰囲気がよく似ている。まさしく、指導部が要求している「小鉄梅」だ。

慧仙は十四歳の年に、栄光に包まれて上陸を果たした。ぼくは慧仙の出発前日の献立を詳細に記録した。朝食は王六指の家で、ゆで卵三つとうどん一杯。昼食は徳盛の家に呼ばれ、おかみさんが作った鶏肉のスープ、それに大好物の豚肉と芥子菜の炒め物。夕食はいちばん大事だ。一号船が名乗りを上げ、孫喜明のおかみさんは豚の頭肉の塩漬けを半分切って蒸した。大福と二福は、このケチなやり方を嫌って、こっそりと残りの半分も鍋に入れてしまった。おかみさんはすぐに気づき、半分を鍋から引き上げて、息子たちを怒鳴った。最初はおまえたちにも味見させるつもりだったけど、計画を台なしにしたから、一口もやらないよ！　半分は送別の意味で、慧仙一人に食べさせる。残りの半分は取っておいて、慧仙が帰ってきたらやはり一人で食べてもらう。おまえたちがありつけると思ったら、大間違いだ！

その年の国慶節のパレードは空前の盛況だった。八つの革命模範劇が、八台の車の上に再現された。八つの小型の舞台が沸き返る人の群れの中を練り歩き、至るところで雷鳴のような歓声を浴びた。模範劇の英雄たちは厚化粧して、なじみ深い姿で車の上に立っていた。慧仙の『紅灯記』が先陣を切った。油坊鎮が初披露で、綜合庁舎から出発して町を一周し、再び綜合庁舎に戻るというコースだった。慧仙が登場すると、船団の人たちの拍手は爆竹よりも激しくなった。ぼくは覚えている。慧仙の服装は、赤い地に白い花模様の上着、つぎ当てのある青いズボン。長いお下げを結い、眉を描き、紅を塗っていた。

初めてのパレードで、慧仙の表情は緊張し、姿勢が少しぎこちない。宋先生が下から、大声で叫んでいた。小鉄梅、目つきに気をつけろ！　目つきだ！　大きく目を見開いて、李鉄梅の革命の継承者としての心意気を示せ！　慧仙が何度かまばたきをすると、すぐに目は鈴のように丸く大きくなった。目つきに気を取られると、手のほうがおろそかになる。力を抜くと、ランタンは肩まで下がってしまった。宋先生がまた、慌てて叫んだ。ランタンに気をつけろ、ランタンだ。肩に担いじゃダメだろう。もっと高く、高く掲げろ！

　ぼくは人垣の中で、正しい姿勢を示してやったが、慧仙に見えたかどうかはわからない。慧仙は車の上でランタンを必死に掲げていた。車は油坊鎮の街路を長時間にわたって練り歩き、慧仙も長時間にわたってランタンを掲げ続けた。ぼくは心配だった。慧仙は翌日、腕が上がらなくなるのではないか。次の日、ぼくが化学肥料工場へパレードを見に行くと、慧仙はやはり赤いランタンを掲げていた。李玉和《リー・ユイホー》に扮した男は、小さなカンテラを提げているだけだ。李おばあさんに扮した女優は腰に前掛けをして、まったくの手ぶら、涼しい顔で車の上に立っている。ぼくは不公平だと思った。不公平でも仕方がない。模範劇はなぜか、このようにできている。人々はみな、『紅灯記』の小鉄梅の身振り手振りに注目していた。慧仙は賢いので、二日目には目つきも仕草も飛躍的に進歩していた。その姿は宣伝ポスターの李鉄梅とほとんど変わらない。みんなが慧仙に喝采を送り、ぼくも拍手で手が赤くなった。だが、ぼくは慧仙の口元に大きな水疱ができているのに気づいた。ドーランを塗っても隠せない。おそらく、緊張や疲労が原因だろう。指導部は慧仙の口元の水疱を問題視して、誰かと交替させるのではないか？　ぼくは人混みの中で、慧仙の名を呼んだ。口元を指さし、水疱の問題を解決するように促したのだ。でも、ぼくの声が聞こえるはずもない。よけいな心配かもしれなかった。一晩が過ぎ、慧仙はもう賑やかな場面に慣れたようだった。高い場所から、ときどき視線を群衆に向けている。見慣れた微笑が口元に浮かび、ますます傲慢そうに見えた。三日目、パレードは水路で馬橋鎮へ移動した。真新しい三艘の小型船が県から派遣され、車と俳優を運んだ。その日の朝、向陽船団は見物に絶好の場所となった。船団の人たちは船室の屋根に上がり、車と俳優が波止場を歩いて上船する様子を見た。男優も女優もドーランを塗り、英雄人物の衣裳を身につけているので、誰もが敬意を抱いてしまう。船団の人たちはひと目で、いちばん小さいのが小鉄梅だとわかった。みんな興奮して、慧仙の名前を呼んでいる。慧仙！　慧仙！　しかし、返事はない。慧仙は歩きながら、懸命にお下げを赤い紐で縛っていた。引き船の乗組員も、拡声器を使って加勢した。慧仙——小鉄梅——小鉄梅——慧仙——拡声器の声は俳優たちを驚かせた。慧仙も驚いて飛び上がり、船団のほうをチラッと見て地団太を踏んだが、すぐに李玉和と李おばあさんのかげに身を隠してしまった。

それは慧仙の季節だった。金雀河の両岸の何千何万の大衆が証人だ。彼らは、一人の少女が突然輝かしい花を咲かせるのを目撃した。慧仙は有名人になった。河辺の人々は、パレードの慧仙の話になると、掃き溜めから鶴が巣立ったと噂した。信じられない。あの誰からも愛される小鉄梅が、向陽船団で乞食同様にして育ったなんて。みんなが向陽船団の人たちに確認を求めた。船団の人たちは大多数が得意そうに、功臣のような笑顔を見せたが、桜桃一家だけはこの件をタブーとしていた。桜桃の母親は陸上の人たちに告げた。あんたたちの情報は偏っている。本当はうちの桜桃が小鉄梅を演じるはずだった。ところが、まじめすぎて、気が小さかったものだから、みすみす絶好の機会をさらわれてしまったんだよ！

慧仙の季節は、ぼくにとって多忙で悩ましい季節でもあった。ぼくはパレードのコースを追いかけ、この特殊な日々を記録することに忙しかった。足も手も忙しかったが、口だけは沈黙を守った。誰とも慧仙の将来を語れなかったが、ぼくは慧仙が二度と戻らないことを予見し、心に言いようのない悩みを抱えていた。

国慶節のあとは運搬の仕事が増える。船団が河沿いの波止場に接岸し、荷物の積み卸しをしているとき、しばしば盛大なパレードとすれ違った。ぼくは急いで上陸したが、パレードが通り過ぎたあとの残骸しか見られなかった。臨時に掲げられた横断幕は、すでに半分が垂れ下がっている。町じゅうがゴミだらけで、爆竹の紙くず、トウモロコシの芯、足を踏まれて脱げてしまった靴が散乱していた。それでも通行人の顔には、まだ歓喜の痕跡が残っている。ぼくは慧仙の足跡を追ったが、何度もすれ違い、うわべだけの華やかさと栄誉だけを味わった。大風が吹き過ぎる。見知らぬ田舎町に立ち、ぼくは慧仙のことを思った。思うほどに胸が痛み、幻滅にとらわれる。ぼくのヒマワリは風にさらわれてしまった。日記をつけるのもつらかった。ヒマワリは風にさらわれてしまった。ぼくは慧仙に会えない。慧仙に会えなければ、ほとんどの記録は想像の産物となる。だが、ぼくの想像力はあいにく豊かでない。仕方なく、露天映画のニュースの形式をまねて、懸命に慧仙の姿を描き出した。ある日、ぼくは興に乗り、最高に輝かしく荘厳な光景を大胆に書き記した。「今日、空は晴れわたり、赤い太陽が照りつけ、油坊鎮波止場に集まった大衆は熱気にあふれていた。毛主席が油坊鎮の大衆の中から姿を現すと、親しくヒマワリを接見し、慈愛に満ちた言葉をかけた」——どんな言葉をかけたのか？　ぼくには想像できなかった。勝手なことを書くわけにはいかない。偉大な指導者にかかわる問題だから、下手をすれば反動スローガンになってしまう。そこで、ぼくは一枚ページをめくり、ぼくの最大関心事について書いた。「ああ、ヒマワリよ、きみはいつ船団に帰ってくるのか？」

ぼくは慧仙が船団を離れた日をはっきり記憶していたが、帰ってくる日を予測するすべはなかった。

二

年末が近づくころ、パレードは終息を迎えた。李玉和と李おばあさんに扮した俳優は元の職場に戻り、一人は農具工場でトラクターの修理をし、一人は雑貨屋で醤油を売った。だが、慧仙は帰ってこない。慧仙に関する情報は綜合庁舎から波止場に伝えられ、波止場から向陽船団に伝えられた。話を総合すると、慧仙は磨かれる前の粗玉なのだった。多くの指導者たちが、この船団から来た小鉄梅を気に入り、珠玉にしてやろうという意向を示した。宋先生がその任務を引き受け、指導に当たった。慧仙を模範的な芸人に育て上げようと努力したのだ。

慧仙はまず、この地区の金雀劇団で訓練を受け、名高い郝麗萍《ハオ・リーピン》に演技を学んだ。郝麗萍は劇団の看板女優で、歌も踊りも上手だ。革命模範劇の女性英雄をすべて演じることができた。付け髭をすれば、『白毛女』の父親役、楊白労《ヤン・バイラオ》に扮することもできるという。よりによって、この郝麗萍が慧仙に偏見を持っていた。慧仙に対する評価が宋先生とまったく逆で、ずる賢くて練習嫌い、虚栄心と上昇志向だけが強いと批判した。しばらく不本意ながら指導したあと、郝麗萍は慧仙を宋先生のところへ連れて行き、引き取りを要求して言った。この子はパレードの車の上に立っているだけならいいけど、舞台は無理です。宋先生、見込み違いでしたね。この子には芸術の才能がないと思います。あるのは度胸と野心だけ。前線に送れば、きっと女性英雄になりますよ！　宋先生は郝麗萍の結論が公正さを欠くのではないかとの疑念から、念のために地区文芸界の人士を集めて、慧仙の芸術的才能を試す試験を行った。試験の結果は思わしくなく、造型という項目だけに天賦の才が認められた。通俗的な言い方をするなら、慧仙は立っているだけ、ポーズをとっているだけならいいが、歌ったり動いたりするとダメということだ。宋先生は納得できず、すぐに慧仙を文化館傘下の移動宣伝隊に転属させた。ここなら、宋先生が直接管理できる。自分の地盤だから、慧仙は宣伝隊で順調に行くだろうと思った。ところが、結果は一層ひどかった。宣伝隊の少女たちは幼いころから一緒に練習しているので、団体意識がとても強い。群舞のとき、ポプラ並木を演じるとなれば、目配せをしただけで一直線に整列することができた。花園を演じるとなれば、梅の花が咲き、さらにアンズ、桃、バラ、ハマナス、その他の花が次々に咲いて、順番を争うようなことはない。慧仙はダメだった。舞台に上がると、他人がポプラでも、自分は柳になってしまう。ハスの花に扮したときも、梅より先に咲こうとするのだ。船団で甘やかされて育ったせいだろうか。慧仙は何をする場合も我が強く、みんなに取り巻かれることに慣れていた。舞台監督は、慧仙の基礎訓練が不足しているのを知っていたので、群舞ではわざと目立たない場所に置いた。慧仙はそれが不満で、怒って前へ出て行き、舞台下の観客に自分が重要な役柄であることを顕示する。宣伝隊のほかの俳優たちは、慧仙に我慢ならず、文句を言った。慧仙は何もできない。集団の栄誉を傷つけている。慧仙が舞台に上がると、ほかの人がどう演じても苦労は水の泡。賞をとることは不可能だ。慧仙は赤いランタンを掲げることしかできない。指導者は慧仙に目をかけているようだけど、それならパレードのときを待って、また赤いランタンを持たせればいいでしょう。

慧仙に泣きつかれて、宋先生は困ってしまった。慧仙の肩を持てば、集団の恨みを買う。考えた末、問題を上司の手に委ねることにして、慧仙を自転車で地区委員会へ連れて行った。慧仙は人徳のある柳《リュウ》部長に苦衷を訴えた。宣伝隊で排斥を受けていることを涙ながらに語ったのだ。柳部長はしばらく話を聞いて、ようやく慧仙の立場を理解した。けれども、宣伝隊の少女たちのもめごとに干渉するわけにはいかない。そこで、毛沢東語録の一節を引用して、慧仙を諭した。持ちこたえることが勝利につながる。慧仙は悟るところがあったようで、宣伝隊に戻ったあと、しばらく持ちこたえた。だが、しょせんは多勢に無勢。持ちこたえても、最終的な勝利にはつながらなかった。『百花舞』の試演のとき、梅の花、桃の花、ハマナスの花が揃って舞台監督に抗議したのだ。ハスの花はいりません。ハスの花をとるか、百の花をとるか、どちらかです！　梅の花は慧仙のハスの花の小道具を蹴飛ばした。さらに腹立たしいのは桃の花とハマナスの花で、突進してきて慧仙を舞台から突き落とそうとした。慧仙は危険を恐れずに言った。あんたたちを怖がるのは子犬ぐらいでしょう。私は動かないわ。二人のお嬢さんに私を突き落とす力があるかしら？　桃の花とハマナスの花は力を合わせたが、慧仙を動かすことはできなかった。慧仙は怒りの声を上げた。もっと押してごらん。それができないなら、あとで私のほうが突き落としてやる。逃げ出したほうが子犬だってことよ！　慧仙の傲慢さは反感を招いた。梅の花、アンズの花、バラの花もやってきて、五人の少女が力を結集させる。慧仙はたまらず、ついに舞台から下りた。オーケストラボックスに落ちた慧仙は、譜面台、太鼓のバチ、ドラなどを手当たりしだい、舞台に投げた。最後には投げるものがなくなり、膝をついたまま大声で泣き出した。

三年目の春節に雪が降った。春節のあとも雪は融けず、河の浅瀬に薄氷が張り、はしけ船は寒かった。陸上も至るところに雪の山があって寒々としている。ちょうどこの寒い盛りに、慧仙が帰ってきた。趙春堂は町で新たに購入したジープを四十キロ先まで走らせて、自ら慧仙を迎えに行った。慧仙の帰郷の華やかさは、失意に沈んでいるという伝説を覆《くつがえ》した。真新しいジープから下りた慧仙は、トランクを二つ、そして赤いランタンを持っていた。女は成長につれて変わる。町の人たちは小鉄梅の見分けがつかなかった。髪の毛は都会のダンサーのように、丸まげを結い、黒いリボンでまとめてあった。海軍の青いコートが、豊満で均整のとれた体を隠している。ゆったりと着こなしているところに、独特の風格があった。中に着ている赤いセーターと白いマフラーが、この服装のポイントなのだろう。慧仙の身なりを見つめていた人が、讃嘆の声を上げた。荷物を見つめていた人は、心配して言った。向陽船団は河を航行中だ。今日帰ってきても、落ち着く家がないぞ。この不必要な懸念は、すぐに事情通の嘲笑を招いた。掃き溜めから巣立った鶴が、同じ場所に戻ると思うか？　慧仙には後ろ盾がある。指導部に呼ばれて訓練に行ったんだ。向陽船団はもう、慧仙の家じゃない。綜合庁舎で暮らすことになる。とっくに準備ができてるさ！

小正月の灯籠祭の日に、向陽船団は赤い提灯を掲げて油坊鎮に帰ってきた。陸地は祝賀ムードにあふれている。船団の人たちは、慧仙が帰ってきたことを知った。孫喜明のおかみさんと徳盛のおかみさんは喜び勇んで上陸したが、しばらくして戻ってきた。二人は暗い顔をしている。質問をしても、答える元気がないようだった。孫喜明のおかみさんは船に戻ると、すぐに船室に入った。孫喜明がついて行くと、おかみさんは慧仙のベッドを金槌で叩いていた。孫喜明は慌てて、その腕を押さえて言った。ベッドを叩き壊すつもりか？　万一、慧仙が戻ってきたらどうする？　おかみさんは言った。壊してやるわ。慧仙は帰ってこないんだから。孫喜明は言った。誰がベッドを壊せと言った？　慧仙自身か？　おかみさんは金槌を投げ捨て、泣き出した。言うまでもないわよ。私がひと晩だけでも帰ってきてくれと、口がすっぱくなるまで頼んでも承知しない。あれこれと口実を設けて。私はバカじゃないから、あの子の考えてることがわかる。一人前になったもんだから、私らを嫌ってるのさ。孫喜明は慰めようがなく、徳盛のおかみさんに交替を求めた。徳盛のおかみさんは船室の入口まで行き、孫喜明のおかみさんがベッドに腰掛けて泣いているのを見ると、自分も目のふちを赤くして言った。慰めようがないよ。私だってつらいんだ。船に戻って食事をしようと誘っても、慧仙は同意しなかった。やはり、実の子じゃないからね。甘やかしてしまった。あれこれ世話を焼いても、結局ムダだった！

ぼくは綜合庁舎へ行き、慧仙の動向をうかがった。午前中いっぱい待つうちに、何度も中に入って尋ねようと思ったが、やはり勇気が出なかった。ちょうど春節休暇で、綜合庁舎は閑散としている。足の悪い顧さんは里帰りしていて、受付には若い男がすわっていた。ずっと新聞を読んでいて、読み終わるとまた別の新聞を読む。この男がぼくの知り合いでないのは安心材料だった。ぼくはジープが花壇のわきに停まっているのに気づいた。ジープがここにあるのだから、慧仙は建物の中にいる。ぼくは待つことにした。昼ごろ、食堂の個室から賑やかな声が聞こえてきた。そっと窓の前へ行き、中をのぞくと慧仙が見えた。幹部と思われる人たちの中央にすわっている。まるでクジャクが羽を広げているようだ。ぼくに見せるためではなく、幹部たちに見せるために。慧仙は李鉄梅の衣裳、赤い地に花柄の前ボタンの綿入れを着ている。頭のまげはほどき、黒髪を一本のお下げにして肩に垂らしていた。すわり心地が悪いのか、体を斜めにしている。左を向いたかと思うと右を向き、落ち着きがない。しかし、表情は楽しそうだった。寵愛を受けている人の笑顔だ。しばらく見ない間に、慧仙は大人の女になっていた。そう、大人の女だ。ぼくにとっては遠い存在だった。彼らは酒を飲んでいる。ぼくはそれを外から見ていた。慧仙の前後左右をぼくは細かく観察した。突然、驚くべき事実に気づいた。趙春堂が慧仙の隣にすわっている。慧仙のお下げの先は、趙春堂の手の中にあった。趙春堂がお下げを引っぱると、慧仙は立ち上がった。立ち上がって、オレンジジュースが満たされたグラスを掲げ、前後左右のグラスと乾杯を交わしている。テーブルの全員と乾杯を終え、趙春堂が再びお下げを引っぱると、慧仙は腰を下ろした。

ぼくは驚愕した。帰郷して以来、慧仙はずっと趙春堂の操り人形になっている。傲慢さの象徴だったお下げが、趙春堂が操る人形の糸なのだ！

一瞬のうちに、ぼくの胸に怒りの炎が燃え上がった。ぼくは落ちていたレンガの破片を拾い、窓の外から狙いを定めた。最初は趙春堂に狙いをつけたが、思い直した。趙春堂はお下げを引っぱったが、そのお下げの持ち主は慧仙だ。どうして、趙春堂の手を振り払わないのか？　慧仙は操り人形に甘んじている。慧仙に狙いをつけるべきだ。ぼくはレンガを慧仙に投げつけようとした。ぼくのヒマワリは食堂の一室で花を咲かせている。幹部たちを太陽とみなし、一人一人に笑顔を振りまき、お辞儀をしていた。顔を赤らめ、流し目を送っている。ぼくはその顔に狙いを定めたが、手を下すことができなかった。あれは、ぼくの秘密のヒマワリだ。どんなに大きな誤りを犯したとしても、レンガをぶつけるのは忍びない。どうすればいいだろう？　ぼくは最後に、食堂の天窓のガラスを標的にした。ガチャーンと音がして、食堂の人たちはみな、天窓を振り返っている。彼らが呆気に取られている間に、ぼくは逃げ出した。

こんなに懸命に走ったのは久しぶりだった。ガラスを割って逃げるなんて、子供のすることだろう。自分でも予想外だった。綜合庁舎で長時間待ったあげく、ろくでもないことをしでかしてしまった。ぼくは走りながら自分を痛罵した。ろくでなし。空屁と呼ばれて当然だ。おまえは空屁、ろくでなしだ！ぼくは一気に波止場まで走り、うしろに追っ手がいないことを確かめて立ち止まった。春節の波止場はガランとして、クレーンと石炭の山も陽光の下で居眠りをしていた。誰に愚行を見られたわけでもないのに、ぼくは深く恥じ入った。どうして、こんなろくでなしなんだ？　趙春堂に腹を立てたせいか？慧仙に腹を立てたせいか？　ぼくは悶々としながら岸壁を歩いた。無意識のうちに船団を見ると、おかしな現象が目に入った。向陽船団の十一艘の船はみな、洗濯物を干している。ほかの家の衣服は静かに冬の日差しを浴びているのに、ぼくと父のメリヤスのシャツだけは怯えた鳥のように屋根の下で揺れていた。その二枚のシャツを見て、ぼくは悲哀を感じると同時に、ハッと気づいた。ぼくのやったことは誰とも関係ない。悪いのは自分だ。ぼくは小心者で、世界じゅうの小心者がそうであるように、自分の恨みをぶちまけることしかできない。自分の愛情を打ち明けようとしない。恨みをぶちまけるのは、自分の愛情を隠すためだ。ぼくはまさしく、そんな小心者だった。ぼくの慧仙に対する愛情は、ホテイソウのヒマワリに対する愛情だ。それは恨みよりも深く、恨みよりも奇怪で、打ち明けるすべがないのだった。

有名人

一

少女慧仙はブリキの赤いランタンを手にして、油坊鎮の住人となった。

帰ってきてから二年間、慧仙は李鉄梅風の長いお下げを維持していた。いつでもパレードの車に乗れるように。太くて黒いお下げは、慧仙の資産と言っていい。普段はお下げを丸めてまげを結っていた。一挙両得で、見た目が美しいし、資産の保護にもなる。綜合庁舎のビルで、慧仙と親しい女性幹部の話によると、慧仙は夜中によく悪夢を見るのだという。誰かがハサミを持って慧仙を追い回し、お下げを切ろうとする夢だ。それが誰なのかと聞かれると、慧仙は隠すことをせず、あっさり答えた。一人じゃなくて、大勢いるわ！　金雀劇団の人、宣伝隊の人、それに船団の女の子、どうしてみんなから恨みを買うのかしら？　それぞれハサミを持って、私を追いかけてくる。私のお下げを切ろうとする。ああ、恐ろしい！

その後、金雀河地区のパレードは、国内外の情勢の変化によりテーマが一新され、規模が縮小され、出し物も簡素になった。テーマは、労働者、農民、兵士、学生、商人の大団結。五台の車に十人ほどの俳優が乗り、それぞれ、ハンマー、麦の穂、歩兵銃、書籍、ソロバンを持つ。宋先生が文化館から数人の若い舞台監督を連れて、また油坊鎮へやってきた。俳優の選抜基準は、男は濃い眉と大きな目、女は颯爽とした容姿で、どの階層の代表にしろ、清新で健康的でなければならない。慧仙は当然、うってつけの候補だった。宋先生は最初、慧仙を五台目の車に乗せて、才色兼備の女学生の役を与えるつもりで、度の入っていないメガネまで用意した。しかし、練習のたびに慧仙は上の空で、学生が脇役であることを嫌い、一台目の車に乗りたいと思っていた。宋先生は言った。一台目は労働者だぞ。青年女工はハンマーを持たなければならない。きみがハンマーを持っても、様にならないだろう。慧仙は言った。私はどんな役でもこなせます！　力だって強いから、ハンマーを持つくらい平気です。一台目に乗れないなら、参加しません。宋先生は慧仙の虚栄心が強いことを知り、原則を曲げず、慧仙を厳しく批判した。ところが、慧仙は批判を受け入れなかった。宋先生から受けた恩義も忘れ、わがままを押し通し、とうとう本当に任務を放棄してしまった。

道理から言えば、慧仙は油坊鎮の中学校に入学すべきだった。実際、しばらく通ったのだが、教室にすわっていても、心ここにあらずだった。学校の先生や生徒たちは最初、慧仙を可愛がったが、数日すると珍しさも薄れた。慧仙が勉強にまったく興味を示さず、わからないのにわかったふりをしていることにも気づいた。慧仙は学校生活になじまず、相変わらず舞台に立っているつもりでいた。他人を小鉄梅の観客だと思っているのだ。みんなが熱意を示してくれないと、学校へ行く気をなくした。行かないときには、理由を見つける。理由はお下げと関係していた。慧仙は言った。毎日お下げを結うのに手間がかかるので、登校時間に間に合わない。また、こんなことも言った。学校の一部の少女たちが嫉妬して、カバンの中にハサミを隠している。自分で手を下せないので、男の子たちをそそのかして、お下げを切るつもりだ。これらの嫌疑に証拠はないが、みんな慧仙がお下げを大切にするのは当然と思っていた。李鉄梅に貴重なお下げは欠かせない。幹部たちは、慧仙の特殊な身分に対して、暗黙の了解をしていた。学校へ行かなくてもかまわない。そうでなければ、上層部から来客があって、小鉄梅に見学や食事のお供をさせるとき、いちいち学校まで迎えに行くことになり、とても不便だ。

慧仙は油坊鎮の有名人であり、広告塔だった。上層部から来客があると、忙しくなる。李鉄梅の舞台衣裳を着て、例のお下げを結い、幹部たちに付き従ってジープで移動。食事のときは食堂で、『心に赤い太陽を』を歌った。これは慧仙の持ち歌で、練習を重ねて、玄人はだしの域に達していた。そのほかの時間、慧仙は何もすることがなかった。それは慧仙が自ら動こうとしなかったからであり、また周囲が心配して何もやらせなかったからでもある。慧仙は各事務室に顔を出し、人が集まっているところへ寄って行った。そして、まばたきしながら他人の話を聞いている。誰か指導者の名前が出ると、神秘的な笑みを浮かべて口を挟んだ。ああ、李《リー》さんね。そう、黄《ホアン》さんでしょう。知ってるわ。家まで行ったことがあるもの。

他人の家で育ったため、慧仙は人見知りせず、遠慮がなかった。手が早く、綜合庁舎の扉はすべて開けたし、他人の引き出しも鍵がかかっていようがいまいが、おかまいなしに開けてみた。特に女性幹部たちの引き出しは、すべて慧仙に引っ掻き回された。他人のお菓子を食べ、他人の手鏡を使い、他人の化粧クリームを塗った。女性幹部たちは度量が狭いので、それぞれ引き出しに鍵をかけた。引き出しが開かないと、慧仙は怒って机を揺り動かした。ケチ、ケチ、あんたのものなんか欲しくない！

趙春堂は重責を担う者として、慧仙の衣食住に厳しい要求をした。一日三食は食堂で食べること。好きなものは多めに食べていいが、嫌いなものも食べなければならない。食堂には太ったコックがいて、いつも口出しをした。特に、慧仙が食べ残しを生ゴミ入れに捨てるのが気に入らない。慧仙が生ゴミ入れに近づくたびに、杓子で食器を叩いて警告した。もったいないだろう。小鉄梅、忘れるなよ。自分が船で暮らしていたってことを覚えておくんだ。食事に制限を加えるのは、慧仙のためだった。服装に制限を加えるのも、慧仙のためだった。夏以外は、いつも李鉄梅の衣裳を着ていた。赤い地に白い花柄のコールテンの上着、濃紺の新しいズボンには灰色のつぎ当てをしている。趙春堂の命令だった。最初、慧仙は気が進まなかったが、しだいに輝かしいパレードの時代が終わることを意識し始めた。首を長くして待っても、宋先生は来ない。通知も来ない。吉報は届かない。慧仙は待つ気力を失った。文句を言いたくても、その相手がいない。ズボンのつぎ当てに文句を言い、衣服に文句を言った。女性幹部にも不満を抱いた。本物の李鉄梅だって、新しい着替えの一着ぐらい持っていたはずだ。どうして、こんな貧乏臭い毎日を送らなければならないのか？　新品のズボンに、わざわざ二箇所もつぎを当てるなんて、バカみたいだ。女性幹部たちは慧仙を支持するわけにもいかず、その舞台衣裳に包まれた体をぼんやりと見ていた。この少女の体は、大きな花を咲かせようとしている蕾みたいだ。舞台用の前合わせの上着は綻《ほころ》びが目立ち、ボタンも取れている。慧仙が着ると、確かに窮屈だ。女性幹部たちは、慧仙に提案した。宣伝課へ行って、大きめの李鉄梅の衣裳がないかどうか聞いてみるといいよ。慧仙は言った。大小の問題じゃない。パレードの時代は終わったんだから。大きいのがあっても、もう李鉄梅の衣裳は着ないわ。

　ある日、慧仙は衣裳を抱えて行って、宣伝課の机の上に投げ出し、そのまま帰ろうとした。宣伝課の幹部が慌てて引きとめた。小鉄梅、どうしたんだ？　小鉄梅がこれを着ないで、何を着る？　慧仙は恨みを込めて叫んだ。これを着たい人が着ればいいわ！『紅灯記』はとっくに時代遅れよ。小鉄梅なんて、願い下げだわ。ほかに服はいくらでもあるのに、どうしてこんな窮屈なものを着なくちゃならないの？　慧仙はそう言いながら、薄紅色のシャツの襟をめくって見せた。これ、どうかしら？　襟の刺繍は梅の花、生地はテトロン、上海製よ。地区委員会の劉《リュウ》さんからもらったの。慧仙は新しいシャツをひけらかしたあと、足を椅子にのせて、革靴に注意を引きつけた。これを知ってる？　最新型の革靴よ。油坊鎮ではまだ売ってないわ。誰にもらったと思う？　柳さんよ。柳さんの贈り物なの！

　慧仙は船団の人たちの恨みを買ったが、人情はわきまえていた。関係を修復するということも知っている。ただ、修復の仕方が独特で、受け入れてもらえなかった。慧仙は孫喜明のおかみさんと徳盛のおかみさんに愛着があり、波止場に現れるときには、必ず二人への贈り物を用意していた。あるときは二枚の端切れ、地味なほうを孫喜明のおかみさんに、派手なほうを徳盛のおかみさんにあげた。あるときはお菓子、甘いほうを孫喜明のおかみさんに、甘くないほうを徳盛のおかみさんにあげた。端切れにしろお菓子にしろ、それぞれの船の踏み板に置いて行った。ほかの船に気を配るときもある。だいたいは飴玉で、全部の船に向かって投げる。手元の飴玉がなくなると、すぐに立ち去った。大人たちが時候の挨拶をしても取り合わない。昔の仲間に対しては、もっと冷淡だった。恩返しに帰るというよりも、施しに訪れるみたいだ。大人は感情の整理がつかず、子供だけが喜んだ。多くの口の卑しい子供たちが、慧仙の帰りを待っていた。しかし、飴玉の砲弾を断固として受け付けない子供もいた。例えば桜桃は、弟が慧仙の飴玉を拾うと、さっと奪い取り、憎々しげに河へ投げ捨てた。何よ、こんなもの。あの子は恩知らずよ。あいつの飴玉なんか、食べちゃダメ。

桜桃が慧仙を嫉妬していることは、誰でも知っていた。桜桃の母親も嫉妬し、みんなの前でよく愚痴をこぼした。うちの桜桃も上陸の機会があったのに。宋先生に取り入ることができなくて、みすみす将来を誤ってしまった。愚痴が始まると、話に歯止めがきかなくなる。慧仙という子もおかしいよ。幼いくせに、どうして男の人に取り入る方法を知っていたんだろう？　子狐の生まれ変わりなのかねえ？　徳盛のおかみさんは、慧仙の悪口を聞いていられなくなり、皮肉でお返しをした。桜桃の母さん、狐の話はやめておきな。男を誘惑する狐になるのにも条件がある。娘も様々だからね。桜桃は、その条件を満たしていなかったのさ。孫喜明のおかみさんは単刀直入に血統論で慧仙を弁護すると同時に、桜桃の母親を攻撃した。カエルの子はカエル、桜桃はあんたのおなかから生まれたんだろう？　船で生まれた娘は船に残り、陸で生まれた娘は陸に帰った。何の不思議もないじゃないか？　あの子がしばらく船で暮らしたのは、ほかに方法がなかったからだ。緊急避難さ、わかるだろう？　人を狐呼ばわりして、夜の船には気をつけたほうがいいよ。身投げした人の幽霊に狙われる。慧仙の母親が、あんたの足をつかんで河に引きずり込むかもしれない。

二

慧仙は綜合庁舎の住人となった。

婦女連合会主任、冷秋雲の宿舎の部屋に同居し、冷秋雲の義理の娘となった。これは二人がともに望んだ決定だった。指導者は小鉄梅のことを気にかけ、冷秋雲に教育係を任せたのだ。冷秋雲は軍属で、子供がいなかったから、最初は親身になって孤児の慧仙を世話した。慧仙のために学習計画を立て、毎日新聞を読み聞かせた。しかし、慧仙は聞く耳を持たず、冷秋雲が読んでいる間、カボチャの種をかじっている。冷秋雲は腹を立てた。あなたは最低限の礼儀も知らないのね。人をバカにして。慧仙は言った。聞いてるわ。耳を傾けてればいいでしょう。カボチャの種を食べたって、影響はないはずよ。どうして、人をバカにしたことになるの？　冷秋雲はこの女の子が扱いにくいことに気づいた。その境遇からして、わがままであってはいけないのにわがままだし、傲慢であってはいけないのに傲慢だ。同年齢の少女に比べて、不思議なほど老練なときもあれば、おかしいほど幼稚なときもある。慧仙が気に触るようになり、しだいに敵意が理性を上回った。慧仙のことを斜にかまえて見てしまう。その後、冷秋雲はついに趙春堂に報告した。慧仙の日ごろの行い、慧仙に対する自分の見方を報告して、肩の荷を下ろすつもりだった。もう慧仙の面倒を見ることはできない。ところが、趙春堂は同意しなかった。おまえが面倒を見ないでどうする？　上層部からの命令だぞ。わからないのか？　あの子は大切な預かり物だ。いまは油坊鎮が引き受けているが、いずれは返納しなくちゃならん！　他人が慧仙の未来は計り知れないとほめればほめるほど、冷秋雲は反感を覚え、趙春堂に不満をぶちまけた。男の人たちは女の子の外見ばかり重視していますけど、あの手の少女は怠け者で政治意識が低く、とてもものになりません。どうやって教育しろと言うんですか？　私の言うことを信じてください。あの子に将来はありませんよ！

趙春堂が慧仙の後ろ盾であることは、誰もが知っている。この後ろ盾は慎重に慧仙を保護し、つねに合図を待っていた。しかし一年が過ぎても合図ははっきりせず、さらに一年が過ぎても曖昧なままだった。その後、地区と県で幹部の大幅な人事異動があり、人脈が断たれた。将棋盤が消滅し、慧仙というコマの使い道も失われ、趙春堂は窮地に陥った。上層部から一度通知が来て、慧仙を省の青年女性幹部学習訓練所に派遣せよと言われたが、数日後にまた通知が来て、人選に変更があったので先の通知は破棄するという。慧仙は何度も荷物をまとめたが、結局どこへも行かなかった。慧仙は余計者になり、毎日綜合庁舎の玄関前に立って、波止場の方向を眺めたり、カボチャの種を食べたりしていた。あまりにも暇だったので、誰かにカボチャの種の食べ方を伝授してもらった。小さい口をすぼめ、プチッと種を半分に割り、殻を吹き飛ばすと、きれいな中身だけが残る。慧仙が立っていた場所には、地面にうずたかい殻の山ができていた。

柳部長の孫の小柳《シャオリュウ》がやってきた。名目は出張だが、実際は慧仙に会いにきたのだ。小柳は痩せて背が高く、色白で長髪、柄物のシャツを着た三十すぎの男だったが、地方都市の垢抜けた青年の雰囲気を残している。それが慧仙には魅力だった。四階の小会議室にお茶を運んで行く前に、しっかり準備を整えた。手鏡を見ながら髪の毛と衣服の乱れを直し、顔におしろいを塗った。二杯のお茶を部屋に運び、一杯を趙春堂に、一杯を小柳に差し出す。小柳はお茶に手を出さず、じっと慧仙を観察していた。まず顔を見たので、慧仙は立ち止まって相手と向き合った。小柳はきっと遊び人なのだろう。視線を少し下げたところで、また動きが止まった。慧仙はたまらず、自分の胸を隠して言った。どこを見てるの？慧仙は湯呑みを持ち上げて叩きつけようとしたが、やはりその勇気はなかった。顔を赤らめて湯呑みをもとに戻すと、風のように会議室を出て行った。

これで、あらゆる準備はムダになった。廊下に出ると、数人の女性幹部が事務室から顔を出して、慧仙のほうを見ていた。慧仙は衣服を整え、何事もなかった風を装った。そのとき、ガラス戸の向こうから小柳の下品な言葉が聞こえ、慧仙はわが耳を疑った。小柳は趙春堂にこう言ったのだ。あのメスガキ。やっぱり船で育ったせいか。犬の肉は食卓に出せないってことだな！　趙春堂は返す言葉がなく、慧仙の容貌と性格に対する小柳の具体的評価を婉曲に尋ねた。小柳は遠慮なく答えた。顔は悪くない、八十五点。スタイルもいいほうだから、七十点やろう。尻はまずまずで、六十五点。いちばん大事なのは胸だ。あの子は胸がないからな、せいぜい三十点というところだ！

慧仙は怒りのあまり気絶しそうになった。ガラス戸に向かって「恥知らず」と罵声を浴びせてから、向きを変えて走り出した。柳部長の孫がこんな男だったなんて。慧仙に会いにきたのか、それとも家畜の品定めにきたのか？　慧仙は気絶しそうになった。どんな階級の幹部だって、どの地方の大衆だって応対できるが、小柳のようなドラ息子だけは願い下げだ。小柳は正真正銘の恥知らずで、その下品さがとても高圧的だった。慧仙は気絶しそうになった。魂が抜けたように廊下を歩いていると、一人の女性幹部が部屋から出てきて、慧仙の表情に注目しながら言った。小鉄梅、どうして小柳の接待に行かないの？　こんなところを歩いていちゃダメでしょう？　お茶を注ぎに行けばいいじゃない。慧仙は胸いっぱいの怒りをその女性幹部にぶつけた。接待したいんなら、自分が行きなさいよ。お茶なんか注いでやるもんですか。どうせなら、糞尿を注いでやるわ！

小柳は慌ただしく帰って行った。趙春堂はジープで送って戻ってくると、慧仙の宿舎を訪ねた。慧仙はベッドにすわり、まだ怒っている。趙春堂はビニールの表紙がついたノートをベッドに投げた。まだ腹を立てているのか？　向こうはおまえに腹を立てていたぞ。わざわざ会いにきたのに、おまえはその態度だ。犬の肉は食卓に出せないってよ！　慧仙は大声を上げた。犬の肉は食卓に出せない？　私が犬の肉なら、あいつは変態よ。あいつがどこを見ていたか、知ってる？　あいつは変態よ！　趙春堂は戸口に立ったまま、責めるような目で慧仙を見た。小柳のことを変態だなんて言うな。おれにまで影響が出る。小柳が変態なら、柳部長はどうなるんだ？　変態の親玉か？　趙春堂が怒り出したので、慧仙は口をゆがめ、大人しくなった。慧仙の怒りが収まるにつれ、趙春堂は怒りを募らせた。芸能の世界で生きてきたくせに、何をお高くとまってるんだ？　見るだけならいいだろう？　自分が良家のお嬢さんだとでも思ってるのか？　今後はもう、柳部長の名前は口にするなよ。小柳の恨みを買った以上、柳部長の威光はあてにできない。おまえの前途は真っ暗だな！

慧仙は趙春堂に叱られて、ベッドにすわったまま、ビニールの表紙のついたノートで顔を隠していた。ノートは、柳部長から慧仙への贈り物だった。趙春堂の話によると、小柳自身もたくさんの贈り物を用意していたが、そのまま持ち帰ってしまったという。慧仙は口では小柳の贈り物など欲しくないと言ったが、心の中では手に入らなかった贈り物を想像していた。ストッキングだろうか？　化粧クリームだろうか？　ワンピースだろうか？　まさか上海ブランドの腕時計では？　趙春堂が宿舎を去ったあと、慧仙は柳部長がくれたノートを開いてみた。扉に書かれた毛筆の枯れた文字が、すぐ目に入った。慧仙同志、学習と任務における進歩を祈ります。進歩？　それが意味のない、単なる挨拶だということはわかった。小柳の来訪こそが重要だったのだ。慧仙の反応はさらに重要だった。しかし、どこで間違ったのかがわからない。どうして小柳は、犬の肉は食卓に出せないと言ったのだろう？　それに胸が、どうして三十点なのか？　三十点の根拠は？　いつも胸を隠していたのがいけなかったのか？　女の子は胸を突き出して歩くべきなのか？

小柳は行ってしまった。慧仙は少しも良い印象を与えられなかった。これによって、もともと曖昧だった慧仙の未来は、ますます曖昧になった。慧仙は宿舎で窓の外の暮色が濃くなるのを見て、泣きたいと思った。でも、冷秋雲が戻ってきたら笑われる。小柳のために泣くのはバカげているし、将来のために泣くのはまだ早い。慧仙は柳部長の贈り物を見つめているうちに、突然この取るに足りない贈り物に報復してやろうと思った。そこで鉛筆を手にして、「進歩」のあとに「屁」の一文字を書き加えた。報復のあとは気持ちが少し軽くなったが、胸のことを思い出し、鏡の前へ行って自分の姿を観察した。少し胸を張って、慧仙はつぶやいた。何点かしら？　五十点、それとも六十点？　今度は胸を隠すようにして、再びつぶやいた。三十点、こうすると三十点かしら？　慧仙は急にこの問題にこだわり始め、徹底的に自分の胸を研究することにした。扉にかんぬきをかけ、鏡の前で服を脱いで、自分の体を仔細に観察した。

どうして胸を突き出した娘だけが魅力的な美人になるのか？　これまでの慧仙は何も知らなかった。いま初めて鏡に映った自分の体を観察して、乳房は大きくも小さくもないことに気づいた。胸を張れば、十分になまめかしい。何も恥じることはない。胸を張ったほうが、隠すよりもずっと美しい。慧仙は鏡の前に立ち、動き回って、正面と側面から自分の体の曲線の変化を分析した。どのような曲線が完璧なのかは、よくわからない。母親も姉妹もいないのが、まずかった。親しい友だちもいないから、評価や提案をしてもらう機会もない。どんな胸が八十点、九十点、あるいは百点なのか、慧仙にはわからなかった。都会の浴場で見た現代風の女たちのことを必死で思い出してみる。乳房の大きさや形はどうだったか？　慧仙は気にとめたことがなかった。だが、急に思い出したことがある。女たちはみな、ブラジャーをしていた！　疑念が晴れ、慧仙は悟った。なぜ、自分の乳房は三十点だったのか？　それはブラジャーをしていなかったからだ。なぜ、ブラジャーをしなかったのか？　それは向陽船団で育ったからだ。船の女たちはみな、ブラジャーをしていなかった。慧仙は宿舎であれこれと考え、ふと気づいて、冷秋雲の引き出しを開けた。冷秋雲の三つのブラジャーを取り出し、順番に当ててみた。慧仙は新大陸を発見した。三つの白いブラジャーは似たり寄ったりで、いずれも柔らかに慧仙の胸を包んだ。鏡の中の体はブラジャーをつけると、曲線が誇張される。人を不安にさせる雰囲気もあった。その雰囲気には動揺、なまめかしさ、そしてかすかな香りが含まれていた。とりわけパットの入ったブラジャーは、慧仙のお気に入りだった。自分に高い点数、八十五点をつけることができた。

慧仙はブラジャーをつけることにした。だが、ブラジャーを買うのは少女たちにとって恥ずかしい行為で、母親がするべきことだった。慧仙には母親がいない。義理の母親は何人かいたが、みな仲違いしてしまったから、面倒を見てくれない。そこで慧仙は自分で買いに行くことにした。人民街の百貨店に買いに行くときの表情は、危難のために命を捧げる人のようだった。ブラジャーは油坊鎮で、売れ行きのよい商品ではない。店員はそれを奥の棚に置いていた。慧仙は手が届かないので、売り場の店員に頼んで、一つ一つ取って見せてもらった。種類も色も、そんなに多いわけではない。慧仙は急いで五、六枚を選んだ。店員は驚いた様子で、口をすべらせた。こんなにたくさん買って帰ってどうするつもり？使い道があるの？　慧仙は平然と相手をにらみつけ、問い返した。使い道？　靴下の代わりにはいてもいいいし、腕カバーの代わりにはめてもいいじゃない！

慧仙は妙な癖がついてしまった。ほかの娘やおかみさんの胸を観察しては、こっそり点数をつけるのだ。六十点、七十点と。さいわい、他人は慧仙が何をブツブツ言っているのか、わからない。冷秋雲は宿舎が同室だったから、最初の被害者になった。慧仙の目つきは好奇心にあふれ、悪意はなかったが、保守的な冷秋雲からすれば、やはり一種の挑発であり侵犯だった。冷秋雲は服を着替えるとき、いつも慌てていた。慧仙の視線にさらされて怖くなり、自分の胸を押さえて大声で怒鳴った。どこを見てるの？　変態！　慧仙は口を覆ってケラケラと笑った。私は男じゃないわ。女が女を見るのが変態？　少しぐらいいいじゃない？　冷秋雲は恥ずかしさと怒りをあらわにして言った。男じゃなくても、見てはいけない場所があるわ。あなたの考えてることは不健康よ。頭の中に、どんな企みがあるの？　慧仙は趙春堂の言葉をまねて、言い返した。健康も不健康もないわ。何をお高くとまってるの？　見るだけならいいでしょう？

冷秋雲は慧仙を教育する任務を請け負っているので、私物を検査する権利がある。慧仙がいないすきに、ひそかにトランクを開けてみると、中からブラジャーの山が出てきた。色も形も傲慢そのもので、憂うべき性的な匂いを漂わせている。冷秋雲は、これこそ堕落の証拠だと思ったが、趙春堂のところへ持って行って密告するのも気が引けた。そこで、このことを他部門の女性幹部に伝えた。慧仙を弁護する人もいた。大したことじゃないわ。ブラジャーをいくつ買っても、みんな服の下につけるんだから。他人の目に触れるわけじゃないでしょう。冷秋雲は、フンと鼻を鳴らして言った。災いの芽は小さいうちに摘み取るべきよ！　いまは他人の目に触れていないけど、いつかは見られてしまう。あの子がこのまま堕落したら、いずれ不良がはくようなミニスカートをはくでしょう。いつか、きっと問題を起こすわ！

慧仙はブラジャーの山とともに無邪気な少女時代に別れを告げた。なぜ、まっすぐで太い道が曲がりくねった細い道に変わってしまったのだろう？　慧仙はまだ若かったが、パレードの日々を思うと隔世の感があった。廃棄されたパレードの車は、農具工場の倉庫に積まれていた。色とりどりの飾りは、みな黒ずんでいる。車輪ははずれ、ベルトは紛失していた。宋先生が撮影した『紅灯記』の宣伝写真が、まだ壁に貼ってある。写真に写っている三世代の革命家族は地面に散らばったガラクタを目にして、廃墟の中に昔日の栄光を思い出しているのだろうか。この写真はもはや、誰にも顧みられることがない。引き寄せられたのはカビと埃とクモの巣だけだ。李玉和と李おばあさんの顔は、とっくに埃で覆い隠されている。李鉄梅だけが両頬を赤く染め、大きな目をきらきら輝かせ、赤いランタンを力強く掲げて、クモの巣や埃と闘っていた。慧仙は農具工場の倉庫を通りかかるたび、高い窓枠に這い上がり、ガラス越しに宣伝写真を眺めた。自分の前途との対比で、壁の上の李鉄梅の運命に関心を寄せているのだ。ある日、慧仙は窓辺にしゃがんで泣き出した。宣伝写真の自分の顔が、半分黒ずんでいたからだ。手に持っていた赤いランタンの光も、最終的には小さなクモに敗北した。クモは赤いランタンの周囲に、好き放題に巣を張っている。慧仙は窓辺にしゃがんで泣いているうちに、ますます悲しくなった。農具工場の人が気づき、驚いて声をかけた。小鉄梅じゃないか？　そんなところで何してる？　慧仙は説明のしようがなく、涙を拭うと、慌てて窓枠から飛び下りて逃げ去った。農具工場の倉庫を見れば悲しみが募る。だが、それを見なくても同じことだ。慧仙ははっきりわかっていた。すべては終わった。李鉄梅はもう、永遠に舞台を下りた。栄華は突然やってきて、あっという間に去って行った。すべては終わったのだ。

慧仙は李鉄梅ではなくなった。掛け値なしの江慧仙に戻った。

三

胸の問題が解決したあとは、腰まで垂れる長いお下げをどう始末するかが慧仙の悩みとなった。まず、太くて長い一本のお下げを二本に分けた。しばらくすると、二本のお下げは田舎臭いと思って、再びまげを結うことにした。だが以前のような丸まげではなく、頭のてっぺんに結う高いまげだった。背が伸びたように見え、斬新さが目を引く。慧仙の新しい髪型は、綜合庁舎で議論を呼んだ。幹部たちは一致して、そのまげを馬糞のようだと見なしたが、慧仙が李鉄梅のイメージを捨てたあとも注目の的であることは誰もが認めていた。慧仙の放つ輝きは、なまめかしく軽はずみな印象を与えたが、独創性があった。頭にまげを乗せて綜合庁舎に現れた慧仙は、青春のみずみずしさにあふれ、まるで一羽のクジャクのようだった。傍若無人に羽根を広げ、一部の人の讃美と一部の人の非難を浴びた。趙春堂は、その馬糞のようなまげに腹を立てていた。

趙春堂はとりわけ慧仙の新しい髪型を嫌っていた。ある日、綜合庁舎の階段で「馬糞」を目の前にしたときには怒りを抑えきれず、壁ぎわにあった竹箒を手に取り、慧仙の頭の「馬糞」を突いて言った。やめろ、その頭の馬糞をどうにかしろ。この綜合庁舎で気取ってるんじゃない！　慧仙は悲鳴を上げて竹箒の攻撃を避けると、階段で立ち止まって胸を押さえ、動悸を鎮めようとした。趙春堂はさらに、箒を慧仙の足元に投げて言った。李鉄梅の服を着ないことはよしとしよう。だが、勝手なまねができると思うなよ。おまえは李鉄梅だ。若奥様じゃない。立派なお下げがあるのに、まげを結うとは何事だ！

慧仙は趙春堂を多少恐れていたので、箒を蹴飛ばし口をとがらせながらも、ヘアピンをはずしてお下げを垂らした。だが納得がいかず、文句を言い始めた。男の人に髪型の美しさはわからないわ。私のお下げは公共の財産じゃないのよ。放っておいてちょうだい。趙春堂は一瞬呆気に取られたが、冷笑を浮かべて言った。干渉されたくないと言うのか？　おれに見限られても、メソメソするなよ！

慧仙に対する趙春堂の寵愛にかげりが見え始めたことは、誰の目にも明らかだった。何の不思議もない。国内外の情勢が変化するにつれて、慧仙を育成する計画も立ち消えになった。後ろ盾になってきた趙春堂も、うんざりしていた。綜合庁舎には慧仙の机があり、最初は学習用に使われ、本やノートが山積みだった。その後、ノートがまず消えて、さらに本もきれいになくなった。慧仙が机に置いたのは、自分の写真だ。引き出しには、雑多なものが入っていた。鏡、顔に塗るオイル、靴下、ちり紙、そして飴の包み紙。その机はずっと四階に置かれていた。趙春堂の事務室の正面で、秘書室、資料室、小会議室に隣接している。慧仙を育成しようという当時の意気込みの強さを物語っていた。「馬糞」事件以降のある日、趙春堂は事務室でタバコを吸おうと思って、灰皿がないことに気づいた。タイピストに尋ねると、慧仙が持って行ったという。カボチャの種を入れるのに使っているらしい。趙春堂は慧仙の机の上に灰皿がないので、引き出しを開けてみた。すると、カボチャの種の殻がどっさり靴の上に落ち、灰皿も床に転がった。趙春堂は頭に血がのぼり、机の上の慧仙の写真を思いきり床に叩きつけ、大声で叫んだ。庶務課、庶務課の誰かいるか？　この机を運び出せ、さあ早く！

机はすぐさま三階に運ばれた。婦女連合会に持ち込むはずだったが、冷秋雲が拒否した。いまはダメ。慧仙を育てるんでしょう？　あの子が婦女連合会の主任になったら、運び込んでもいいわ。庶務課の人は机を持ったまま廊下に立ち、途方に暮れていた。ちょうどそのとき、慧仙が階段を上がってきた。しばらく呆然と自分の机を見つめていたが、道を開けて庶務課の人に言った。どうぞ、下へ運んで。とがめるつもりはないわ。慧仙は庶務課の人とも、趙春堂とも言い争うことをしなかった。だが、冷秋雲が事務室から顔を出したとき、鬱憤のはけ口を見つけたのだった。冷秋雲、何をコソコソしてるの？　毛主席が言ってるでしょう。公明正大にせよ、陰謀を企んではいけない！　冷秋雲は小娘と口論することの影響を考えたようで、聞こえないふりをして、バタンと事務室の扉を閉めた。慧仙は軽蔑をこめて渋面を作り、庶務課の人に言った。婦女連合会なんて、ろくなもんじゃないわ。毎日どうでもいいことしかやってない。腹が立つ！　あいつと同じ宿舎になったのは仕方ないとして、職場も同じじゃたまらない！　頼まれても行くもんですか。机は下へ運んでちょうだい。どこへでも行くわ。庶務課がおもしろければ、庶務課でもいいわよ！

慧仙の机は結局、庶務課に運ばれた。そこは綜合庁舎で最も乱雑で、最もパッとしない場所だった。人の出入りが多く、雑多なものが山積みになっている。幹部と呼ばれる人でも使い走りや雑用しかしないところで、将来性がない。将来性がないから仕事はいい加減で、いつも将棋やトランプをしたり、雑談をしたりしている。机がここに置かれてから、慧仙はむしろ楽しそうだった。物わかりがよいのかどうか、慧仙は庶務課を自分の本拠地と考え、すぐに主人のような態度を見せ始めた。トランプが好きだったが腕前が未熟なので、のけ者にされ、横で見ていろと言われた。しかし、慧仙は承服しない。席についてカードをつかんだまま、じっとしている。他人が背後で、いちいち指図を与える必要があった。ところが慧仙は自己中心的で、他人の好意的な指摘に感謝せず、受け入れようともしない。それでいて、手を間違えると他人を恨んだ。最初はみんなメンツを考えて、慧仙に譲ってやったが、そのうちに思いきった。相手はもう小鉄梅ではない。四階から二階に移ってきたのだ。可愛がる必要も、擁護する必要もない。そこで、みんなが慧仙を追い払うようになった。トランプの机に近づくと、彼らは手を振って言った。あっちへ行け。できもしないくせに。おまえを仲間に入れたら、ツキが逃げちまう。お茶でもいれてこい！

それでも慧仙は賢かった。庶務課の人たちに相手にされないことに気づき、甘えても騒いでもムダだと悟った。お茶をいれることなんてできない。そこで慧仙は立ち去り、一人でトランプで遊んだ。慧仙が下手に出ると、みんなは逆に付け上がった。故意なのかどうか、ある人が慧仙の机の上に電球の入ったダンボールを置いた。ずっと置きっぱなしだったので、慧仙はどかしてくれと頼んだが、聞いてくれない。腹立ちのあまり、慧仙は自分でダンボールを持ち上げると、ドスンと床に下ろした。爆弾が破裂したような大きな音が響いて、周囲の人たちが集まってきた。そして口々に慧仙を非難した。とんでもない娘だ。わざと電球を割るなんて。弁償しろ。高いぞ！　この娘はしつけのしようがない。船で育った子供だから、わがまま放題、礼儀を知らない！　慧仙の鼻先を指して、罵倒する人もいた。まだ小鉄梅のつもりでいるのか？　いまのおまえは何様だ？　この綜合庁舎に、おまえの居場所はない！

慧仙は集中攻撃を浴びて、一瞬たじろいだ。多勢に無勢、趙春堂の事務室へ行って救いを求めようとしたが、もう遅かった。誰かが先に、割れた電球を持って報告に行っていたのだ。趙春堂は慧仙を扉の外に締め出して言った。入るな。おれに合わせる顔があるのか？　帰って始末書を書け。十分に反省して書くんだぞ。できたらすぐに持ってこい！

慧仙は四階の階段で泣いた。泣いても仕方ない。三日かかってようやく書き上げた始末書は提出されたあと、綜合庁舎の玄関に張り出された。慧仙は毎日、食堂へ行くためにそこを通りかかるとき、犯罪者のように頭を下げた。綜合庁舎のような浮き沈みの激しい場所で、慧仙は初めて怖れを感じた。三度の食事以外は、ずっと宿舎に閉じこもり、どこへも行かなかった。勉強でもしてみようと思い立ち、毛沢東の『実践論』から『編み物入門』まで、いろいろな本を枕元に積んだが、一冊も読み通せない。窓辺へ行って外の風景を眺めていると、カボチャの種が欲しくなった。苦しいときほど、食べたくなる。慧仙の苦痛は結局いつものように、窓辺に積もったカボチャの種の殻に姿を変えた。

慧仙は自分の人間関係を振り返ってみた。冷秋雲と敵対したことは、明らかにまずかった。何とかして、冷秋雲との関係を改善しなければならない。慧仙は冷秋雲の机にカボチャの種を置き、ベッドにビスケットの箱を置き、枕の下に合成繊維の靴下を置いた。しかし、こうした努力は遅すぎた。冷秋雲はこれらの贈り物を冷笑した。こんなもので買収するつもり？　どういうこと？　私はあんたの柳さんでも、趙さんでもないわ！　冷秋雲はカボチャの種とビスケットを窓の外に捨てた。ちょうど通りかかった足の悪い顧さんが、それを頭からかぶってしまった。顧さんはカボチャの種を掃き集めてゴミ箱に捨て、ビスケットは持ち去った。

油坊鎮は慧仙の天国であると同時に、地獄でもあった。行く気になれない場所、行ってはいけない場所がたくさんある。行けばうしろ指を差され、後悔することになる。ある日、慧仙はカボチャの種をかじりながら、波止場へ歩いて行った。岸壁に着くと、向陽船団の十一艘の船が停泊して植物油の原料を荷卸ししていた。一瞬にして時間が逆流し、慧仙は夢遊病者のように一号船の踏み板に足をかけた。足をかけただけで、まだ体重を移動しないうちに、孫喜明のおかみさんが慧仙を見つけた。あら、慧仙じゃないの。帰ってきたのね！　この喜びの声があまりに大きかったので、慧仙はびっくりして、手に持っていたカボチャの種の包みを河に落としてしまった。声を聞きつけて、船団の人たちが出てきた。慧仙は体を斜めにして一号船の踏み板の上に立ち、河に浮かんだカボチャの種を振り向いて見ている。いくつもの船で、次々に歓声が上がった。慧仙、うちへ来い。慧仙、うちの船で飯を食えよ！　孫家の二福は、ほかの人に取られないように、踏み板のところへ突進して慧仙をつかまえた。お姉ちゃん、早く来て。ねえ、早く。うちでご飯を食べなよ！　踏み板が揺れ、慧仙は悲鳴を上げた。体のバランスを取って上を向いたが、その顔は青白かった。めまいがする。どうして、こんなにフラフラするのかしら？　慧仙は自分の額を指して、二福に努めて笑顔を見せた。お姉ちゃんはめまいがするから、踏み板を渡れない。また今度来るからね。言い終わると、慧仙は孫家の人たちに手を振り、向きを変えて走り去った。

慧仙の帰宅は、途中で取り消された。自ら取り消したのだ。向陽船団の人たちにとっては残念なことだった。慧仙は船団を心配していなかったが、船団は慧仙を心配していた。慧仙は船団のことを気にしなかったが、船団の人たちは慧仙の将来を思って、あちこち問い合わせをした。慧仙のことは秘密ではなかったので、すぐに事情がわかった。慧仙は綜合庁舎での寵愛を失ったのだ。前途ははっきりせず、将来の見通しが立たない。このような結末は、誰にも予想ができなかった。船団の人たちは、慧仙が今後どうなるのか知りたくて、孫喜明に尋ねた。孫喜明はさすがに内情に通じているらしく、嘆息して言った。おまえたち、運命を「預かり」にするという意味がわかるか？　慧仙は運命を「預かり」にした。子供のころ、何年も「預かり」で過ごした。その後、芽が出たのは、ほんの短い間にすぎない。最近、また趙春堂によって、「預かり」となったらしい。

人民理髪店

その当時、慧仙はよく「人民理髪店」に通った。

人民理髪店は油坊鎮の流行の中心で、美男美女が集まった。自称、美男美女も集まった。それらの人たちは理髪師の老崔《ラオツイ》を中心に集団を形成し、理髪店が公共的な社交場になっていたのだ。毎日集まってくる人は、必ずしも理髪が目的ではない。主に服飾や髪型の最新情報を交換し、たまには文学、映画、演劇を論じた。みんな経験豊富で知識も広い。しかし、成果を重んじるのではなく、外見で人を判断する傾向があった。彼らは慧仙を受け入れ、歓迎した。慧仙は理髪店の賑わいが好きだった。理髪師の老崔たちは慧仙の名声と美貌に引かれた。彼らは意気投合していた。人民理髪店にいるときの慧仙は、水を得た魚のようだった。河が孤独な魚を受け入れるように、理髪店は慧仙を受け入れた。それは双方にとって、望ましいことなのだ。

慧仙はようやく安らぎを得た。理髪店には鏡が多く、あちらこちらに慧仙の美貌が映し出された。慧仙は退屈しのぎに、鏡に映った自分の姿を観察した。また、理髪師が女の人たちの頭を流行の髪形に仕上げるのを見ていた。他人の髪型に、自由の光を発見したのだろう。ある日突然、慧仙は自分の髪型に自由を求めようと決めた。椅子にすわって、頭のヘアピンを次々に抜き、まげを崩した。しばらく鏡を見つめていたが、最後に自分の長いお下げをつかみ、理髪師の老崔のところへ行った。老崔、私のお下げを切って。面倒になったの。もう、このお下げはいらないわ。

老崔は、このお下げを切る勇気がなかった。すると慧仙は自分で切ると言って、鏡に向かい手を動かそうとした。老崔は大声で叫んだ。やめろ。李鉄梅のお下げだぞ。どうして切ってしまうんだ？　切ったら、おまえは李鉄梅じゃなくなる。慧仙は金切り声を上げた。このお下げが嫌なのよ。李鉄梅が煩わしいの！　慧仙は目を怒らせ、老崔からハサミを奪った。その目つきと動作が攻撃的だったので、老崔は恐れをなして言った。小鉄梅、おまえのお下げは公共財産だぞ。切るんなら、趙春堂の許可をもらう必要がある。慧仙は地団太を踏んで言った。もう小鉄梅と呼ばないで。私は小鉄梅じゃない。江慧仙よ！　お下げをどうするかは自分で決める。切りたければ切るわ。あなたが趙春堂の許可をもらいに行ってる間に、自分で切ってやる！

最後は老崔が降参した。お下げを切るとすれば、どういう髪型にするかが大問題となる。老崔は何種類かの流行の髪型を慧仙と一緒に検討し、最先端を行くことにした。現代京劇『杜鵑山』のヒロイン柯湘《コー・シアン》の髪型をまねた、最新流行の「柯湘カット」にするのだ。重圧を感じたせいか、お下げを切るとき、老崔のハサミは激しく震えていた。自分では手を下せず、小陳《シャオチェン》に代わってもらった。小陳は若いので、何も気にしない。口で「カチャッ」と言いながら、お下げをつかんでハサミを動かした。小陳が耳を傷つけたのかと思い、慧仙に「どうした」と尋ねた。慧仙は叫び声を上げた。老崔は小陳が耳を傷つけたのかと思い、慧仙に「どうした」と尋ねた。慧仙は青ざめた顔で、首を振って言った。大丈夫。ただ、急に頭が軽くなったみたいで。何だか落ち着かないわ。老崔は、慧仙が床に落ちたお下げを見ているのに気づき、注意を与えた。後悔しても間に合わない。忠告を聞き入れなかったんだから。一度切ったお下げは元に戻らないぞ。慧仙は言った。誰が後悔したって？　バカにしないでよ。私は自分のしたことを後悔なんかしない。慧仙は床のお下げを横目で見ていた。口元には笑みが浮かんでいたが、目には涙が光っている。慧仙は言った。見て。このお下げはまだ動くのよ。まるで蛇みたいでしょう？　理髪店の中は静まり返っていた。みんな床のお下げを見つめている。だが、誰もそれが動き出すとは思わないし、蛇に似ているとも思わなかった。一人の女性客だけが、お下げと金銭の関係に気づいて言った。慧仙、お下げを早く拾いなさい。買い付け所に持って行って売ってごらん。少なくとも四百グラムはあるから、相当なお金になるよ。

まさか、買い付け所に持ち込まれるものなんて、大した価値はないわ。慧仙は冷笑して振り返ると、あとへは引けないとばかりに、鏡を見ながら老崔に言った。何をぐずぐずしているの？　さあ、早く「柯湘カット」にしてちょうだい！

李鉄梅が柯湘に変わった。変わったのは髪型だが、それが油坊鎮に反響をもたらすことはなかった。慧仙は成長し、反響を呼ぶ効力を失っていた。「柯湘カット」の慧仙が理髪店に出入りするようになって半年あまりが過ぎた。朝、綜合庁舎から出かけてきて、夜はまた宿舎に戻る。まるで仕事に通っているようだった。趙春堂も、あえて口出ししない。慧仙は自ら、綜合庁舎との面倒な関係を絶った。理髪店の人はみな、慧仙は綜合庁舎を旅館にしていると言った。しかし、その旅館に問題が起きた。ある日、冷秋雲がひそかに部屋の鍵を交換してしまったのだ。帰宅した慧仙は鍵が開かないので、扉を壊してしまい、冷秋雲と大ゲンカをした。翌日、帰宅すると、また鍵が交換されていたため、騒ぎはますます大きくなった。慧仙のトランクと布団は廊下に出されていた。あのブリキ製の赤いランタンが、トランクの上に置いてあった。慧仙は廊下で泣き叫んだ。冷秋雲はどこかに身を隠して、慧仙との衝突を避けている。隣の部屋の人が出てきて、慧仙をなだめた。冷秋雲にも事情があるのさ。旦那が家族訪問に来るんだ。あんたが部屋にいたら、都合が悪いじゃないか。慧仙は言った。私の都合はどうなるの？　ここは私たち二人の宿舎なのよ。半分ずつ、権利がある。私が同意しなければ、旦那だって部屋に入れない！　相手は言った。あんたの同意に何の意味がある？　ここは官舎だから、書記が同意すれば、あんたは部屋を譲らなければならない。冷秋雲は趙春堂と相談して、あんたを三階の小会議室に移すことにしたんだよ。慧仙は驚きの声を上げた。私を何だと思ってるの？　会議室は机や椅子を置く場所よ。私は机でも椅子でもない。会議室になんか住まないわ！

慧仙は青ざめた顔で、廊下に置かれた品物を点検した。ますます怒りがつのり、地団太を踏みながら悪態をついた。冷秋雲、あんたは「腐れ女」よ。叩いてやる。くたばり損ないの「腐れ女」を叩いてやる。そばにいた幹部は「腐れ女」の意味を知っていたし、「叩く」の意味も知っていた。それはみな、向陽船団の人たちが使う罵り言葉だ。幹部たちは一瞬たじろいだが、すぐに反撃に転じた。怒りをあらわにして、慧仙に集中砲火を浴びせた。小鉄梅、恥を知りなさい。あんたは党組織の教育を無にした。せっかく育成してもらっていたのに。どうして急に堕落したの？　仲間内のもめごとに、船で暮らすあばずれ女みたいな汚い口をきくなんて！　冷秋雲は罵られて当然よ。毛主席も言ってるわ。人が私を攻撃しなければ、私は人を攻撃しない。人に攻撃されれば、私は必ず人を攻撃するって！　慧仙が毛沢東語録を引用して自己弁護したので、幹部たちは腹が立つやらおかしいやら。一人の女性幹部が辛辣に言った。聞いたでしょう？　慧仙が学習をさぼってるなんて、誰が言ったの？　学習していたのよ。方向が間違っていたけどね。

慧仙は赤いランタンを提げて、四階の趙春堂を訪ねた。趙春堂は慧仙と冷秋雲のもめごとを知っていた。以前はもめごとがあれば、ほとんど慧仙が悪くても、趙春堂は味方になってくれた。しかし今回は、明らかに冷秋雲が荷物を放り出したのに、趙春堂は慧仙をとがめた。慧仙が事務室に入る前に、趙春堂の機先を制する声が聞こえた。おまえはブルジョア階級のお嬢様か？　えっ？　どの面さげて、文句を言いにきた？　夫婦が再会しようというのに、どうして数日、会議室で我慢することができないんだ？

慧仙は赤いランタンを提げて戸口に立ち、状況をわきまえずに叫んだ。不公平よ。バカにしないで。どうして私が会議室なの？　あの夫婦が会議室に住めばいいじゃない？

軍人とその家族だぞ。党組織の規定で、優遇することになっている。おまえは何様だ？　おれが目をかけてきたのがわからんのか？　趙春堂は慧仙が手にしている赤いランタンを横目で見ると、軽蔑の色をあらわにして言った。まだ、そのランタンを持っているのか？　自分の姿をよく見ろ。赤いランタンを掲げる資格があると思うか？　鏡を見て確かめるんだ。いまのおまえに李鉄梅の面影が少しでもあるかどうか！

慧仙はランタンを持ち上げて見たあと、軽く足にぶつけながら言った。どうして、李鉄梅に似てなくちゃならないの？　私が李鉄梅じゃなければ、宿舎に住むこともできないわけ？

趙春堂は言った。李鉄梅でなくなれば、おまえは何者でもない。おまえは余計者だ。隅に引っ込んでろ。軍属に部屋を譲って、会議室へ行け。

隅に引っ込んでもいいけど、あの女に譲歩するつもりはないわ！　あの女は今日、私のトランクを放り出した。明日は、あの女の布団を放り出してやる！

そんなことをしたら、おれはおまえを放り出すぞ。向陽船団に送り返してやる。嘘じゃない。趙春堂は机を叩き、不愉快そうに慧仙を見つめた。向陽船団に戻るか？　えっ？　戻りたくないか？　戻りたくないなら、おれの言うとおり、会議室に住まなきゃならないの？　女性用の宿舎はほかにもあるでしょう？　それなら同意するわ。

どうして、私が会議室に住まなきゃならないの？　女性用の宿舎はほかにもあるでしょう？　それなら同意するわ。

おまえが同意しても、相手は同意しない！　趙春堂は言った。おまえは仲間に好かれていると思うのか？　もう昔の小鉄梅じゃないんだぞ。みんな、おまえを嫌ってる。宿舎に問い合わせてみたが、おまえを受け入れてもいいという部屋はなかった！

私を受け入れない？　あんな連中、こっちがお断りよ。慧仙は憤慨して言った。どっちにしろ、私は会議室に住まないわ。女の子が住むのは危険だし、不便でしょう。

何が危険だ？　何が不便だ？　おまえは贅沢で、わがままで、手に負えない！　趙春堂は耐えられなくなって、窓の外の通りに目を向けた。その目に突然、冷たい光が浮かんだ。もういい。いっそのこと、綜合庁舎から出て行ってもらおう。人民理髪店に住めばいい。毎日、通っているんだろう？　ブルジョア階級の生活様式を研究したいんだろう？　あそこに住めば、安全で便利じゃないか！

慧仙は愕然とした。趙春堂がこういう態度に出てくるとは思わなかったのだ。慧仙はまず驚き、やがて怒りが湧いてきた。唇をわなわなと震わせ、赤いランタンを投げ捨てた。行けというなら行くわ。地区の指導者に手紙を書くことにする。あなたが私をどのように育成したか。いずれ柳部長から聞かれたときに、後悔しないようにね！

趙春堂はこのとき、冷笑を浮かべた。小娘のくせに、政治的な手を使いやがって。柳部長の名前で、おれを脅す気か？　こっちへ来い。いいものを見せてやる。趙春堂は机の新聞を手に取り、広げて慧仙に見せた。ほら、見ろ。おまえは新聞を読んで勉強しないから、何も知らないんだ。おまえの柳じいさんは、数日前に心筋梗塞を起こして、あの世へ行っちまったよ。

慧仙は近づいて、新聞の下のほうに載っている訃報を見た。よく知っている白髪の老人だ。以前は食事の席、あるいは舞台の楽屋で、慧仙に慈愛に満ちたまなざしを注いでくれた。それがいまは小さな白黒写真に姿を変え、新聞の片隅から慧仙を見つめている。まなざしは相変わらず、慈愛と温情にあふれていた。

柳さん、死なないで。死なないで！　慧仙は大声で叫ぶと、床にうずくまり、顔を覆って泣き出した。

その日の夕方、慧仙はトランクと赤いランタンを提げて、人民理髪店に移った。まだ、顔じゅうが涙に濡れている。店に入ると、独断で「閉店しました」の札をガラス戸にかけた。さいわい、店じまいの時間だったので客はほとんど残っておらず、慧仙の見苦しい姿を目にした人はいなかった。老崔が慧仙の泣き顔と荷物を見て驚き、手を振って言った。ダメだ、ダメだ。幹部とケンカしてもかまわないが、おれたちを巻き込まないでくれ。この店に引っ越してくるなんて、もってのほかだ。小鉄梅が理髪店に住むなんて、あり得ない話だろう？

慧仙は老崔を叩いて叫んだ。小鉄梅と呼ばないでと言ってるのに！　いまの私は江慧仙よ。野良犬、野良猫みたいなものだから、理髪店に住んでもおかしくないわ。

老崔は言った。慧仙、かんしゃくを起こしちゃダメだ。荷物をどこに運んでもいいが、綜合庁舎を出るのはまずい。冷秋雲とそりが合わないなら、宿舎を変えてもらえばいいじゃないか。綜合庁舎はあんなに大きいんだから、開いてる部屋はいくらでもあるはずだ。

綜合庁舎なんか、未練はないわ。私は誰ともそりが合わないの。あのビルは、けだものの巣窟よ。善人なんて、一人もいない！　慧仙は老崔と小陳の態度が消極的なのを見て、突然何かに気づき、わめき出した。老崔、小陳、あなたたちも私を受け入れてくれないの？　友だちだと思っていたのに。陸上の友だちは、あなたたちだけなのよ。それとも、私の思い違いだったの？

受け入れないわけじゃないけど、その度胸がないんだ！　老崔は困り果て、体面を気にせずに言った。江慧仙、かんしゃくを起こすにしても時と場合を考えろ。人間、誰だって苦しい目にあうときがある。おまえはわがままで、破れかぶれになって、自分で災いを招いた。こんな調子だと、おまえの前途は台なしだ。前途だよ！　前途の意味がわかるか？

老崔のひと言で、慧仙は泣き出した。足をトランクに置き、最初は仰向きで泣いていたが、やがて下を向いた。そして涙を拭いながら、老崔に反駁した。前途、前途！　それが何なの？　柳部長は死んでしまった。何書記も転勤してしまった。趙春堂とは仲違い。まったくコネがなくなった。誰も私に目をかけてくれない。いまさら、どんな前途があると言うの？

理髪師たちは結局、慧仙を説得できなかった。慧仙はひとまず、店の裏のボイラー室に落ち着いた。間に合わせの仮の宿にすぎない。さいわい、寒くてもボイラーで暖を取ることができた。老崔は小陳に指図して、来客用の長椅子をつなげてベッドを作ってやった。持つべきものは友だちだ。二人の理髪師は努力して、ボイラー室を慧仙の臨時宿舎に改造した。手を動かしながら、二人は耳打ちした。いずれにしろ、仮住まいだ。何日か、慧仙に我慢してもらおう。おれたちも我慢する。結局のところ、慧仙は趙春堂の持ち駒なのだから、放っておくはずがない。

二人がボイラーのわきにベッドをしつらえたあと、慧仙は店から移動してきた。白衣をカーテンの代わりにするのか？　白衣を何枚も抱えてきて、それを窓にかけようとしている。老崔が叫んだ。白衣をカーテンの代わりにするのか？　明日、おれたちは何を着て仕事をすればいいんだ？　慧仙は振り返り、不満そうに老崔をにらんで言った。仕事着と私の名誉と、どっちが大事なの？　カーテンがなかったら眠れないでしょう？　この町の状況が複雑だっていうことを知らないの？　表向きはまじめでも、裏で変なまねをする人がいるのよ。私をのぞき見する人が！

誰のことを言っているのかは、わからない。だが、老崔たちは多くを尋ねなかった。理髪店が慧仙を受け入れたのは、便宜上の措置だった。油坊鎮の人たちはみな、この娘の数奇な運命の話を聞いていた。慧仙は神秘のベールに包まれ、何度も預け先が変わり、いまは理髪店にたどり着いた。老崔たちは、すべて一時的なことだと思っていた。何日たっても、綜合庁舎の人が出て行った慧仙を迎えにくる気配がないので、老崔はようやく、これはおかしいと思った。そこで小陳を綜合庁舎に派遣し、様子を探らせた。小陳はいくつかの部門を回って帰り、老崔に報告した。何の情報も得られなかった。誰も慧仙のことを語ろうとしない。綜合庁舎ではもう、慧仙を見放しているようだ。

四日ほどのち、趙春堂が人民理髪店にやってきた。店にいた人たちは、一斉に立ち上がった。だが慧仙だけは、長椅子にすわったまま動こうとしない。横目で趙春堂の様子をうかがっていた。老崔は趙春堂が散髪にきたのか、慧仙を迎えにきたのか、見当がつかなかった。だが趙春堂が回転式の椅子にすわったのを見て、急いでクシとハサミを手にして、近づいて行った。趙書記、散髪ですか？　それとも、慧仙をお探しでしょうか？　趙春堂は手を振って言った。どちらでもない。とりあえず、髪を整えてくれ。老崔はわけもなくドキドキして、慎重に趙春堂の髪を整えながら、慧仙に目配せした。折を見て話しかけるように促したのだ。しかし、慧仙はそっぽを向いて気づかぬふり。ヤスリを手にして、爪の手入れをしている。老崔はクシを置いて、カミソリに手を伸ばした。趙書記、髭を剃りましょうか？　趙春堂は返事をしない。今度は慧仙が大胆不敵に、妙なことを口にした。えっ、趙書記には髭がないのよ。剃れるはずないじゃない。老崔は趙春堂の体がピクリと動くのを感じた。老崔は慌てて、趙春堂を押さえようと思った。しかし、趙春堂は体を起こして店内の人を見ただけだった。みなさん、ちょっと席をはずしてくれないか？　老崔と慧仙は残ってくれ。仕事の話があるんだ。数分で済むから。

数人の客は気が進まない様子だったが、最後は小陳と一緒に出て行った。頭はまだ整髪の途中で、体にカバーを巻きつけたままだ。彼らは扉の外で議論していた。あの三人では、話がかみ合わないだろう。いったいどんな仕事の話があるのか？　数分が過ぎ、老崔が扉を開けにきた。趙春堂を見送るためだ。趙春堂は整髪油の匂いを漂わせて、理髪店を出て行った。少しホッとしたような、少し悲しそうな表情だった。客たちは趙春堂のうしろ姿を見送ったあと、店に入ってきた。慧仙が顔を紅潮させ、クシとバリカンを高く掲げている。左手のクシで右手のバリカンを叩き続けていた。パン、パン、パン。パン、パン、パン。慧仙はくり返し叫んでいた。散髪する方はいませんか？　散髪する方はいませんか？　どうか、私にやらせてください！

慧仙の声はヒステリックだった。外にいた人たちには、店内で話された内容がわからない。慧仙がなぜ急に興奮したのかも、わからなかった。老崔が慧仙の手にしていたものを取り上げ、慧仙をボイラー室に押し込んだ。慧仙、冷静になれ。影響を考えるんだ！　老崔はそう叫んで扉を閉め、慧仙を閉じ込めた。店内の人たちは、あれこれと老崔に質問した。何を話し合っていたんだ？　慧仙の身に何が起こった？　老崔は多くを語る気になれず、ただブツブツとつぶやいた。任務を与えられたってことかな。組織の決定だとか言って。理髪店の仕事なんて、切る、洗う、剃る、乾かす、それだけだ。育成も何もない。鍛えると言っても、たかが知れている。育成され鍛えられても、北京の中南海で国家指導者の散髪をするわけじゃないだろう？

老崔は、はっきりしたことを言わなかった。むしろ慧仙が自ら、ボイラー室で大声を上げた。老崔、小陳、明日から私たち三人は同じ塹壕の戦友よ！　小陳は自分の耳を疑い、老崔を見つめて言った。冗談だろう？　あの娘《こ》が店で働くのか？　いくら役所で寵愛を失ったからって、そんな決定があるかよ！　老崔は言った。おれの顔を見てもムダだ。こんな大事なこと、誰も冗談で言ったりしない。趙春堂が手の内を明かしたときは、おれも自分の耳を疑ったさ。一世を風靡した小鉄梅が、女理髪師になるとはな！

慧仙に関するニュースは、あっという間に伝わった。翌日、向陽船団の人たちみな、慧仙が人民理髪店に転属し、女理髪師になったことを知った。これより前、それぞれの船では慧仙の行方について、憶測が飛び交っていた。県、地区から省まで、いろいろな場所が挙がった。職業も様々で、放送局、宣伝隊、婦女連合会、青年団、さらには県委員会指導部の名前まで出た。船団の人たちはみな、よい方向、高い地位を想像した。人民理髪店を考えた者は一人もいなかった。慧仙、慧仙、向陽船団の誇りよ。今後はその誇り高い姿が、人民理髪店のガラス窓の向こうに立ち、大衆の監督を受ける。今後はその誇り高い両手で、油坊鎮の人民と育ての親である向陽船団に報いるのだ。慧仙、慧仙、ぼくの秘密のヒマワリよ。今後は人民に奉仕し、みんなの髪を切り髭を剃るのだ。

その年、慧仙は十九歳になっていた。

理髪

船上生活十三年の最後の年、ぼくは陸上に心を奪われていた。

ぼくは人民理髪店へ行き、入口の前に立った。左右の壁が取り払われて、ガラス窓になっている。左側の窓には、頭部マネキンが三つ並んでいた。いずれも女性で、ウェーブのかかったカツラをかぶっている。それぞれ小さい札に、「ロングウェーブ」「スタンダードウェーブ」「ショートウェーブ」という表示があった。ぼくにはわからない。金雀河の水でもないし、大風が吹いたわけでもないのに、どうして女の人たちは髪にウェーブをかけたがるのだろう？　右側の窓を見ると、雑誌から切り取った画質の悪い写真がたくさん貼ってあった。怪しげな都会の女たちが、奇抜な髪型で美を競っている。一枚だけ、はっきりした写真があり、見覚えのある顔が写っていた。慧仙本人の写真だ。慧仙は遠慮なく、自分をガラス窓に飾った。写真の慧仙は体を斜めにして、目を輝かせて前方を見つめている。髪の毛を「ねじり菓子」のようにカールさせていた。

ぼくはその奇妙な髪型をじっくり観察した。その髪型は、美しいとも醜いとも思えない。ぼくはノートに書き写した格言を思い出した。ヒマワリが太陽を失えば、花は下を向き、未来は閉ざされる。ぼくは、慧仙というヒマワリがすでに太陽を失ったことを知っていた。綜合庁舎を離れて、ぼくとの距離は縮まった。とは言え、慧仙に近づく機会が生まれたわけではない。女理髪師になってからも、慧仙を取り巻く連中は多かった。流行に敏感な町の人たちは、慧仙に近づく機会を得た。理髪店の老崔と小陳は毎日、仕事も食事も慧仙と一緒にしていた。しかし、多くの女好きの男たちは、慧仙に近づけない。ぼくはと言えば、面の皮の厚さも度胸もなかったので、散髪のとき以外は、どうしても理髪店に足を踏み入れることができなかった。

ぼくの髪は短かったし、伸びるのも遅かった。それが大きな悩みだった。人民理髪店の斜め向かいに、綿の打ち直しの作業場があった。ぼくは作業場の入口にすわり、旅行カバンを足元に置いた。ゆったりと足休めをしているふりをしたのだ。作業場の職人たちは、綿を打つ仕事に精を出している。トン、トン、トン。針金が綿を打つ音は、ぼくの心臓の鼓動に似ていた。理髪店の前をうろつくことは、すぐに注意を引いてしまうからできない。ガラス窓に寄りかかって中をのぞくのは、もっと愚かなことだった。ぼくは斜め向かいにすわり、理髪店に出入りする人々を見ていた。顔見知りであろうがなかろうが、ぼくは本能的な嫉妬を感じた。治安部隊の王小改は常連で、慧仙に良からぬ思いを抱いていることが見て取れた。しかし、王小改はごまかすのがうまく、まじめな顔をして入って行き、談笑しながら出てきた。船団の人たちの中では、徳盛のおかみさんが最大のお得意さんだった。おかみさんはおしゃれで、徳盛に愛されていたから、ほかの人が倹約のために露店で髪を切るのと違って、お金をかけて流行を追うことができた。しかも慧仙と仲がよかったので、理髪店ではおしゃべりをしながら髪を整えてもらう。さらに左右を見回して、町のおしゃれな女たちの服装を観察した。一石三鳥を狙っていたから、すぐに帰ろうとはしない。徳盛のおかみさんが来ると、ぼくは綿打ちの作業場へ行って、職人の仕事を見ているしかなかった。おかみさんはいい人だが、おせっかいが玉に瑕《きず》だ。なぜ毎日同じ場所で足休めをしているのかと聞かれたら、返答のしようがない。

ぼくはすわったまま、心に秘密を抱いていた。体が熱くなったり、冷たくこわばったりする。理髪店は公共の場所なのに、どうしてぼくは大手を振って出入りできないのだろう？　自分でも説明できない。慧仙のために、すわり込んでいるぼくの心は、他人が想像するよりも穏やかであると同時に、陰気だった。ぼくは十三年間、父の監督を受けてきた。岸に上がったときだけ、レーダーのような父の厳しくて鋭い視線から逃れることができる。それは、いちばん自由なときだった。ぼくはその貴重な時間を使って、慧仙を監督している。いや、監督ではなく保護かもしれない。あるいは、保護ではなく監視かもしれない。どちらにしても、それはぼくの権利ではない。ただ勝手に、こんな癖がついてしまったのだ。

理髪店に出入りする多くの男の中で誰が下心を抱いているか、ぼくにはわかった。自分はどうだろう？　やはり、下心があったのかもしれない。毎回上陸するとき、ぼくはパンツを二枚はいていた。不都合なときに勃起するのを防ぐためだ。勃起を恐れること自体、下心がある証拠だった。二枚のパンツが証明している。それに気づいて、ぼくは怯え、不安になった。人民理髪店のガラス窓を透かして、回転椅子の近くに立っている慧仙の姿を拝めることもある。たいてい、慧仙の白っぽい体は揺れ動いていた。ぼくと慧仙の距離は、近くもあり遠くもある。慧仙のことをあれこれ想像するのにちょうどいい。これは恐ろしいことでもあり、楽しいことでもあった。数メートルの距離を置いて、ぼくは想像をめぐらせた。慧仙と店の人たちの会話、慧仙の表情が変化した理由、慧仙が親しくする相手と冷たくする相手の違いを想像した。慧仙の動きが止まったときは、その心の内を想像した。慧仙が動き出すと、足腰の曲線を想像した。バリカンやハサミが他人の頭の上で作業をしているときは、慧仙の指のすばやい動きを想像した。慧仙の体を想像することは自ら禁じていたが、ときには抑制がきかなくなる。ぼくは想像の範囲を首より上、膝より下に限定した。境界を越えようとすると、強制的に道端のゴミ箱に目を向けた。誰かがゴミ箱に「空屁」と落書きしている。それはぼくに対する警告なのだろうか？　ぼくにとっては、効き目のある処方だった。ゴミ箱に向かって三回続けて「空屁、空屁、空屁」と唱えると、ぼくの生殖腺の温度は下降した。耐えがたい衝動も、不思議なことに消えてしまう。

五月になると、油坊鎮の街角にはバラ、ケイトウ、マツヨイグサの花が一斉に咲く。人民理髪店の店先のヒマワリも咲いた。店の前を通ったとき、大きな黄金色の花がぼくの足にぶつかった。軽くぶつかっただけだが、多くの思い出がよみがえった。ヒマワリがぶつかったのは、暗示なのか招待なのか？　気にせずにはいられない。急に勇気が湧いてきた。ぼくは旅行カバンを提げたまま、ガラス戸を押し開け、店内に入って行った。

店内は満員だった。ぼくが入って行っても、誰も気にしない。男の理髪師たちは忙しそうで、ぼくに声をかけようとしなかった。慧仙は入口に背を向けて、女性客の頭を洗っている。鏡に顔が映っていて、偶然ぼくと視線が合った。慧仙の目は一瞬輝き、また光を失った。体を少し斜めにして、ぼくをよく見ようとしているようだ。だが、それもすぐにあきらめ、ゆっくりと向き直った。ぼくがわかったのか、わからなかったのか、判然としない。店内には新聞を置く棚があり、数日前の『人民日報』がクシャクシャになって、だらしなく垂れ下がっている。ぼくはこの新聞で身を隠すことにした。片隅にすわり、頭と新聞の距離と落差を一定に保とうとしたが、うまくいかない。気持ちが動揺しているせいだろう。ぼくは鏡の中の慧仙がこちらを見ているような気がした。平静を装うつもりなのに、ますます落ち着かなくなる。どのように慧仙と一緒にいればいいのか？　それが以前もわからなかったし、いまもわからない。どう呼びかけるかも難しかった。船団にいるころも、名前で呼んだことがない。ヒマワリと呼ぶわけにもいかず、「おい」と声をかけるだけだった。「おい」と呼べば、慧仙は何か食べ物がもらえると思ってやってきた。いまは違う。お互いが変わっているから、ますます話がしづらい。考えたあげく、天命に従うことにした。慧仙のほうから声をかけてくれれば幸運だが、もし相手にされなくてもかまわない。結局のところ、ぼくの目的は慧仙と親しくなることではなく、慧仙を監督することだ。

女はおしゃべりだが、理髪店に来るおしゃれ好きの女は特におしゃべりだ。慧仙の調髪の腕に対しても、落ちぶれた境遇に対しても好奇心を示した。慧仙の身なりは医者のようだった。白衣を着て、医療用のゴム手袋をはめている。治安部隊の女性隊員、蠟梅の頭を手で支えながら、羊毛を扱うように髪の毛をもみ洗いしていた。蠟梅の頭は水に浮かび、石鹼の泡だらけ。口は休むことなく、慧仙にあれこれ質問を投げかける。省の学習班へ行くんじゃなかったの？　名の知れた小鉄梅が理髪店の仕事を始めたのはどういうわけ？　慧仙はこの手の質問にはもう慣れていた。小鉄梅どころか、もう老鉄梅よ。理髪店だっていいでしょう？　職業に貴賤はないわ。どっちにしろ、人民に奉仕するんだから。蠟梅は人生の先輩を気取って、鼻を鳴らした。文芸活動で食べてきた連中は、聞こえのいいことばかり言うのね。でも、私はよく知ってるよ。あんたたちは一日じゅう、歌ったり踊ったり、お化粧したりしている。田んぼで苗を植えたり、工場で部品を作ったりしたことがあるかい？　人民に奉仕するって？　人民があんたたちに奉仕してるんだよ！　慧仙は言った。その話はほかの人にしてちょうだい。私には関係ないわ。もう文芸で食べていないから。いまは、あなたの頭を洗っているのよ。あなたはすわっていて、私は立っている。どちらがどちらに奉仕していると思う？　蠟梅は返答に詰まったが、しばらくすると頭を上げ、目を光らせて慧仙を見つめた。小鉄梅、偉そうな口をきくんじゃないよ。あんたは甘んじて私たちに奉仕するような女じゃない。なぜ理髪店に移ったか、私は知ってる。技術を身につけて、高級幹部の散髪をするつもりだろう？　慧仙は言った。まったく作り話が上手ね。高級幹部の生活なら知ってるけどね。炊事係、警備員、秘書はいても、女理髪師を雇ってるなんて話は聞いたことがないわ。蠟梅はまた鼻をフンと鳴らして言った。

知ったかぶりはやめなさい。あんたはまだ青いよ。教えてやろう。女はね、自分の力で食べていこうと思ったら、お粥にしかありつけない。色香を武器にして、後ろ盾を得てこそ、おいしいものを飲み食いできるんだ。慧仙は言った。そのとおり。私は色香も、後ろ盾もないから、あなたに奉仕するしかないのよ。蠟梅は舌を鳴らしながら何か考えていたが、突然こう言った。不思議だね。あんたには、たくさん後ろ盾がいたはずだ。この町には趙春堂、県には何書記、地区には柳部長。これだけの後ろ盾が、どうして急にあんたを見限ってしまったんだい？　慧仙は怒って、冷ややかに言った。髪を整えにきたの？　それともデマを飛ばしにきたの？　何が後ろ盾よ。私には両親もいないんだから。後ろ盾なんて望めない。あなたたちにとっては、意味があるんでしょうけどね。私はどうでもいいわ！　蠟梅は言いたいことをひと通り言うと静かになったが、思考は停止せず、しばらくするとまた我慢できずに口を開いた。小鉄梅、あんたがここにいる理由を知ってるよ。下部組織の「預かり」にされたんだろう？　期間は半年？　一年？　二年？　指導部に期限を決めてもらっておきなさい。いいかい、どんなに若い娘だって、いずれは年をとるんだ。容色が衰えたら、もう前途はなくなる！　今度は、慧仙が耐えられなくなった。顔には怒り、目には恨みを浮かべ、両手で乱暴に蠟梅の頭をこすっている。そして棚からタオルを取り、蠟梅の頭にかぶせて言った。「預かり」の期間はいくら長くてもかまわない。一生続いたって平気よ。心配してもらう必要はないわ。子供のころから「預かり」には慣れてるから！

このときなぜか、ぼくは自分の頭を隠していられなくなった。新聞をたたみ、思わず蠟梅を厳しい目でにらみつけた。この腐れ女、口を慎んだらどうだ！　小声でつぶやいたので、相手には聞こえなかった。だが、理髪師の小陳の耳には届いたらしい。小陳は振り向き、ぼくを見つめて言った。誰を腐れ女と呼んだ？　誰が口を慎むって？　女どうしの口ゲンカに、いい若い者が口出しするなよ。

ぼくは慌てて否定した。何も言ってない。新聞を読んでいたんだ。

小陳は言った。人騒がせなやつだな。こんなに店が混んでいるのに、新聞を読みにきたのか？　ここは理髪店だ。新聞閲覧室じゃないぞ。

小陳の声が大きいので、ぼくは慌ててしまった。慌てると前後のつじつまが合わなくなる。ぼくは言った。新聞を読みにきたわけじゃない。理髪店だってことは知ってるさ。散髪にきたんだ。

新聞なのか、散髪なのか、どっちだ？　小陳は言った。どうやら、どちらでもないらしいな。スパイみたいにコソコソしやがって。おまえは何者だ？　どこから来た？

これでもう、店じゅうの人たちの注目がぼくに集まった。慧仙もこちらに視線を向けている。まだ怒りが消えず、やる気のない様子だった。突然、その目が輝いた。慧仙はぼくのことを思い出し、クシでこちらを指して言った。あんたなの？　あんた――何とか「亮」だったわね。

慧仙はにっこり笑ったが、喜びの表情の中に困惑も混じっていた。慧仙は脳みそを振り絞って、ぼくの名前を思い出そうとしている。これには、がっかりだ。慧仙がぼくの名前を忘れているとは、思ってもみなかった。庫東亮でも、東亮兄ちゃんでもいい。あだ名の空屁でもかまわない。どれか一つは言えるはずだろう。慧仙の指はしばらく、ぼくのほうに向けられていた。だが、慧仙はついに手を下ろし、済まなそうな顔を見せた。ひどい記憶力でしょう？　覚えていたはずなのに、どうして忘れちゃったのかしら？　何とか「亮」、向陽船団の七号船だったわね。覚えてる。あんたの家の船室にはソファーがあった！　そんなに驚いた顔をしないでよ。とっさに名前が出てこないだけなんだから。慧仙はぼくの失望の表情に気づいたようで、後ろめたそうに笑いながら、店内の人たちを見回した。何ていう名前だっけ？　誰か教えてちょうだい。一文字だけでもいいから。きっと思い出せるはずよ。

店内に格子縞のシャツを着た青年がいた。波止場でクレーンを操縦している小銭《シャオチエン》だ。小銭はぼくを知っているので、ずっと薄ら笑いを浮かべていたが、喉を押さえて一文字――「空」を口にした。

「空」だって？　ふざけないで。どこに「空」なんて苗字がある？　慧仙は言った。「空」があれば、「満」もあることになるわ。

小銭は言った。一文字だけでもいいって言っただろう？　おれが知ってるのは、こいつのあだ名、空屁だ。

慧仙は、あっと声を上げて悟った。恥ずかしさのせいか、敏感なせいか、慧仙の顔に変化が起こり、赤みがさした。慧仙は白い散髪用のカバーを手に取り、ぼくの肩のあたりを叩いた。そのあと、カバーを自分の顔に当てて、ゲラゲラと笑い出した。私の記憶力は本当にひどい。あんたは庫東亮だったわね。子供のころ、あなたのおやつを横取りしたわ。すぐに耳元でさっと音がして風が起こり、石鹸のかぐわしい匂いが漂ってきた。慧仙はカバーを広げ、命令する口調で言った。庫東亮、いらっしゃい。私が散髪してあげる！

ぼくは本能的に頭を抱えた。まだ伸びていないから、今日は散髪しない。もう船に帰らなくちゃ。

私の腕を疑っているの？　技術は確かよ。信じないなら、みんなに聞いてみて。慧仙は店内を曖昧に指さしながら、ぼくの髪の毛を観察し、驚きの声を上げた。あんたの頭はクシでとかしてるの？　それとも箒で掃いてるの？　ひどい髪の毛ね。鳥の巣みたい。このままじゃ、鳥が卵を生むわよ。さあ、早く散髪しましょう！

慧仙はカバーを振って、回転椅子に落ちていた髪の毛を払った。すわりなさいよ。何を遠慮しているの？　早く、すわって。ぼくは困ってしまった。慧仙が回転椅子を蹴ると、椅子は一回転し、風が巻き起こった。慧仙の白衣が風でまくれて、中にはいている膝までの紺色スカートが見えた。スカートもまくれ上がり、両膝があらわになった。二つのマントウのような膝、新鮮な果物のように魅力的な膝だ。一瞬にして時間が逆流した。ぼくは条件反射で、すぐに下を向いた。下を向いても、依然として耳元で厳しい警告が聞こえている。気をつけろ、気をつけろ。父の声のようでもあり、自分の声のようでもある。ぼくはうつむき、目をどこに向ければいいのかわからなかった。まなざしは危険だ。まなざしは容易に秘密をばらしてしまう。こういう危険に出会うたび、ぼくは自分に注意を促す。首から上、膝から下だ。しかし、ぼくは慧仙の首から上を見る勇気も、膝から下を見る勇気もなかった。店のコンクリートの床を見るしかない。長短様々の黒い髪の毛の山が目に入った。慧仙の足が、まるで汚れた黒い小島のような髪の毛の山を踏んでいる。慧仙は、白い中ヒールの革靴と絹の靴下をはいていた。静かに慧仙の足に踏みつけられている黒い髪の毛は、男性客のものか、女性客のものかわからなかった。

どうしたの？　魂が抜けたみたいに。泥棒か人殺しでもしてきたの？　慧仙は疑わしそうに見つめながら、ぼくをからかった。何年も会わなかったけど、相変わらずおかしな人ね。散髪をしないなら、理髪店に来る必要はないでしょう？

慧仙に問われて、ぼくは言葉を失った。散髪してくれると言われただけで、なぜこんなに怖気づいたのか？　いったい何を恐れているのか？　ぼくは下心があることを自覚していた。下心があるので、言葉はしどろもどろになった。今日は時間がない。親父の体が悪いから、帰って食事の用意をしなくちゃ。

慧仙はあっと声を出した。おそらく、父の下半身の有名な話を思い出したのだろう。笑いそうになったが、笑うわけにはいかない。急いで口を押さえ、巧みに話題を変えた。私の義理のお父さん、お母さんは元気？　徳盛のおかみさんには何度も言伝《ことづて》を頼んで、髪を切りにきてくださいと誘ったんだけど、ちっとも来てくれない。私を嫌ってるのかしら？

あのおかみさんは冷淡なときもあれば、義理堅いときもある。気まぐれなんだ。慧仙の言葉が孫喜明夫妻への挨拶だということはわかっていたので、ぼくは仲裁役に徹した。嫌ってなんかいないさ。この店の料金が高いせいだ。節約に慣れてるから、金が惜しいんだろう。

高い？　人民理髪店の料金が高いはずはないわ。帰ったら伝えてちょうだい。来てくれたら、カットもセットも無料でいいって。私はいま、人民に奉仕しているんだから。

ぼくはあいづちを打ちながら、片隅の旅行カバンを取りに行った。店内の人たちは好奇心を抱いて、ぼくを見つめている。それぞれ表情は違うが、みんな思うところがあるようだ。ここの人たちは明らかに家柄を重んじる。慧仙がぼくに示した親密さに反感を覚え、その資格はないと思っていた。特に、格子柄のシャツを着た小銭は椅子にすわっていたが、片足を挑発するように伸ばして、ぼくの旅行カバンを蹴った。空屁、おまえはカバンに何を隠しているんだ？　いつも上陸するときにカバンを持って、コソコソしている。おれが治安部隊だったら、きっとカバンを検査するだろう。ぼくはカバンのファスナーを開け、ケンカを挑むように小銭をにらみつけた。検査してみるか？　どうだ、その勇気があるか？　小銭がカバンをチラッと見て何か言う前に、そばにいた理髪師の小陳が荒っぽくぼくの肩を押した。さあ、帰るんだ。ここで威張り散らすのはやめろ。今後、散髪しないやつは出入り禁止だ。この理髪店は公園じゃないからな。

小陳のぼくに対する態度は最悪だった。でも、慧仙の同僚なので、やり返すわけにはいかない。ぼくは旅行カバンを手にして、戸口へ向かった。慧仙がついてきて、みんなを弁護して言った。反感を示されても悪く思わないで。ここの人たちは、みんなおしゃれだから。あんたの格好は何よ？　田舎臭いわね。いい若者が上陸するのに、ちょっと着飾ることも知らないの？　慧仙は旅行カバンを叩きながら、あちらこちらを触っている。この動作は懐かしい。大人になっても、慧仙は他人のカバンを触る癖が直らないのだ。ぼくのカバンには瓶や缶がたくさん入っていた。慧仙は感触でそれがわかったが、興味を示さない。手を引っ込めて自分の白衣のポケットに入れた。そして風船ガムを取り出し、高く掲げてからぼくに手渡した。これを二福にあげてね。この前、町で会ったとき、風船ガムが欲しいって言われたの。約束は守らないと。

ぼくが風船ガムをカバンに入れると、慧仙は尋ねた。桜桃はどうしてる？　そろそろ結婚かしら？　桜桃は慧仙の目の仇だ。ぼくの名前は忘れても、仇の名前は忘れていない。ぼくは少し腹が立った。まだ気にしてるのか？　桜桃のことは知らない。結婚しようがしまいが、関係ないさ。

聞いてみただけよ。何をむきになってるの？　慧仙はいたずらっぽく、ぼくの鼻先を指さした。あんたたちの仲人をする気はないわ。伝えてほしいことがあるの。どうやら、慧仙と桜桃の間にはまだ憎悪があるようだ。ぼくは伝言を待った。慧仙は少し考えてから言った。帰ったら桜桃に伝えてね。裏で私の悪口を言うのはやめてって。いまの私は何でもない、ただの女理髪師よ。桜桃に嫉妬されるいわれはないのに、どうしてまだ悪口を言うのかしら？

理髪店を出るとき、ぼくの気持ちは複雑だった。今回の出会いは幸運だったのか、不幸だったのか？　慧仙の態度は予想よりも親切だったが、通り一遍のものだ。ぼくが感じた満足は三割、七割は不満だった。ぼくの名前を忘れるなんてあり得ない。いろいろ質問してきたが、どうしてぼくのことを聞かないのか？　通りに立ち止まり、ぼくは振り返ってゴミ箱の落書きを見た。深い悲しみが湧き上がった。空屁、慧仙の目に映るぼくは空屁なのか？　空屁、ぼくの慧仙に対する思いは空屁なのか？　長年にわたって慧仙を思い続け、多くの記録を残し、多くの苦しみを味わってきたのに。そのすべてが空屁なのか？

船上生活十三年の最後の年、ぼくは頻繁に油坊鎮に上陸した。

ぼくはどんな悪魔に取りつかれたのだろう？　旅行カバンの中に父の手紙が入っていて、すぐポストに投函しなければならないにもかかわらず、郵便局を通りかかったときには、足が自然に人民理髪店のほうへ向かってしまう。船団の食糧や調味料はぼくが買い付けの責任を負っているにもかかわらず、食品市場を通りかかったとき、ぼくはいつも自分を納得させる。慌てる必要はない。こんなに長い行列ができているから、あとで買いにきても大丈夫だ。ぼくは急いで人民理髪店へ行く。ぼくの魂は人民理髪店に奪われていた。慧仙に記憶してもらうため、あるいは無理に慧仙を忘れるため、ぼくは愛情と憎悪を半分ずつ抱いて、理髪店の店内に長時間すわっていた。流行の先端を行く社交場の闖入者となった。口がきけなくなったように、観察するだけでしゃべらないときもある。目が見えなくなったように片隅にすわり、目を閉じて陽光を浴びながら、耳だけを傾けることもある。ぼくの行為は、侵略者のそれに似ていた。最初は理髪師たちが何とか追い出そうとしたが、ぼくは岩のように動かなかった。その後、慧仙もぼくを嫌い始めた。自分で言うのは気が引けたようで、遠回しに徳盛のおかみさんを通じて伝えてきたのだ。

ある日、徳盛のおかみさんがひそかにぼくを船尾に呼び寄せた。おかみさんは八号船の船首に立ち、ぼくを見つめている。目つきが奇妙だった。あんた、今日また床屋に行ったのかい？　ぼくは言った。

反革命の罪人じゃないんだから、行動は自由だろう。床屋へ行くのは犯罪か？　おかみさんは冷笑して言った。犯罪じゃないけど、気持ちが悪いってさ。慧仙はあんたに監視されてるって言ってるよ！　そのあと、おかみさんはいきなり、ぼくを罵倒し始めた。東亮、あんたはいったいどういうつもりなの？　慧仙はあんたの何なのさ？　遠くまで通って、あの娘を監視するのはどういうつもり？　こんなことを続けるなら、お父さんに言いつけるよ！

監視。徳盛のおかみさんは、ひと言で秘密をばらしてしまった。ぼくはシラを切ったが、心の中では認めていた。言われるとおり、ぼくは慧仙を監視していた。船上生活十三年の最後の年、ぼくは慧仙の監視者となった。

一日

一

徳盛のおかみさんが父に告げ口をしたのだろうか？　それとも、父は船団の人たちから何か噂を聞いたのだろうか？　ある日、ぼくは上陸しようとしたとき、突然父に呼び止められた。父は一枚の紙を手にして言った。東亮、おまえに上陸の日程表を作っておいた。よく見るんだ。今後上陸するときは、この日程表の決まりに従わなくてはいかん。時間の超過は許されないし、陸上で怪しげなまねをすることも許されない！

ぼくは紙を受け取った。確かに上陸の日程表だ。およそ、このような内容だった。上陸時間は合計二時間。船上の生活用品の購入は四十分以内に済ませる。銭湯、散髪、便所にかける時間は三十分を超えないこと。郵便局で手紙を出したり、病院で薬をもらったりという雑用は二十分。残りは移動および予備の時間とする。ぼくは日程表を手にして心が凍りつき、父に向かって叫んだ。ぼくを犯罪者扱いするつもり？　こんな規定、まるで囚人の一時外出じゃないか！　父は言った。厳しく目を光らせないと、おまえは本当に監獄に入ることになる。おれが船にいて、何も知らないと思うなよ。いいか、おまえが油坊鎮で屁を一発こいても、おれの耳に入るんだ！

うしろめたい気持ちがあったので、口を閉ざすしかない。上陸の前、ぼくは旅行カバンに荷物を入れ、念入りに身なりを整えた。父が近くで、不満そうにぼくを見ている。そんなにたくさん、頭に油を塗ってどうする？　靴をピカピカにしても意味がないだろう？　外見は重要じゃない。心の美しさが大切なんだ。わかるか？　父は船室の時計を指さし、改めて規定を確認した。おれはここで時計を見ているからな。二時間だぞ。忘れるなよ。一分遅れても、おれは許さない。ぼくが旅行カバンを手にして船室を出ようとしたとき、父はさらに命令した。待て、もう一つ規定があるのを言い忘れた。今日から、上陸の前に、おまえのおばあさんに誓いを立てるんだ！　ぼくは困惑して父を見つめた。今日は九月二十七日じゃないよ。上陸して油や米を買うだけなのに、どうして誓いを立てなくちゃならないの？　父はぼくの腕を引っぱり、ぼくのあごを上に向け、棚に飾ってある鄧少香烈士の遺影と正対させた。おまえは誓いの立て方を知らないから、おれが教えてやる。たいそうな文句を並べる必要はない。おばあさんの写真を一分間見つめればいい！　ぼくは父にあごを支えられ、一分間立っていた。一分が過ぎたあと、父は厳粛かつ重々しい声で言った。覚えておけ。おれを欺いてもいいが、おばあさんを欺くことはできない。行くべきでない場所へは行くな。するべきでないことは絶対するな。陸地はいま、風紀が乱れている。何をする場合も、自分が誰の子孫かをよく考えろ。くれぐれも、おばあさんの英霊を汚すようなまねはするなよ！

長年のうちに、わが家の栄えある血統は風前の灯になっていた。だが父は依然として、血統の輝きを守ろうとしている。ぼくは自分の血統に疑問を抱いていた。父は烈士の遺族であることを証明するために、訴えを起こして十三年になる。しかし、ぼくの疑問はどこに訴えればいいのだろう？　ぼくは庫東亮、庫文軒の息子だ。もし庫文軒が鄧少香の息子ではないとすれば、ぼくも鄧少香の孫ではなくなる。鄧少香の孫でなければ、ぼくは空屁にすぎない。ぼくが空屁なら、ぼくと鄧少香の間に何の関係があるだろう？　空屁が鄧少香烈士の英霊を汚すはずもないではないか？

上陸するとき、ぼくは王六指の娘、大鳳《ダーフォン》と二鳳《アルフォン》に出会った。二人は船べりに芥子菜を干していた。大鳳は芥子菜を抱きかかえながら、じっとぼくを見つめて言った。庫東亮、そんなにおめかしして、お見合いにでも行くの？　ぼくは相手にしなかった。大鳳はそれ以上言わなかったが、妹の二鳳が姉に加勢して、憎悪をあらわにした。大鳳、東亮と口をきくなんて、バカバカしいからやめなさい。河の水と話をしたほうが、まだましよ。上陸して何をするか、みんな知ってるわ。人民理髪店へ行くのよ。身の程もわきまえずにね！　二鳳はぼくを脅かそうとしたのだろうか？　わざわざわが家の七号船のほうに目をやって言った。まったく、船団にはおしゃべりが多いはずなのに、どうして誰も東亮のことを父親に告げ口しないんだろう？　ぼくは足を速めて、危険な地雷地区を通り過ぎるように、大鳳姉妹の視線から逃れた。岸壁を抜け、送油ポンプの小屋にさしかかったとき、李菊花《リー・ジュイホア》の詩の朗読が聞こえてきた。青春、青春、おまえは赤い炎、共産主義のために燃える、燃え上がる！　ぼくは道を急いだ。そのとき、李菊花自身が炎のようにポンプ小屋から飛び出してきて、ぼくとぶつかりそうになった。李菊花は恥ずかしくもあり、怒ってもいる様子で言った。あんた、どうしてそんなに急いでいるの？　火事を消しにでも行くのかい？　ぼくは言った。あんたこそ、どうして方言まる出しで、詩の朗読なんかしてるんだ？　李菊花はぼくの皮肉を意に介さず、二本のお下げをいじりながら言った。庫東亮、雑貨屋へ行って、ゴム紐二本を買ってきておくれ。いま使っているのが切れそうだから。ぼくは、暇がないと答えた。雑貨屋へ行ってゴム紐を買う時間なんて、あるものか。李菊花は鼻の穴から軽蔑の笑いを発した。庫東亮、あんたでも忙しいときがあるの？　暇だから、床屋でずっとすわっているんでしょう？　あんたを責めるのは忍びないけどね。めったに上陸できないんだから、時間は貴重だよ。新聞を読むとか、運動をするとか、少しまともなことをしたらどうだい？　床屋はサーカス団じゃないだろう？　毎日通えば、非難されて当然さ！

父の日程表のせいで、ぼくは時間を金のように惜しんだ。小走りで道を急ぎ、人民理髪店に入ったときには少し息が切れていた。すぐに周囲から声が上がった。また来たぞ。あいつがまた来た。息を切らしてる！　ぼくは聞こえないふりをして、老崔の回転椅子にすわった。散髪だ！　誰も相手にしてくれない。頭にたくさんカーラーをつけた女が、横目でぼくを見て言った。今日は少し賢くなったね。散髪を口実にして、長居ができるってわけだ。老崔がバリカンを持って近づいてきた。ぼくはなぜか、老崔がものすごい気迫で、豚を殺す刀を手にしてやってきたように感じた。ぼくは迫られて散髪をした。老崔は気が乗らない様子で散髪し、ときどきぼくの頭の位置を直しながら言った。じっとしてろ。目をキョロキョロさせるな。ここは床屋だぞ。映画館じゃない。ぼくは鏡に目を向けていたが、視線はヒマワリのように、慧仙の立っている方向を追った。ぼくの視線は当然、横目遣いになった。老崔は鏡を見て、それに気づき、ぼくの肩を乱暴に叩いて言った。空屁、映画を見るときだって、目はまっすぐに向けるもんだ。おまえはずっと横目で、何を見ている？　目玉が落ちても知らんぞ。ぼくは、鏡が秘密をばらしていることを知り、新聞を手に取って目を隠そうとした。老崔は我慢ならず、新聞をひったくって椅子に投げた。おまえは大幹部か？　散髪しながら新聞を読むなんて。自分から散髪すると言い出したので、ぼくは我慢するしかなかった。老崔は、女の髪を扱うときにはやさしく気を遣う。ところが、ぼくに対しては大変乱暴だった。ぼくの頭を荒涼たる大地と見なし、土をすき起こす要領でバリカンを使う。そしてコンバインのように、ぼくの髪を刈り取った。痛いと言うと老崔は手を止め、不快な顔で慧仙を呼んだ。慧仙、来てくれ。もともと、おまえの客なんだから、おまえが散髪しろよ。

慧仙は汚名を引き受けようとせず、責任逃れをした。どうして私のお客さんなの？　ここは理髪店で、誰の地盤でもないわ。相手はお客さん、こちらは理髪師。相手には入ってくる権利があり、こちらには追い出す権利がないのよ。慧仙は公平な立場を取っているようだが、その真意はわからない。ぼくは不思議な現象に気づいた。最初、慧仙が散髪してくれると言ったときには、ぼくが断った。いまはぼくが望んでいるのに、慧仙にその気はない。慧仙は言った。老崔、あなたは模範理髪師でしょう？　お客さんに当たり散らしちゃいけないわ。腕はいいんだから、散髪してあげてよ。私がやろうとしても、嫌がるから。

慧仙はすでに口のうまさを身につけていた。なぜ散髪を引き受けようとしないのだろう？　ぼくを恐れているのか、嫌っているのか？　ぼくの髪を嫌っているのか、体を嫌っているのか？　ぼくの体を怖れているのか、心を怖れているのか？　慧仙はだんだん冷たくなったが、ぼくは恨んだりしなかった。幻想は幻想だ。幻想にこだわることはしない。ぼくは回転椅子にすわり、ときどき卑俗なことを思い浮かべていた。ぼくは理髪店の回転椅子になりたい。毎日、慧仙と一緒にいられるから。慧仙が手にしているバリカンになりたい。毎日、慧仙と慧仙の客を見ることができるから。ぼくはしだいに自分の身分がわかってきた。ぼくは何者でもない。ただの監視者だ。慧仙の一挙一動をすべて記録している。この店の小集団は、大いに観察と研究の価値があった。この集団には、どんな人たちがいるのか？　彼らが理髪店に来る動機は何か？　どうして、ぐずぐずと慧仙を待っているのか？　約束があるのか、一方的な思い込みか？　とりとめのない話は暇つぶしか、気を引くためか？　ぼくはすべてを監視した。ぼくの目は、慧仙のために作られた特別なカメラだ。ぼくの耳は、慧仙のために設置されたレコーダーだ。ぼくの観察によれば、少なくとも五人の青年と一人の中年が、慧仙に分不相応な思いを抱いていた。しかし、慧仙が心を寄せる相手は誰なのだろう？　待っているようだが、それはぼくではない。誰を待っているのかは、わからなかった。

その日はまずいことに、ぼくの散髪が終わらないうちに、趙春美と病院の薬局の金《チン》おばさんが連れ立って、腰をくねらせ人民理髪店に入ってきた。この二人は年増ではあるが、まだ色気を残している。どちらも白いハイヒールをはき、白いバッグを持っていた。それぞれ回転椅子にすわり、老崔の手が空くのを待っている。ぼくは店内で目立っていたのだろう。趙春美はすぐぼくに気づき、目元のあでやかさが一瞬のうちに消えた。趙春美の金切り声が聞こえてきた。この子は何しにきてるの？　こんな人まで来るんじゃ、人民理髪店の名が泣くでしょう？

老崔がつぶやいた。おれに聞かれても困るな。どういうわけか、ここは人民理髪店だ。こいつも人民だから、散髪に来ているのさ。

この子が人民？　だったら、階級の敵なんかいなくなるわ。趙春美は言った。あんたたち、知ってるの？　この子は反動スローガンの常習犯よ。私の兄の反動スローガンを書いたこともある！

こんなところで仇に出くわすとは。ぼくは趙春美と金おばさんを見て、顔を上げられなくなった。これは子供のころからの秘密だ。父が叩いたことのある女に出会うと、顔が赤くなり心が乱れる。原因は説明できない。記憶によれば、それらの女の名簿が、ぼくに性教育を施したのだ。いまも女たちの名前は秘すべき春の夢で、肉欲と性的魅力にあふれ、悲劇の影も帯びている。数年会わないうちに、趙春美は痩せ、金おばさんは太っていた。二人とも、たるんだ顔におしろいを塗り、腰の部分を絞った制服風の上着を着ている。片方は橙色、片方は暗緑色。肉付きのよい足腰、怒ったように突き出た臀部が目立っている。青春期の記憶に、息が詰まりそうになった。耳元でかすかに、父の叫び声が聞こえる。気をつけろ、気をつけろ！　ぼくはひそかに、ある行動を取った。両手をすっぽり白いカバーの中に入れ、自分の体をすべて隠したのだ。

慧仙がぼくを弁護する声が聞こえた。理屈で人を批判するのはやめてちょうだい。毛主席や共産党に反対するのが反動スローガンでしょう？　東亮が反対したのは趙書記よ。趙書記は課長クラスの幹部にすぎない。批判しても、反動スローガンにはならないわ。

趙春美はチッと舌を鳴らし、矛先を慧仙に向けた。小鉄梅がしゃしゃり出て、弁護しようってわけ？　あんたとどういう関係があるの？　うちの兄に目をかけてもらったくせに。自分の立場をわきまえなさい。

金おばさんも趙春美に加勢し、笑いながら言った。春美、それは違うわ。この二人の立場は一緒なのよ。どちらも向陽船団の所属、船上生活者だから。

慧仙は顔色を急変させた。持っていたハサミを机の上に放り出すと、奥のボイラー室へ向かいながら言った。私は船上生活者、あんたたちは陸上生活者。逆らうことはできない。今日は休ませてもらうわ。

ああ、嫌だ！

慧仙がボイラー室に消えると、明るかった理髪店が急に暗くなった。物寂しく、寒々としている。慧仙がいなくなって、ぼくは四面楚歌の状態となった。一刻も早く、逃げ出したい。老崔はぼくを置き去りにして、趙春美の髪に取りかかっている。ぼくは叫んだ。老崔、こっちを途中にして、どうして行ってしまったんだ？　これから急用があるのに！　老崔は言った。待ってろ。急用なんて、あるはずがない。おまえはこの店の椅子みたいなもんだ。今日に限って、何を急いでる？　ぼくは言った。急用があるから待てないんだ。ちゃんと最後まで散髪しろ！　老崔が言い返す前に、趙春美は憤然として回転椅子から振り返った。ぼくをにらみつけ、老崔に向かって怒鳴っている。庫文軒のバカ息子じゃないか。相手にする必要はないよ。これ以上騒ぐなら、私が内幕をばらしてやるわ！　それを聞いて、店内の人の視線は趙春美に集まった。どんな内幕だ？　聞かせてくれ。小さい声でいいから。趙春美は勇ましく手を振った。ちゃんと話してあげるよ。聞かれたって平気だ。いいかい、庫文軒は数十年にわたって、烈士の遺族になりすましていたのさ。あいつは鄧少香の息子ではなく、河の盗賊、封老四の息子だった。あいつの母親は鄧少香ではなく、爛菜花《ランツァイホア》だ。爛菜花とは何者か？　昔、屋形船で娼婦をしていた女だよ！

店内は一瞬静まり返ったが、やがて大騒ぎが始まった。封老四、爛菜花、娼婦などの言葉が、ハエの群れのように店の上空を旋回している。趙春美に飛びかかろうとしたとき、ぼくは誰かに袖をつかまれた。慧仙が声を聞きつけて出てきたのだ。必死でぼくを椅子に押しつけながら、激しく趙春美を罵っている。頭がいかれたの？　言葉に気をつけたほうがいいわ。どんなに大きな恨みがあるにしろ、相手の先祖を侮辱しちゃダメ。バチが当たるわよ！　趙春美は回転椅子のかげに隠れたが、口では負けていなかった。先祖を侮辱した？　私にはそんな暇もないし、学もないわ。さっきの話は兄から聞いた内部情報だけど、庫の親子が騒ぎを大きくすれば、内部情報が新聞報道になる。つまり、情報が公開されるのよ！

もう一度、趙春美に飛びかかろうとしたぼくは、老崔と小陳に引き止められた。どうやら二人は、ぼくに同情を寄せているらしい。老崔は、冷静になれと言った。冷静に、冷静に。相手は女じゃないか。男は女と争わない。譲ってやらなくちゃ。男が女と争っても、英雄にはなれんぞ。小陳は言った。たかが内部情報じゃないか。本当か嘘か、わからない。おれたち数人が聞いただけだ。誰も外に漏らしたりしないさ。二人の理髪師は、ぼくをガラス戸の前まで連れて行った。二人の手を振りほどき、自ら出て行こうとしたとき、趙春美がなおも毒づいている声が聞こえた。老崔、小陳、よけいなことしないで！その子を自由にさせなさい。相手になってやる。どうにかして、懲らしめてやろうと思っていたところだから。もし私に手出ししたら、法で処罰できるわ！　ぼくはカッとして、頭の中で思いをめぐらした。どうやって趙春美の鼻を明かしてやろうか？　瞬間的に、母のノートに記されていた最高の秘事が思い浮かび、ぼくは大声で叫んだ。こっちも、極秘情報をばらしてやる。みんな、よく聞けよ。趙春美は庫文軒のラッパを吹いた！　ラッパの意味がわかるか？　わからなければ、趙春美に聞け。ラッパ吹きの名人だからな！

趙春美は呆気に取られていた。老崔たちは目をぱちくりさせて、ぼくを見つめている。金おばさんはおそらく、累が及ぶ危険を察知したのだろう。クシをつかんで、ぼくに投げつけた。いやらしい、本当にいやらしい。早くこの変態を追い出して！

金おばさんの行動はやぶ蛇だった。ぼくは腹立ちのあまり、容赦なく彼女の秘密をばらした。金麗麗《チン・リーリー》、とぼけるなよ。おまえだって同罪だ。自発的に庫文軒のラッパを吹いた。一か月に五回、一九七〇年の六月に五回だ。認めるか？

店内は大騒ぎ、今度は二人の女が決死の覚悟で、ぼくに襲いかかってきた。ぼくは戸口に立ったまま動かず、思う存分、恨みが晴らされるに任せていた。全身が震え、涙が流れそうになる。それでも、じっと立っていた。報復は報復を呼び、報復した者は報復される。これは公平な取り引きだ。老崔や小陳たちは不まじめな笑いを押し殺し、二人の女を押しとどめ、しきりに慰めている。趙春美が、鋭い声で叫んだ。ナイフを持ってきて。庫文軒のバカ息子を刺し殺してやる！　金おばさんは悲痛な声で泣きながら、恨み言を並べている。庫文軒を船団に行かせたのは、指導者の間違いだった。親子とも兵役につかせればよかった。奥地で労働教育を受けさせればよかった。いっそ銃殺にして、二度と油坊鎮に帰れなくすればよかった。

慧仙が麦わら帽子を持って、急いで出てきた。帽子をぼくの手に押し込むと、懸命に外に押し出そうとする。早く帰って。庫東亮、あんたも悪いのよ。あんな下品なことを口にするなんて！　ぼくは一瞬言葉を失い、虎刈りの頭を指さした。慧仙は麦わら帽子を叩いて言った。これをあげたでしょう？　間抜けな人ね。帽子をかぶって帰りなさい。さあ、早く。恨みが尽きることはない。あの二人は、あんたより上手《うわて》よ！

帰るべきだ。ぼくは父が決めた日程表を覚えていた。時間はますます貴重なのに、ぼくは要領が悪い。三十分を理髪店でムダに過ごしてしまった。得たものは怒りと虎刈りの頭だけだ。ぼくは慧仙の麦わら帽子をかぶった。帽子から思いやりが伝わってくる。それはぼくが冷静さを取り戻す助けになった。いま、ぼくは食品市場へ行って、油と小麦粉を買わなければならない。歩き出して間もなく、ぼくは旅行カバンを理髪店に忘れてきたことに気づいた。瓶がなければ油を買えず、袋がなければ小麦粉も買えない。カバンを取りに戻るべきだ。だが、その勇気はなかった。趙春美と金おばさんが、まだ理髪店にいるかもしれない。

　ぼくは街角の銭湯の前で立ち止まり、決心がつかずにいた。この機会にひと風呂浴びようか？　ふと見ると、文房具屋の老尹が服を脇に挟んで銭湯から出てきた。老尹は言った。東亮、麦わら帽子をかぶって入浴に来たのか？　船団の人が大勢、中にいるぞ。おまえも早く入れよ。それを聞いて、ぼくは入浴を断念した。子供のころからの習慣は変えられない。船団の人たちと一緒に入浴したことはないのだ。ぼくは老尹のテカテカした顔を見ているうちに、老尹が油坊鎮の消息通であることを思い出した。趙春美が明かした驚くべき醜聞の真偽は、老尹にこそ聞くべきだ。ぼくは言った。老尹、入浴に来たわけじゃないんだ。あんたに聞きたいことがあるんだよ。老尹は、えっと声を上げ、半分笑いながらぼくを見た。何でも聞いてくれ。ただ、難しいことは、おれにも答えられない。ぼくは最初、趙春美の言ったことを直接確かめようと思った。だが、口元まで出かかって勇気をなくし、こう尋ねた。老尹、封老四ってどんな人か、知ってる？　老尹は言った。もちろん、知っているさ。知らなかったら、地方史を研究しているなんて言えない。封老四は昔、金雀河の盗賊だった！　ぼくは重ねて尋ねた。それじゃ、爛菜花の本名を知ってる？　何をしている人だったの？　老尹は言った。爛菜花の苗字は藍《ラン》、藍姑娘《ランクーニャン》と呼ばれていた。何をしていたか――この職業はおまえたち、若い者には説明しにくいな。ぼくは言った。何が説明しにくいの？　娼婦でしょう？　老尹は叫んだ。知っていて、わざと聞いたのか？　東亮、いったいどういうことだ？　ぼくはついに我慢できなくなり、地団太を踏みながら言った。老尹、お願いだから、教えてほしい。父さんは誰の息子なの？　老尹は驚いて、不思議な目つきでぼくを見つめた。

そして突然、銭湯の入口から椅子を運んできて、自分の着替えた衣服を整理し始めた。それが終わると、老尹は言った。親父さんの生い立ちを詮索するのはやめろ。自分のことだけ、わかっていればいい。東亮、おまえに忠告しておく。絶対に忘れるな。歴史は謎だ。歴史は謎なんだ。

　ぼくと老尹は銭湯の入口で別れた。老尹は文房具屋へ向かい、ぼくは食品市場へ向かった。老尹の話は難しすぎる。歴史という言葉を聞いて、ぼくは思わずあずまやの上空を見た。ぼくの歴史は、あずまやの上空を漂っている。歴史の謎は、あずまやの地下に隠されていた。上を向いて少し歩いたとき、背後から猛スピードで自転車が近づいてきた。ぼくが周囲の様子を確かめる前に、かぶっていた帽子が消えた。ぼくの麦わら帽子は、地面に叩き落された。二人の十六、七歳の高校生が自転車に乗ってぶつかってきたのだ。一人は手にした鎖を高く掲げ、もう一人はぼくの虎刈りの頭を見てゲラゲラ笑っている。鎖を掲げているのは、金おばさんの息子の張計画《チャン・チーホア》だった。空屁、うちのお袋を侮辱するとは、大した度胸だな！　張計画は大声を上げ、鎖をこちらへ向かって振り回した。ぼくは無意識のうちに鎖を避け、急いで帽子を拾いに行こうとした。もう一人の高校生が巧みに自転車を操り、タイヤで帽子を踏みつけた。タイヤを押したが、びくともしない。二人が自転車を下り、ぼくと取っ組み合いを始めたとき、通りの向こう側に一群の人々が現れた。中年の男が率先して、大声で怒鳴っている。李民《リー・ミン》、張計画、おまえたち、ずいぶん大胆だな。授業をサボった上に、大通りでケンカか？　二人の高校生は声を聞いたとたん、自転車を押して飛ぶように逃げて行った。振り返ってみると、通りの向かい側は油坊鎮高校の新校舎だった。校門の前には、きちんとした身なりの人が並んでいる。みな教師か職員だ。中年の男には見覚えがある。顧《クー》校長だった。以前は政治の先生で、ぼくも教わったことがある。校長は目を細めて、ぼくを見つめていた。気づかれたらまずい。ぼくは仕方なく、二人の高校生と同様、飛ぶように逃げ出した。

驚くほどのことでもなかったが、憎らしいのは張計画が去りぎわに悪さをして、麦わら帽子を持ち去ったことだ。あれは慧仙がくれたものだから、とても大事にしていた。ぼくは頭を手で隠して歩いた。通行人は好奇心を示して、ぼくの手の下をじろじろと見た。仕方がない。ぼくは花布巷《ホアブーシアン》へ行って、新しい麦わら帽子を買うことにした。

花布巷一帯は日差しが強かった。数人の老人が路地の入口に机と椅子を並べ、お茶を飲みながら談笑している。老人たちはぼくを知っていたので、声を低くして噂を始めた。あれは庫の息子じゃないか。子供のころは身分が高くて、あちこちで威張り散らしていたのにな。いまはダメだ。バカにされてる。見ろよ。頭は虎刈りだ！

麦わら帽子を買って花布巷を出ようとしたとき、老人たちは息子がいいか娘がいいかという問題を論じていた。首に大きなイボがあるのは五癩子の父親で、以前は鍛冶屋だった。咳と痰が止まらない。痰を吐いては靴の底で踏みならし、娘がいいと主張していた。わしは何人も息子を育ててきたが、娘一人に及ばない。七人の息子は年越しに、一本ずつしか酒をくれない。娘は一人で八本だ。軍帽をかぶっている老人も顔見知りだった。理髪師の小陳の父親で、もとは銭湯で働いていた。耳掃除や魚の目の治療が得意だ。以前はよく、道具箱を持ってうちに来て、父に尽くしてくれたのを覚えている。思いがけないことに、子育てについては一家言を持っていた。息子がいいも、娘がいいもない。出来がよければ、どちらでもいい。出来が悪ければ、どちらもダメだ。いちばんいいのは、避妊手術をすることさ！　ぼくは老人たちの楽しそうな様子を見て、船室の孤独な父を思い出し、思わず胸が詰まった。船上の父は年のわりに老け込んでしまい、陸上の老人はますます若返っているように見える。やはり水の上より岸の上のほうがよいのだ。陸上の老人たちも、その息子たちも元気だった。突然、奇妙な考えが浮かんだ。もしも血縁を変更することができたら、どんなにおもしろいことか。ぼくが庫文軒の息子でなかったら、あの鍛冶屋が父親だったら、あの耳掃除の名人が父親だったら、ぼくは五癩子や小陳のようになっていただろうか？　ぼくが五癩子、もしくは小陳だとしたら、それはいいことか？　ぼくは立ち尽くしたま、しばらく考えていた。そして自分の心の声を聞いて、大いに驚いた。ぼくは五癩子みたいなやつが羨ましい。理髪師の小陳と入れ替わることを望んでいる。それはいいことだ、というのがぼくの答えだった。

あばたの沈《シェン》の露店を通りかかると、お焼きのいい匂いがした。腹が減っていることに気づき、お焼きを買ってかじった。そのとき、背後でぼくの名前を呼ぶ澄んだ声が聞こえた。徳盛のおかみさんだ。大げさに驚いて、ぼくを見つめている。東亮、こんなところで、お焼きをかじっている場合じゃないだろう？　床屋で何をやらかしたんだい？　治安部隊がおまえを探しているよ！　ぼくは言った。治安部隊が何の用だ？　道を歩いただけで、治安を乱したことになるのか？　徳盛のおかみさんは厳しい表情でぼくを見た。私に強がりを言ってもムダだよ。床屋の人は、趙春美がおまえのせいで首を吊りそうになったと言っていた。やっと梁から下ろしたところだって。誰を怒らせてもいいけど、あの女だけは避けなくちゃね。

二

ぼくは人民理髪店に戻った。店内の空気は、食べ物の匂いと石鹸の香りが入り混じっている。理髪師たちは机を二つつなげて食卓にして、昼食をとっていた。彼らはぼくを見て驚いたが、こちらはもっと驚いた。治安部隊の王小改が仲間に加わっていたからだ。王小改は理髪師たちの間にすわり、卵焼きを口に運んでいる。孫喜明が一人だけ、所在なさそうに長椅子にすわっていた。ぼくが入って行くと、孫喜明は救いを得たように立ち上がり、王小改に言った。王小改、東亮が来たぞ。おれは帰ってもいいだろう？

王小改は食卓から顔も上げずに言った。ダメだ。問題が解決するまで、ここにいろ。

ぼくには彼らの意図がわからなかった。本当は途中になっていた散髪を終わらせるつもりだったが、どうも店内の空気が怪しい。ぼくは片隅に置いてあった旅行カバンを持って帰ろうとした。王小改が食器を投げ出し、走ってきてカバンを奪った。どこへ行く気だ？　騒ぎを起こしておいて逃げるつもりか？　そうはいかんぞ。

趙春美のことを言っているのだろうと思って、ぼくは言った。あの女とのもめごとの原因を知ってるのか？

王小改は言った。よく言うな。趙春美は首を吊ろうとしたんだぞ。何がもめごとだ。

ぼくは言った。あの女が先にぼくを侮辱したんだ。どんなことを言ったか、みんなが聞いている。証人になってくれるはずだ。

このとき理髪師たちは食事の手を止めて、曖昧な表情をしていた。老崔が言った。空屁、とんでもない事件を引き起こしておいて、おれたちに味方になれと言うのか？　公平な話をするなら、きっかけは確かに趙春美にあったが、あとは全部おまえが悪い。誰に罪があるかとなれば、首吊りにまで追い込んだやつがいちばんだろう。

明らかに、老崔たちは最終的に趙春美の側に立つつもりだ。ぼくは思わず、視線を慧仙に向けた。だが慧仙はコンロのそばで、網にのせたマントウの焼け加減を見ている。ぼくの救いを求める視線には応えようとしない。慧仙は焼けたマントウを孫喜明に強引に手渡して言った。せめて、これを食べてくださいね。食事は遠慮されちゃったけど、少しは私の顔を立てて。孫喜明はマントウとぼくを交互に見て言った。慧仙、おれに気をつかわなくてもいいよ。おまえは町で顔が広いんだから、東亮のために知恵を出してやってくれ。早く問題を解決するんだ。慧仙はしばらく沈黙してから、ぼくに目を向けた。虚ろな目つきで慧仙は言った。あんなひねくれ者の気持ちはわからないわ。知恵を出したって、受け入れないでしょうよ。孫喜明はぼくに目配せして、代弁して言った。受け入れるさ。おまえが知恵を出してくれれば、きっと受け入れる。慧仙はため息をついて言った。買いかぶらないで。私は諸葛孔明じゃないんだから、知恵なんか出せないわ。王小改に引き渡して、罪を償わせればいい。謝りに行かせるのよ。それで趙春美の気が済むかどうかはわからないけど。まずは謝ることね。どうすれば、問題を解決したことになるの？　様子を見ながら進めるしかないでしょう？

王小改は鼻をフンと鳴らした。簡単に言うじゃないか。口で謝るだけで済むと思うか？　それで問題の解決になるか？　趙春美を見損なうなよ。

慧仙は柳眉を逆立て、目をギラギラさせて王小改をにらんだ。それじゃ、どうするのよ？　庫東亮の首をはねて、持って行って謝るつもり？　死人が出れば、問題が解決するの？

王小改は言葉に詰まった。慧仙を崇拝していて、機嫌をそこねたくないらしい。そこで目標を再びぼくに定め、ぼくの肩を押して言った。強情な奴だ。謝る気があるのか？　二度と外で騒ぎを起こすなよ。おれのメンツは丸つぶれだ。一緒に謝りに行ってもいいが、その前に約束しろ。殴られても、怒鳴られても、反撃しないって。

王小改のこの言葉にカッとして、ぼくは叫んだ。王小改、バカにするな。どうして殴られても、怒鳴られても、反撃できないんだ？　謝ってもいいけど、趙春美にもうちの親父に謝ってもらう！　ぼくは言い終わってすぐ、自分の過ちに気づいた。店の人たちはみな、ぼくに軽蔑の表情を見せている。王小改は慧仙に言った。見ろよ。言ったとおりだろう。こいつは身のほど知らずの大バカ野郎だ。それでも肩を持つか？　孫喜明が慌てて、小声でぼくに言った。東亮、ヘマをやったな。何てことを要求したんだ？　おまえにその資格があるか？　男なんだから、女に謝るぐらい平気だろう。早く行けよ。

孫喜明はまた、ぼくの代弁をした。手を引っぱって戸口へ歩きながら、謝りに行くんだ、謝りに行くんだとつぶやき、王小改を目で促している。王小改は立ち尽くしたまま、慧仙に視線を送って意見を求めた。事態は不思議な方向に発展し、慧仙が事件の主宰者のようになっていた。なぜか、慧仙がそういう役回りになったことで、ぼくは安心感を覚えた。ぼくも慧仙を見た。慧仙の表情から、その気持ちを察することはできない。慧仙は口元に笑みを浮かべて言った。どうして私が、『紅灯記』の李おばあさんになってしまったのかしら？　これはまるで処刑場に連れて行かれる李玉和が、李おばあさんに別れを告げる場面じゃないの？　慧仙は冗談を言ってから、机のバリカンを手にして切れ味を確かめると、突然ぼくを手招きした。さあ、庫東亮、処刑場へ行く前に、髪を整えなくちゃ。帽子を脱いで。私が散髪してあげるから。

ぼくはためらった。慧仙はすでに白いカバーを広げ、回転椅子に落ちている髪の毛を払って言った。さあ、すわって。李おばあさんが李玉和の髪を切るの。終わったら出発よ。

慧仙はなぜ、こんな冗談を言ったのだろう？　乗りかかった船だと思って、ぼくは王小改たちの嘲笑を受けながら、回転椅子に歩み寄った。めったにない緊張感で、足元がおぼつかない。慧仙の声が聞こえた。カバンを置きなさいよ。ぼくはカバンを置こうとしなかった。そして椅子にすわり、カバンを膝の上にのせた。慧仙は言った。カバンの中に金の延べ棒でも入ってるの？　まさかね。だったら誰が盗む？　慧仙の手が伸びて、ぼくの旅行カバンは放り出された。

慧仙はぼくの背後に立った。つかず離れずの位置に慧仙の体がある。経験したことのない、豊かな香りがぼくを包んだ。その匂いをどう表現すればいいのだろう。半分は顔に塗られた化粧品に含まれているジャスミンの香りだが、もう一つの淡い匂いの出所はわからなかった。慧仙の体の匂いだろうか？　ヒマワリの花の香りだ。そう言っても信じてもらえないだろうが、慧仙の体は確かにヒマワリの花の匂いがした。少し息苦しい。老崔が変なことを言っている。慧仙はあいつにやさしいな。二人の間には、素朴な階級の感情があるんだろう。慧仙が言った。老崔、変なこと言わないで。私は誰にでも階級の感情を持っているわ。それ以外の感情はないのよ。ぼくは黙っていたが、体が平静でいられなかった。慧仙の手振りや動きにつれて緊張したり、逃げ出したくなったりした。慧仙は言った。庫東亮、頭を普通にできないの？　どうしたのよ、そんなに固まっちゃって。肩の力を抜いて。頭をもっと下げてよ。ぼくは頭を下げた。慧仙の手がぼくの頭を押さえ、二本の人差し指が両耳の中でゆっくり回転している。その感触で、ぼくの持病が再発した。ぼくは苦境にあることを忘れ、頭のてっぺんから足の裏まで、体全体が生理反応のとりこになった。神秘的で強烈な電流が、頭から急激に体を貫き、下へ下へと伝わっていく。ぼくは勃起した。またこれだ。恐るべき勃起。息が苦しい。危険だ、危険だ。頭の中で声が反響している。理髪店の空気がますます強く、ぼくに警告を発した。早く逃げろ、早く慧仙から離れろ！

慧仙の不意を衝いて、ぼくは急に飛び起き、立ち上がって言った。もういいよ！

慧仙が不思議そうに言った。何がいいの？　まだ終わってないわ。うしろも刈り上げてないし、もみあげも揃ってない。

ぼくは鏡をチラッと見て言った。だいたいでいいさ。趙春美のところへ謝りに行くんだから。お見合いでもあるまいし。

あんたは変わり者ね。わけがわからないわ！　慧仙はぼくをじろじろ眺めてから、持っていたクシとハサミを投げ出した。勝手にしなさい。どうせ、あんたの頭なんだから。好きなようにすればいいでしょう。

午後一時ごろ、ぼくは護送される犯人のように、通りを歩き始めた。王小改が左側、孫喜明が右側を固めている。彼らはぼくを挟みつけるようにして、繡球坊《シュウチュウファン》の趙春美の家まで連れて行った。趙春美の家の戸は、鍵がかかっていなかった。王小改がまず中に入り、様子を見てから出てくると、孫喜明に相談した。ベッドで寝ているぞ。入っていいものかどうか。孫喜明はためらった。ぼくは入りたくないので、戸口の外へ出ようとしたが、孫喜明に引き止められた。せっかく東亮を連れてきたんだから、ひと言謝ってから帰ろう。趙春美を起こす必要はない。ぼくは二人に押されるようにして、部屋に入った。すぐ目についたのは、壁の黒枠の写真に納まった小唐だった。暗い顔で、こちらを見つめている。ぼくは昔のことを思い出し、ぞっとして息をのんだ。孫喜明は、ぼくの足がふらついていることに気づいた。そして、ぼくが恐れていると思って、こう耳打ちした。覚えておけ。殴られても、怒鳴られても、反撃しないんだぞ。数分で済むことだ。ちょっとだけ我慢しろ。

趙春美の部屋の窓は中庭に面している。王小改が窓の外に立ち、ガラスを叩いた。春美ねえさん。空屁を謝罪のために連れてきました。殴るなり、罵るなりして、鬱憤を晴らしてください。

部屋は静まり返っていたが、突然ガーンという音がして、何かが窓に当たった。室内で、趙春美の引き裂くような叫び声がした。出て行け、早く出て行け。

王小改が言った。出て行かせますが、このままではいけません。きちんと謝らせてからにしましょう。窓の向こうできぬずれの音がする。趙春美は起きたらしい。窓がギーッという音を立てて開き、趙春美の顔が暗がりに現れた。腫れぼったい、涙に濡れた顔、おでこに膏薬を貼っている。その視線がぼくの体に向けられた。それほど鋭くも恐ろしくもない。冷静で、遠くを見ているような、悲哀を帯びたまなざしだった。謝るだけなら珍しくもないさ。庫文軒のバカ息子を土下座させるんだ。趙春美が突然、口を切った。そいつを五分間、土下座させる。そのあと、小唐の遺影にも土下座させる。庫文軒の代わりに、五分間だよ！

趙春美が土下座を要求するとは思わなかった。王小改と孫喜明も、窓の前で呆然としている。ぼくは向きを変えて外に飛び出そうとしたが、孫喜明が必死でぼくを抱きとめた。東亮、行くな。相手は腹立ちまぎれに言ってるだけさ。どう解決するか、おれたちで相談しよう。窓の向こうから、趙春美の声が聞こえた。腹立ちまぎれだって？　土下座するか、出ていくか、相談の余地はないよ。王小改がおずおずと言った。時間を少し考慮してくれませんか？　五分と五分で合計十分の土下座は受け入れにくいでしょう。趙春美は窓枠を叩いて叫んだ。受け入れないなら、出ていきなさい。この問題は趙春堂に解決してもらうわ！　孫喜明が言った。春美ねえさん、融通をきかせてくださいよ。出てきて東亮を殴るなり、罵るなりすれば、同じように鬱憤が晴らせます。土下座はあまりに酷です。東亮は受け入れません。趙春美は冷笑して言った。殴れば私の手が汚れる。罵れば喉がかれてしまう。さあ、一分間で考えなさい。土下座が嫌なら、出て行くんだね。

王小改と孫喜明は焦った。王小改はついにぼくの肩を押さえ、警告を発した。空屁、これ以上逆らうなら、最後の手段を取るぞ。おまえの処分を誰に委ねても恨むなよ！　孫喜明は焦って、中庭を駆け回りながら言った。東亮、ちょっとだけ土下座しろ。命まで取られるわけじゃない。おれたちも見ないから。王小改と一緒に外に出る。絶対に見ないから、いいだろう？

ぼくは何も言わず、狂ったように腕を振り回して、王小改と孫喜明の手から逃れた。趙春美の家の外に飛び出し、一気に繡球坊を抜けた。背後でかすかに、王小改の叫ぶ声が聞こえる。空屁、逃げるがいいさ。でもな、どこまで逃げても、逃げきれるもんじゃないぞ！

人民街まで走ると、ぼくは疲労を感じた。突然、父の日程表を思い出し、腕時計を見るともう決められた時間を超えていた。上陸してから、すでに三時間が過ぎている。まともなことは何もせず、大きなもめごとを引き起こしてしまった。ぼくは雑貨屋の石段の前に来ていた。多くの人が並んで、落花生を買っている。誰かが大声で叫んだ。空屁、空屁が来た！　みんなが一斉に振り向き、あれこれ言っている。ぼくが事件を起こしたことを知っているのだ。ぼくは自分が街のネズミになったような気がした。急いで大通りを避けて小道を選び、七歩巷《チーブーシアン》に入った。路地を抜けて人民理髪店へ行き、旅行カバンを取り戻すのだ。七歩巷は静かで、道幅が狭い。ところが、ばったり孫喜明の息子の二福に出会った。二福はぼくを見たとたんに叫んだ。うちの父ちゃん、どこへ行った？　母ちゃんに探してこいって言われたんだけど。見つからないんだ！　説明が難しいので、ぼくは適当にごまかした。おまえの父ちゃんは繡球坊にいる。自分で探しに行け！　二福が言った。繡球坊なんて、知らないよ。連れて行って！　ぼくは二福を押しのけて言った。暇がないんだ。上陸してもう三時間になるのに、何も用事が終わっていない。二福が背後から呼びかけた。待って。空屁、待ってよ。ぼくは繡球坊を知らないんだよ。ひどいじゃないか。うちの父ちゃんは、おまえのために忙しい思いをして、いまもおなかをすかせてる。なのに、暇がないだなんて。まともな人間なら、ぼくを繍球坊まで連れて行くべきだ！　ぼくは我慢ならず、振り向いて二福に言った。暇がないと言ったらないんだ。それに人間じゃなくて、空屁だからな。誰にも人間扱いされなくたっていいさ！

三

三度目に人民理髪店に入ったぼくは、あやうく命を落としそうになった。

最初ぼくは、金おばさんの弟の三覇《サンバー》がいることに気づかなかった。慧仙だけを気にしていたのだ。慧仙の姿はなく、老崔と小陳は新聞を読んでいる。老崔が目配せをしたが、ぼくは気にとめなかった。店内は殺伐としていて、女性客は一人もいない。数人の見知らぬ男たちが、長椅子や洗面台のあたりにいるだけだった。ぼくは急いで米や塩を買いに行かなければならないので、店の異変をまったく気にせず、片隅の旅行カバンのところへ直行した。ところが、旅行カバンの持ち手が自転車の防犯チェーンで、水道管に固定されていた。

振り向くと、そこに三覇の凶悪な顔があった。三覇は言った。空屁、いい度胸だな。おれの姉貴を侮辱したのは、おれを侮辱したのと同じことだ。その若さで、もう命を投げ出したくなったわけか？

ぼくは慌てて店の戸口へ走ったが、もう遅かった。例の見知らぬ男三人が出口をふさいでいる。何度か突破を試みたが通用せず、両腕をひねり上げられた。ぼくの体は麻袋のように、地面に転がった。顔がちょうど三覇の足元にあったので、すねに彫られた有名な虎の入れ墨が見えた。三覇はぼくの顔を蹴って言った。空屁、おれが直接手を下したとなると、人聞きが悪い。おれは何もしないから、安心しろ。おれの弟分が、おまえに授業をしてやる。

三人の男は悪意をみなぎらせ、三発の爆弾のようにぼくを包囲した。そのうちの一人は八の字髭を生やし、がっちりした体つきで、李荘《リーヂュアン》の老七《ラオチー》と呼ばれている。その金雀河一帯での知名度は、殺人事件と関係していた。少年時代に人を刺し殺し、労働教育を数年受けたが、また同じ罪を犯して収容所に舞い戻った。今度はいつ出てきたのだろう？　彼らが三覇に呼ばれてきたことはわかっていた。しかし、ぼくにどんな授業をするのかがわからない。三人ともぼくより若く、十八、九に見えた。お揃いの白いラッパズボンをはき、似たような色の縞模様のシャツを着ている。腕には流行のデジタル時計をつけていた。老七はズボンのベルトに皮のサックを吊るしている。サックから顔を出して冷たい光を放っているのは、電気工が使うナイフだった。一人の男が三覇に尋ねた。兄貴、今日は何の授業にします？三覇は何も言わず、老七がその男を痛罵した。バカ野郎、もちろん解剖の授業だ。やつのラッパをちょん切るのさ！　老七は平然とした顔で、いたずらっぽくぼくに目配せした。ぼくは意味するところがわかったので、慌てて老崔と小陳に助けを求めた。老崔、小陳、助けてくれ！　小陳は手を広げた。助けたいけれど力が及ばないという意味だ。老崔は外を指さした。指示する方向を見ると、白いラッパズボンをはいた男が、外でも一人うろついている。明らかに見張り役だ。老崔の言いたいことはわかった。三覇が「授業」をすると決めた以上、もう彼らの力は及ばないのだ。

不思議なことに、ぼくは絶望の淵で慧仙を思い出し、思わず叫んだ。慧仙！　慧仙はいない。どこへ行ってしまったのだろう。返事は聞こえなかった。三覇がニヤリと笑い、凶悪な目でぼくをにらんだ。慧仙を呼んで、どうする気だ？　慧仙とおまえは何の関係がある？　この期に及んだら、誰もおまえを救えない。さあ、授業だ。

一人の男が始業のベルを口まねした。チリンチリン、チリンチリン。老七は手のひらに唾を吐き、ナイフを取り出すと、ぼくの股間に当たりをつけた。ぼくは思わず大声を上げた。老七はニヤリと笑った。何を叫んでいる？　おまえのラッパをちょん切るだけだ。痛くないぞ。おまえの親父はラッパ吹きが好きだったらしいな。おかげでラッパを半分失った。おれたちは、おまえに親孝行させてやる。親父に学び、親父に敬意を示すんだ。ぼくは両手で下半身を隠し、必死にもがいて立ち上がった。外に飛び出そうとしたが、例の見張り番が強い力でガラス戸を閉めた。ぼくは頭をガラス戸にぶつけ、腰を老七に押さえられた。足も二人の男につかまれている。ぼくは力尽きて、一枚の紙のように床に伸びていた。男たちがベルトをはずしたとき、ぼくは叫んだ。お父さん、お父さん！　自分でも信じられない。それが、救いを求めるぼくの声だった。なぜ、父に救いを求めたのだろう？　この世でたった一人の肉親だからかもしれない。この叫びを聞いて、三覇は冷笑した。空屁、だらしがないぞ。親父を呼んでどうするんだ？　親父のラッパが問題を起こしていなければ、おまえのラッパをちょん切ったりしない。ラッパ、ラッパ。おまえたち親子を救ってやろう。一生、ラッパを吹けなくしてやる。

老七のナイフが白い光を帯びて、ぼくの下半身をなぞった。立てろ、立てろ、おっ立てろ。立たないと手術ができないからな。老七はみんなの目の前で、ぼくの生殖器にナイフを当て、楽しそうにもてあそんだ。ぼくは冷たく鋭い痛みを感じた。この瞬間、あらゆる屈辱と恐怖が消えた。ぼくは理髪店にいることも忘れた。うちのはしけ船の船室で寝ていて、いつもの悪夢を見ているようだ。三覇たちの顔が、目の前で揺れている。どの顔も曖昧だったが、ときどき父の顔がその背後にチラついた。目元の皺と下あごの湿疹が、はっきりと見える。目に涙をためているが、老け込んだ顔には安堵の笑みが浮かんでいた。かすかに、ぼくを慰める父の声が聞こえる。東亮、強情を張るな。ちょっと我慢すればいい。切ってもらえ。切ってもらえば救われる。切ってもらえば、おれも安心だ。

外で鋭い呼び子の音が響き、店内は静まり返った。ぼくの体を押さえつけていた手や足が、力を緩めたのがわかる。三覇の足の間から、ガラス戸の外の様子が見えた。救いの神がやってきた。王小改と五癩子だ。二人は外で、慧仙と何か話している。見張り番の男はすでに店内に入り、三覇に報告した。きっと、小鉄梅が知らせたんです。あのアマっこ、いい度胸だ！

治安部隊と三覇たちは、ガラス戸を挟んで対決した。三覇が言った。王小改、おまえたちが持っているのは何だ？　リレーのバトンか？　そんなもので脅そうとしてもムダだぞ。空屁はおれの姉貴を怒らせて、心臓発作を起こさせた。許せると思うか？　おれはカタをつけにきた。おれの顔を立てて、五分間待ってくれ。王小改は言った。三覇、おれの顔も立ててくれ。カタをつけるにしても、ここはダメだ。ここで事件が起これば、おれの責任になる。ほかの場所なら、誰も干渉しないさ。

双方が戸口で談判しているとき、慧仙が外で老崔と小陳の名前を呼んだ。二人の理髪師は答えようとしない。慧仙は店内にもぐり込もうとしたが、二人の男に阻まれた。老七がニヤニヤ笑いながら言った。小鉄梅、気をつけろよ。空屁をかばえば、うちの兄貴に楯突くことになる。空屁のラッパをちょん切るのを邪魔するなら、おれたちのラッパを吹いてもらうぞ。下品な冗談に腹を立て、慧仙は老七の横っ面をひっぱたいた。バカにしないで。あんたたちに、いじめられてたまるもんか。百年早いわよ。いまは見逃してやるけど、明日は地区の武装部隊に電話して、王部長に来てもらう。武器持参で、あんたたちを始末してもらうわ！

三覇たちも、慧仙には遠慮があったようだ。慧仙は立ちはだかる三覇たちの間を抜けて入ってきた。

そして箒をつかんで近づいてくると、ぼくの体を叩いて言った。自業自得よ。いい気味だわ。早く起きなさい。ぼくは何度かもがいたが、体がバラバラになったようで、どうしても起き上がれない。慧仙が手を伸ばしたが、ぼくを引き起こす力はなかった。慧仙は地団太を踏みながら、老崔と小陳に向かって叫んだ。老崔、小陳、それでも人間なの？　この大変なときに、いつまで野次馬でいるつもり？　早く手を貸して。東亮を逃がしてやりましょう！

老崔と小陳はぼくを戸口まで連れて行った。三覇たちの隊列が崩れたすきに、ぼくは理髪店の外へ出た。老七が追ってきて、ぼくの腰を蹴った。ぼくは避けきれず、強い衝撃を受けた。別の男が理髪店のカミソリを持ち出し、ブーメランのように、ぼくの首をめがけて投げてきた。カミソリは耳元をかすめて行った。通りに出たとき、背後から三覇の大声が聞こえた。空屁、逃げるがいいさ。陸の上なら走れるだろう。でも、水の上はどうする？　おまえの船は知ってるぞ。向陽船団の七号船だったよな？　船に戻って、おれを待つがいい！

四

ぼくは命がけで走った。

気持ちは乱れ、体のあちこちが耐えられないほど痛かったが、ぼくは走り続けた。何年もの間、こうやって走ってきたような気がする。駆け足の練習をしたことはないが、小さいころから危険な目にあって、懸命に走らなければならなかったのだ。走っている途中、赤いセーターを着た女が雑貨屋の石段を下りてくるのが目に入った。すらっとした姿が、左前方に見え隠れしている。うしろから見ると、ぼくの母、喬麗敏によく似ていた。ぼくは道の右側から左側に走路を変え、死にかけた魚が最後の一滴の水を追い求めるように、その女のあとについて行った。突然、母がとても恋しくなった。ぼくは必死で逃げるうちに、すっかり心が弱くなってしまった。ぼくは母の幻影を追いかけていることを知りながら、あきらめることができないのだ。雑貨屋を過ぎたあたりで、白い運動靴を買うために行列している連中に出会った。数人の若者も交じっていて、好奇の目でこちらを見ている。視線はぼくの下半身に向けられていた。無鉄砲なやつが、行列から飛び出してきて叫んだ。空屁、三覇からどんな授業を受けた？三覇にラッパをちょん切られたのか？　彼らともめている暇はない。ぼくは道の右側に戻って走り続けた。どうしても、走らなければならないのだ。掲示板の前では、一人っ子政策の宣伝画を見た。赤ん坊を抱いている若い女が、また母、喬麗敏を思い出させる。美しいけれど不自然な顔は、母の青春時代そのものだった。輝かしい笑顔、見せかけの幸福、まるで同じだ。右側を走り出すと、左側の母の幻影は消えた。振り返れば、母の幻影は背後からぼくを監視している。プラタナスの木陰に身を隠し、サンダルで何度も幹を叩いていた。ろくでもない息子だ、私を見てどうするの？　いまさら恋しくなったのかい？　もう遅いよ！

ぼくは綿花の倉庫沿いの小道を抜けて、無意識のうちに波止場へ向かった。顔を上げると、母の幻影がまた小道に現れた。倉庫の薄暗い出入り口から姿を見せて、サンダルを手にしたまま、ぼくに話しかけた。どこへ行くの？　船に戻っちゃダメよ。三覇たちが追いかけてくるわ。ぼくが手を振って幻影を追い払おうとすると、母の声がした。私を追い払うつもり？　あなたを救えるのは私だけなのに。東亮、早く家に帰りましょう。家に帰るのよ！　ぼくは慌てて足を止めた。不思議だ。ぼくが足を止めると、母の幻影も消えた。催促と警告の声も消えた。家に帰ろう。ぼくは家に帰りたかった。しかし、ぼくの家はどこにあるのか？　ぼくは心身ともに疲れ果てていたが、頭ははっきりしていた。ぼくの家は向陽船団のはしけ船だ。油坊鎮に家はない。船上生活は十三年になる。とっくに陸上の家はなくなった。よく知っている街路、よく知っている家屋、多くの戸口や窓があるのに、すべて他人の家で、ぼくの家はない。行くあてがないので、ぼくは綿花倉庫のあたりで、しばらくぐずぐずしていた。道端の土管にもぐり込もうとしたとき、北西の方向から学校の終業のベルが聞こえてきた。その音はゆっくりとこだまして、十三年前の放課後の道を思い出させた。ぼくは呆然としたまま、建設現場のゴミの山を乗り越え、家に帰ろうとした。この工農街に通じる近道には、少年時代の足跡が数多く残っている。時間が廃墟の中で逆流した。ぼくは廃棄されたドラム缶や箱の間をすり抜け、あるときは慎重に、あるときは飛ぶように速く歩き、四、五分で見慣れた通りに出た。工農街九号、十三年前のわが家にたどり着いたのだ。

油坊鎮の閑静な中心地区は暮色に包まれていた。工農街はその名と違って、いまや一般庶民の居住区ではなくなり、幹部たちだけが住んでいる。街角に停めてあるジープや高級車がこの地区の格付けを示していた。石畳の道がアスファルトに変わったばかり。家々の扉は閉ざされている。プラタナスの樹影に包まれ、いかにも厳かな印象を与える。工農街九号の建物は何度か修繕され、鳥の巣も瓦に生えた雑草も取り除かれていた。真新しい赤い瓦と白い塀が暮色の中で輝いて、清潔さとぬくもりを際立たせている。

これが子供のころの家だ。所有者は何度か替わり、新しい主人は綜合庁舎の紀主任《チー》だった。副連隊長クラスの幹部で、一年前に退役したばかりだという。誰もが羨む理想的な家庭を持っていた。二人の息子は部隊にいて、一人は海軍、一人は空軍だった。ぼくは緑色のペンキが塗られた表門の前に立った。模範中庭に繁茂するヘチマの蔓《つる》が、門の上まで伸びている。いくつかの札が、門に打ちつけてあった。

家庭、名誉軍属、優秀党員の家、など。ぼくは紀主任の家の郵便受けに注目した。ぼくの家で使っていた古いブリキの郵便受けで、クリーム色のペンキが塗ってある。目を凝らすと、かすかに「庫」の文字が浮かび上がった。表現しようのない温情もしくは哀愁で、胸が詰まった。見上げると、中庭にはまだナツメの木がある。ナツメの木の葉が頭の上に落ちてきた。ぼくが頭を振ると、木の葉は肩に落ちた。ぼくは木の葉を手に取り、家屋は人間以上に薄情だと思った。ぼくを覚えているのは、この木の葉だけらしい。何年も、工農街に来たことはなかった。暇なときにも、気分のいいときにも来ないで、よりによってこんなときに来てしまった。ぼくは主人をなくした犬だ。かつての犬小屋のあたりをうろついている。一人の少年が輪回しをしながら通りかかり、まん丸い目でぼくを見つめた。贈り物を届けにきたの？　紀主任の家族はみんな仕事に出かけたよ。夜にならないと帰ってこない。ぼくは言った。贈り物を届けにきたわけじゃないさ。住宅管理局から家の調査にきたんだ。

十三年の歳月が経過して、この家は往時をしのぶ意味しか持たなくなった。ぼくは塀沿いに歩き、塀の根方に昔作ったウサギ小屋がまだあるのを発見した。紀家の人はそれをゴミ箱として使っている。東側の窓は閉ざされ、新たに鉄柵が設置されていた。窓の向こうには、花柄のカーテンがかかっている。中の様子は暗くて見えない。その窓の奥が、かつてはぼくの部屋だった。ベッドは窓の下に置いてあった。窓辺を歩いているうちに、窓ガラスに切り紙の蝶が二匹、貼ってあるのに気づいた。ぼくは角度を変えて、現在の部屋の構造を確かめようとしたが、突然、自分の行為に驚いた。そこはきっと紀主任の娘の部屋だろう。見てはいけない、見てはいけない！　娘の部屋の窓の下は、かつて立ち入り禁止の場所だった。いまでもそうだ。ぼくは腰をかがめて、紀主任の家の窓を離れた。

通りの反対側に、大きなプラタナスの木があった。巨木の幹と緑の葉を見ているうちにひらめいた。

ここは身を隠すのに絶好の場所だ。安全なだけでなく、かつてのわが家を観察するのにも都合がいい。木に登ると、パッと視界が開けた。中庭のナツメの木はなおも成長を続けている。中庭の半分が、ナツメの枝葉に覆われていた。残りの半分は、物干し竿とロープが占めている。紀主任の家にはどうして、こんなに多くの肉や魚が集まってくるのだろう。すぐには食べきれないので、鶏肉も鴨肉も、豚の頭も魚も、それぞれ塩漬けにして、中庭に干している。それはもう、ぼくの家ではない。記憶によれば、ナツメの木の下には花壇があるはずだった。花壇にはバラの花を植えていた。母は長年にわたって、バラを育てた。よそのバラが咲いても、母の植えたバラは咲かない。花がわが家の運命を象徴していたのだ。ぼくたちが工農街を出て行く年の春、バラが数輪花をつけた。初めての花だった。薄紅色の蕾は、とても小さかった。いまでも覚えている。夜中に小便に起きたとき、月光の下、母が花壇のそばにすわっていた。バラの花を相手に、自分の人生の総括をしていたのだ。母はぼくに言った。これは私の命よ。みんな、おまえの父さんのせいだ。ようやくバラの花が咲くのに、私は出て行かなくちゃならない。花を見ることはできないわ！

ぼくはプラタナスの木の上で、母の最後の幻影を見た。ぼくは工農街九号の家に入ることができないが、母の幻影は軽々と入って行った。母は赤いセーターを着て、ナツメの木の下に立っている。母の視線は塀を越えて、ぼくに怒りをぶつけてきた。少しはまともな人間になりなさい。木に登っちゃダメ。早く下りてきて。家に帰りなさい。家に帰るのよ！　ぼくの頭ははっきりしていた。幻影の命令をきくわけにはいかない。すぐ目の前にあるが、残念ながらこれはぼくの家ではない。木の上にすわっていると、だんだん腰が痛くなってきた。老七に蹴られたせいだ。障害が残るかもしれない。ぼくは木の上で、自分の腰をもんだ。急に、様々な思いが湧いてきた。ぼくは初めて、自分の人生を振り返った。父か母かというときに、ぼくはなぜ父を選んだのか？　もし母のそばを離れなかったら、ぼくの将来は多少なりとも好転していただろうか？　父と母、どちらの教育がためになったか？　どちらに、ぼくを一人前にする資格があったか？　もし母について行けば、はしけ船や河の水は失ったけれど、少なくとも陸上に家を確保できた。船上生活と陸上生活、どちらがぼくにとってよかったか？　一つも答えは出なかった。そのあと、ぼくは絶望的な心の回答を聞いた。すべては空屁、空屁なのだ。どちらの生活もよくない！　河の上も陸の上も同じことだ。この木の上で一生を送ったほうがいい。

ぼくは木の上で、プラタナスの枝葉と一緒に途方に暮れていた。街のアカ犬が最初にぼくに気づいた。さっと木の下へ来て、猛烈な勢いで吠え立てた。ぼくはびっくりして、老七たちが追ってきたのかと思った。さらに高い枝に登って眺めると、工農街は静まり返っている。一軒の家の戸が開いて白髪頭が出てきたが、あたりを見回しただけで、また引っ込んでしまった。犬の鳴き声に引き寄せられたのは、あの輪回しの少年だった。少年は木の下まで来て、大げさに驚いて叫んだ。いい大人が木登りをしてるの？　いったい、何のため？　ぼくは言った。何のためでもない。疲れたから、木の上で寝てるんだ。少年は言った。嘘だ。木の上で寝るのは鳥だろう。あんたは人間なのに、どうして木の上で寝るの？　ぼくは言った。鳥人だからさ。鳥人の家は木の上にある。疲れたら、木の上で眠るんだ。少年は疑わしそうにぼくを観察し、突然叫んだ。嘘だ。鳥人なんていない。さっきは住宅管理局の人だって言ったじゃないか。家は管理しても、木は管理しないはずだ。木に登って何をしてるの？　何か盗もうとしてるんじゃないか？　きっと泥棒だ！　ぼくは焦って言った。木に登れば泥棒か？　ガキのくせに偉そうな口をきくな。いいか、おれがここに住んでいたころ、おまえはまだ母親の腹の中にいたんだぞ。

少年は輪回しの輪をしまって、あたふたと東側の家の門へ駆けて行った。大人を呼んでくることを心配して、ぼくは急いで下へ移動した。腕時計を見ると、上陸時間はすでに父の規定を六時間も超えている。三覇や老七たちが船で待っているとしても、木の上に隠れているのは得策ではない。ぼくは慌てて木から飛び下りた。そこでようやく、自分が手ぶらであることに気づいた。旅行カバンがない。理髪店に忘れてきたのだ。上陸してからいままで、いったい何をしていたのだろう。悪いことは重なるもので、小麦粉も菜種油も買えないうちに、食品市場はもう閉店時間だ。

ぼくは周囲の様子をうかがいながら、人民理髪店の入口にたどり着いた。待ち伏せに備えて、あたりをじっくり観察したが、何も異常はない。ただ、近くのゴミ置き場に、大量のガラスの破片が積まれていた。鏡の破片らしきもの、割れたジュースの瓶らしきものが判別できる。ぼくが逃走したあとの理髪店で、どのような衝突が起こったのだろう？　人民理髪店は早めに店じまいしていた。入口の横の回転灯も動いていない。花壇のヒマワリの花も驚きのあまり、しおれて大きな葉の中に隠れてしまった。理髪店のガラス戸は閉ざされ、人の姿はない。ガラスの上に新しい告知が貼ってあるのが興味を引いた。近づいて、それを見たぼくは思わず息をのんだ。一つ一つの文字が銃弾のように、ぼくの胸を撃った。

本日より向陽船団の庫東亮の来店を禁止する。

人民理髪店従業員一同

ぼくは理髪店への出入りを禁じられた。三覇と老七は禁じられなかったのに、ぼくは禁じられた！　どんな過ちを犯したというのか？　どうして公共の場所への出入りを禁じるのか？　ぼくは胸が張り裂けそうだった。ガラスを叩いてみたが、反応はない。向かい側の店で綿の打ち直しをしていた浙江人の夫婦が驚いて、頭に綿をつけたまま出てきた。夫はぼくの旅行カバンを、妻は白い掛布団を手にしている。夫はぼくの幸運を喜びながら言った。いいときに逃げ出したな。三覇は仲間を四人呼んでいたが、ちょうど閻魔大王はタバコを買いに行っていた。そうでなければ、ひどい目にあっていたはずだぞ。閻魔大王のことは聞いているだろう？　老七よりもすごい。腕をたたき切るのが得意だ。鳳凰鎮で、四人の腕を一気に切り落としたことがある。おれはこの目で見た！　妻は夫を押しのけ、急いで旅行カバンと掛布団をぼくに手渡した。この掛布団は、慧仙からあんたの父さんへの贈り物だよ。小さいころに受けた恩義に報いたいからって。妻は無理やり掛布団をぼくの胸に押しつけて言った。これを持って早く帰りなさい。あの告知を見ただろう？　慧仙は言ってたよ。これは集団の意見なんだ。これからは別の床屋へ行きなさい。人民理髪店では、お断りだってさ。

ぼくは慧仙の気持ちを想像した。ぼくと一線を引きたいのだろう。この結論は理屈ではわかるが、想定外のことだった。ぼくは掛布団を一度受け取ったが、また押し返して言った。掛布団なんかいらない。恩義に報いたいなら、別の相手にしろ！　旅行カバンを持ったとき、不吉な予感が頭をよぎった。内ポケットに手を伸ばしたが、ノートが見当たらない。船団の人たちがよく言うように、大事なものほどなくなりやすいのだ。カバンの中の瓶や缶はちゃんとあるのに、あのノートだけが消えていた。ぼくは大声を上げそうになった。ノートはどこだ？　誰が盗んだ？　ぼくのうろたえた様子を見て、夫婦は驚いた。夫は不思議そうな顔でしゃがみ込み、ぼくがカバンの中身を調べるのを手伝った。妻は不満そうに、口をとがらせて作業場に戻りながら、大声で文句を言った。船の連中は付き合いにくいよ。せっかくカバンを保管しておいたのに、盗人呼ばわりするんだから。いくら貧しくても、そこまで落ちぶれちゃいないよ。誰があんたのノートなんか欲しがる？　以前ノートを売ってたことがあるんだ。一冊たった五銭じゃないか！

懲罰

大幅に時間を超過したので、父の懲罰は逃れようがなかった。

それだけでなく、ぼくが人民理髪店でしでかした事件やガラス戸に貼られた告知を誰かが知って、黙っていられず父に告げ口していたようだ。ぼくが船に帰る前に、父は陸上の大事件を知っていた。珍しく船室から出て、左手に麺棒、右手に縄を持っている。その姿はまるで、新たに制作された復讐者の彫像のようだった。

父が船首に立っているのを見た人たちは、近づいてきて話しかけた。庫さん、何を怒っているの？　縄や麺棒を持ち出して、どうするつもり？　父は言った。どうもしない。東亮を待っているのさ。あいつを見かけなかったか？　みんなが見ていないと答えると、父は言った。それならいい。でも、おれはあいつがどこにいるか知っている。ある人が尋ねた。麺棒を持ち出したのは、いったいどういうつもり？　東亮を殴るのかい？　父は無理に麺棒を投げ出して言った。いや、違う。あいつが持ち帰る小麦粉で、麺を打つんだ。一日じゅう待っているんだが、まだ戻らない。徳盛のおかみさんが父の食事を心配して、料理を運んできた。庫さん、落ち着いて。東亮はもうすぐ帰ってくるよ。食事も作ってくれるだろうけど、とりあえずこれでおなかを満たしておいて。父はおかみさんの好意を断って、また半分本気の話をした。腹を立てるのは、もう飽きたよ。食事も喉を通らないが、それはまあいい。あいつは怖いものなしだ。出て行ったきり帰らない。陸上で悪さをしているに決まってる。おかみさんは言った。

東亮はもう大人なんだから。きっと何か用事があるのさ。いい人ができたのかもしれないよ。遅かれ早かれ帰ってくる。大騒ぎするようなことじゃない。まさか、縄で縛るつもりじゃないだろう？　父は言った。おかみさん、あんたは知らないんだ。あいつは上陸して、下品なまねをした。うちには掟がある。あいつが道徳を守らないなら、うちの流儀で懲らしめなくちゃならん。縛り上げてやるさ！

旅行カバンを提げて岸壁に着くと、父が縄を手にしているのが見えた。船団の人たちの中には、人の不幸を喜んで見ている者もいれば、ぼくに手を振って乗船するなと教えてくれる者もいた。父の怒りは予想していたことなので、ぼくは驚かなかった。父にとって、いちばん耐えがたいことをしたのだ。ぼくはわけがわからないうちに、趙春美や金おばさんと同類になってしまった。それなりの懲罰は受け入れよう。びんた五発かもしれない。五時間ひざまずくのかもしれない。五千字の始末書を書くのかもしれない。それは、ぼくの反省の度合いによる。だが、父が縄を持って船首に立っているとは、思いもよらなかった。ぼくを縛ろうとしているのだ！　ぼくはもう二十六歳だというのに。王六指の娘たちも春生の妹も、ぼくを見ている。波止場の李菊花も送油ポンプの小屋の中で、ひそかにぼくを注目しているかもしれない。どのように縛るのか？　強烈に腰が痛む。ぼくは三覇の追撃を逃れ、疲れ果てていた。まるで一匹の犬だ。ぼくの父が、実の父がぼくを縛ろうとしている！　ぼくはもう陸上には戻れない。みんなの前で縛られたら、船上でも暮らせなくなる。どうやって生きていくのか？　どうすれば幸福な明日がつかめるのか？

ぼくは岸壁で、父が怒りを鎮め、縄を手放すのを待つことにした。二福が凝りもせずに、ぼくを手伝いにやってきた。二福にカバンを船まで運ばせようとしたが、ぼくは考えを変えた。もしも今日、父が乗船を許さなかったらどうする？　岸壁で夜を明かすことになったらどうする？　父に船から追い出されたらどうする？　ぼくはさっさと、陸上で新しい生活を始めるのだ。汽車や自動車にも乗る。旅行にはカバンが必要だろう。この旅行カバンは確保しておかなければならない。ぼくは瓶や缶をカバンから取り出し、二福に渡した。二福はきちんと分類して、まず醤油の瓶と酢の瓶を船まで運び、父の足元に置いた。父は礼儀正しく、二福に言った。二福、ありがとう。いい子だな。二福に対する笑顔を見て、父の怒りは鎮まったのかと思った。ところが二福が去ると、父はすぐに醤油の瓶を岸に投げてよこした。東亮、おまえはろくでなしだ。足も根性もなくしたのか？　子供に物を運ばせて。

醤油の瓶はぼくの足元で割れ、醤油がズボンのすそを汚した。ぼくはズボンを拭いているうちに、怒りが込み上げてきた。お父さんは足も根性もあるんだろう？　ぼくを縛る気なら、岸に上がってきなよ。ぼくは言ってすぐ後悔した。こういう挑発は、どちらのためにもならない。父は怒りのあまり顔を青くして言った。よし、おれが上陸できないと思うのか？　足が悪いわけじゃないぞ。簡単なことだ。上陸して、おまえを縛ってやる。

長年上陸しなかったため、父は踏み板を渡れなくなっていた。勇敢に踏み板の前まで来て、片足で板のたわみを確認し、もう一方の足を慎重に運ぼうとしたが、そのまま動きが止まった。父は異常な「気をつけ」の姿勢で、フラフラしながら板の上に立っていた。ぼくは思わず叫んだ。危ない！　父は何とか体の均衡を保っていたが、息が苦しくなり、ぼくを指さして言った。何が危ない？　そんなことを言っても、おまえの企みはわかっている。おれが河に落ちて溺れたら、自由になれるからな！　だが、そう簡単には死なないぞ。息が続くかぎり、おまえに勝手なまねはさせない。死ぬときは道連れだ！

徳盛が七号船に飛び乗り、父を踏み板から救った。庫さん、無茶をしちゃいけない。やめてくださいよ。板酔いというやつです。無理をすれば河に落ちます。

父は徳盛にしがみついて言った。板酔い？　昔は平気だったぞ。米の入った麻袋を担いで渡っていた。

徳盛は言った。仕方のないことです。庫さん、もう何年岸に上がってないんですか？　この様子だと、板酔いどころか、岸に上がっても岸酔いするでしょう。

父は緊張の面持ちで、徳盛をじっと見つめた。その目には隠しようのない恐怖が浮かんでいた。岸酔い？　バカを言うな。岸酔いとはどういうことだ？

徳盛は体を左右に揺らし、手で頭を抱えて、岸酔いの様子をまねた。岸酔いは船酔いと同じ理屈ですよ。船に乗り慣れていない人は船酔いする。岸に上がったことのない船乗りは岸酔いします。庫さんも船室にこもっていたせいで、この病気にかかったんでしょう。船が地面で、地面が船になった。だから、岸酔いするんです。

徳盛の話を聞いて、父は呆然としてしまった。おずおずと河岸を眺め、目をぱちくりさせている。徳盛の理論について思いをめぐらせているようだ。その後、父の視線はぼくに移った。また怒りが、父の顔によみがえった。早く乗船しろ。おれが板酔いするのを待っているのか？　岸酔いするのを待っているのか？　父は手で縄をより合わせ、大声で叫んだ。大した度胸だ。これだけの事件を引き起こして、まだ抵抗するつもりか？

ぼくは言った。縛られそうになったら、抵抗するさ。縄を徳盛に渡せば、船に戻るよ。

徳盛に渡してどうする？　あいつは役人でもないし、親父でもない。おまえの親父はおれだ。懲罰の掟を忘れたのか？　今日、おまえは大罪を犯した。この縄で処罰してやる。

ぼくたち親子は岸を挟んで対決した。徳盛のおかみさんも七号船へやってきて、父から縄を取り上げようとした。東亮はもう大人だよ。父親になってもおかしくない年齢でしょう。船の上でも岸壁でも、大勢の人が見てるわ。東亮のほうが力は強いから、縄で縛れるはずがない。縛ることができるとすれば、親孝行な東亮が勝ちを譲ったときね。でも、メンツは丸つぶれ。みんなに知られたら、東亮の立場がなくなる。おかみさんの話は的確で、理にかなっていた。見物に集まった船団の人たちは、しきりにうなずいた。父だけが首を振って言った。おかみさん、おれは親孝行を望んじゃいない。あいつに進歩を求めてるんだ。知らんだろうが、それが難しいのさ。おれが厳しく教育しても、あいつは進歩しない。教育を緩めると、とたんに退歩する。最近は少し甘やかしたせいで、あいつは上陸して法規を乱した。ろくでなしだ。寛大さは必要ない。おれが懲らしめてやる。

おかみさんは口をへの字にして言った。船で暮らすのに、進歩も退歩もないわ。毎日を無事に過ごせればいい。私が東亮に話をします。船に戻って詫びを入れる。二度と父親には逆らわない。それでいいでしょう?

父は言った。詫びを入れてもダメだ。あいつはいくら詫びても、同じ間違いをする。暖簾《のれん》に腕押しさ。

おかみさんは、ぼくのいつもと違う苦しそうな表情に初めて気づき、岸壁を指さして言った。東亮を見てちょうだい。真っ青な顔をしている。やっぱり孝行息子なのよ。父親を怒らせてしまって、自分も苦しんでいる。庫さん、縄をしまって。それが嫌だったら、縄を持って船室に入ってから、好きなように処罰すればいい。東亮にもメンツがあるからね。人に見られなければ面目が立つ。とにかく、まず船に上がることは許してやってよ。

徳盛がおかみさんと息を合わせ、父の持っている縄を引き寄せようとした。父は警戒して、縄をしっかりつかんで言った。孝行息子? 知らないくせに。あいつは罪の子だ! 父の顔に怒りがみなぎり、縄を持つ手が緩んだ。徳盛はこの機に乗じて強く引き、縄を奪うことに成功した。

父は疲労と倦怠《けんたい》の表情を浮かべて言った。わかった。みんながそう言うなら、縛ることはしない。だが、あいつが船に戻る必要はない。上陸して堕落すればいいんだ。事件を起こして、法規を乱せばいい。おれが懲らしめなくても、法律が裁いてくれるだろう。あいつはいずれ、プロレタリア独裁の意味を知ることになるさ。

父の許しが出たと思い、踏み板に足をかけたとき、麺棒が飛んできた。誰が船に上がっていいと言った？　その前に土下座しろ！　土下座するんだ！　父は叫んだ。嫌なのか？　嫌なら陸へ戻れ！　ぼくは身をかわして麺棒をよけたが、腰の痛みがますますひどくなった。腰の痛みが増すにつれ、悔しさが募り、怒りも抑えようがなくなった。ぼくは突然、父を指さし、最後通牒を突きつけた。乗船を許すのか許さないのか？　許さないなら、もう二度とこの船には戻らないぞ。

おれに指を立てるのか？　おれを脅すつもりか？　おまえに脅されても怖くない。父は手を振りながら、ぼくに向かって叫んだ。出て行け。陸へ行ってしまえ。金輪際、おまえを息子とは認めない。

頭に血がのぼり、憎しみが込み上げてきた。あっという間に無数の罵詈《ばり》雑言《ぞうごん》がぼくの口から飛び出し、洪水のように父のほうへ押し寄せて行った。あんたの息子でいたくないさ。あんたに親父であってほしくもない。庫文軒、ズボンを脱いでみんなに見せてやれよ。誰の親父でもチンポコが一本ついているのに、どうしてあんたは半分なんだ？　チンポコ半分のくせに、教育が聞いてあきれる。チンポコ半分に縛られてたまるか？　庫文軒、ここまで落ちぶれたのは、おまえのチンポコのせいだぞ！

ぼくが叫ぶと、船団の十一艘の船から一斉に反響があった。人々が同時に驚嘆の声を上げたのだ。東亮が造反を始めた。造反を始めたぞ！　父の顔は青白く、体が船の上で揺れていた。父がぼくを見つめる視線は、最後の一本の縄のようだった。慌てて投げかけたものの、ぼくをとらえることはできず、バラバラに断ち切られた。父のまなざしには、恐怖ではなく絶望があった。喉に痰がつまり、吐き出そうとしたがうまくいかず、激しく咳き込んだ。

徳盛夫妻がまだ船に残っていて、父を支え、船室の入口まで連れて行った。徳盛は歩きながら、ぼくをにらんで言った。東亮、今日のおまえは魔物に取りつかれたのか？　おまえは父親を階級の敵と見なして、とことん痛めつけるつもりか？　おれたちも口にできない、父親をおとしめる下品な言葉を、おまえは全部言ってしまった！　おかみさんは父の肩を叩きながら言った。気にしないでくださいね。町では最近、昼間でも幽霊が出るんですって。昼間に幽霊を見ると、魂を抜かれるんでしょう？　東亮はきっと、町で魂を抜かれちゃったのよ。

岸壁に沿って波止場のほうへ走って行くと、両足がだるくなり、わけもなく肩が震え出した。今日は生涯でいちばん疲れる日だった。走ることが必須の一日でもあった。ぼくはどうしても、走らなければならなかった。

孫喜明夫妻が、岸壁でぼくの行く手をさえぎった。ぼくを見つめる二人の表情は、それぞれ違っている。孫喜明は焦っているようだし、おかみさんはおどおどして、内心のやましさを隠すことができない。その目つきで、ぼくは密告者がおかみさんだとわかった。孫喜明はぼくの腕をつかんで言った。東亮、どこへ行く？　行ってしまうのか？　いったいどこへ？

行くあてはなかったが、ぼくは身を振りほどいて言った。どこでもいいだろう？　地球はこんなに広いんだ。行き先が見つからないはずはない。

孫喜明はぼくを追いかけてきて、旅行カバンをつかんで叫んだ。地球は広くても、おまえの行き先はない。地球は党と社会主義のものだからな！

おかみさんが背後で手を鳴らし、地団太を踏んで言った。東亮、いったいどこへ行くの？　みんながおまえの悪口を言うけど、誰もわかっちゃいないんだ。東亮は仕事もできるし、孝行息子なんだから。もうすぐ船団の優秀船が選ばれる。私たちは七号船を推そうと言ってるんだよ。おまえが行ってしまったら、赤い花を贈れなくなるじゃないか。

最初から不愉快に思っていたので、ぼくは振り向いて言った。赤い花なんか欲しくない。あんたにやるさ。密告の功績を讃えて！　孫喜明は、旅行カバンを強く叩いて言った。東亮、逆恨みはよせよ！　うちの女房は悪気があったわけじゃない。おまえの親父が心配していたから、情報を伝えたのさ！　おまえの親父は趙春美とは違う。殴られても叱られても我慢しなくちゃ。逃げてはいけない。おまえが出て行ったら、親父はどうなる？　今度はぼくが叫んだ。出て行かなかったら男じゃない。さんざん苦しめられてきたんだ。親父は五体満足なんだから、自分でどうにかするだろう。孫喜明は言った。わかったよ。おまえは男だ。父親の面倒を見るかどうかも個人的な問題だから、おれは口を挟まない。だが、荷物の運搬については言わせてもらうぞ。おまえがいなくなったら、はしけ船はどうなる？　明日は積み荷を運び込む日だ。船のことは、親父さんではわからん。おまえは仕事を投げ出す気か？　ぼくは言った。もう何もしない。今日から、向陽船団とは縁を切る。陸に上がって旅行するんだ。北京にも上海にも行く。広州やハルビンにも行く！

ぼくは走り続け、ようやく孫喜明夫妻の妨害から逃れた。ところが、船団の少年たちは足が速く、先回りしてぼくを待っていた。二福が尋ねた。五癩子から聞いたんだけど、今日、チンポコをちょん切られそうになったの？　お父さんと同じになるところだったね。春耕《チュンコン》は、こっそりぼくの股間を観察して言った。罰を受けるのが怖くて、逃げるんだろう？　王小改が言ってたぞ。今日は三回も床屋に行って、慧仙に悪さをしたって。叩いたのか？　どうやって叩いた？　ぼくは腹を立てたが、子供と言い争うつもりはなかった。春耕に一発蹴りを入れ、黙って先を急いだ。蹴られた春耕は膝を抱え、背後でうめきながら叫んだ。庫東亮、おまえは色ボケだ。高嶺の花を叩こうとしやがって。チンポコを切られるがいいさ！

送油ポンプの小屋を通りかかったとき、紙つぶてが飛んできて、ぼくの足元に落ちた。無意識に足を止めると、李菊花が紺色の作業服を着て戸口に寄りかかり、こちらを見ている。ぼくの表情がいつもと異なり、目つきが厳しいのを見て、李菊花は口元に冷笑を浮かべていた。ぼくは言った。李菊花、あんたに悪いことはしてないだろう？　何か文句があるのか？　李菊花は言った。悪いことはしてないわ。考えていたのよ。人は見かけによらない。あんたの外見は立派なのに、どうして心は汚れているのかって。ぼくは愕然として李菊花を見つめた。李菊花、はっきり言えよ。心が汚れているとはどういう意味だ？　李菊花は作業服の袖を払いながら言った。私の口からは言えないわ。あんたが自分でやったことでしょう？　ぼくが呆然としているのを見て、李菊花は軽蔑して言った。とぼけるつもり？　言わなきゃわからないようね。あんたは理髪店で小鉄梅に何をしたの？　あんなこと、王小改は言えても、私は口に出せないわ！　ぼくはハッと悟った。恐ろしいデマが伝っているのだ。まるで細菌のように、波止場の周囲に拡散している。ぼくは送油ポンプの前で立ちすくみ、怒りで手足が冷たくなった。かすかに李菊花のつぶやきが聞こえてくる。勝手に堕落すればいいわ。私の知ったことじゃない。あんたとは何の関係もないから。監獄に入れられたって、私はかまわない。

李菊花に身の潔白を訴える必要はなかった。ぼくは治安部隊の事務室へ直行することにした。胸いっぱいの怒りを王小改にぶつけるのだ。事務室に駆けつけ、窓からのぞいて見ると、王小改の姿はない。

散らかった部屋の中で、陳禿子と五癩子が将棋をさしていた。頭と頭を突き合わせ、互いに罵り合っている。驚いたことに、二人の頭上にある黒板には、ぼくの名前が記されていた。

本日の治安状況報告
向陽船団の庫東亮、人民理髪店で婦女に猥褻行為

その曲がりくねった白墨の字を見ていると、目がチカチカしてきた。ぼくは自制がきかなくなり、どこに扉があるのかも忘れ、窓から中へ飛び込もうとした。屋内の二人は音を聞いて振り返り、奇声を発した。五癩子はすばやく卓上の棍棒をつかみ、突進してきた。いいところに来たな。空屁、おまえは今日、油坊鎮をメチャクチャにした。おれたちの今月の手当ては没収される。懲らしめてやろうと思っていたところだ。飛んで火に入る夏の虫だな。

ぼくは腰掛けを持ち上げ、五癩子に投げつけた。五癩子は身をかわし、今度は陳禿子が向かってきた。陳禿子の持ち物を見て、ぼくは目を丸くした。どこからか、ひそかに歩兵銃を調達してきたのだ！　歩兵銃には銃剣がついていた。その刃先は冷たい光を放っている。陳禿子は歩兵銃を構え、まばたきしながら、威風堂々と近づいてきた。空屁、今日は治安部隊の実力を見せつけてやるぞ！

理性を働かせたのか、臆病さのせいか、ぼくは歩兵銃を目にすると、すぐに窓枠から飛び下りた。とてもかなう相手ではない。ぼくは懸命に走った。走らないわけにはいかない。今日はまったく何という日だ。陳禿子は歩兵銃まで持ち出した！　ぼくは一気に綿花倉庫まで走った。振り向くと、陳禿子は事務室の外に立ち、銃を構えてぼくに狙いをつけている。そして、口で銃弾の発射音をまねた。バン、バ

ン、バン！　弾が入っていないことはわかっている。しかし、細長い銃剣のまぶしい光は、ぼくを震え上がらせた。もう、彼らを挑発する気にはなれない。綿花倉庫の前で、ぼくは瞬時のうちに重要な方針転換をした。門番が腰掛けの上に置き忘れた湯呑に残っていたお茶を飲み干し、ボロボロのタオルで顔を拭いた。それから東のあずまやの方角に目を向けた。あずまやの上空には、いくつか夕焼雲が浮かんでいる。夕焼雲に照らされたあずまやを見ると、ぼくは歴史の重みを思い出す。ああ、あのあずまや。そこは鄧少香烈士の終焉の地だ。しかし同時に、ぼくの生命の起点でもある。あずまやへ行こう。出発するのだ！

よく知られているように、あずまやの近くはまるで闇市のようだった。陸上交通の要衝なので、タンクローリーで石油を運んできた運転手は、あずまやのあたりで休憩する。ついでに、車に便乗する客をつかまえた。客は五銭支払えば、車で遠くまで行ける。

久しぶりだったので、あずまやの外観の変化にぼくは驚いた。かつての六角形のあずまやが、いまは三角を残すだけ。青龍の形をした軒も見当たらない。柱はビニールシートで覆われていた。六本の石柱は、かろうじてシートの先から頭をのぞかせ、ここが油坊鎮で最も厳粛な場所であったことを訪れる人に告げている。陸上でこんなことが起こっていたとは知らなかった。誰がやったのか？　きっと趙春堂だろう。どういうつもりなのか？　ぼくの関心は、破壊されたあずまやに移った。急いで駆けつけると、不潔な身なりの作業員が地べたにしゃがんで、お茶を飲みながらマントウを食べていた。足元には、ハンマー、木槌、ジャッキなどの工具が山積みになっている。

ぼくはその作業員に向かって言った。いい度胸だな。あずまやを壊すなんて。誰の命令だ？　一人の作業員がマントウをかじりながら、平然と答えた。おれたちに度胸はないさ。趙春堂の命令で来たんだ。

もう一人の作業員が言った。趙春堂にも、その度胸はない。上から言われたのさ。ぼくは尋ねた。上とは誰のことだ？　どのクラスの指導者だ？　彼らは言った。どのクラスかは、趙春堂に聞かなくちゃわからない。ぼくは尋ねた。なぜ、あずまやを壊すんだ？　一人が答えた。ここは一等地だからな。駐車場を拡張するらしい。油坊鎮は車が増えたから。タンクローリー、農作業の車、それに軍用トラック。駐車場が足りないんだ。ぼくはカッとして、大声で問いただした。おまえたちはバカか？　駐車場と革命烈士と、どちらが大事なんだ？　作業員は呆気に取られ、言い逃れをした。おれに聞くな。指導者に聞いてくれ！　彼らはもう、ぼくを相手にしない。ぼくは穏やかな口調で、肝心な問題を尋ねた。あずまやを壊したあと、記念碑はどうするんだ？　記念碑はどこに移築する？　この問題はくり返し尋ねたのだが、二人の作業員は答えようとしなかった。彼らに一本ずつタバコを渡すと、ようやく一人が重い口を開いた。たかが石碑一つだろう？　あとは地下に埋められた遺品だけだ。移すのは簡単さ。県の革命歴史博物館に持って行くそうだ。

もう一人の作業員はぼくが興奮しているのを見て好奇心を抱き、じろじろとぼくの旅行カバン、衣服、革靴を観察した。だが、結局のところ身分がわからず、慎重に尋ねた。教えてくれ、あんたは何者なんだ？　ぼくはもう少しで叫びそうになった。鄧少香烈士の孫だ！　口元まで出かかって、冷静さを取り戻した。この栄えある身分はもう失われたのだ。盛者必衰、いまのぼくは誰の孫かわからない。何者かである必要などないのだ。ぼくはあずまやに向かって嘆息してから答えた。誰でもないよ。大衆の一人さ。ちょっと聞いてみただけだ。

なんだ。大衆の一人か。その作業員はホッと息をつき、軽蔑の目をぼくに向けた。だったらなぜ、おれたちに腹を立てるんだ？　お互いに大衆の一人じゃないか。怒りは指導者に向けるべきだ。

烈士の記念碑に関することは、各レベルの指導者が決める。確かに、ぼくにはあれこれ言う資格がない。あずまやへ行き、シートをめくって見ると、中は酒臭かった。あずまやを壊す仕事の作業員は、ほかにもいたのだ。さらに二人の作業員が大の字になって、中で寝ていた。古新聞の上に彼らの残飯が並び、ガチョウが弁当箱と酒瓶の間を歩き回っている。ガチョウがいるのは怪しい。注意が必要だ。ガチョウがいれば、うすのろの扁金もいるに決まっている。ぼくはもう一度、あずまやの内外をよく見た。果たして、扁金の姿があった。扁金は小さなガチョウを抱いて、片隅にすわり、作業員たちの残飯を食べている。

扁金はなぜ、あずまやにやってきたのだろう？　扁金を見て、ぼくはすぐにその尻のことを思い出した。扁金の尻を思い出すと、さらに父の尻を連想した。魚の形の蒙古斑。尻に残された魚のしるし。父は頭の弱い扁金と、もう何年も血統を争っているのだ。この奇妙な争いは、ぼくにとって屈辱だった。扁金と一緒にはいたくない。ほとんど条件反射のように、ぼくは比較の目で見られることを恐れた。陸上船上の多くの愚かな人たちが、ぼくと扁金が一緒にいると、興味津々で二人の容貌や血統を語り始める。庫の親子、うすのろの扁金、いったいどちらが鄧少香の子孫だろう？　船上の人たちは、多くがぼくたち親子に肩入れした。しかし、陸上の人たちは弱者に味方する態度を取り、扁金の尻の蒙古斑のほうが魚の形に近いと言った。また、興奮気味にこう語る人もいた。烈士の子孫がうすのろのほうが、まだましだ。庫文軒のような腐敗堕落分子に、烈士の英霊を汚させたくない。

ぼくはあずまやの外で、扁金の来意を推測した。近くにお茶を売る露店があり、町の住人が集まって、ぼくを観察している。彼らは、ぼくと扁金が揃ったことを喜んでいるのだ。見ろよ、うすのろがあそこにいる。庫東亮もここにいる！　彼らはあれこれと議論していたが、なぜか話題はぼくの尻に集中した。数人の目が探究心に燃えて、じっとぼくの尻に注がれた。陳禿子の従兄の陳四眼は教養があるらしく、メガネをかけている。ところが、陳四眼は進み出てぼくの手を引き、あるまじき要求を持ち出した。空屁、ちょうどいいところに来たな。おまえの親父は船から下りてこないから、尻を拝む機会がない。おまえの尻を出して、扁金と比べてみろよ。どっちが鄧少香の子孫か、おれたち大衆が公平に評価してやる！　陳四眼は身のほど知らずだ。口でも腕力でも、ぼくにかなうはずがない。しかし、ぼくはこんな連中と争う気はなかった。陳四眼、とっとと消えろ。代わりに、女房をよこすんだな。そうしたら、うしろも前も見せてやる。おまえには見せない！　ぼくは口で陳四眼に反撃したが、近づこうとはせず、駐車場のほうへ急いだ。

あずまやの上空の夕焼雲から不吉な寒気が降りかかり、ぼくは体じゅうがぞっとした。波止場からあずまやまで、どこもみな、ぼくにとっては災いの場所だ。立ち去ろう。早ければ早いほどいい。駐車場には二台のタンクローリーが停車していた。一台はもうエンジンがかかっている。運転手はぼくが乗る意思を見せたのに気づいて、運転席から手招きをした。どこへ行く？　乗るなら、早くしろ。ぼくが駆け寄り、運転席のステップに足をかけたとき、運転手は言った。おれの車は幸福行きだ。それでいいか？　よければ五銭、先払いだ！　ぼくは運転手の言う幸福がどこにあるのか、知らなかった。田舎だろうか？　町だろうか？　どこでもいい。幸福という地名は、聞こえがよかった。行こう。幸福に行くことにしよう。

運転手がドアを開け、片手を広げた。五銭、乗る前に支払え。小銭を取り出そうとしたとき、奇妙な人声が耳に入った。近くの街角で、騒がしい一団が、交代でぼくの名を呼んでいる。庫東亮、待って。行っちゃダメ。庫東亮、行っちゃダメ！　幻覚ではない。子供たちが、ぼくの名前を呼んでいるのだった。波止場のほうからやってきた、向陽船団の子供たちだ。スズメバチの群れのように、ぼくのほうに群がってくる。足をつかんだり、旅行カバンを奪ったり。二福は老女のように、地団太を踏みながら叫んだ。庫東亮、のんびりしている場合じゃないよ。お父さんが大変だ。農薬を飲んで病院に担ぎ込まれた！

悪い知らせは容赦なく、当然のことのようにやってくる。ぼくは身震いして車を降り、病院に向かって走り出した。両腕を振り、猛スピードで走ったつもりだったが、腰が痛み出した。足に力が入らず、胸も苦しくて、どうしても速く走れない。二福が左前方を走りながら、ぼくを叱りつけた。もっと急いで。お父さんが危ないんだよ。どうして、だらだら走ってるの？　それでも人間かい？　春耕は右側にいて、やはり二福のまねをして言った。みんな自分が悪いんだろう？　男なら自分の行動に責任を持て。それでも男かよ？　いまになって、恐ろしくなったのか？　お父さんを怒らせて、農薬を飲むまで追いつめたくせに、自分はカメのように首をすくめてる。走るのも、カメより遅いじゃないか！　いちばん最後を走っていた春耕の妹の四丫頭《スーヤートウ》は、仕事を怠ける牛の尻を叩くように木の枝でぼくの尻を叩いた。速く走りなさい。急いで駆けつけて、罪を償うのよ！　四丫頭はあえぎながら、ぼくを非難した。庫東亮、あんたは大悪人よ。どんなにひどい人だとしても、自分のお父さんでしょう？　誰だって、お父さんは一人だけ、お母さんも一人だけ。死んでしまえばもう終わり。あんたは、自分のお父さんを捨てて逃げた。良心のかけらもない。うちの父さんは、母さんが農薬を飲んだことがあるから、鼻がきいたのよ。もしそうでなかったら、あんたのお父さんは船室で死んだまま、誰にも気づかれなかったでしょうね！

四丫頭の話を聞いて、ぼくは我慢できなくなり、走りながらおいおいと泣き出した。子供たちはぼくが泣くのを見たことがなかったので、みんな立ち止まり、慌ててぼくの顔を観察した。ぼくは顔を覆い、涙を見せまいとした。顔を覆ったまま、ふらつきながら街路を走り続けた。子供たちは、ぼくが非難を受け、排斥されて泣いているのだと思っている。可哀そうに思ったのか、もう非難と排斥をやめた。四丫頭は言った。泣かないで。あんたを責めたりしないから。今度の過ちを反省して、改めればいいのよ。春耕は眉をひそめて言った。空屁、恥ずかしいぞ。女だって、泣くときはすわって泣く。走りながら大口を開けて泣くなんて、それ以下じゃないか！　通りがかりの人たちは、ぼくたちの一団に好奇の目を向けて言った。おい、どうして走ってるんだ？　船団で死人でも出たのか？　四丫頭が鋭い声で言った。うちの船団に死人なんか出ないわ。よく死ぬのは町の人でしょう！　二福は、おせっかいな通行人を押しのけて言った。駆けっこをしてるんだ。あんたたちには関係ないよ。どいてくれ。マラソン競技を見たことがないのかい？

徳盛のおかみさんと孫喜明のおかみさんが、油坊鎮病院の玄関で、ぼくたちを待っていた。二人は安心した様子で、口々に言った。よかったわ、東亮が間に合って。うちの二福は役に立つよ。本当に東亮を連れてきた。二人を見て、ぼくは拠りどころを得ると同時に、気力が続かなくなった。親父は大丈夫？　そう叫んだとたん、体がくずおれ、二人の足元にへたり込んでしまった。立ち上がることができない。二人のおかみさんが、引き起こそうとしている。ぼくは左右の腕をそれぞれ預けた。しかし、ぼくの体と魂は恐怖に駆られ、地べたを離れようとしない。農薬はどこから来たのか？　誰が渡したんだろう？　うちにはなかったはずだ。ぼくは全身を震わせながら、機械的に同じ言葉をくり返した。徳盛のおかみさんが言った。とりあえず、その問題はあと回しだよ。お父さんの命を救うことが先決でしょう。立ちなさい。さあ、早く。孫喜明のおかみさんは、ぼくの頭を指さしながら、しきりに文句を言った。いまになって恐ろしくなったんだね？　さっき道理を説明したときは、聞き入れようとしなかったくせに。陸上の人の話はいざ知らず、私たちの話も信じられないのかい？　そんな造反の仕方があるもんか。あやうく、お父さんの命を奪うところだったんだから。

　二人に連れられて、ぼくは救急治療室に入った。数年ぶりだったので、この部屋の構造や設備のことはもう記憶にない。だが、特殊な臭いだけは、はっきりと覚えていた。足の臭い、血なまぐさ、それにヨードチンキと食べ物の匂いが混じり合っている。この臭いを嗅ぐと、思わず吐き気を催した。船上生活十三年の間に、この救急治療室は父と油坊鎮の唯一の接点になっていた。前回は、父の陰茎の縫合手術のためにやってきた。今回は、父の命を救うためだ。どちらも、ぼくに逃れようのない責任がある。ぼくは父に危害を加えた犯人だった。犯人はいくら逃げてもダメだ。ぼくは逃げ切れない。戸口に立ったまま、ぼくは激しい吐き気を感じていた。もどしてしまうことを恐れ、痰壷の前にしゃがみ込み、しばらく立ち上がれなかった。孫喜明のおかみさんが言った。東亮、どうしたの？　お父さんは隅のベッドで寝ているわ。いつまで、そこでしゃがんでるつもり？　ぼくは自分の腹をさすって言った。ちょっと、待ってくれ。徳盛のおかみさんはぼくの顔色を見てから、徳盛のおかみさんに言った。それじゃ、待ちましょう。今日は東亮にとって、大変な一日だったものね。吐きたいのよ。空腹のせいじゃなくて、驚きのせいでしょう。

　ぼくは痰壷の前にしゃがんだまま、懸命に視線を上げて父の姿を探した。救急治療室の正規のベッドには数人の患者が寝ている。父は片隅の長椅子に横たわり、酸素ボンベ、点滴装置、そして多くの人たちに取り囲まれていた。二人の看護婦が、その周辺を飛び回っている。男性医師が胃の洗浄をしてるところで、あわただしく叫んでいた。押さえて、足を押さえて、腹を押さえるんだ！　こじ開けろ、口をこじ開けて、舌が邪魔だ！　父は老いてなお強情な牛のように、抵抗を示している。非協力的な態度は、看護婦の不満を買った。看護婦は患者をなじるわけにいかず、船団の人たちを厳しい声で叱責した。要領の悪い人たちね。大の男が何人もいるのに、どうして老人一人を押さえられないの？　また汚物が私にかかったわ！　船団の人たちは長椅子の前で慌てて入れ替わり、それぞれの持ち場についた。王六指は暴れる父の体を押さえ、孫喜明と徳盛は長椅子の両側に立ち、一人が痰壺、一人が点滴の瓶を持っている。そのうち、孫喜明がぼくに気づいた。目を丸くしたが、罵るわけにもいかず、結局こう命令した。何をぼんやりしてる？　早くこっちへ来て、王六指を手伝え。親父さんの腹を押さえるんだ。恐ろしく強情だぞ。治療を拒んで、胃を洗わせてくれない。

ぼくは何も考えず、飛んで行って父の腹を押さえた。父は目を鈴のようにして、ぼくをにらんでいる。何か言おうとしたが、口に管が入っているので、何もしゃべれなかった。そこでぼくを押しのけようとしたが、あいにく父の手は王六指によって強く椅子に固定され、動かしようがない。ぼくは父の苦痛を理解したが、父はぼくの苦痛を知らない。ぼくの苦痛は、父にひけを取らなかった。頭は張り裂けそうに痛み、胃の中は煮えくり返るようで、もはや吐き気をこらえることはできない。だが、吐けないことはわかっていた。父に吐かせることが先だ。ぼくは必死で父の腹を押さえた。お父さん、早く、早く吐くんだ。吐けば楽になる。父はまだ強情を張った。大きく息を吐いたり吸ったりして、口の中のゴム管を吐き出そうとしている。ぼくは手のひらでゴム管を守りながら言った。お父さん、吐いてくれ。ゴム管じゃなくて、農薬を吐き出すんだ。吐き出せば楽になるから。

父は息をつめた。怒りの目つきが突然やわらぎ、どす黒くて生臭い液体が父の口から飛び出した。ぼくの顔にかかったが、ぼくは避けようとしなかった。不思議なことに、父が吐くと、ぼくもこらえきれずに吐いてしまった。嘔吐の応酬。父がぼくの顔に吐き、ぼくは父の顔に吐いた。

はぐれ船

父が退院したとき、向陽船団はすでに出航していた。

ぼくが父を背負って波止場に戻ると、七号船はポツンと岸壁に取り残されていた。世界の果てに停泊する、忘れられたはしけ船だ。船上生活十三年で、七号船は初めて向陽船団を離れ、はぐれ船となった。はしけ船も、河岸も、そして金雀河の水も、急によそよそしくなったような気がする。いつもなら河の流れは激しく、遠くから水の音が聞こえた。水面には虹色や銀色の油、上流から流れてきた枯れ葉や枯れ枝、溺れ死んだ動物の腐乱した死体などが浮かんでいた。だが、その日の午後の金雀河には何も漂流物がなく、不思議なほど清潔だった。大きな河の水面が、紺色の古い絹織物のように、目の前に広がっている。静止したまま、何の動きもない。美しい眺めだが、荒涼とした印象も与える。

三日間の入院で、父の体はとても臭くなっていた。父を運んでくる間、ぼくは父の口臭、汗くさい髪の臭い、そして衣服のすえた臭いを嗅いだ。すべての臭いが集まって、強烈な生臭さとなっている。ぼくは困惑した。父はなぜ、こんなに魚臭いのだろう？　ぼくは巨大な干からびた塩漬けの魚を背負うようにして、父を家に連れ帰った。

父はもう意識がはっきりしていたが、途中でぼくと口をきくことを拒否した。沈黙が最後の威厳なのだ。沈黙を保つことで、ぼくに懲罰を与える姿勢を示し続けている。ときどき揺れる両足が見えるだけで、背中にいる父は視界に入らなかった。父の目を見ることもできないが、そのまなざしから恨みが消えているのはわかる。まなざしは虚ろで、空っぽで、苦痛を帯び、まるで魚の目のようだった。退院するとき、医者はぼくに父とたくさん話をするように言った。自殺を図った老人は命を取りとめたあと、認知症になる可能性が高い。ぼくはたくさん話をしようと思ったが、きっかけがつかめず、どう切り上げるかもわからなかった。父との対話は、ぼくに課せられた難題だった。父の干からびた体が、ぼくの背中に貼りついている。だが親子の心は、はるか遠く離れていた。父の口は見えず、見えるのは口から吐き出される泡だけだ。医者の医療事故なのか、父の生理的反応なのか、何度か胃腸を全面洗浄したあと、父は断続的に泡を吹くようになった。最初は褐色あるいは薄茶色の泡だったが、その後は質が変わり、透明な泡になった。見た目は悪くない。父を背負って波止場に着いたとき、陽光が河面に反射していた。秋の風が父の顔に当たり、口から最後の泡が飛んだ。その泡はまずぼくの肩に落ち、ゆっくりと体の前を転がって行った。ぼくは、その泡の色の変化を楽しんだ。最初は金色だったものが、虹のように七色の光を放ったのだ。

荷物の積み卸し場所で、三人の波止場労働者がタバコを吸っていた。劉親方がぼくに声をかけた。空屁、家で何かあったのか？　ほかの船は出て行ったのに、おまえの家の船だけが岸に残っているじゃないか。彼らはすぐ、ぼくの背負っている老人に気づいた。庫文軒が出てきた！　劉親方がそう叫んだあと、三人は一瞬黙り込んだ。そしてすぐ、小声で相談を始めた。ちょっと見に行こう。彼らは父に好奇心を抱いている。しかし、彼らの態度は受け入れがたいものだった。父は稀少動物ではない。どうして、ちょっと見に行く必要があるのか？　ぼくは劉親方に対して強く首を振ったが、三人はかまわず突進してきて、父の顔と体を調べている。ぼくは頭で彼らを押しのけた。三人は仕方なくクレーンの下まで後退し、それぞれの感想を表明した。若い男はプッと笑って言った。さすが、怪人だ。口から泡を吹いている。まるで魚じゃないか！　劉親方は同情心あふれる声で、感嘆して言った。十数年ぶりに会ったよ。どうして、こんなに年取ってしまったんだ？　波乱の多い人生だなあ！　三人目の男は知ったかぶりをして、父を見たあと劉親方に尋ねた。あれが鄧少香の息子だって？　そいつは信じられないな。あの爺さんはきっとニセモノだろう。鄧少香が犠牲になったのはいつだ？　計算してみろよ。カゴの中の赤ん坊はいま、せいぜい四、五十歳だ。あの爺さんはどう見ても、もう七十だから、鄧少香の息子であるはずがない！

父がぼくの背中の上で動き、生臭い臭いがした。また口を開いたのだろう。ぼくは父が自分の年齢を訂正するのだと思った。ところが、父は他人の過ちの責任をぼくに押しつけた。ボヤボヤするな！　道は広いんだぞ。人に突っかかってないで、迂回して船に戻れ！　父はぼくの太ももを蹴り、首をつかんで言った。おれを背負いたくないなら、背負わなくていい。背負うなら、ちゃんと背負え。もう少しだ。おれを船まで運んだら、どこへでも行け。おれはもう口出ししない。おまえに自由を与えよう。

野良猫がうちの船の船首にうずくまり、河の水の動きを見下ろしていた。長年にわたって波止場一帯をうろついている猫で、ぼくを覚えていたのかもしれない。主人が帰ってきたのを見て、自発的に船を離れ、ぼくの足元を通ってさっと逃げて行った。ぼくは父を背負って慎重に踏み板を渡った。船首には野良猫が記念品を残していた。糞の山、それに見事な魚の骨。前方の船室の入口は半ば開いていて、中がすっかり空になっている。船室の半分は陽光を浴び、半分は闇に沈んでいた。運ぶべき石油缶はない。空っぽの船室には、河の水の声が集まっている。ぼくは格別、水の声に敏感だった。船べりを歩いているとき、前方の船室で水の声が規則正しくこだまするのが聞こえた。おいで、下りておいで。明らかに、水の声は大きくなった。父の耳にも入ったようで、父は弱々しく頭をぼくの肩から上げて言った。船室から聞こえるのは何の音だ？　石油を運んでいるのか？　ぼくは言った。石油は運ばないよ。父さん、船室は空なんだ。何もない。

ぼくは父を後方の船室に運び、ソファーの上に下ろした。父は崩れるように横たわり、満足そうな息を漏らした。ぼくは言った。父さん、家に着いたよ。これで安心だ。父は言った。ここはおれの家だ。おまえの家じゃない。ここまで運んでくれたことには感謝するが、おまえは陸地を旅したいんだろう？　もう行っていいぞ。どこへでも行け！　ぼくは行けないと言った。お父さんの体は汚れてるから、お湯を沸かして、風呂に入れてあげるよ。父はしばらく躊躇してから言った。それなら、もう一度礼を言おう。確かに風呂に入るべきだ。それが終わったら、行っていいぞ。

その日の午後、金雀河は落ち着きがなかった。ぼくが立ち上がって水を汲みに行き、桶を河に投げ込むと、河のささやきがたくさん集まった。桶の中で、河の水の声がする。おいで、下りておいで。かまどに鍋を置き、お湯を沸かし始めても、河の水は相変わらず鍋の中でささやいていた。おいで、おいで、下りておいで。ぼくは船首で火の番をしながら、理由のない恐怖を感じていた。河の水のささやきが、誰に向けられたものなのかがわからない。ぼくなのか、それとも父なのか？

向陽船団の人たちはみな、父の入浴が面倒で、最大級の警戒を必要とすることを知っていた。ぼくは大きなたらいを船室に運び、慎重に窓を閉めた。これは、のぞき見を防ぐ常套手段だ。父は金雀河一帯で最も特殊な男かもしれない。ほかの男が裸になって、神降ろしの踊りを踊っても、珍しがる人はいないだろう。ところが父の裸体は、終始人々が競って盗み見したがる対象なのだった。それは普通の裸体とは違う。前から見ても、うしろから見ても、鑑賞の価値が高かった。前から裸体を見る幸運に恵まれたら、伝説のチンポコ半分を拝むことができる。それは父の恥辱だった。うしろから裸体を見る機会があれば、魚の形をした尻の蒙古斑を目撃できる。それは父の栄誉だった。とても長い防衛戦が続いていた。父は必死で栄誉を守り、全力で恥辱を隠した。ぼくに対しても、正面から裸体を見せることはなかった。父が船室で入浴するとき、ぼくの任務は擁護と狙撃だった。船べりを巡回し、のぞき見にきた子供たちを追い払った。その日の午後は本来、入浴の好機だったと言える。岸壁に人はおらず、岸にはうちの船しか残っていない。ぼくが見回りに出る必要もなかった。窓を閉めたが、父の目はまだ怯えている。父は左右を見ながら言った。外でしゃべっているのは誰だ？　耳の中で声が反響している。誰が岸にいるんだろう？　ぼくは言った。船団はとっくに出航したよ。岸には誰もいない。のぞきに来る人はいないから、安心していいよ。父は警戒の目を船室の入口と窓に向けて言った。用心しなくちゃいかん。外に誰かいるような気がする。安全とは言えないな。船室の扉を閉めてくれ。

扉を閉めると、室内は蒸し暑くなった。ぼくはお湯をたらいに注ぎ、すえた臭いがする父の服を脱がせた。パンツ一枚になると、父は言った。これは脱がない。たらいに入ってから、自分で脱ぐ。ぼくが手を貸してたらいに入れると、父は体を斜めにして、ゆっくりと身を沈めた。まるで半身の自由がきかないかのようだ。おれを見るな。見る必要はないだろう？　父は眉をひそめて、ぼくに言った。タオルを取ってくれ。背中を向けろ。背中を向けて、そのまま出て行くんだ。

大人しく背を向けたが、ぼくは出て行くことができなかった。船室の壁の鄧少香烈士の遺影を見ているうちに、奇妙な幻覚が浮かんだ。眠っていた鄧少香烈士の霊魂が、よみがえったようだ。壁から頭をもたげ、たらいの中の裸体を見ている。まなざしは茫然として、悲哀に満ちていた。庫文軒、おまえは本当に私の息子なの？　庫文軒、おまえはいったい、誰の息子なの？　ぼくの背後で、断続的に水のはねる音がした。力が出ない様子だったが、ぼくは敢えて振り向かなかった。父さん、自分で洗える？

風呂に入るのも楽じゃないからね。背中を流してあげようか？　父は言った。いくらか余力があるから、前は自分で洗える。うしろを頼むよ。振り向こうとしたとき、父が叫んだ。待て、いまはダメだ。もう少し待ってくれ。ぼくは待つしかなかった。しばらくすると、父はついに振り向くことを許した。おれの背中は相当汚れているはずだ。毎日、痒くてたまらなかった。おまえを引き止めるつもりはない。背中を流したら、もう行っていいぞ。石鹸できれいに洗ったら、すぐ出て行くんだ。

ぼくはたらいのそばにしゃがんだ。父の尻に魚の形の蒙古斑があった。魚の頭部と胴体はすでに色があせ、判別が難しくなっている。魚の尻尾だけが、たるんだ白い肌に、しっかり残っていた。ぼくは大いに驚き、思わず叫んだ。お父さん、尻の蒙古斑はどうしたの？　なぜ、色があせてしまったんだろう？　魚の尻尾しか残っていない！

父はたらいの中で身震いした。魚の尻尾だって？　でたらめ言うな。父は懸命に首を左下のほうへ向けようとしている。おれを脅かすつもりか？　おれの蒙古斑は、ほかの連中のものとは違う。色があせるはずはない。

本当だよ、父さん。もとは一匹の魚が、いまは尻尾だけになってる。

父は頭を右下方に向けようとしたが、やはりうまくいかなかった。焦って体をくねらせ、片手でぼくを無闇に叩いた。おれをだまそうとしているんだろう？　そんな話は信じないぞ。おれに見せてくれ。自分の目で見たい。

お父さん、バカなこと言わないで。蒙古斑は尻にあるんだから、自分では見えないさ。色があせているのは嘘じゃない。こんな大事なことで、お父さんをだますと思う？

父はたらいの中で、じっとしていた。濡れた体が絶えず震えている。やつれた顔に涙が流れ、目には恨みと怒りの炎が燃えていた。わかった。医者が洗い落としたんだ。最近、尻のあたりが痒かったのも不思議じゃない。何という陰謀だろう。救急治療の名を借りて、危害を加えるとは。やつらは、おれの蒙古斑を消した。証拠を消したんだ。おれとおまえのおばあさんの関係を断ち切ろうとしたのさ！

お父さん、医者のせいにしちゃダメだよ。ぼくは毎日、病院で見ていた。医者はお父さんの胃腸を三回洗浄したけど、蒙古斑を洗うことはしなかった。

おまえは幼い。まだ幼いんだ。胃を洗浄するところは見ても、やつらの陰謀には気づかない。陸上のやつらは、みんな趙春堂の仲間さ。病院の連中もそうだ。とっくに、ぐるになっている。どうして、おれを病院に連れて行った？　よく考えもせずに、陸へ連れて行ったのはなぜだ？　おれをやつらの手術台にのせるくらいなら、いっそ霊安室へ運べばよかったんだ！

父の顔は完全にゆがんでいた。感情の高ぶりにつれて、口から次々に大小の泡が生まれてくる。連続した泡が狂ったように、こちらへ漂ってきた。濃厚な魚臭さを帯びている。また、災難を引き起こしてしまった。後悔しても始まらないが、どうしてぼくは口を慎むことができないのか？　九死に一生を得て、まだ父の許しが出ないうちに、また災難を招いた。どうすることもできない。ぼくは適当な理由を挙げて、父を慰めようとした。父さん、とにかく尻尾はまだある。たとえ尻尾がなくなっても、父さんは鄧少香の息子だよ！　真実は一つしかない。陰謀を企む連中は必ずボロを出すさ。昨日、病院で聞いた話だと、地区の調査班がまた来るらしい。父さんの濡れ衣を晴らしてくれるはずだ。

濡れ衣を晴らす？　誰がそんなことを言った？　父の目は一瞬光ったが、また暗くなった。また、おれをだます気か？　そんな嘘をつくな。おれは達観してるんだ。濡れ衣を晴らしてもらう必要はない。烈士の家族の証明書を一枚くれるだけでいい。おれはその証明書をおまえに残す。それで、あの世に行ける。父はたらいの中にすわったまま、突然子供のように泣き出した。人生を振り返ると、悔しくてならない。そうだろう？　父はぼくの手をつかみ、嗚咽しながら尋ねた。十三年も我慢して、十三年も待ち続け、どんな知らせがあった？　悪い知らせばかりじゃないか？　デマ、中傷、そして陰謀！　父は涙を拭い、ぼくの鼻先に指を突きつけて言った。それに、おまえだ。おまえが不甲斐ないから。たった一人の息子だぞ。苦労して育ててきたのに、十三年間教育してきたのに、その報いがこれか？　毎日、耳に入るのは、おまえが堕落したという情報ばかりだ！

お父さん、これからは頑張るよ。お父さんも我慢して。我慢していれば、そのうちいい知らせが届くはずだ。

おれは鉄人じゃない。これ以上は持ちこたえられないと思う。父はゆっくりと泣きやんだ。体力の限界なのか、頭を突然うしろに傾け、ぼくの肩に預けた。父の声は疲れ切って、かすれていた。東亮、言ってくれ。本当のことを言うんだぞ。おれは生きていて意味があると思うか？　おまえは、おれが死ぬことを望んでいるんだろう？　おれは死ぬべきだろうか？

ぼくは何も言えず、思わず父の干からびた体を抱きしめた。父は無意識のうちに抵抗したが、抵抗されればされるほど、ぼくはますます強く抱きしめた。ぼくの目から涙があふれ出た。絶望した父は、ぼくの胸に抱かれている。まるでぼくの息子のようだ。父の体はもはや魚の干物に近かった。魚の中骨のような背骨は薄く、もろくなっている。背中にはびっしり、魚のウロコのような、原因不明の銀色の斑点があった。石鹸の匂いをもってしても、父の体の奇妙な生臭さは隠しようがない。父の体を抱きながら、ぼくは思った。父の経歴は疑問だらけだ。歴史は謎であり、父もまた一つの謎だった。ぼくの父はどこから来て、どこへ行くのだろう？　ぼくは茫然として、鄧少香烈士の遺影に目を向けた。女烈士はぼくの熱いまなざしを避け、さっと顔をそむけた。残ったのは曖昧なうしろ姿だけだ。ぼくは元気なく、うつむいた。その瞬間、父の背中の金色の光の斑点が目に入った。それは神秘的で、完璧で、かすかに動いている。まるで生き生きとした金色のコイだ！　最初は、その光の斑点がどこから来ているのか、ぼくにはわからなかった。周囲を見回して、ようやく気づいた。それは閉めたはずの船べりの窓から差し込んでいるのだ。窓は風のせいで、一センチほどの隙間が開いていた。ぼくは歴史の金色の光線を見た。金色の歴史が河面に降り注いでいる。半世紀前の金雀河の水が、こちらに押し寄せてきた。見渡すかぎりの青い波に乗って、鄧少香烈士が残した竹のカゴが流れてくる。赤ん坊と魚をのせたカゴが流れてくる。大きな波が赤ん坊をのみ込み、魚はカゴを飛び出した。魚、一匹の魚。ぼくは自分の発見に恐怖を感じた。これが歴史の謎の答えなのか？　ぼくの父は、カゴの赤ん坊でないとしたら、あの魚なのか？

外が騒がしい。父はぼくの胸の中でしばらく目を閉じ、また開いて言った。東亮、まだいたのか？どうして外が、あんなに騒がしいんだ？　人の声じゃないな。河の水が話をしているのか？　河の水がどうして今日、話を始めたんだろう？

ぼくは父の耳が鋭いことに驚いた。体はこんなに弱っているのに、河の水のささやきが聞こえるのだ。ぼくは探りを入れた。何が聞こえたの？　河の水は何て言ってる？

父は息をひそめて耳を傾け、曖昧に言った。河の水がおれに話しかけてる。おいで、下りておいで。

これには驚いた。河の水のささやきが聞こえるのは、ぼくだけだと思っていたのに、いま父の耳にも聞こえることがわかった。これはよい兆しではない。ぼくは父を見つめたまま沈黙した。この日の午後の金雀河はいったいどうしたのだろう？　河の水があらゆる秘密を漏らしたのだとしたら、なぜ船はまだ河に浮かんでいるのか？　船は揺れている。父の命も揺れている。ぼくの水上の家も揺れている。おいで、下りておいで。父の聴覚は鋭い。河の水のささやきは、ますますはっきりしてきた。河に飛び込んで、その口を封じることはできない。河の水よ、おまえはどうして、そんなにせっかちなんだ？　おまえは父を呼んでいるのか？　それとも一匹の魚を呼び戻したいのか？

ぼくは父を抱いたまま、途方に暮れていた。偶然、ベッドの下の縄が目に入った。縄を見つめているうちに、大胆な考えが頭に浮かんだ。胸がドキドキする。ぼくは急いで父をたらいから抱き起こし、ぼくのベッドに運んだ。父はぼくの胸の中で叫んだ。違う。おまえのベッドじゃなくて、ソファーにおれを連れて行け。ソファーまで運んだら、出て行っていいぞ。ぼくは口をきこうとせず、黙って父を清潔な衣服に着替えさせた。靴下をはかせるときに、ぼくは何気なくしゃがみ、ベッドの下から縄を取り出した。そして、まず父の足に縄を巻きつけた。最初、父は気づかなかった。ぼくの手がだらしなかったのだ。ずっと震えていたために、父の注意を引いてしまった。父は突然叫び出し、両足をバタバタさせた。何をしてる？　縄で縛る気か？　息子が親父を縛るなんて、どうかしてるぞ。おれに対する仕返しか？

仕返しじゃない。お父さんを救うためだ。ぼくは気が焦り、委細かまわず、大急ぎで父を縛った。お父さん、我慢してくれ。もう少しで終わるよ。今日の河は危険だ。父さんを河に下りて行かせることはできない。ぼくがいるかぎり、絶対に行かせない！

父には力がないので、しばらくすると抵抗をあきらめた。縛れ、縛るがいいさ。ここまで育ててきて、何年も教育してきて、最後がこの結末とはな。父の目には涙がにじんでいた。透明な泡が、父の口から自然に吹き出てくる。泡はたらいに落ちて消えた。父は涙をたたえた目で、ぼくを見つめながら言った。

もう遅い。河の水がおれを呼んでいる。おまえが孝行息子でも放蕩息子でも、いまはもう遅いんだ。おれがおまえを縛ろうが、おまえがおれを縛ろうが、意味はない。いまはもう、すべてが遅いのさ。

父の絶望はぼくに恐怖と悲しみをもたらした。熱い血が、ぼくの頭にのぼった。遅くない、遅くない。お父さん、待ってくれ！　ぼくは父に誓いを立てると同時に、父の手をベッドの枠に縛りつけた。お父さん、意地を張るなよ。待ってくれ。いますぐ上陸して、犬畜生の趙春堂を船へ連れてくるよ。お父さんに詫びを言わせる。烈士の遺族の証明書を出させるんだ！

父が叫んだ。バカなことをするな。あいつが全部悪いわけじゃない。無理やり謝らせたり、無理やり証明書を出させたりしてもダメだ。おれはそんなことを望まない。上陸するのはやめろ。どうしても行くと言うなら、先におれを河に放り込め！

ぼくは、すでに覚悟を決めていた。縛られた父が、ぼくの計画を阻止できるはずもない。ぼくはたらいを運び出し、汚れた水を捨てた。父に痛い思いをさせないように、縄の結び目をすべて確認した。きつすぎてもいけないし、ゆるすぎてもいけない。マントウ二つと水一杯を用意し、父の頭の横に置いた。父さん、いつ帰れるかわからないから、腹が減ったらマントウを食べて、喉が渇いたら水を飲むんだよ。さらに、尿瓶《しびん》を用意して、父の股の間に置こうとしたが、考えを変えた。手足が縛られているのに、どうやって小便をする？　パンツを脱がせようとすると、父は体を縮め、怒鳴りながら、ぼくの顔に唾を吐きかけた。ぼくは父のタブーに触れたことを知り、相談を持ちかけた。父さん、脱がないわけにいかないよ。小便がしたくなったら、どうする？　清潔好きだから、パンツを濡らしたくはないだろう？　父は無意味な抵抗をやめた。目から二筋の濁った涙が流れている。そのまま二分ほど頑張っていたが、父はついに顔をそむけて言った。脱がせてもいいが、見ないでくれ。見ないと約束しろ。

ぼくは約束した。しかし、パンツを脱がせた瞬間、自制がきかなくなって、そこを一目見た。父の陰茎はぼくを驚かせた。それは用済みになったカイコの繭のようで、こっそりと毛の中に隠れている。その形状は、ぼくの想像を超えていた。想像していたよりも醜くて、下品だった。惨めな雰囲気を漂わせている。ぼくは無意識のうちに目を覆った。目を覆ったまま船室の出入口に向かい、梯子を上るときに両手を離した。ぼくはそれまで、自分が泣いていることに気づかなかった。手が湿っぽかったので広げてみると、手のひらと指の間に涙がたまっていた。

記念碑

ぼくは上陸した。

その時間、金雀河の彼方に広がっていた夕焼はもう闇に沈み、彩り豊かな雲もしだいに数が減って、一瞬のうちに空虚な灰色の塊に姿を変えた。夜の七時、いつもなら陸から船に戻る時刻だ。だが、今日は違う。ぼくには計画があった。ぼくは上陸した。

波止場の照明施設は、早めに点灯していた。サーチライトが送油ポンプの小屋を照らし出している。真っ白な光線は波止場の空き地と荷物の山を越えて、岸壁まで伸びていた。ぼくの家の船は半分だけ照明を受け、半分は力なく水につかっている。心配事をたくさん抱えているようだ。ぼくが船を下りたので、あの野良猫がまたどこからか現れ、船首に駆け上がっていた。追い払う手だてはない。野良猫が乗船するのもいいだろう。父は船室で一人きり、頼る相手がいなかった。いまは野良猫に守ってもらうしかない。

夜の風に吹かれると、汗で湿ったシャツが体に貼りついているため、寒さを感じる。波止場のコンクリートの地面には、少し前にアスファルトが敷かれていた。多少ベタベタするが、柔らかくて、ぬくもりがある。ぼくはアスファルトのやさしさと憐みを感じると同時に、靴をはき忘れてきたことに気づいた。岸壁から荷物の積み卸し場所までは安全で、人の姿がない。昼間山積みになっていた荷物は片付けられ、波止場は異常に広々として、異常に静かだった。送油ポンプの小屋の機械は運転を停止し、李菊花とその同僚たちは帰宅していた。荷物の積み卸し場の作業員たちも残っていない。一台の橋形クレーンと数台の小さいタワークレーンが闇の中にうずくまっている。ぼくは顔を上げ、巨大な円形のオイルタンクを仰ぎ見た。てっぺんに一列の青いランプがともっている。まるで巨人の首に、青いリボンがかかっているようだ。

ぼくは静寂を信じることができない。静かすぎるところには陰謀がひそんでいる。治安部隊の事務所を通りかかると、果たして薄暗い明かりがついていた。窓から、誰かが詩、あるいは散文を朗誦する声が聞こえてくる。それから朗誦は急にやみ、数人の下品な笑い声が起こった。陳禿子と五癩子の笑い声は特に大きい。女性隊員の蠟梅も息ができないほど大笑いし、笑いながら懇願して言った。もうやめて、聞いていられない。笑いすぎて死んでしまうわ。おなかの皮がよじれそうよ。

ぼくはそっと窓辺に立ち、中の動静に耳をすませた。しばらく笑い声が続いたあと、再び王小改の朗誦が始まった。今度ははっきりと、聞き覚えのある一節が耳に届いた。「ああ、ホテイソウはヒマワリを愛している。海が涸れ、石が砕けても、この気持ちは変わらない！」

頭がガーンと鳴った。ぼくは両手で耳を覆い隠した。ぼく以上に、この抒情的な一節を知っている人はいない。「ああ、ホテイソウはヒマワリを愛している。海が涸れ、石が砕けても、この気持ちは変わらない！」ノートの五十四ページ、あるいは五十五ページ、慧仙がこの地区の金雀劇団にいたころに書いたものだ。これはどうしたわけだろう？　ぼくのノートはなぜ、王小改の手に渡ったのか？　どうして、ぼくの日記を朗誦しているのか？　事務室に押し入ろうとしたとき、蠟梅の声がした。小改、どうしてやめちゃったの？　もっと面白いところを聞かせてよ。王小改は言った。おれが手に入れたのはこれだけさ。老崔が何ページか持って行った。小陳も何ページか持って行った。残りは慧仙の手に渡ったんだ。慧仙から取り上げるわけにはいかない。あいつがヒマワリなんだから！　蠟梅は感嘆して言った。空屁も可哀そうにね。身のほど知らずの片思いじゃないの？

蠟梅のひと言で、ぼくは戸口に立ち尽くし、しばらく呆然としていた。自分の日記が恥ずかしい。ぼくは強く後悔した。しかし、こうなった以上、後悔しても始まらない。ぼくは上陸のたび、ノートを旅行カバンの内ポケットに入れていた。父に見られるのを防ぐためだった。その結果、父からは守られた日記が、この連中の手に渡ってしまった！　ぼくは治安部隊の事務所の前でしばらく躊躇していたが、どうしても飛び込む勇気が出なかった。自分の口から、つぶやきが聞こえた。いずれカタをつけてやる。だが、誰に対してカタをつければいいのだろう？　王小改か、老崔か、小陳か、あるいは慧仙か？　それとも、三覇と老七に復讐をするのか？　ぼくは黄昏の空を見上げてから、振り向いて河岸を見た。七号船がポツンと、夕闇の中に停泊している。ぼくの頭ははっきりした。いま、重要なのは父のことだ。父の命は、ぼくのノートよりも価値がある。今夜、ぼくが目指す相手はほかでもない。趙春堂に決まっている。

ぼくは綜合庁舎に直行した。ビルの前まで来て、自分の計画が一方的な思い込みだったことに気づいた。遅かったのだ。幹部たちはみな、もう帰宅していた。受付といくつかの窓に明かりが見えるが、四階建てのビルの大部分は暗かった。ぼくは趙春堂の専用車を探した。かつて威容を誇ったそのジープは、いま使われていないようで、隅のほうで小さくなっている。以前ジープが置いてあった場所には、ソ連製のボルガが停まっていた。黒い新型セダンで、とても立派だった。

運転手の小賈《シャオヂア》がホースを手にして、真剣な顔でボルガを洗っている。あたりは水浸しだった。ぼくは水たまりを迂回して、小賈に近づき、趙春堂の居場所を尋ねた。趙春堂を待ってるの？　まだ、このビルにいるのかい？　小賈は横目でこちらを見て言った。偉そうに、それを聞いてどうするつもりだ？　ぼくは言った。どうもしないよ。急いで伝えたいことがあるのさ。小賈は冷ややかな態度を改めなかった。相変わらずホースで水をかけながら、傲慢な口調で言った。用事があるなら、まずおれに言え。趙書記に伝える価値があるかどうか、確かめないとな。おまえに急用があるとは思えない。どうせまた、烈士の遺族の証明書のことで、騒ぎを起こしにきたんだろう？

油坊鎮で頼みごとをするときには、まずタバコを勧める必要がある。ぼくは小賈に一本差し出した。小賈はとりあえず受け取り、タバコの銘柄を確認して言った。飛馬《フェイマー》か？　いらない。おれは大前門《ダーチェンメン》しか吸わないから。小賈はタバコを運転席に放り投げ、フンと鼻を鳴らした。時代遅れもいいところだ。おまえたち船団の連中は、まだ飛馬をいいタバコだと思ってるのか？　顔つきが少し穏やかになったので、ぼくは小賈に言った。騒ぎを起こしにきたわけじゃない。趙春堂に人を救ってほしいんだ。どこにいるか、教えてくれよ。今度は必ず、大前門を用意する。嘘じゃない！　小賈は眉をひそめた。大前門の一本なんて、屁でもないさ。よくも口に出せるな！　どういう魂胆で、趙書記を探しているんだ？　医者じゃないんだから、人を救うことなんてできないぞ。ぼくは焦っていたので、思いきって小賈に打ち明けた。人を救うというより、命を助けてほしい。うちの親父が自殺を図った。今日のうちに、どうしても趙春堂に、うちの船まで来てもらいたいんだ！　小賈は冷ややかに笑った。おまえの親父は退院したばかりだろう。どうしてまた、自殺を図るんだ？　おまえの家のことはわかってる。親父が自殺を図ったのは、おまえに腹を立てたからさ。親父を救えるのは、おまえしかいない。趙書記ではダメだ。救えない！

ぼくは小賈をあきらめ、綜合庁舎の受付で、趙春堂の居場所を尋ねた。さいわい、受付の女性は新人で、ぼくを知らなかった。ぼくの慌てている様子を見て、有力な情報を教えてくれた。趙書記は今日、とても忙しいの。調査班が三つも来たので、夜遅くまで接待よ！　ぼくはビルの横に回り込み、食堂の窓から中をのぞいた。個室は真っ暗で、見知らぬ幹部らしき男女二人が、窓ぎわの席にすわっている。食事をしているのか、話をしているのか、わからない。ぼくは窓越しに、その二人の幹部に尋ねた。調査班の人ですか？　趙春堂の接待で、食事をしたんでしょう？　女性幹部がぼくを見つめながら、曖昧な笑顔を浮かべて言った。私たちは、計画出産の調査班よ。趙書記なら、ほかの人たちと食事に行ったわ。ぼくはさらに尋ねた。誰とどこへ食事に行ったんですか？　男性幹部が悔しさをにじませて言った。誰と一緒かは知らないが、カニを食べに行ったそうだ。客にも等級があり、レストランにも等級がある。高級レストランを当たってみればいいだろう。

突然、春風旅館の屋根裏に最近できた豪華な宴会場のことが思い浮かんだ。かつて父が隔離審査を受けていたところだ。いまは趙春堂が貴賓を接待する秘密の場所になっているらしい。ぼくは春風旅館の方向に、急いで歩き出した。途中で、痩せて背の高い竹竿のような少年に出会った。メガネをかけ、肩をそびやかし、カバンを脇に挟んでいる。学校のほうからやってきて、ぼくとすれ違った。理髪師の老崔の孫で、油坊鎮高校の優等生だ。老崔は理髪店で、何度もこの孫の優秀さを吹聴し、いかに前途有望かを語っていた。前途のある人は一般に、前途のない人とは話をしない。ぼくはこの少年と口をきくつもりがなかった。少年は傲慢そうに通り過ぎたあと、急に引き返してきて、ぼくを追いかけながら言った。庫東亮だろう？　歴史上の問題について、質問があるんだ。毛主席はいつ、油坊鎮を訪れた？　ぼくは敏感に反応した。この突然の質問は、あのノートと関係がある。ぼくは聞こえないふりをして、足を速めた。思いがけないことに、この厄介な高校生はしつこく追いついてきて、息を切らしながら尋ねた。逃げるなよ。質問をしているんだ。毛主席はなぜ、油坊鎮の人民大衆を接見しないで、ヒマワリを接見したんだろう？　偉大な指導者が農作物を接見するはずがあるか？　庫東亮、どうして勝手に歴史を捏造した？

明らかに、ぼくの日記は大衆読み物になっていた。老崔の孫も、日記を読んだに違いない。三十ページ、あるいは三十一ページと三十二ページも。このガリ勉の少年に、ぼくの秘密は理解できない。歴史問題を討論するつもりはないし、思春期の秘密を明かす義務もなかった。ぼくは少年をにらみ、大声で叫んだ。歴史は謎だ！　おまえのような子供に、歴史はわからない。とっとと失せろ！

少年を追い払ったあと、ぼくは不安な気持ちで、黄昏の油坊鎮を歩いた。ぼくの個人的な秘密が、街路灯のようにポツポツとこの町を照らし、この町の人々の寂しい生活に光を与えている。多くの人の家の窓から漏れてくる笑い声が、自分と関係しているように、あのノートと関係しているように思われた。ぼくは道の暗がりを歩いて、慎重に通行人を避けながら、春風旅館へ向かった。重大な謎が、ずっとぼくの心にのしかかっていた。ノートの残りは、あと何ページだろう？　残った日記は、まだ慧仙の手元にあるのか？

春風旅館の前で、ぼくは足を止めた。玄関にはまだ、メーデーを祝う提灯が掛かっている。周囲はひっそりとして、行き来する車もなかった。ぼくは旅館の窓を仰ぎ見た。三階建のビルは、すべての窓に赤紫色のカーテンが掛かっていた。調査班がこの旅館に滞在しているかどうかはわからない。鼻をひくひくさせてみたが、料理の匂いはしなかった。息をひそめ、耳をすませても、宴会をしている気配はない。ぼくは心が沈んだ。玄関の扉は中から鍵がかかっていた。ガラス越しに、フロント係の女が居眠りしているのが見える。ぼくがガラスを叩くと、女は顔も上げずに、気だるそうな声を出した。誰？　泊まるなら証明書が必要よ。先に派出所へ行って、証明書をもらってきて。ぼくは戸の外で言った。泊まるわけじゃない。人を探しにきたんだ。女が言った。誰に用事？　訪問にも手続きがいるわ。あんたは誰？　誰を訪ねてきたの？　ぼくは自分の名前を明かさなかった。この旅館に宴会場があるだろう？　趙春堂が客と食事をしていないか？　女は眠い目をこすりながら立ち上がり、外を見ようとしている。その声には、警戒の色が表れていた。いったい誰？　ここに宴会場があるって、誰から聞いたの？　ぼくは少し考えて、知恵を働かせた。趙書記さ。趙書記が、ここへ来るように言ったんだ。女はそれでも扉を開けようとせず、目を細めてガラスを見つめている。見かけない顔だね。あんた、幹部じゃないだろう？　女はカウンターのうしろに戻り、声を荒げた。書記に用事なら、綜合庁舎へ行きな。ここに書記はいない。いるのは、お客さんだけだよ。

肩すかしを食ったが、相手を責めるわけにはいかない。ぼくが雲をつかむような話をしたのが悪いのだ。少なくとも、まずは趙春堂の家に行ってみるべきだろう。ぼくは紅旗街《ホンチー》へ向かった。紅旗街に着くと、取り壊された塀の残骸が闇の中で、怪物のような姿をさらしていた。それでようやく思い出した。趙春堂の家は引っ越したのだ。移転先はわからない。ぼくはがっかりして、壊れかけた椅子に腰を下ろした。疲労がもう限界に達している。腰がまた痛み出し、どうしても椅子から立ち上がれなくなった。

紅旗街の街角に、石造りの家が一つだけ残っていた。あばたの李《リー》の豆腐屋だ。作業場に明かりがともり、家の中にも外にも大豆の袋が山積みされている。こんなに遅くまで、李の夫婦は忙しく働いていた。明かりの下で、石臼を推して豆をすりつぶしている。父は、この店の豆腐が大好物だった。配給券なしでも買えるはずだ。この機会に豆腐を持ち帰り、父に栄養をつけてやろう。ぼくは椅子にすわったまま、大声で注文した。豆腐二丁、豆腐を二丁くれ！　李のおかみさんが返事をして、手に豆腐をのせて出てきた。しかし誰もいないので、奇声を上げた。お化けが出た。豆腐を注文したのは誰なの？　ぼくは手を振った。ここだ。ここだよ。おかみさんはぼくが廃墟にすわっているのを見て、最初は驚いたが、顔を確認するとこう言った。暗いところから注文するから、びっくりするじゃないの。ぼくは立ち上がろうとした瞬間、豆腐を買えないことに気づいた。豆腐を二丁抱えて、趙春堂を探しに行くのは無理だろう？　そこで、李のおかみさんに手を振って言った。いや、豆腐はいらない。ふざけただけさ。おかみさんは怒って叫んだ。私たちをからかったのね。この紅旗街は取り壊し中で、ただでさえ薄気味悪いのに。暗闇で豆腐を注文したり、いらないと言ったり。本当にお化けが出たかと思ったよ！　ぼくは立ち上がり、明るいところまで出て行って、おかみさんに謝った。おかみさん、いま人を探しているんだよ。趙春堂の引っ越し先を知らない？

この問いで、おかみさんは何か気づいたらしい。質問には答えようとせず、豆腐を二丁持ったまま、目をきらきらさせてぼくを見つめ、あっと声を上げた。知ってるよ。あんた、庫文軒の息子だろう？　趙春堂を探している理由もわかる。烈士の遺族の証明書が欲しいんだね？　でも、趙春堂を訪ねてもムダだ。誰のところへ行っても、証明書は手に入らない。鄧少香烈士の息子は見つかったんだから。あんたの父親でも、うすのろの扁金でもなかった。五福鎮の蔣《チアン》先生が本物だったのさ。中学校の校長から抜擢されて、いまは教育局長になったよ。李のおかみさんは、そこまで言って、ぼくの表情の変化に気づいた。大きかった声が、突然おどおどしたものに変わった。おやおや、あんた、どうしてそんな目で私をにらむの？　私に食いつくつもりかい？　あんたの家を烈士の末裔と認めないのは、私じゃないよ。綜合庁舎の王おばさんが言っていたのさ。王おばさんは、調査班の人から聞いたらしい。

あばたの李が前掛けをしたまま、あたふたと出てきた。ぼくには目もくれず、おかみさんを頭ごなしに叱りつけた。おしゃべり女め、ここで豆腐を売っていたのか？　それとも情報を売っていたのか？　情報を売り渡すにしても、いくらで売るか、誰に売るかを考えろ？　忘れっぽいやつだな。こいつの父親は以前、おれたちを取り締まったんだぞ。資本主義の尻尾を切ると言って、大豆を三袋と石臼を没収した。おまえはあの日、ワーワー泣いたのを忘れたのか？　喉元過ぎれば熱さを忘れるというわけか？　こいつが質問できるのは、まず大豆三袋を返してからだ！

あばたの李が、これほど強い恨みを父に抱いているとは意外だった。父は陸上にこんなに多くの敵を作っていて、豆腐屋の李夫妻までがそこに含まれていたのだ。紅旗街も、長居すべき場所ではない。ぼくは李夫妻の敵意に満ちたまなざしを浴びながら、歯を食いしばって、その場から逃れた。人民街まで来ると、ぼくはようやく一息ついた。すでに日が暮れて、街灯がともっている。油坊鎮の道は明暗が分かれ、きれいな大通りはますますきれいに、汚い小道はますます汚く見えた。沿道の家々の夕食のおかずの匂いが、空気中に漂っている。豚肉のおいしそうな匂いもあれば、漬物を炒めた刺激的な匂いもあった。ぼくは空腹で苛立っていたが、どこへ行けばよいのかわからなかった。李のおかみさんが漏らした情報は、真偽のほどはともかく、広く伝わっているのだろう。鄧少香烈士の子孫に、新しい候補が登場した！　父が待ち望んでいた結末は崩れ去った。父が信じるはずはない。しかし、父が信じるかどうかの問題ではないのだ。

急に絶望に襲われ、ぼくは上陸の経路を変更した。趙春堂を探す勇気はもうない。ぼくはあずまやへ向かった。最初、大それた考えはなかった。人が多い場所なので、情報もたくさん集まるから、五福鎮の蔣先生の噂を確かめようと思ったのだ。あずまやに着くと、意外にも人影はまばらで、お茶を売る未亡人の方《ファン》さんの露店も開いていない。いつも露店の前に集まっている人たちの姿もなかった。駐車場には何台か、タンクローリーとトラックが停車している。地方から来た数人の運転手がビニールシートを敷いて、トランプに興じていた。運転席にすわっている顔じゅう髭だらけの運転手が、ぼくを見て手を振った。乗るんなら早くしな。もうすぐ出発だ。五銭で幸福まで送るぜ！

五銭で幸福まで。行き先も、値段も申し分ないが、ぼくは行けない。

ぼくは、あずまやの周辺を徘徊した。街灯の下で、影が長くなったり短くなったり、変化を続けている。突然、上陸の意味が疑わしくなった。空屁、空屁、父に立てた誓いは空屁だった。何のために上陸したのだろう？　ぼくは何もできないし、何の役にも立たないし、何者でもない。ぼくは空屁だ。あずまやの前で、ぼくは自分を責めた。闇の中のあずまやは、いまにも崩れ落ちそうで、危険きわまりない。風に吹かれて、あずまやを囲っていたシートがめくれた。隙間から、奇妙な三角形が見えた。かすかな光が漏れ出し、ぼくの目を刺激した。そのかすかな光に誘われて、ぼくはあずまやの中にもぐり込んだ。

あずまやの中には、作業員たちが残した工具が散乱していた。ハンマー、鶴嘴、それに小型のジャッキ。作業員の姿も、扁金の姿もなかった。ガチョウが二羽いるだけ。一羽はやんちゃそうに、ハンマーの上に立っている。もう一羽は許せないことに、烈士の記念碑の上で糞をたれていた。

鄧少香烈士の記念碑が、かすかな光を放ち、ぼくに人生最大の霊感を与えていた。石碑は地面に倒され、周囲に麻縄が巻いてある。どうやら、移設作業がすでに始まっているようだ。明日か、あさって、石碑は運び出されるのだろう。鄧少香烈士の英霊は移動する。上流の鳳凰鎮に移るのか、それとも二十キロ先の五福鎮に移るのか？　その瞬間、ぼくは頭にひらめきを感じ、血が沸き立った。輝かしくも狂おしい考えが浮かんだ。手ぶらで帰るわけにはいかない。記念碑を残そう。記念碑を運ぼう。家まで持ち帰ろう。鄧少香烈士の英霊を父の元に戻すのだ！

善は急げ、やるなら早いほうがいい。ぼくは扁金のガチョウを蹴飛ばし、石碑の上の糞をきれいに拭い取った。運搬を始める前に、恭しく石碑に一礼することも忘れなかった。重いものを運ぶのは、船団の人間にとって当たり前の仕事だ。ぼくは両手で石碑の縄をしっかりつかみ、懸命に引き起こした。重い石碑は、大人しく立ち上がった。角度もちょうどよく、ぼくの腕と腰に協力して、ゆっくり地面を滑っていく。石碑の重さは百キロを超えていたと思う。経験によれば、一人の力で動かせるはずがない。しかし、石碑は大きな驚きと喜びをもたらした。ぼくに協力し、善意と憐みを示してくれた。あんなに重い石碑が、するするとコンクリートの地面を滑り、迷うことなく移動して行った。予想外に早く、ぼくは石碑をあずまやの外に運び出した。目撃者はいない。二羽のガチョウだけが、この奇跡を見ていた。ガチョウはぼくを追いかけ、せわしない鳴き声を上げた。ガチョウの声は、向かいの駐車場にいる運転手たちの注意を引いた。彼らは、ぼくを泥棒と思ったらしい。一人の運転手が立ち上がり、口をゆがめて笑いながら、トランプのカードを振り動かして言った。おまえは手癖の悪い奴だな。うろうろしていたのは、石を盗むためだったのか？　石を持ち帰ってどうする？　家を建てて嫁をもらうのか？

さいわい、最初の関門は通過できた。運転手たちはよそ者だから、油坊鎮の問題に関心がない。ただ、彼らの嘲笑に驚き、ぼくは冷や汗をかいた。ここは油坊鎮だ。至るところで大衆の目が光っている。ぼくの冒険は、いつ途中で挫折するかわからない。急ぐ必要がある。急げ、急げ。ぼくは絶えず自分に呼びかけた。急げ、急ぐんだ。ぼくは石碑に催促した。速く、速く行ってくれ！　ぼくの催促は石碑に対する礼を欠いていたらしい。石碑はしだいに、その尊厳と重みを示し始めた。石碑を引っぱって歩くのは、山を引っぱって歩くようなものだ。腕がだんだん痺れてきた。綿花倉庫がある小道まで来ると、もう両腕が抜けそうだった。胸が苦しくて息もできない。仕方なく足を止め、少し休もうと思ったが、振り向くと最初の追っ手が迫っていた。二羽のガチョウと三羽のアヒルだ。体を左右に揺らし、ガーガーと鳴き叫んで、沿道に警報を発している。その後、第二の追っ手の姿が見えた。ガチョウの主人、うすのろの扁金だった。長い笛を振り回している。庫東亮、待て。空屁、待つんだ！　怒りの声が雷のように、夜空にこだました。空屁、いい度胸だな。何を引っぱっているんだ？　止まれ。逃げる気か？　どこへ逃げるつもりだ？

扁金が笛を鳴らすと、さらに多くのアヒルが、波止場の四方八方から主人のもとへ集まってきた。あっという間に、ぼくは扁金とガチョウとアヒルの群れに取り囲まれた。人間も鳥も大声でわめいている。鳥たちの抗議は聞いてもわからない。扁金の激高した声だけが耳に届いた。庫東亮、おまえは何という野郎だ。ハンマーや鶴嘴を盗むやつはいると思ったが、石碑を盗むとは驚いた。まったく、大胆不敵だよ。鄧少香烈士の英霊を盗むとはな！

ぼくは言った。うすのろ、でたらめを言うな。英霊を盗むわけじゃない。記念碑を親父のところまで運んで見せるんだ。親父の病気は重いけど、これを見れば回復するかもしれない。

おまえこそ、うすのろだ！　記念碑は特効薬じゃないぞ。親父の病気には効かない。扁金は片手を腰に当て、片手の指をぼくの鼻に突きつけた。空屁、これがどういう行為か、知っているのか？　現行反革命、銃殺ものだ！

ぼくは言った。うすのろはおまえだ。うすのろと話しても始まらない。銃殺されるにしてもおれの問題だ。おまえには関係ない。とっとと失せろ。ぼくは道をふさいでいるガチョウとアヒルを蹴散らし、再び石碑を引っぱって、岸壁のほうへ向かおうとした。扁金がぼくの服をつかんで言った。どこへ行く？　あずまやの品物はすべて、管理を任されているんだ。おまえを見逃すわけにはいかない。

ぼくは扁金の知能だけでなく、腕力も見くびっていた。扁金は突然身を躍らせ、石碑に飛び乗った。ぼくの腕は急に加わった重量のために、あやうく折れそうになった。手を放すと、縄の結び目が緩んだ。ぼくが手を放したのを見て、扁金は縄を奪おうとした。ぼくの手と扁金の手が同時に石碑の縄に伸び、もみ合いとなった。二つの頭もぶつかり、大きな音がした。目の前に星がチラついている。ぼくは胸の怒りを抑えられず、扁金のボロボロのシャツをつかむと、道端に押しやって言った。うすのろ、利口な犬は道をふさがない。おまえが利口な犬なら、邪魔をするな。邪魔するなら、そのボンクラ頭をもいでやる！　今度は、扁金の勇気と度胸を見くびった。扁金は本気で頭をぼくの胸に押しつけて言った。もいでみろ。この頭をもいでみろよ。それをやったら、おまえが犬畜生だ！

思いがけないことに、ぼくは扁金と取っ組み合いを始めた。勝負は互角だ！　それは厳しい戦いだった。最初、ぼくは上に立とうとして、ずっと石碑を独占した。だが、この戦術は敵を蔑視することになり、扁金を承服させられなかった。これでは、石碑を動かすことはできない。その後、ぼくは思いきって石碑を放棄し、扁金への対処に専念した。背後から襲いかかり、両腕をつかんで体を地面に押しつけた。扁金は年のせいもあり、もう動けなくなった。しきりに足をばたつかせ、痛いと叫んでいた。誰か来てくれ。扁金は年のせいもあり、もう動けなくなった。しきりに足をばたつかせ、痛いと叫んでいた。誰か来てくれ。庫東亮をつかまえるんだ。反革命をつかまえるんだ！

叫び声を聞いて、綿花倉庫の夜警係の老邱《ラオチュウ》が、弁当を持ったまま出てきた。ぼくと扁金だとわかると、仲裁する気もなくなったらしい。失望して弁当の飯を口に運びながら言った。おまえたちが騒いでいたのか。反革命をつかまえる？　一人はうすのろ、一人は空屁じゃないか。反革命の資格もない。勝手にしろ！

扁金が慌てて叫んだ。こいつは烈士の記念碑を盗んだから反革命だ。現行反革命だ。早く派出所に連絡してくれ！

老邱は扁金を相手にせず、弁当を持ったまま石碑を観察したあと、ぼくに疑惑の目を向けた。空屁、この記念碑を船まで引っぱって行くつもりか？　親父さんのために？　でも、しょせんは石じゃないか。動かせば疲れるだけだ。親父さんは頭がいかれちまったんじゃないか？　烈士の遺族かどうかなんて、どうでもいいだろう？　大事なのは生活と健康だ。

ぼくは老邱の言葉を聞き入れなかった。扁金も聞き入れなかった。扁金は顔を上げ、老邱に向かって叫んだ。老邱、早く派出所へ連絡に行け。まだここで、烈士の話なんかしてるのか？　犯人をかばったり、そそのかしたりすれば、おまえも罪になるんだぞ。三年から五年の有期徒刑だ！

老邱は怒って、扁金の尻を蹴飛ばした。このうすのろ、数の数え方を教えてやったのに、おまえは何年たっても覚えなかったじゃないか。六羽のガチョウを数えるのにも、指を折る始末だ。三年から五年の徒刑だなんて、よく言えるな。裁判官気取りか！　老邱はまだ腹の虫が治まらず、扁金の尻をもう一度蹴った。これがこたえたようで、扁金は悲鳴を上げ、片手でしきりに地面を叩いた。誰かいないのか？　みんなどこへ行ってしまったんだ？　革命大衆はどこへ行った？　それはほとんど、半泣きに近い声だった。ぼくが襟をつかんで持ち上げると、扁金の体はぐったりしていた。もう観念したのだと思って、扁金を放そうとしたとき、綿花倉庫の裏手に二人連れの姿が見えた。扁金は救いの神に出会ったように、大声で叫んだ。来てくれ。早く反革命を捕まえるんだ。手柄を立てれば賞状がもらえるぞ！

それは一組の若い男女だった。倉庫のうしろに隠れて、何をしていたのだろう？　扁金が叫ぶと、男はやってきたが、女は姿を消した。男は二十すぎの青年で、眉が濃く目が大きい。髪の手入れが行き届いている。人民服のポケットに万年筆を三本挿していた。顔に見覚えがあるような気がするが、名前は思い浮かばない。青年はぼくのことも、扁金のこともよく知っていて、地面の石碑とぼくたち二人を見て笑った。この二人だったのか。どうして石碑を争っているんだ？　鄧少香の息子と鄧少香の孫の争いか？　そいつはムダだぞ。どちらも違うんだから！　ぼくはあえぎながら、あばたの李のおかみさんが言っていたことを確かめた。五福鎮の蒋校長の話はどうなんだ？　青年はすぐに意味を悟って、手を振りながら答えた。あれはデマだ。五福鎮の蒋校長もニセモノさ！　おれの最新の研究成果が、もうすぐ内部資料に発表される。教えてやるが、よそでは言うなよ。鄧少香は結婚していたが、夫とは仲が悪くて、子供ができなかった。カゴの中の赤ん坊は自分の息子じゃない。擬装用に借りてきたのさ！

さっきの女が再び分かれ道のところに姿を現すと、青年は落ち着いていられなくなり、この情報を漏らしただけで、慌てて行ってしまった。そこでようやく、ぼくは綜合庁舎に新しく配属された大学生のことを思い出した。革命の歴史を研究しているという。彼の驚くべき話に、ぼくも扁金も一時呆然としてしまった。しばらくして正気に返り、ぼくは青年のうしろ姿に向かって言った。クソったれ！　扁金も目で見送りながら、歯ぎしりして叫んだ。嘘をつくな。後継ぎがいないというのは、烈士に対する侮辱だぞ。

ぼくと扁金は、期せずして立場が一致した。しかし残念ながら、お互いに敵から友だちに変わることはできない。石碑を前に、一人はしゃがみ、一人はひざまずき、にらみ合いを続けた。そのあとすぐ、二人は石碑の縄の奪い合いを再開した。ぼくは言った。うすのろ、まだ争うつもりか？　聞いただろう？　鄧少香に息子はいなかった。うちの親父も違うし、おまえも違う。夢を見るのは終わりにしろよ。おまえに邪魔をする資格はない。これ以上抵抗するなら、容赦しないぞ！　扁金は言った。そんなことはどうでもいい。烈士の石碑を命がけで守るだけさ。この首も投げ出す覚悟だ！　遠慮なくかかってこい。さあ、やれるもんならやってみろ。おまえにその力があれば、石碑を運んで帰れ。それが無理なら、一緒に派出所へ行って自首しろ。ぼくは言った。おれを脅すつもりか？　おまえをやっつけるのは簡単なことだ。うすのろを倒しても、名誉にはならないけどな。意外にも、扁金が先に足を出した。ぼくを蹴飛ばし、敵意に満ちた目を向けて叫んだ。さあ、かかってこい。命は惜しくない。殺されたあとに、おまえが銃殺されれば、烈士になれる。名誉なことだ！

ぼくは顔を上げ、岸壁のほうに目を向けた。闇の中で輝く河の水は見えたが、うちの船の明かりは見えない。ぼくは父がまだベッドに縛りつけられていること、ぼくの帰りを待ち焦がれていることを思い出した。ところがいま、ぼくは何も得るところなく、うすのろに手を焼いている。そう思うと、怒りが込み上げてきた。振り上げた拳に、夜風が吹き渡る。拳はたいまつ、夜風は火種だ。ぼくの拳に風が火をつけ、たいまつは激しく燃え上がった。やっつけろ、あいつをやっつけろ。でも、あいつはうすのろだ。倒しても自慢にならない。夜風が神秘的で陰険な声を運んでくる。その声は、ぼくの理性を破壊した。人を殴るときは顔を狙わない。みんな隠れた場所を選んで手を下す。それはよくわかっていた。けれども、ぼくはまず顔を殴ることに決めた。扁金のシャツの襟をつかみ、顔を持ち上げた。その顔は扁平で、鼻だけが高い。ぼくはまず、鼻を殴った。正確さを期すために、拳を一度鼻に当て、狙いを定めた。パーンという音がして、ぼくの拳の下で扁金の鼻が砕けた。ノリ状の液体が血しぶきとともに飛び散る。ぼくは顔をそむけて、扁金の鼻血を避けた。うすのろ、鼻血が出たぞ。まだ、道を譲らないつもりか？　扁金はぼくの威嚇を気にしない。きっと、痛みを感じていないのだろう。きっぱりとした態度で叫んだ。譲るもんか！　鼻血がどうした？　この首を投げ出しても平気だ！　殴れ、殴れよ。そうすれば烈士になれる。おまえは銃殺だ。命の取り引き、損はないさ！

扁金の鼻から流れ出ている血を見る勇気はなかった。ぼくは扁金のせいで、いまにも泣き出しそうだった。風がぼくの拳に当たる。陰険なささやきが、風に運ばれてきた。殴るなら殴れ。やっちまえ。どうせ孤児なんだから。親も友だちもいない。殴り殺したって、文句は出ないさ。その声は怪しげで、悪意に満ちている。その声に迫られて、ぼくは泣き出しそうになった。ぼくの拳は扁金の顔の上をさまよっていた。その顔は、まるで子供のようだ。汚くて、小さくて、あどけない。孤児特有の苦悩の表情を浮かべている。苦悩の中には、言いようのない純潔さもあった。ぼくの拳は、突き出た頬骨のあたりで動きを止めた。もう、いい。ぼくは言った。おまえも可哀そうなやつだ。殴るわけにはいかない。殴り殺したら、誰が死体を始末してくれる？　うすのろの扁金は、ぼくの好意を受け入れようとせず、憎々しげに叫んだ。そっちがよくても、こっちはよくない。殴らないなら、こっちが殴ってやる。最後のカタをつけるんだ！

最後のカタをつける——この脅し文句がマッチのように、ぼくの心に十三年間くすぶっていた名付けようのない感情に火をつけた。新旧の恨みが一斉に湧き上がり、ぼくの拳は神聖な力によって高く振り上げられた。最後のカタをつけてやる！　ぼくは怒りの叫びとともに、拳の雨を扁金の顔に浴びせた。最後のカタとはこのことだ！　うちの親子は、おまえたち陸の人間に貸しがある。古いツケも新しいツケも、まとめておまえに返してもらうぞ。それが最後のカタをつけるということさ！

扁金のすさまじい叫び声が聞こえた。目を、目を殴ったな！　恐れと驚きのあまり、扁金の言葉は不明瞭だった。目はやめろ。やめてくれ！　殺すなら殺せ。殴るなら、別の場所にしてくれ。目をつぶされたら、ガチョウが飼えなくなる。目がつぶれたら、ガチョウはどうするんだ？　アヒルはどうするんだ？　扁金が目を覆っている両手の指の間から、血が流れている。ぼくは夢から覚めたように、手を緩めた。すると扁金は苦しそうに頭を垂れ、ついに道を譲った。転がるように石碑から下り、目を覆って泣き出した。

弱い街灯の光の下、誰かが棍棒を持って走ってくるのが見えた。ケンカをしているのは誰だ？　波止場でのケンカは禁止されている！　ついに治安部隊がやってきたのだ。遠くに光った頭が見えたので、それが陳禿子であることがわかった。陳禿子は慣例に従って棍棒を振り上げると、有無を言わせず、ぼくの肩と扁金の腕を一発ずつ殴った。扁金は腕を押さえ、口を大きく開けて、叱られた子供のようにワーワー泣き出した。殴ったな？　どうして殴るんだ？　治安部隊は、敵味方の区別もできないのか？

扁金の顔が血だらけなので、陳禿子は驚いた。空屁、おまえがやったのか？　とんでもないやつだ。他人にいじめられた腹いせに、うすのろをいじめたのか？　陳禿子はしゃがんで扁金の傷の程度を調べ、一目で鼻骨の損傷に気づいた。いかん、鼻骨がやられてる。空屁、しでかしてくれたな。鼻骨が折れてるぞ！

ぼくは言った。自業自得さ。鼻骨が折れたんなら、鼻骨で弁償してやる。

扁金は手を緩めて、陳禿子に自分の目を見せた。見てくれ。目玉がまだあるかどうか。目が見えなくなったんだ。あいつにつぶされたのさ。陳禿子は棍棒で扁金のあごを持ち上げ、目を調べると、また驚きの声を上げた。空屁、やらかしてくれたな。おまえはファシストよりもひどい。どうして、目を殴ったんだ？　目をつぶすとは、どういうつもりだ？

ぼくは言った。自業自得さ。目がつぶれたんなら、目で弁償してやる。

弁償するって？　口の減らないやつだ。おまえ、目がいくつある？　陳禿子は汚いハンカチを取り出して扁金の目を覆いながら、棍棒でぼくを突いて言った。空屁、頭がいかれちまったのか？　こんな大事をしでかして、まだ寝言をほざくとは！　さっさと、こいつを病院へ連れて行け。万一のことがあったら、おまえの手には負えんぞ！

ぼくは言った。行かない。そいつが命の取り引きと言ったんだ。どっちにしろ、お互いに安い命だからな。そいつが死んだら、おれの命で弁償するだけさ。そこまで言うと、ぼくの目から涙があふれ出た。ぼくは体を支えきれなくなり、ゆっくりと石碑のそばに膝をついた。ちょうど顔が石碑に貼りつき、鋭い冷たさに襲われた。顔がひんやりしている。清水がサラサラと流れているようだ。それは自分の涙なのか、鄧少香烈士の涙なのか？　ぼくは泣いていた。烈士の魂がぼくに裁きを下している。烈士が霊験を現したのだ。ぼくはまず扁金に、深いやましさを感じた。完全に良心を失っていた自分を罰するために、ぼくは自分の顔を一発殴った。一発で罪悪感から逃れることはできない。ますます自分が哀れになり、ますます悲しみが募った。自分の哀れさと悲しみを罰するために、ぼくはもう一度、強く自分の横っ面を叩いた。大きな音がして、ぼくの頬は感覚を失った。ぼくは顔を覆って、おいおい泣き出した。

ぼくは石碑に向かって、思う存分泣いた。陳禿子は棍棒で絶えず横からぼくを突きながら言った。泣いている場合か？　人を殴ったら、病院に連れて行くところまで責任を持て。早く救急病院へ運ぶんだ。泣いても仕方ない。おまえが殴ったのに、おれに介抱を頼むつもりか？　ぼくはすわったまま泣き続け、しどろもどろの返答をした。明日、明日にしよう。陳禿子は叫んだ。明日まで待てるか！　こいつの傷を見ろ。明日になれば、目はもうダメだろう。ぼくは陳禿子に突かれ引っぱられ、地面にひざまずくと、もう立ち上がる気力がなくなってしまった。涙でぼやけた目で見ると、陳禿子は扁金を引きずりながら、病院のほうへ歩いて行く。アヒルの群れも、あとを追った。二羽のガチョウは残り、主人のために復讐を始めた。一羽はぼくの左足、一羽はぼくの右足を攻撃してくる。左右から挟み撃ちというわけだ。

夜色が濃くなった。空気中に、怪しい生臭さが立ち込めている。魚臭さではなく、水草の腐乱した臭いでもない。波止場の鉄くず特有の錆臭さでもないし、ましてや対岸の楓楊樹郷村から漂ってくる化学肥料の臭いでもなかった。その奇妙な生臭さに気をそらされて、ぼくは泣きやみ、鼻をひくつかせて臭いの元を探った。最初に気づいたのは右手の血だった。右手の指の間に乾いた血痕がある。桑の葉ほどの大きさだ。服の袖にも血がついていた。赤い柳の葉が貼りついているように見える。さらに、ズボンの膝にも点々と血の跡があった。ぼくの体の至るところに扁金の血がついているのだ。生臭いのも無理はない。ぼくは何年も前に父が船室に残した血痕を思い出した。扁金の血は父の血よりもずっと生臭い。記念碑にも注意を向けた。石碑も扁金の血にまみれている。扁金が顔を置いた場所にはすべて、丸い血だまりができていた。血だまりは闇の中で、ほのかな赤い光を発している。ぼくは強い恐れを感じ、急いで古新聞の切れ端を拾って何度もこすり、石碑をきれいにした。

誰もいなくなって、ぼくは泣きやんだ。心身ともに軽くなり、ようやく冷静さを取り戻した。烈士の記念碑は月光の下、安らかに地べたに横たわっている。ぼくが石碑を見ると、石碑もぼくを見た。石碑を放置するつもりはない。だが、石碑はぼくを見捨てるだろうか？　石碑にかけられた縄を引っぱってみた。石碑は少しためらったが、それでも前に進んでくれた。ぼくは石碑が頭をもたげ、七号船のほうを見て、移動を始めたように思った。これは奇跡だ。一つの奇跡だ。ぼくは確信した。この石碑は目に見えない足を持っている。深い愛情を抱いている。ぼくが盗むわけではない。奪うわけでもない。石碑が自ら、父に会うため船へ行こうとしているのだ。これはまさしく、一つの奇跡に違いない。周囲を見渡すと、波止場はとても静かで、すべてが夢のようだった。送油ポンプ小屋の探照灯が、ちょうど岸壁の一角を照らし出している。うちの船は、まだ静かに岸辺に停泊していた。河と岸、船と父、すべてが整然として、幸福な夢の世界に浸っている。ぼくは最後の力を振り絞って、記念碑を岸壁まで引きずって行った。石碑がコンクリートの上を滑る音が聞こえる。行こう、行こう、行こう。船の近くまで行って振り返ると、明るい波止場は不思議な静寂に包まれていた。月光と探照灯が監視を続けているが、ぼくだけは見逃してくれた。月光も探照灯も追いかけてこない。追いかけてくる人の姿もない。あの野良猫だけが暗闇の中で腹這いになり、ギラギラした目でぼくを見つめていた。

今夜はどうして、苦労の果てに歓喜が訪れたのだろう？　ぼくはなぜ、こんなに幸運なのか？　それを考える余裕はなかった。突然、悩みが生じたからだ。こんなに重い石碑をどうやって船に乗せ、父に捧げようか？　一枚の踏み板では無理だし、ほかから踏み板を借りてくるわけにもいかない。どうしよう？　竹の梯子をもう一つ渡そうか？　ぼくは頭の中で運ぶ方法を必死で考えながら、口ではもう手柄を自慢するように叫んでいた。お父さん、ただいま。見てくれよ。何を持ち帰ったと思う？

河の中へ

船上生活十三年、父と過ごした時間を振り返ってみると、最大の痛恨事は父を縛ったことだった。いまでも覚えている。あの夜、ぼくが縄をほどくとき、父は言った。もっとやさしくしてくれ、痛いじゃないか。ぼくを見つめる父の目は充血し、疲れている様子だったが、かつてない慈愛に満ちていた。父はぼくを許したのだ。ぼくは父に記念碑を見せるため、手を引いて踏み板を渡り、岸壁まで連れて行った。父はぼくの服をつかみ、従順な息子のように、体を震わせながらついてきた。父は少し恐ろしいのだろう。しかし鄧少香烈士の記念碑を見れば、父の魂は神霊の光に照らされ、憂慮も恐怖も解消するはずだ。父は石碑を見ると、微笑を浮かべて言った。よし、いいだろう。おまえのおばあさんを家に迎えようじゃないか。

石碑を船に運び込む手段がないので、やむを得ず、岸壁のクレーンを借りることにした。誰もいないすきに、ぼくは操作室のガラスを一枚はずし、中にもぐり込んだ。それまで操作室の計器に触れたことはなかったが、その夜は神の助けを得たように、順調に積み込み作業を終えることができた。時間もそれほどかからなかった。石碑はクレーンに持ち上げられて夜空に奇怪な姿をさらし、平行移動したあと、ゆっくりと船首に下ろされた。父は船首に立ち、石碑に向かって胸を広げた。気をつけろ、気をつけろ。父の興奮した声が聞こえた。ぼくに命令しているのか？　それとも、石碑に呼びかけているのか？

この重い記念碑は、ぼくが父に捧げた唯一の贈り物だった。父は石碑を船室に運び込み、ソファーの上に南向きに立てることを希望した。だが、船室の入口が狭すぎて、この希望は実現できなかった。父は衰弱した体を引きずりながら、船室の中からぼくに指示を与えた。船室に下ろすのはあきらめよう。入口で石碑がつかえている。父は仕方なく主張を放棄し、船室から這い出てきた。苫の下にすわり、何度も石碑をなでている。外に置くことにしよう。それもいい。船室の中は蒸し暑いからな。外は空気もいいし、景色もいい。母さん、河の景色を見てくれ。

夜が更けて、金雀河には一面に明るい月光が降り注いでいた。ぼくは船のランプを全部ともした。合わせて四つのランプが苫の下に掛かっている。温かい光が、父と烈士の碑を照らし出した。父は最初、石碑の表側の追悼文を読んでいた。さらに裏側のレリーフを見ようとしたので、ぼくは力を込めて石碑を裏返した。レリーフと向き合ったとたん、父は恐怖の叫び声を上げた。ない、なくなっている！

ぼくはびっくりして、とっさに反応できなかった。父はまた叫んだ。おれが消えた。また消えてしまった！　父の手は絶望的に、レリーフに描かれたカゴの上に置かれ、わなわなと震えている。その手の指すところを見ると、すぐに意味がわかった。カゴの上に描かれていた赤ん坊の頭が消えているのだ。

このカゴはどうして、空っぽになったんだ？　赤ん坊の頭はどうした？　おれの頭は、なぜ消えたんだ？

お父さん、きっと目の錯覚だよ。石に彫られたものが、消えるはずはない。ぼくは慌ててランプを手に取り、近づいて調べた。その結果、驚くべきことがわかった。ランプの明かりの下、レリーフの竹カゴの編み目までよく見えたが、カゴから出ていたはずの赤ん坊の頭はやはり消えてしまっていた。

これはどういうことだ？　やつらがおれを消したのか？　父は言った。おれの蒙古斑も消えた。おれの頭も消えた。

ぼくはレリーフに鑿の跡がないか仔細に調べたが、何も発見できなかった。人為的な損壊ではないらしい。指の感触によって、カゴの上方に少し盛り上がった丸い箇所があることがわかった。おそらく、ここに赤ん坊の頭があったのだろう。その場所を念入りに触ってみると、指に冷たいものを感じた。お父さん、触ってみて。小さい頭、丸い盛り上がりがある。手で触れば、わかるよ。

父はすでに絶望して顔をそむけ、夜色に沈む河を眺めていた。ぼくは父の手を取り、無理やりレリーフの上に置いた。父さん、自分で触ってみなよ。まだ、カゴの上にいるのがわかるから。父は目を閉じ、ぼくが指を導くのに任せている。しばらくすると、自ら指を動かし始め、はっきりしない小さな頭をそっとなぞった。これしか残っていないのか？　これがあの小さい頭か？　違う、これはおれじゃない。おれはもういなくなった。父の顔に恐怖の影がよぎった。おれが岸を離れて、ようやく十三年だ。毛筆で書いた字、絵の具で描いた絵だって、十三年では消えないだろう。これは石碑だぞ。間違いなく、小さい頭がカゴからのぞいていたのに、どうして消えてしまったんだ？

父の手は石碑から、力なく滑り落ちた。膝の上に落ちたあとも、ずっと震えている。ぼくはその手がランプの下で、潤いのある青白い光を放っていることに気づいた。父は疲れて、目を閉じていた。ぼくは休ませようと思い、手を貸そうとした。お父さん、日が暮れてしまったせいで、よく見えないのかもしれないよ。明日にしよう。今日はもう遅いから、部屋に入って寝たほうがいい。父は顔を石碑に貼りつけたまま、動こうとしなかった。ぼくはもう一度、手を貸そうとした。お父さん、石碑に顔をつけちゃダメだ。冷たいから、風邪をひくよ。父は石碑から顔を起こした。青白い顔は、老いの涙に濡れていた。聞こえたんだ。おまえのおばあさんの声が聞こえた。父は言った。おれはもう、趙春堂を恨まない。聞いたんだ。おまえのおばあさんはおれを捨てた。十三年、自己改造に努めてきたが、ダメだった。おまえのおばあさんは許してくれなかった。おれを見捨てたんだ。

ぼくは父の痩せ衰えた体を抱いた。その体はまるで、十三年にわたって風雨に耐えてきた頑強な枯れ木が、ついに暴風雨の日に倒れたかのようだった。ぼくは父を慰めようと思ったが、自分の目からも涙があふれ、喉が詰まって、声が出なかった。石碑に書かれた「鄧少香烈士は永遠に不滅である」という文字を見ていると、突然ぼくは恐ろしくなった。苦労して船まで運んできた記念碑は、父に福音をもたらすのか？　それとも災難をもたらすのか？

金雀河の暗闇の果てに、ほのかな光が浮かび始めた。ぼくはこの河に映る最初の暁の色を目にして、まだ眠っている油坊鎮を見たあと、急いで船首へと向かった。ぼくは知っていた。夜が明ければ、人がやってくる。夜が明ければ、記念碑はぼくたち親子のものではなくなる。ぼくは夜のうちに碇を上げ、石碑とともに油坊鎮を離れるつもりだった。船尾で碇を上げるときは、まだ余力があり、すべて正常だった。しかし、とも綱を解き始めたとき、手の力が急に抜け、目を開けていられなくなった。強い眠気に襲われ、ぼくはとも綱の上に突っ伏して寝てしまった。

どれくらい時間がたったのだろう。父がやってきて、ぼくを揺り動かした。ぼくは朦朧としたまま立ち上がり、とも綱を引きながら言った。お父さん、河に出よう。河の上が、ぼくらの縄張りだから。

父は言った。いや、ダメだ。河の上で十三年暮らしてきたが、意味はなかった。天の果てまで行っても意味はない。どこへも行かず、ここにいよう。東亮、少し寝てこい。おれが石碑の番をする。

父には逆らえない。極度の疲労と睡魔には、もっと逆らえなかった。ぼくは押されるようにして船室に入った。船上生活十三年、この夜ぼくは初めて父の慈愛に浴した。父はベッドの用意をしてくれていた。古い毛布がきちんと軍用ベッドに敷いてある。一角だけを折り返して。それは父が長年にわたって封印してきた、ぼくに対する抱擁だと思われた。最後になって、父は胸を開いたのだ。その抱擁はぎこちなく、平凡で、規則的で鋭い三角形を呈している。ぼくは父の三角形の抱擁に身を任せた。最初は奇妙な痛みを感じたが、しだいにぬくもりが広がり、父の恩情がぼくを包み込んだ。ぼくは父も船室に呼んで、一緒に眠りたかったが、この一日の疲れと睡魔には勝てず、一瞬のうちに夢の世界に落ちてしまった。

明け方、夢の中に河と船が現れた。船のうしろで河の水が声を上げているのが、はっきりと聞こえる。半分だけ明るい水面に、いくつもの泡が浮かんでいた。碇が船べりに当たって、音を立てる。トン、トン、トン。一、二、三。水面に割れ目ができて、往時の女烈士が河底から飛び出してきた。短い髪からしずくが垂れ、濡れた顔はかすかな光を放っている。目にいっぱいの悲しみをたたえ、赤い唇を少しだけ開いて、河の水のささやきを発した。おいで、早く下りておいで。夢の中でも、ぼくは畏敬の気持ちが強かった。息をひそめて、女のささやきを聞いた。おいで、早く下りておいで。女烈士の手は碇をしっかりつかんで揺さぶった。それにつれて船も揺れる。おいで、早く。下りてくれれば、救われるよ。女はすぐ近くにいる。手の甲にびっしり生えた苔までが、はっきり見えた。ぼくは崇拝のまなざしで、女の顔を注視した。女が短い髪を振り動かすと、顔の水滴が真珠のように河に落ちる。それは焦燥に駆られた慈母の顔だった。

ぼくは驚いて目を覚ました。目を開けると、船室はすでに水色の暁の光にあふれていた。もうすぐ夜が明ける。ぼくはベッドを這い出して、船室の出入口から外を仰ぎ見た。父はまだ苫の下で、記念碑の番を続けている。梁にかけてあった四つのランプのうち、二つがすでに消えていた。父の体から濃厚な魚臭さが漂ってくる。父は頭を石碑にもたせかけ、額に正体不明の陰影を漂わせていた。膝にはベニア板で作った将棋盤をのせている。コマは盤上にいくつか残っているだけで、ほとんどが下に落ちていた。ぼくは散らばっているコマを拾った。背後で、父の声がした。東亮、おれは眠らずに、ずっと河の水と話をしていた。おまえにも聞こえたか？

河の水は夜、話をしないよ。お父さんは耳が悪いんだ。あれは碇が船べりに当たる音だよ。

いや、碇の音じゃない。河の水は、夜も話をするさ。一晩じゅう、おれは話を聞いていた。

ぼくは父を助け起こし、無理やり船室へ連れて行って、寝かせようとした。だが、父はぼくの手を振り払った。寝ている時間はない。やつらがもうすぐやってくる。父は波止場でうごめいている人影を指さし、口元に怪しい微笑を浮かべた。夜が明けたら、やつらがやってくる。記念碑の防衛戦が始まるんだ。

父の穏やかな口ぶりは意外で、恐ろしくもあった。この眠れない夜の間、父は過去を回想していたのか、それとも未来を予想していたのか？　確かに夜が明けた。油坊鎮の波止場が目を覚まし、拡声器が鳴り響いて、労働者を讃える大合唱が流れ出した。歌声は情熱に満ちている。「われら気力あふれる労働者、昼も夜も仕事に励む！」石炭の山から送油ポンプの小屋まで、ひと晩眠っていた施設が音を立てて動き出した。積み卸し場のクレーンがうめき声を上げ、ダンプカーが荷物を空き地に下ろす。セメント袋が落ちる音は重々しく、砂が落ちる音は雨が降るみたいだ。石炭ガラの落ちる音は女の金切り声に似ているし、石材の落ちる音は天地が引っくり返ったようで、まるで青天の霹靂だった。波止場の丸い石油タンクは朝日を浴びて、遠目には青い鋼鉄の舞台に見える。舞台上では鳥たちがさえずっていた。なぜかわからないが、金雀河対岸の楓楊樹郷村から無数のスズメが飛んできて、タンクのてっぺんに集まり、神秘的な鳥の大合唱をくり広げた。大胆にも拡声器の音楽に対抗しているのだ。

波止場は目覚め、岸壁に人が現れた。

まず、やってきたのは四人。治安部隊の王小改、五癩子、陳禿子が、派出所の肖《シアオ》所長を連れている。四人は厳粛な面持ちで岸壁に現れた。陳禿子は例の歩兵銃を抱えている。銃剣がすでに装着され、冷たい光を放っていた。ぼくは走って行って、岸壁に架け渡してあった踏み板をはずした。五癩子が最初に反応を示し、船に駆け寄って足を踏み板にかけようとしたが、空を切ったので、ぼくに罵声を浴びせた。

空屁、頭がいかれたようだな。何を盗んでも驚かないが、烈士の記念碑を盗むとは何事だ？　いっそのこと北京の天安門広場へ行って、人民英雄記念碑を盗んだらどうだ？

話をしている暇はない。ぼくは斧を持って、とも綱を切りに行った。三十六計、逃げるにしかず。出航するしかない。ぼくは苫の下にいる父に、急いで声をかけた。父さん、出かけるよ。河に出よう！　ぼくは船べりの留め金から、長年使わなかった竹竿を引き抜いた。これしか方法はない。引き船がいないのだから、人力に頼って、竹竿で船を進めるしかなかった。船が岸から四、五メートル離れると、岸壁の四人はむなしく船をにらみつけ、飛び乗る方法をあれこれ議論した。五癩子が率先して靴を脱ぎ、ズボンのすそをまくり上げ、石段を下りて水に入った。船を追いかけようとしたのだが、水が冷たかったので、五癩子は叫んだ。どうして、こんなに冷たいんだ？　潮流もあるみたいだ。王小改が岸壁の上から言った。バカ言え。金雀河に潮流があるはずはない。勇気を出して、前へ進め。河辺の水は浅いんだから。五癩子は前に進もうとしない。浅いって？　水は冷たいし、深いぞ。しかも、ポンプみたいに、おれの足を吸い取ろうとする。王小改、勇気があるなら、おまえが水に入れ。早く下りてきて、追いかけたらどうだ。

王小改は自ら水に入ることはしない。五癩子が言うことをきかないので、陳禿子をけしかけた。陳禿子、何をとぼけてるんだ？　おまえが持ってるのは釣竿じゃなくて、鉄砲だろう？　撃て、早く撃つんだ！　それを聞いて、ぼくは恐ろしくなって身をかがめたが、いくらたっても動きがなかった。陳禿子は岸で文句を言っていた。どうやって撃つんだ？　弾がないんだぞ。銃だけ入手して、弾は調達してこなかったじゃないか。

王小改は、岸からぼくを脅し始めた。空屁、逃げるのは勝手だが、河に逃げてもムダだぞ。金雀河はおまえの家の持ち物じゃない。そんな竹竿で、どこまで行ける？　一日かけても、まだ油坊鎮の管轄区だろう。ひと月かけて、金雀河を抜けたとしてもダメだ。緊急の警備網が敷かれているから、おまえはいずれおれたちの手に落ちる。逃げるのは勝手だが、太平洋まで逃げられるか？　大西洋まで逃げられるか？　帝国主義のアメリカまで逃げられるか？　アメリカまで逃げてもダメだ。ミサイルを発射して、おまえたちを粉微塵にしてやる！

派出所の肖所長は比較的冷静で、政治用語を知っている。雑誌を丸めてメガホンを作り、岸壁から河に向かって呼びかけた。七号船の庫親子に告げる。よく聞け。革命歴史文物の横領は法律違反だ。法を犯してはいかん。悔い改めれば、救われるぞ。引き返してこい。

ぼくたちは引き返せない。陸地は彼らのもので、ぼくたち親子のものではない。記念碑防衛の戦いが始まるのだ。落ち着いてはいられない。船上生活十三年、ずっと汽船に引かれて河を往来していたので、竹竿で船を操ることはとても難しかった。ぼくは懸命に竿を肩で支え、竿先を河底にあてがい、体を弓なりにした。他人がそのように船を操っていたので、ぼくもまねをしたのだが、鉄製のはしけ船は言うことをきいてくれない。前に進めようとしても、船は頑強に河の真ん中に居すわり、ぼくに腹を立てているようだ。父が苫の下で叫んだ。右へ行け。早く右へ行くんだ！　ぼくは竹竿を引きずって、右舷へ回った。父も船のことはわからないので、指示はでたらめだった。右舷に回って竿をさすと、船が岸壁に向かって滑り出した。父がまた、苫の下で叫んだ。左に戻れ。左だ。ぼくは船の右舷と左舷を行ったり来たり、ひどい目にあった。王小改や五癩子たちは、岸壁で大笑いしている。王小改が叫んだ。空屁、ムダなことはやめろ。水上警備隊のモーターボートが、もうすぐやってくる。そうなれば、駿馬がカメを追いかけるようなもんだ。おまえたちのオンボロ船は、どこにも逃げられないぞ。

ぼくはますます焦って、甲板で船と力比べを始めた。苫の下にいる父と記念碑にかまっている余裕はない。苫の下の動静をぼくはまったく知らなかった。遠くから水上警備隊のモーターボートの音が聞こえてくると、岸壁で歓声が上がった。だが突然、歓声が消えた。苫の下を見ろ、庫文軒を見ろ！　王小改たちが船を追いかけて走り出し、互いに注意を促している。振り返ると、陸の上は大騒ぎになっていた。派出所からは大勢の警官がやってきた。波止場の積み卸し作業員も、見物に駆けつけている。彼らはみな体を斜めにして、頭も斜めにして、船の苫の下をのぞき込もうとしていた。肖所長はすでにドラム缶の上に立ち、雑誌を丸めたメガホンを高く掲げていた。呼びかけの声はせわしなく、厳しいものに変わっている。庫文軒同志、冷静になりなさい。結果がどうなるかを考えてから、行動を起こすんだ！　そのあと肖所長は突然、ぼくを罵倒し始めた。空屁、おまえは大バカ野郎だ。船を操ってる場合じゃないぞ。早く苫の下へ行け。早く親父を止めるんだ！

ぼくが竹竿を投げ捨てて駆けつけたとき、父は石碑を背負って河に飛び込むという行動の最後の一幕を演じていた。ぼくは自分の目を疑った。父にまだ、こんな力が残っていたのか？　記念碑の防衛戦は、こんな形で終わるのか？　ぼくの父、庫文軒は、縄で自分の体を記念碑に縛りつけ、記念碑を背負って甲板の上を這っていた！　父の体に石碑がのしかかり、頭と体は見えない。両足だけが見えている。左足を突っ張り、右足を突っ張り、人間と石碑が一緒に船べりのほうへ這って行く。左足は裸足で、右足にはサンダルをはいている。ぼくは飛びついたが、つかんだのは父のサンダルだけだった。ぼくは飛びついたが、父の最後の言葉を聞いただけだった。東亮、おれは河の中へ行く。おまえは、船を守ってくれ。船団の帰りを待つんだ！

それは奇跡だった。父は生命の最後の時間を記念碑とくくり合わせることで、巨人となった。ぼくは引き止めることができなかった。巨人は河に身を投げた。ぼくは引き止めることができなかった。その後、目の前が急に一面の空白となった。金雀河の河面に、爆弾が破裂したような大きな音がして、水しぶきが上がった。岸辺の人々はみな、驚いて叫んだ。ぼくの父は消えた。記念碑も消えた。巨人も消えた。ぼくは父を引き止めることができなかった。つかんだのは、父のサンダルだけだった。

魚、あるいはエピローグ

数日にわたって、ぼくは金雀河で父を探した。

河底の世界は果てしない。岩石は上流の山を懐かしみ、割れた食器は昔の主人の台所を懐かしみ、くず鉄はかつての農具や機械を懐かしみ、とも綱や艪は河に浮かぶ船を懐かしんでいる。動きを止めた魚は泳ぎ去った魚を恋い慕い、日の当たらない水域は陽光まばゆい水面を恋い慕っていた。そしてぼくだけが、河底を行き来して、父を思い、父を探している。

この世には石碑を背負って歩くカメがいて、寺や廟に祭られている。それは民間伝説に基づくものだ。石碑を背負って河に身を投げた人は、この世にただ一人かもしれない。それは伝説ではなく、ぼくの父の庫文軒だった。廟堂に祭られることはなく、金雀河の河底が安住の地なのだ。

三日後、ぼくは石碑を見つけた。石碑の下に、ぼんやり人影が見えた気がしたが、ぼくは息が続かなくなった。改めて潜ってみると、石碑の下の人影はもう消えていた。手を石碑の下に差し入れると、冷たくて広々とした空間があった。そこには生命が感じられる。ぼくの手の甲を突いて、一匹の魚が石碑の下から泳ぎ出てきた。コイなのか、草魚なのかはわからない。しなやかに、うれしそうに、ぼくの目の前を泳いで行った。その魚を追いかけたぼくは、すぐに方向を見失った。ぼくは魚ではないから、追いつけるはずがない。みすみす、その魚に逃げられてしまった。ぼくは、その魚が父だと思った。父に違いない。父は河の淵に姿を消した。

父は河の中へ行き、ぼくは船に残った。不思議なことに、父が行ってしまってから、ぼくはもう河の水のささやきを聞けなくなった。父が行ってしまうと、河の水は黙して語らなくなった。ぼくに哀悼の意を示すことも、祝意を示すこともしない。これはどういうわけだろう？　三日後、ぼくは濡れた体で船首にすわっていた。頭上には輝く太陽があり、水たまりを照らしている。しばらくすると、大きな水たまりが凝縮して、いくつかの水滴に変わった。ぼくはその水滴に向かって言った。空屁。残っていた水滴も、すぐに消えてしまった。空屁。ぼくは甲板に踊っている陽光に向かって言った。空屁、空屁。陽光は水よりも頑固で、なかなか消えない。ますます強く、ぼくの顔と体を照らし、ぼくの船を照らした。全身が温かくなり、ぼくは目を陸上に向けた。突然、悲しみがさっきの水たまりのように、陽光を浴びて消え失せていることに気づいた。これはどういうわけなのか？　父が世を去ってまだ三日なのに、ぼくはまた上陸したくなった。

ぼくは波止場の西側にある運輸事務所に行き、航行予定表を見た。黒板に書かれた情報によれば、向陽船団は五福鎮を出発し、三日後に到着する。ぼくは事務所の入口の掲示板の前で放心し、この三日間をどう過ごすかを考えていた。突然、誰かがぼくを呼んだ。空屁、空屁、ちょっと一緒に来い。陳禿子が湯呑みを持って、事務所の中から出てきた。ぼくの腕を引っぱって、治安事務所のほうへ行こうとする。ぼくは、何の用かと尋ねた。陳禿子は言った。慌てるな。頼まれて、品物を預かっているんだ。ぼくは陳禿子に連れられて、治安事務所の前まで行った。入口に立っていると、陳禿子は中に入り、戸棚を開けるため、鍵をジャラジャラ鳴らした。ぼくの母、喬麗敏が来たのかもしれない。何か品物を託したのだろう。しばらくすると、陳禿子は包みを持って出てきた。渡された包みの重さを確かめると、何か不思議な感じがした。母の託したものではないらしい。なぜか、ぼくは開ける気になれなかった。陳禿子が言った。何を怖がってるんだ？　爆弾でもあるまいし。誰からの預かりものかは、開ければわかる。

ぼくは慎重に、包みの外側の青い布を開いた。すぐに、あのブリキの赤いランタンが目に入った。思いがけないことに、それは慧仙の赤いランタンだった。慧仙がぼくにくれたのだ。

どうして、これをくれたのかな？　ぼくは陳禿子に尋ねた。

交換しようというわけさ。赤いランタンとおまえの日記を交換するんだ。お互いの宝物だから、公平だろう？　陳禿子は、ぼくの表情を観察した。ぼくの表情が意外だったようで、陳禿子は叫んだ。欲張るなよ。おまえの日記は汚い字の山じゃないか。何の値打ちもない。相手は李鉄梅の赤いランタンだぞ。革命家庭に伝わる宝物だ。空屁、もうけたな！

どうして、赤いランタンをぼくにくれたんだろう？　ぼくは陳禿子に尋ねた。

「どうして」を連発するな。陳禿子は我慢できずに叫んだ。『十万のどうして』は子供の読み物だぞ。こんなにすばらしい宝物、いらないのなら、おれによこせ。慧仙は町を出て行く。県の文化館の小朱《シャオヂュー》と結婚するのさ！

赤いランタンを手にすると、昔のことが思い浮かび、鼻がつんとして、涙が出そうになった。陳禿子の前で恥をかきたくなかったので、ぼくはランタンを提げて駆け出した。慌てて走る姿は、やっと見つけた記念品、あるいは高額の盗品を持っているかのようだった。安堵と悲痛の気持ちが入り混じっている。船まで駆け戻る途中で、ランタンの火屋《ほや》の中から、風船ガムの包み紙が飛び出した。拾ってみると、赤白二色の紙に、若い娘の顔が印刷されている。髪に大げさなウェーブをかけ、口をゆがめて笑っていた。風船ガムが幸福な生活をもたらすという意味だろうか？　ガムを嚙むことで、幸福が来るとは思えない。不思議だ。これはどういうことだろう？

三日目の午後の日差しはまぶしかった。ぼくは船首で何度も慧仙の赤いランタンを拭いた。ブリキがピカピカになり、赤いプラスチックの部分も陽光の下で、美しい光を放っていた。ぼくは、ようやく満足した。ランタンを苫の下に掛けたとき、船首のほうで奇妙な音がした。のぞいてみると、岸壁に架け渡してあった踏み板がなくなっている。ほんのわずかな間に、なぜ踏み板が消えてしまったのか？　突然、岸辺からガチョウとアヒルの騒がしい鳴き声が聞こえてきた。そのあと、青天の霹靂のような怒鳴り声が耳元に響いた。最後のカタをつけてやる。最後のカタをつけてやる！　顔を上げると、うすのろの扁金が岸壁に立っていた。青と白の縞模様の病院の寝巻を着ている。片目は眼帯で覆われていたが、もう片方の目には復讐の炎が燃えていた。額には鬱血の跡がある。鼻がいちばん奇妙だった。真っ白なガーゼが縦に一本、横に三本の線を描いている。

扁金が退院して、最後のカタをつけにきたのだ。扁金の手足は自由に動くようになっている。ぼくの家の踏み板の上に片足をのせ、移動式の告知板を両手で持っていた。告知板を設置する場所を探しているのだ。

最初は告知の内容がよく見えなかった。扁金が設置をあきらめ、こちらに向かって告知を高く掲げたので、ようやくはっきりした。それは船の航行予定ではない。誰かが扁金に代わって書いたものなのだろう。文面は人民理髪店のものをまねしていたが、内容は百倍も厳しかった。

六号通知

本日より、向陽船団の庫東亮の上陸活動を禁止する！

訳者あとがき

蘇童《スートン》は水の都と呼ばれる江蘇省蘇州で生まれ育った。「蘇童」というペンネームは、蘇州の「蘇」と本名童忠貴《トン・チョンクイ》の「童」を合わせたものだという。それだけ、故郷に対する思い入れが強いのだろう。本作は、そうした蘇童の「水」へのこだわりを感じさせる会心の作、作者自身「最も満足のいく作品」だとして、執筆の動機を次のように語っている。

「私はずっと、河や船を題材とする小説を書きたいと思っていました。自分なりに分析すると、その大きな理由は、私の祖先と私自身の生い立ちに関係しています。私の祖先は長江に浮かぶ島で生活していました。そして私自身は河辺で生まれ育ち、いまも長江のほとりに住んでいます。私は、河こそ私の故郷である、少なくとも故郷の重要な部分を河が占めている、河を書くことは私の故郷を書くことにほかならないと思うのです」

この小説の原題はずばり『河岸』だが、「河のほとり」の意味ではない。「河」（水上）の世界と「岸」（陸上）の世界を対比的に描く作品なので、邦題は「・」を加えて『河《かわ》・岸《ぎし》』とした。庫父子のように故あって陸上の世界を追われた人々は、船団を形成し水上で暮らしている。これに対する陸上生活者の偏見はすさまじい。船で運ばれてくる物資がなければ生きていけないにもかかわらず、水上生活者を軽蔑し、上陸に制限を加える。治安部隊による取り締まりは暴力を伴う厳しいものだった。

「河」の世界は、あの世にも通じている。この河に身を投げる人もいれば（慧仙の母親もその一人らしい）、この河から鄧少香の英霊が現れることもある。庫父子が聞く「河の声」は「天の声」に他ならない。この「河」は浮ついた現世（此岸）と静謐な来世（彼岸）をつなぐ役割も果たしているのだ。

この小説の時代背景は一九六〇～七〇年代の文化大革命のころで、油坊鎮の指導者（書記）だった庫文軒は「階級内の異分子」として批判され失脚する。毛沢東や江青の名前が出るし、革命模範劇『紅灯記』も効果的に使われている。しかし、文化大革命を扱っていても、かつての中国文学のようにリアルにその時代を描くことはしない。子供の視点からの回想という手法によって表現は抽象化され、人生の不条理を描く、より普遍的な物語となった。六〇年代、七〇年代を描く意味について、蘇童は次のように語る。

「六〇年代にしろ、七〇年代にしろ、狂乱の時代の狂乱ぶりは書く必要がないと思っています。歴史の本、政治の本に記載があり、自分なりの認識や理論によって解釈が可能だからです。私は一人の作家として小説の中で、狂乱の時代に染まっていないように見える人間の境遇を明確に描かなければなりません。それが私の関心の的です。私は狂乱の時代を比較的あっさりと描きました。むしろ重点は人間の物語、人間の運命に置いています。人間の運命は様々ですから」

庫文軒と庫東亮の父子関係は、この小説の主要なテーマの一つとなっている。庫文軒は革命烈士の血筋という重圧を背負い、それを息子にも強く意識させようとする。また、自らが下半身の問題から災いを招いたことを戒めとして、息子にも極端な禁欲を強いる。血統の正しさや性のタブーに敏感だった当時の中国を反映するプロットである。だらしなさと厳格さを合わせ持ち、哀れな末路をたどる父親。両親に対する愛憎に気持ちを引き裂かれ、慧仙に対する満たされない愛情と性の衝動に苦しむ息子。この二人の人物形象は読者に強い印象を残す。

蘇童自身は、この父と子を以下のように分析している。

「『河岸』の父と子は境遇が異なると思います。父親が追放され、上陸を拒絶し、罪を得て、懺悔する、これは必然の成り行きでしょう。実際、父親は逃げることをせず、すべてを受け入れました。しかし息子は、逃亡と暴走をくり返します。息子は精神的に孤児なのです。いつもびくびくしながら、成長過程の苦しみを味わっています。この父と子は、対照的に静と動です。どちらも水上生活を強いられていますが、父親が永久に上陸しないと決めているのに対して、息子のほうは自分の未来がどこにあるのかを知りません」

そして、もう一人の重要な人物形象は、言うまでもなく慧仙である。彼女は寄る辺ない孤児から、傲慢で勝気な時代の寵児へと成長する。しかし、結局のところ男たちの好奇の目にさらされ、利用される存在だった。新中国で、女性は「天の半分を支える」と言われたが、それは建前にすぎず、実のところ依然として弱い立場に置かれていた。慧仙の複雑な性格は、人生の荒波をくぐって生きていくために否応なく形成されたものなのだ。ちなみに蘇童は、中国の男性作家の中で格別、女性の心理描写が巧みだと言われている。

栄光の女烈士鄧少香にまつわるエピソードは荒唐無稽で、伝奇的な面白さがある。また、庫文軒の書記時代の行状もバカバカしいほど常軌を逸している。これらの描写により、この小説は哀愁とユーモアが共存する独特の魅力を備えることになった。中国の評論家張学昕《チャン・シュエシン》は、本作を次のように評価している。

「全体的に『河岸』の叙述は堅実で、創作の姿勢は率直で誠意にあふれ、すがすがしい。深みのあるユーモアと不条理には、ぞっとさせられる。人物描写は綿密で、含蓄に富んでいる。とりわけ、歴史と経験、写実と虚構の処理において、蘇童は文学性を重視し、功利的な叙述は見られない。それでこの作品はスケールが大きくなり、驚くほどの迫力を持つことになった。これは近年の小説の中で、きわめて稀な現象である」

前述したように蘇童は一九六三年、蘇州に生まれた。父親は政府機関の職員、母親は工場労働者。姉が二人、兄が一人がいる。幼いころから内向的な性格で、家にこもりがちだった。六六年に文化大革命が始まり、外界（大人の世界）が殺伐としていたせいもあるだろう。九歳のとき腎炎を患って小学校を休学したことが、蘇童の孤独癖を決定づける。母親と姉の庇護のもとで過ごし、文学好きだった姉に感化されて読書に熱中した。中学、高校では、作文の成績が特によかったらしい。八〇年に北京師範大学に入学、在学中から詩や小説を書き始める。八三年以降、各種の文学雑誌に作品が発表されるようになった。卒業後は南京芸術学院の職員（学習、生活補導員）を経て、『鍾山』雑誌社の編集者となる。

出世作は中篇『一九三四年の逃亡』（八七年）。この小説は西洋モダニズム文学の影響を受け、「意識の流れ」の手法を使った実験的な文体で中国文学に新しい可能性を開いた。同時期に類似した傾向をもって登場した余華《ユイホア》、格非《ゴーフェイ》らとともに、蘇童は「先鋒派」と呼ばれる。だが、九〇年代に入るころから、「先鋒派」の作家たちは形式の実験の時期を脱し、平易な文体で大衆の支持を受ける作品を書くようになった。

蘇童の場合、転機は八九年に訪れる。この年は六月に「天安門事件」が起きた。またプライベートでは、年初に娘が生まれた（結婚は八七年）一方、秋には母親が癌の宣告を受ける（翌年、五十六歳の若さで逝去）。看病のかたわら完成させた中篇が『妻妾成群』で、のちにこの作品は張芸謀監督によって映画化されている（映画の邦題は『紅夢』）。

これを受け継ぐのが、『婦女生活』（九〇年、『ジャスミンの花開く』として映画化）と『紅粉』（九一年、『べにおしろい』として映画化）で、いずれも近代化途上の中国社会で苦難の人生を送る女性たちを描いた。以上はすべて中篇小説だが、ほかに大量の短篇小説がある。二〇〇六年までの短篇は、五巻本の短篇小説集にまとめられた（人民文学出版社、二〇〇八年）。日本でも、このうちのいくつかが『中国現代小説』（蒼蒼社）、『中国現代文学』（ひつじ書房）などの雑誌で翻訳紹介されている。

長篇は九一年の『米』から本作まで、八本を数える。日本では、迷走する中国現代社会を描いた『飛べない龍』（文芸社）と民間伝説に取材した『碧奴 涙の女』（角川書店）が翻訳刊行されている。

『河岸』の初出は上海の文芸誌『収穫』の二〇〇九年第二期、単行本は人民文学出版社（初版は二〇〇九年四月、修訂版は二〇一〇年三月）。翻訳は作者から提供された電子版をテキストとし、単行本を適宜参照した。なお作者の了解を得て、一部テキストの誤記を修正している。

この小説は、二〇〇九年に第三回マン・アジアン文学賞を受賞し、著名な翻訳家ハワード・ゴールドブラッドの翻訳による英語版が翌年早くも刊行された。中国国内でも「中華文学賞」「華語文学メディア大賞」を受賞するなど、好評を得ている。日本でも今回、「エクス・リブリス」に本作が初の中国作品として収録されたことを作者とともに喜びたい。

二〇一一年十二月

飯塚　容

装丁　緒方修一
カバー装画　小澤有希子

訳者略歴

飯塚容（いいづか・ゆとり）
一九五四年北海道札幌市生まれ
東京都立大学大学院博士課程満期退学
中央大学教授
著書（共著）に、『「規範」からの離脱――中国同時代作家たちの探索』（山川出版社）、『文明戯研究の現在』（東方書店）、『現代中国文化の光芒』（中央大学出版部）ほか
訳書に、余華『活きる』（角川書店）、高行健『ある男の聖書』『霊山』『母』（集英社）、『大浴女』（中央公論新社）、『碧奴』（角川書店）ほか

〈エクス・リブリス〉
河《かわ》・岸《ぎし》

二〇一二年二月五日 印刷
二〇一二年二月二五日 発行

著者 蘇《スー》 童《トン》
訳者 © 飯塚容
発行者 及川直志
印刷所 株式会社三陽社
発行所 株式会社白水社

東京都千代田区神田小川町三の二四
電話 営業部〇三（三二九一）七八一一
編集部〇三（三二九一）七八二一
振替 〇〇一九〇-五-三三二二八
郵便番号 一〇一-〇〇五二
http://www.hakusuisha.co.jp

乱丁・落丁本は、送料小社負担にてお取り替えいたします。

誠製本株式会社

ISBN978-4-560-09020-6

Printed in Japan

EXLIBRIS

エクス・リブリス

■デニス・ジョンソン　柴田元幸訳
ジーザス・サン

■デニス・ジョンソン　藤井 光訳
煙の樹

■ポール・トーディ　小竹由美子訳
イエメンで鮭釣りを

■ポール・トーディ　小竹由美子訳
ウィルバーフォース氏のヴィンテージ・ワイン

■ロベルト・ボラーニョ　松本健二訳
通話

■ロベルト・ボラーニョ　柳原孝敦／松本健二訳
野生の探偵たち（上・下）

■ロイド・ジョーンズ　大友りお訳
ミスター・ピップ

■アティーク・ラヒーミー　関口涼子訳
悲しみを聴く石

■クレア・キーガン　岩本正恵訳
青い野を歩く

■ヴィルヘルム・ゲナツィーノ　鈴木仁子訳
そんな日の雨傘に

■オルガ・トカルチュク　小椋 彩訳
昼の家、夜の家

■ペール・ペッテルソン　西田英恵訳
馬を盗みに

■サーシャ・スタニシチ　浅井晶子訳
兵士はどうやってグラモフォンを修理するか

■オラフ・オラフソン　岩本正恵訳
ヴァレンタインズ

■ミゲル・シフーコ　中野学而訳
イルストラード

■ラウィ・ハージ　藤井 光訳
デニーロ・ゲーム

■カルロス・バルマセーダ　柳原孝敦訳
ブエノスアイレス食堂

■エドワード・P・ジョーンズ　小澤英実訳
地図になかった世界

■蘇童　飯塚 容訳
河・岸

■マルカム・ラウリー　斎藤兆史監訳　渡辺／山崎訳
火山の下【エクス・リブリス・クラシックス】

■エミール・ゾラ　竹中のぞみ訳
パリ（上・下）【エクス・リブリス・クラシックス】